Cœur de Sorcière

GENEVIEVE
GORNICHEC

Cœur de Sorcière

Traduit de l'anglais (États-Unis)
par Benjamin Kuntzer

SABRAN

Ceci est une œuvre de fiction.
Toute ressemblance avec des personnages, lieux, organisations
ou évènements existant ou ayant existé ne serait que purement fortuite.

AVERTISSEMENT DE CONTENU

ACCOUCHEMENT, DESCRIPTION SANGLANTE, FAUSSE COUCHE,
FEU, GROSSESSE, GUERRE, MEURTRE, MORT, MORT D'UN ENFANT,
MORT D'UN ANIMAL, NAISSANCE D'UN ENFANT, PERSONNE BRÛLÉE VIVE,
PROCÉDURE MÉDICALE (EN PARTICULIER LES SUTURES),
RELATION TOXIQUE, SANG, SÉPARATION FAMILIALE, TORTURE

Cœur de Sorcière
par Genevieve Gornichec

Witch's Heart

This edition published by arrangement with Ace, an imprint of Penguin Publishing Group,
a division of Penguin Random House LLC.

Illustration de jaquette (édition reliée) et couverture (édition brochée) : Adam Auerbach
Illustration de couverture (édition reliée) : personnage féminin © MargoKarma/Shutterstock.com ;
cadre © Elivagar/Shutterstock.com

Conception graphique des couvertures, jaquette, tranches et pages de garde françaises :
Volodymyr Feschuk – Eilean Books

Ouvrage publié sous la direction de Cyril Granoulhac

Composition et mise en pages
Nord Compo à Villeneuve-d'Ascq

*Le papier intérieur de cet ouvrage est composé de fibres naturelles, renouvelables, recyclables et fabriquées
à partir de bois issu de forêts plantées expressément pour la fabrication de pâte à papier.*

ISBN : 978-237876-181-3 (broché)
ISBN : 978-237876-182-0 (relié)
ISBN : 978-237876-183-7 (e-book)

Dépôt légal : avril 2023

1re édition
10 9 8 7 6 5 4 3 2 1

Achevé d'imprimer en République tchèque par FINIDR, en avril 2023.

SOMMAIRE

Pour Poppy

Première partie

Il y a fort longtemps, lorsque les dieux étaient jeunes et Asgard encore récent, une sorcière apparut du bord des mondes. Elle connaissait nombre d'anciens sorts, mais était particulièrement douée pour le *seid,* une forme de magie permettant de voyager hors de son corps pour prédire l'avenir. Cela plaisait énormément à Odin, le plus grand des Ases ; lorsqu'il eut vent des capacités de la sorcière, il proposa de lui communiquer sa connaissance des runes, pour peu qu'elle consentît à lui enseigner le *seid.*

Elle douta tout d'abord. Elle avait suffisamment entendu parler d'Odin pour hésiter. Elle savait toutefois qu'il ne partageait pas aisément ses secrets, ce qui signifiait qu'apprendre le *seid* comptait effectivement beaucoup pour lui. Elle ravala donc les soupçons qu'elle pouvait nourrir au sujet de ce dieu borgne et sinistre, et accepta son offre.

Alors qu'ils s'exerçaient ensemble au *seid,* la sorcière se retrouva attirée plus loin qu'elle n'avait jamais voyagé et finit par se heurter à un lieu plus sombre que le début du temps. Cet endroit l'effrayait et recelait des secrets immenses et terrifiants, elle n'osa donc s'aventurer plus avant – au grand déplaisir d'Odin, qui convoitait le savoir dissimulé dans ces profondeurs et s'était convaincu qu'elle seule pourrait l'atteindre.

La sorcière enseignait aussi sa magie aux rivaux des Ases, les Vanes, une autre race de dieux dont elle avait traversé le domaine en se rendant à Asgard. Les Vanes ne pensèrent qu'à l'or pour récompenser la sorcière, mais cela l'intéressait assez peu.

Toutefois, quand Odin s'avisa qu'elle voyageait entre Asgard et Vanaheim, il perçut là une occasion à saisir. Il monta les Ases contre la sorcière, qu'il nomma Gullveig, « soif d'or ». Ils la pourfendirent de leurs épieux et la brûlèrent à trois reprises, mais elle renaquit les trois fois – car elle était très vieille et très difficile à tuer, bien plus qu'elle n'en avait l'air. Chaque fois qu'elle brûla, Odin tenta de la forcer à plonger dans le lieu sombre pour apprendre ce qu'il désirait savoir, mais chaque fois elle résista. Et lorsque les Vanes apprirent le traitement que les Ases lui réservaient, ils se mirent en rage, et la première guerre du cosmos fut ainsi déclarée.

À sa troisième renaissance, Gullveig s'enfuit, laissant cependant quelque chose derrière elle : son cœur transpercé, fumant encore sur le bûcher.

Ce fut là qu'*il* le trouva.

Plus tard, il remonta sa trace dans les bois les plus sombres et profonds, sur la frontière la plus éloignée de Jötunheim, la terre des géants, cruels ennemis des Ases. Les troncs gris et noueux de cette Forêt-de-Fer étaient si épais qu'aucun sentier n'y sinuait réellement, et si hauts qu'ils empêchaient totalement la lumière du soleil de passer.

Il n'eut cependant pas à s'aventurer dans ces lieux, car il trouva la sorcière au bord de la rivière séparant la Forêt-de-Fer du reste de Jötunheim ; assise sur une couverture de laine rugueuse, un manteau épais drapé autour des épaules, une capuche rabattue sur la tête, elle scrutait la dense futaie et les montagnes qui s'élevaient derrière le cours d'eau. Le soleil brillait, mais elle restait dans l'ombre, les mains croisées dans son giron, adossée à un arbre.

Il la contempla un moment en se balançant d'un pied sur l'autre, en se grattant le nez, en écoutant le murmure bucolique de l'eau et le sifflement des oiseaux. Puis, il s'approcha d'un pas nonchalant, les mains jointes derrière lui. Il ne distinguait que la moitié inférieure de sa figure, mais sa peau semblait rose – délicate, guérie, *nouvelle*. Quand il fut plus près, il constata que celle de ses mains était dans le même état. La sorcière donnait l'impression de se reposer paisiblement. Une partie de lui rechignait à la déranger.

D'un autre côté, il avait toujours trouvé le concept de *paix* particulièrement ennuyeux.

« Combien de temps comptes-tu rester planté ici ? » l'interrogea-t-elle d'une voix si râpeuse qu'on eût dit qu'elle n'avait rien bu depuis une éternité. Il supposait qu'inhaler la fumée de son propre bûcher funéraire en trois occasions devait produire ce genre d'effet.

« Tu es une femme difficile à pister », répondit-il. En vérité, il ne savait trop comment procéder. Il était venu lui rapporter ce qu'elle avait laissé dans la demeure d'Odin – mais aussi dans un autre but, même s'il peinait à déterminer celui-ci.

Quelque chose l'avait poussé à se rendre ce jour-là dans la Forêt-de-Fer, le cœur de la sorcière dans sa besace. Et il avait l'intuition que cette pulsion était importante, spéciale et *intéressante*, pour lui qui s'ennuyait si facilement.

Ainsi se retrouvait-il là, alléché par la perspective de sensations fortes, à espérer que la sorcière ne le décevrait pas.

Elle ne réagit pas immédiatement, choisissant plutôt d'étudier cet inconnu qui l'avait approchée. Le soleil brillait derrière lui, si bien qu'elle peinait à discerner ses traits – seulement une cape de voyage vert sombre, des chausses marron et des souliers de cuir de la même teinte, une tignasse ébouriffée.

« Je suis sincèrement admiratif de ton œuvre, déclara-t-il pour engager la conversation. Tu sais… semer le chaos partout où tu vas ; pousser les Tout-Puissants à se disputer tes talents. Vraiment, c'est très impressionnant. »

Un instant s'écoula avant qu'elle lui réponde : « Telle n'était pas mon intention.

— Quelle était-elle, alors ? »

Elle resta muette.

« En tout cas, si tu prévoyais de recommencer, j'*adorerais* assister à ça, et même y participer, tant que je ne me fais pas prendre. Mais je t'annonce d'emblée que je ne te ferai jamais la moindre promesse dont je ne pourrais me défaire. Je ne me montre habituellement pas aussi direct à ce sujet, alors estime-toi heureuse. Je t'en informe en ami.

— En ami ? » Ce mot lui était étranger.

« Oui. Je viens de le décréter. » Il inclina la tête. « Serais-je ton premier ami ? Quel accomplissement de ta part. »

Elle ne releva pas sa question. « Cela ressemble surtout à une décision unilatérale de la tienne.

— Eh bien, je constate que tu n'es, pour ainsi dire, pas assaillie d'admirateurs. » Il la considéra. « Tu m'as tout l'air de n'être qu'une sorcière inoffensive des sous-bois – je n'ai entendu personne s'exprimer comme toi depuis fort longtemps. Je suis surpris que les Ases comprennent même ton accent. Qui es-tu ? D'où viens-tu ?

— Je l'ignore », affirma-t-elle après un instant. Elle pencha la tête de manière à pouvoir l'examiner, sans que lui puisse la distinguer. « Je pourrais te poser les mêmes questions, et tu ne saurais sans doute pas y répondre non plus.

— Vraiment ? » Il s'accroupit pour l'étudier. Elle remarqua son visage pâle et anguleux, son nez pointu et légèrement retroussé qui lui conférait un air espiègle, ses cheveux blond foncé qui lui tombaient aux épaules, un peu plus qu'ondulés sans être véritablement bouclés. Ses yeux étaient aussi verts que l'herbe, son sourire malicieux.

La sorcière hocha une fois la tête pour confirmer son propos.

Le sourire de l'inconnu vacilla. « Qu'est-ce qui te fait croire ça ?

— Je sais des choses, répondit-elle. Tu l'as peut-être entendu dire.

— J'ai *peut-être* entendu dire que le fait que tu saches des choses t'avait valu d'être transpercée et brûlée à plusieurs reprises. Tu ferais sans doute mieux de jouer les muettes.

— Ce ne serait pas amusant », rétorqua-t-elle en ne plaisantant qu'à moitié. Elle porta instinctivement la main à la balafre verticale entre ses seins – l'endroit depuis lequel ils lui avaient arraché le cœur.

« J'aime ta manière de voir les choses ! » Il s'esclaffa en farfouillant dans son sac. Il finit par en tirer un morceau de tissu, qu'il lui tendit.

Elle s'en saisit – et sursauta en sentant le paquet battre en rythme entre ses doigts.

« Ton cœur, expliqua-t-il. Je comptais le manger, pour une raison ou pour une autre, mais je me suis dit que tu aimerais peut-être le récupérer.

— Le *manger* ? répéta-t-elle avec une grimace. Pourquoi ? »

Il haussa les épaules. « Je ne sais pas trop. Pour voir ce qui se passerait.

— Tu aurais mangé le cœur d'une sorcière, ce qui ne peut être bon pour ton bien-être », répliqua-t-elle, pince-sans-rire. Elle fronça les sourcils en le déballant. « Il semble avoir guéri depuis le bûcher. Cependant…

— Il reste un trou au milieu, compléta-t-il. Tu as pris des coups d'épieu. Peut-être achèvera-t-il de se réparer si tu le remets à sa place. Fais-le tout de suite, je ne regarde pas.

— Ça peut attendre. » Elle replia le tissu dessus et examina l'étranger. « Merci.

— De rien. » Il s'assit complètement, étendit une jambe devant lui et posa le coude sur l'autre genou. « Alors, j'imagine que tu ne te fais plus appeler Gullveig. Quel est ton nom, à présent ?

— Je n'en suis pas certaine. » Elle le lorgna en coin tandis qu'il arrachait un long brin d'herbe qu'il porta à ses lèvres, le laissant pendre paresseusement. Elle nota alors les taches de son qui lui couvraient le nez et les joues, et la manière dont le soleil nimbait le contour de ses boucles d'un orange criard.

Elle ne savait toujours pas quoi penser de cet homme. Difficile, en ces circonstances, de décider ce qu'elle pouvait lui raconter.

« Tu ne connais pas ton propre nom ? » insista-t-il d'un air ébahi.

Elle haussa les épaules. « Je me disais que j'aimerais voyager, auquel cas ils me nommeraient de l'une ou l'autre manière au gré de mes pérégrinations. » Elle embrassa d'un regard l'épaisseur des halliers gris de l'autre côté de la rivière. « Mais je peux aussi bien décider de demeurer ici un moment.

— Et si tu restais, quel nom te donnerais-tu ? »

Elle y réfléchit quelques secondes avant de répondre : « Angrboda. »

Il fronça le nez, et le brin d'herbe s'affaissa. « Quoi ? “La proclamatrice de chagrin” ? Quel nom étrange. Pourquoi voudrais-je devenir ton ami si tu ne comptes rien faire de plus ?

— C'est toi qui as décidé que nous étions amis. Et puis, ce n'est pas à toi que j'apporte le chagrin.

— Est-ce que toutes les sorcières sont aussi sibyllines que toi ?

— Je ne suis pas sûre d'en avoir rencontré d'autres, même si je pense qu'il en vivait dans ces bois, il y a bien longtemps. »

Elle se tourna une fois de plus vers l'autre côté de la rivière et poursuivit d'un ton presque déférent : « L'on raconte qu'une sorcière d'ici a porté les loups qui pourchassent le soleil et la lune, et en a élevé bien d'autres.

— C'est vrai, j'ai entendu ces légendes en grandissant. La Vieille et ses enfants loups.

— Tu as entendu ces histoires à Asgard ?

— Eh bien, je ne suis pas vraiment d'Asgard. Mais de toute façon, tout le monde les connaît, ici.

— Tu es un géant », déclara-t-elle. C'était une simple hypothèse de sa part, mais elle ne la formula pas comme une question. « Géant » était un terme impropre : un nom, pas un descriptif, désignant des créatures souvent guère plus grandes qu'un individu moyen. Et si son visiteur était clairement vêtu comme l'un des Ases, il n'était pas toujours possible de distinguer physiquement un dieu d'un géant.

Cet homme-ci, en revanche, voyageant seul et sans déguisement… Il y avait quelque chose de sauvage en lui, la manière dont ses prunelles évoquaient les forêts profondes et les nuits d'été. Un aspect farouche, indompté.

Il ne peut tout de même pas être un dieu, si ?

Il haussa une épaule en réaction à sa déduction. « Plus ou moins. En tout cas, les lieux ont l'air relativement déserts, en ce moment. Pas de loups… pas de mère-sorcière…

— En effet. » Elle observa une fois encore l'autre rive, éprouvant un tiraillement dans la poitrine. « Mais c'était peut-être moi. Peut-être étais-je leur mère.

— Mais tu ne t'en souviens pas ? »

Elle secoua la tête. « Non. »

Il changea de position, laissant le silence s'installer. Elle eut le sentiment qu'il détestait les pauses dans la conversation ; il avait l'air d'être de ceux qui adorent entendre le son de leur propre voix.

« Bref, finit-il par reprendre, je tenais à te dire que j'allais me fixer comme objectif personnel d'ignorer toutes tes prophéties déprimantes pour faire ce que j'ai envie de faire.

— Tu ne peux pas simplement *ignorer* les prophéties.

— C'est possible, à condition de s'en donner les moyens.

— Je ne suis pas certaine que cela fonctionne ainsi.

— Mmmh. » Il croisa les bras derrière la tête, s'adossa contre l'arbre et déclara avec morgue : « Eh bien, tu n'es peut-être pas aussi maligne que moi. »

Elle lui lança un regard en coin amusé. « Et toi, comment te nommes-tu, alors ? Le Fripon ?

— Je te le dirai si tu me montres ton visage.

— Je te montrerai mon visage si tu me promets de ne pas reculer d'horreur.

— J'ai dit que je dirais mon nom. Je ne peux rien promettre de plus. Mais crois-moi, j'ai l'estomac bien accroché. Après tout, j'avais prévu de manger ton cœur.

— Mon cœur n'est pas si noir, je te l'assure. » Elle souleva néanmoins son capuchon, révélant des yeux bleu-vert aux paupières tombantes et la naissance châtaine de ses cheveux carbonisés. Ce n'étaient pas les couleurs de Gullveig, mais Angrboda estimait qu'il valait mieux abandonner ce nom et tout ce qui lui était associé pour n'en plus jamais reparler.

Elle entamait une nouvelle phase de son existence. À présent, elle allait devoir conserver sa sorcellerie pour elle-même, merci bien. Fini le *seid*, finies les prophéties, finis les ennuis. Elle en avait déjà eu bien assez pour plusieurs vies.

« Et moi qui m'imaginais découvrir une ogresse hideuse. » Il leva les mains et plia les doigts pour former des griffes. « Angrboda la Trollesse, si affreuse que les hommes tressaillent en voyant son visage. »

Elle roula des yeux. « Alors, quel est *ton* nom ? À moins que tu comptes revenir sur ta promesse ?

— Là n'est pas mon intention. Je suis un homme de parole, Angrboda. Je suis le frère de sang d'Odin lui-même », déclara-t-il avec hauteur en se frappant la poitrine.

Ah, nous y voilà, songea-t-elle. Elle ne se rappelait pas qu'Odin avait pris un géant pour frère de sang durant son séjour à Asgard. D'un autre côté, cela pouvait bien faire des siècles – elle se souvenait fort peu de son passage là-bas, et presque rien de l'époque précédente. Il n'était pas impossible que son étrange visiteur n'eût simplement pas été présent au palais lors de sa crémation.

Ou alors il était là, et il a observé la scène, captivé. Comme les autres.

« Et je n'arrive pas à croire que tu ternisses mon nom en laissant entendre que je puisse être un parjure…

— Il aurait fallu que je le connaisse, afin de le ternir, tu ne penses pas ?

— Tu ternis l'*idée* de mon honorable nom.

— L'idée de ton nom, ou l'idée de son honorabilité ? »

Il la considéra en cillant, puis articula le mot « Oh ».

« Je vais finir par t'en inventer un si tu ne me le révèles pas, menaça-t-elle.

— Oh, très intéressant. » Il enroula les bras autour de ses genoux, à la manière d'un enfant surexcité. « Et à quoi penses-tu ?

— Je suis sûre que ça ne te plaira pas. Je vais trouver le pire nom possible, et me servirai de ma sorcellerie maléfique pour forcer tout le monde à l'employer.

— Ta “sorcellerie maléfique” ? Je tremble de peur.

— Ne me *force* pas à te forcer à avaler ça, lança-t-elle en brandissant son cœur empaqueté.

— Mmmh, c'est peut-être ce que j'aurais dû faire depuis le début. » Il redressa le dos et darda sur elle un regard faussement prédateur. « Peut-être que je m'emparerais de ton pouvoir. Allez, rends-le-moi. »

Elle le maintint hors de sa portée quand il tendit la main, et déclara de sa voix la plus sombre : « Ou quelque chose d'infiniment pire se produira.

— Comment le sais-tu ?

— Je n'en sais rien. C'est une supposition.

— Bon, je peux difficilement te reprocher de vouloir le garder après ce qui s'est passé.

— Je ne risque pas de m'en séparer de sitôt, c'est certain. » Elle reposa le cœur sur ses genoux et le contempla. *Plus jamais, même.*

Quelques instants s'écoulèrent. Quand elle releva la tête, il lui adressa un sourire de guingois. Elle le lui retourna avec hésitation – elle ne savait plus à quoi ressemblait son propre sourire, s'il était grotesque, inconvenant ou simplement terrifiant.

Toutefois, son sourire à lui s'élargit, sans trahir la moindre de ses pensées.

« Je m'appelle Loki Laufeyjarson, révéla-t-il enfin.

— Tu as pris le nom de ta mère et pas celui de ton père ? s'étonna-t-elle, car Laufey était un prénom féminin.

— Oui. Et je n'arrive honnêtement pas à croire que tu ne me connaisses pas, après tout le temps que tu as passé à Asgard. Les dieux sont tous tellement sérieux que la vie finit par être barbante là-bas, alors j'ai tendance à m'amuser un peu pour égayer les choses – surtout aux dépens des autres, mais peu importe. Ils n'y peuvent rien si je suis le plus spirituel d'entre tous.

— Et le plus humble, sans l'ombre d'un doute », fit remarquer Angrboda d'un air impassible.

Loki la dévisagea un instant, comme pour tâcher de déterminer si elle plaisantait. Puisque l'expression de la sorcière ne varia pas, son sourire ironique s'étira encore, se faisant appréciateur.

« Tu sais, Angrboda, je pense vraiment qu'on va devenir les meilleurs amis qui soient. »

Angrboda avait élu domicile à l'extrémité est de la Forêt-de-Fer, où les arbres s'accrochaient de façon précaire aux montagnes abruptes qui bordaient Jötunheim. Elle était tombée sur une clairière au pied d'un escarpement, où un affleurement rocheux menait dans une caverne assez haute pour qu'elle pût s'y tenir debout. En y pénétrant, elle avait remarqué un trou creusé dans la pierre au-dessus d'elle, sous lequel reposaient les vestiges d'un foyer.

L'endroit lui avait aussitôt semblé étrangement familier. Comme s'il n'attendait qu'elle.

Elle avait reconstruit un âtre tout en longueur à l'aide de pierres ramassées dans les bois. La grotte était à peu près aussi vaste qu'une pièce modeste à Jötunheim : assez spacieuse pour y disposer des meubles et dotée d'un large espace de rangement dans le fond, où le plafond était plus bas. De jour, le soleil dardait ses rayons par l'embouchure de la caverne ; de nuit, Angrboda entretenait le feu pour lutter contre l'obscurité totale de sa nouvelle demeure.

« Une grotte ? s'étonna Loki en cillant, la première fois qu'elle la lui fit visiter. Pourquoi ne pas ériger un palais ?

— J'essaie de me tenir *cachée*. Un palais serait par trop visible. »

Loki se contenta de hausser les épaules. Elle remarqua qu'il ne formula pas le moindre commentaire quant à l'identité de ceux dont elle se cachait – même s'il en faisait partie. Elle savait qu'elle aurait dû se méfier dès qu'il lui avait signalé sa parenté avec Odin, mais quelque chose lui disait qu'il n'était pas celui qu'il paraissait, et ce fut cet instinct qui la dissuada d'aller trouver refuge dans une autre caverne lorsqu'il quitta la sienne.

Angrboda le revit de temps à autre après ce premier jour, chaque fois qu'il passait près de la Forêt-de-Fer. C'était un métamorphe naturel, ainsi qu'elle le découvrit bientôt, et il lui fallait peu de temps pour rallier les bois depuis Asgard lorsqu'il adoptait la forme d'un oiseau. Il ne se contentait pas de se poser le temps d'une conversation rapide. Il lui arrivait de rester une nuit ou deux, durant lesquelles il s'allongeait à plat ventre sur le sol de la grotte, la tête posée sur son manteau roulé en boule, et ronflait de façon comique.

Elle-même dormait rarement.

Elle ignorait combien de temps s'était écoulé depuis leur rencontre près de la rivière, mais ses cheveux blond cendré étaient redevenus longs, raides et magnifiques ; elle les tressait souvent en une fine natte drapée autour de ses épaules, ou les ramassait en un chignon lâche au niveau de sa nuque. Sa peau, rendue livide par manque d'exposition au soleil, avait vite guéri de ses brûlures, lui conférant l'aspect d'une femme bien plus jeune que son âge véritable ; en revanche, les cernes noirs qui soulignaient ses yeux ne s'étaient pas estompés.

Elle avait remis son cœur à sa place, en quittant suffisamment son corps pour endormir la douleur, tout en restant assez liée à son enveloppe charnelle pour pouvoir bouger les mains. Elle avait rouvert la plaie infligée par les épieux, une cicatrice verticale demeurait donc entre ses seins.

Néanmoins, elle conservait l'impression que quelque chose lui manquait, comme si le trou dans son cœur ne s'était pas encore pleinement refermé.

Cela ne l'empêchait pas d'être en forme. Un ruisseau bifurquait de la rivière peu après l'endroit où elle avait rencontré Loki, et les méandres du cours d'eau se prolongeaient assez près de sa grotte pour qu'aller chercher de l'eau ou laver ses rares vêtements ne devinssent pas une gageure. Elle avait aussi accumulé une maigre pile de fourrures sur lesquelles dormir, mais pas assez de nourriture pour manger à sa faim. Les animaux se faisaient rares dans la Forêt-de-Fer.

Un jour qu'elle relevait les pièges qu'elle avait placés parmi les arbres, les trouvant aussi vides les uns que les autres, elle s'aventura jusqu'au ruisseau pour y attraper du poisson. Elle resta assise sur la rive pendant des heures, crevant d'ennui sans qu'aucune prise morde à sa ligne. Elle faillit s'endormir contre un arbre lorsqu'une flèche passa près de sa tête en sifflant et vint s'enfoncer dans l'écorce, à une paume de son visage.

D'abord stupéfaite, Angrboda chercha bientôt le tireur de ses yeux écarquillés.

Un autre géant émergea d'entre les arbres de l'autre côté du ruisseau : une femme, cette fois, large d'épaules et vêtue d'une courte tunique en laine et de chausses ; l'arc à la main, un sac sur l'épaule et un carquois vide à la hanche, elle avait suspendu un tas de lapins dodus à sa ceinture.

« Tu n'es pas un lapin », déclara la femme. Elle semblait un peu trop déçue au goût d'Angrboda.

« Tu as failli me tuer, répliqua la sorcière en clignant furieusement les paupières.

— Qu'est-ce que tu fais ici, d'abord ? Ignores-tu que cet endroit est mort ? » Même si elle ne semblait pas plus âgée qu'Angrboda, la femme la toisait comme elle l'aurait fait d'une enfant insolente.

Cela ne plut pas à la sorcière, qui soutint son regard en silence.

La femme la jaugea un instant de plus avant de lui lancer : « Et si tu arrachais ma flèche de cet arbre pour venir partager un repas avec moi ? C'est le moins que je puisse faire, après avoir failli t'abattre.

— J'ai connu pire », affirma Angrboda en se débarrassant de sa canne à pêche de fortune. Le ruisseau était moins profond qu'habituellement en cette saison, et elle n'eut besoin que de sautiller sur quelques pierres pour le franchir.

Pendant qu'Angrboda allumait le feu, la géante dépouilla adroitement deux lapins et se présenta comme étant Skadi, fille de Thjazi. Elle ajouta avec fierté qu'on la surnommait la Chasseresse dans tout Jötunheim, pour rendre hommage à ses talents d'archère et de piégeuse. Elle n'était pas dénuée de beauté, avec ses épaisses tresses pâles dépassant de son couvre-chef doublé de fourrure et ses mains agiles et puissantes. Ses yeux étaient d'un bleu glacial.

Skadi se contenta de hocher la tête quand Angrboda se présenta, ne montrant qu'une pointe de confusion en entendant son nom.

« Et donc, tu habites par ici ? » s'enquit Angrboda cependant que Skadi faisait bouillir la viande de lapin dans une petite casserole en fer tirée de son paquetage.

Skadi hocha négativement du chef. « Je vis dans les montagnes, mais plus loin au nord et à l'intérieur des terres. Et toi, d'où viens-tu ? Je peine à comprendre ton accent.

— Je suis très vieille, répondit Angrboda avec sincérité. Bien plus que je n'en ai l'air. Si tu descends des montagnes, où donc sont tes skis ?

— Il ne neige pas encore ici. J'ai dû les laisser en chemin.

— Alors qu'est-ce qui t'amène dans la forêt ? Il n'y a que du menu gibier dans ces bois, et il est assez rare. Les montagnes doivent faire un meilleur terrain de chasse. »

Skadi remua le contenu de la casserole à l'aide de son couteau et sourit à Angrboda. « C'est à cause d'une histoire qu'on raconte à Jötunheim. Il paraît que la sorcière qui a engendré la race des loups rôde encore quelque part. C'est l'une des plus anciennes géantes de la Forêt-de-Fer – apparemment, ils vivaient tous ici il y a très, très longtemps. Il m'arrive de faire un détour pendant mes parties de chasse, mais je n'avais encore jamais croisé personne. Puis j'ai vu de la fumée s'élever au pied des collines, et je n'ai pu résister à la tentation de venir jeter un œil. Mais j'imagine que c'était juste toi, non ?

— Oui, en effet. » Angrboda prit le temps de choisir ses paroles suivantes avec soin. « En réalité, je *suis* une sorcière, mais certainement pas celle que tu cherches.

— Une sorcière, répéta Skadi. Quel genre de sorcière ? »

Angrboda haussa les épaules.

« Que sais-tu faire ?

— Rien d'impressionnant, je présume. Je n'ai même pas meublé ma demeure. » Elle ne possédait pas même une marmite pour faire cuire son ragoût. Malgré sa condition de sorcière, Angrboda manquait d'ingéniosité pour concevoir les ustensiles dont elle avait besoin pour rendre sa nouvelle vie plus confortable.

Skadi la scruta longuement d'un air suspicieux, lui adressant cette expression presque méprisante qu'avait adoptée Loki lorsqu'elle lui avait montré sa nouvelle résidence. Angrboda ne se détourna pas et resserra son manteau autour de ses épaules. La nuit tombait.

« Oh, finit par commenter Skadi avant de se remettre à touiller la nourriture avec une expression qui impliquait qu'elle pensait à tout sauf à ce qu'elle était en train de faire. Tu dois bien être capable de faire *quelque chose*, si tu te prétends sorcière. Certaines des sorcières dont j'ai eu vent pratiquent le *seid*. Comme Freyja. Tu sais faire ça ?

— Tu connais Freyja ? s'enquit Angrboda avec prudence.

— J'en ai entendu parler. On entend des choses, quand on fait dans le négoce. Tu es au courant pour la guerre ? l'encouragea Skadi en prenant pour de la confusion l'air distant qu'arborait la sorcière. Entre les Ases et les Vanes ? »

Angrboda acquiesça. Au cours de l'une de ses visites, Loki lui avait fait part des évènements survenus après son départ.

« Un peu, pas dans les détails. En fait, j'ai cru comprendre qu'il n'y avait pas eu de guerre, seulement une déclaration et plus rien ensuite. Comment la trêve a-t-elle pu survenir ?

— Grâce à un échange d'otages, expliqua Skadi. Njord, des Vanes, ainsi que son fils et sa fille, Frey et Freyja, contre deux Ases. Dont Mímir. »

Angrboda haussa brusquement les sourcils – encore un nom qui lui était familier. « Mímir ? Le plus précieux conseiller d'Odin ? Ces otages vanes doivent vraiment être importants pour qu'il ait consenti à une telle perte.

— Oh, ne t'en fais pas pour ça, répondit Skadi d'un air sombre. Les Ases respectent rarement les règles. Odin a fini par le récupérer – sa tête, au moins... »

Angrboda frissonna. « Mais quand même, accepter un tel marché... Qui sont ces Vanes ? Qu'est-ce qu'ils ont de si spécial ?

— Njord est une sorte de divinité de la mer, mais l'on dit de sa fille, Freyja, qu'elle est la plus belle femme des mondes, et qu'elle a enseigné le *seid* à Odin en personne.

— Vraiment ? » *Tant mieux,* se dit Angrboda. *Que cette rumeur se propage. Bientôt, plus personne ne se souviendra de la sorcière qu'ils ont brûlée trois fois, et on me laissera tranquille.*

« Oui, confirma Skadi, et Freyja vit parmi les Ases, désormais. Il paraît qu'elle possède même son propre palais. »

Angrboda remua légèrement, resserra une nouvelle fois les pans de sa cape autour d'elle. Freyja – une jeune femme avant la guerre – était la première à Vanaheim à avoir imploré Gullveig de lui enseigner le *seid* ; la sorcière s'en souvenait uniquement parce que la fille, d'une beauté époustouflante, s'était montrée admirablement convaincante. Son visage et celui d'Odin étaient les deux seuls qu'Angrboda conservait en mémoire de l'époque où elle se nommait Gullveig.

« Alors, es-tu capable d'accomplir la même chose que Freyja ? insista Skadi.

— Oui et non, répondit lentement Angrboda, en espérant détourner la conversation du *seid*. Mais je possède d'autres facultés fort utiles. »

Skadi parut songeuse. Elle versa le ragoût dans un petit bol de bois issu de son sac et le tendit à Angrboda, avant de se mettre à manger à même la casserole.

« J'essaie de réfléchir à une façon de t'aider, reprit la Chasseresse. Car j'ai bien l'intention de le faire. Mais je suis une négociante. Nous faisons des affaires, et le principe des affaires est que tu dois me fournir une chose en échange d'une autre. Alors, que sais-tu faire ? »

Angrboda prit le temps de la réflexion. En dehors de la pratique du *seid,* de quoi était-elle capable ? Elle ne se rappelait pas grand-chose de l'époque d'avant... en dehors de sa magie. Celle-ci faisait partie d'elle-même au même titre que son âme, et elle lui apparaissait aussi limpide que son petit-déjeuner du matin.

« Je sais faire des potions, affirma-t-elle. Bien que je ne dispose pas des ingrédients nécessaires pour l'instant. » Elle désigna l'épaisse futaie stérile qui les entourait. « Il n'y a rien de très utile, par ici. »

Skadi sourit. « L'une de mes parentes possède un grand jardin. Je pourrais troquer mon gibier contre les plantes qu'il te faut. Puis je te donnerai les plantes en échange des potions, dont je me servirai ensuite pour acquérir les autres éléments dont tu pourrais avoir besoin... moyennant commission, bien entendu.

— Bien entendu, répéta Angrboda, soulagée que Skadi ne fût pas réfractaire à cette idée. Après tout, c'est toi qui accomplirais le gros du travail. Tu pourras choisir ce que tu veux lors de tes négociations – je n'ai pas beaucoup de besoins. » Elle marqua une pause. « Toutefois, je ne peux que me demander ce que tu retireras de tout ça. Je réside très à l'écart de tes sentiers commerçants. Ou du moindre sentier, d'ailleurs. »

Skadi haussa les épaules. « Tu n'as pas tort. Mais tout dépend de la qualité de tes potions. Si elles sont bonnes, mes affaires seront meilleures et les détours vaudront la peine. Alors, qu'est-ce que tu sais préparer ?

— Des baumes apaisants, par exemple, et des amulettes pour soigner la maladie », répondit Angrboda en avalant une cuillerée de ragoût – celui-ci était délicieux, d'autant qu'elle ne survivait que de morceaux de lapin carbonisés au-dessus de son foyer depuis quelque temps. « Et des potions pour chasser la faim – particulièrement utiles en hiver. »

Skadi parut impressionnée. « Elles vont s'arracher à un bon prix. À condition qu'elles fonctionnent.

— Crois-moi, répliqua Angrboda avec une esquisse de sourire, elles fonctionnent. »

La prédiction d'Angrboda s'avéra : Skadi troqua ses potions dans tout Jötunheim et reçut tant de choses en échange qu'elle retourna souvent à la grotte de la sorcière avec de l'équipement de maison – couteaux, cuillères, linge, lainages, marmite, hache pour couper le bois – et du gibier, qu'elle attrapait parfois elle-même. Leur accord était si profitable que Skadi lui apportait de grandes caisses en bois remplies de petits bocaux de terre cuite, protégés de tous côtés par de la laine brute afin qu'ils ne se brisent pas pendant le transport. Angrboda les remplissait de ses onguents avant de les rendre à Skadi, qui lui laissait alors une nouvelle caisse remplie de bocaux vides.

Certains des biens que Skadi donnait à la sorcière la portaient à croire que ses potions s'échangeaient bien au-delà de Jötunheim. Skadi affirmait disposer de relations traitant avec les nains de Nidavellir ou les elfes noirs de Svartalfheim, et même avec des humains de Midgard. Parmi les objets en provenance de Midgard, Angrboda découvrit notamment des textiles délicats dont elle ignorait jusqu'à l'existence.

« Celui-ci s'appelle de la soie, l'avait informée Skadi en se présentant avec une longueur de tissu particulièrement magnifique et brillante. Les humains traversent de vastes océans dans leurs drakkars pour son commerce. Cette étoffe a beaucoup voyagé.

— Je n'ai guère l'utilité d'aussi beaux matériaux », avait répondu Angrboda. Subjuguée, elle avait malgré tout laissé courir ses doigts sur la surface lisse de l'étoffe. Elle avait cependant fini par la troquer contre quelque chose de bien plus précieux : un petit pot du meilleur miel qu'Angrboda eût jamais goûté, et qu'elle se mit à accumuler tel un dragon veillant sur son trésor.

En plus d'apprendre à la sorcière à tendre des pièges dignes de ce nom pour attraper du gibier frais, Skadi alla jusqu'à rapporter sur son traîneau de lourds rondins venus des hautes montagnes, qu'elle déposait devant la caverne d'Angrboda. Lorsque la pile fut assez haute, elle déclara qu'elles allaient à présent construire quelques meubles.

« Mais je ne sais pas construire des meubles », protesta Angrboda sans conviction. *Je suis certaine que ma magie pourrait s'en charger, même si le résultat ne serait pas joli à voir.*

« Je vais te montrer. J'ai les outils nécessaires. » Et Skadi les sortit de son sac. « Crois-moi, nous, les montagnardes, savons *tout* faire. »

Ainsi donc, Skadi lui fabriqua une table et deux bancs, ainsi qu'un cadre de lit, qu'elles poussèrent contre le mur et couvrirent de couvertures et de fourrures. En guise de matelas, Angrboda cousit deux pans de tissu qu'elle bourra de paille. Skadi lui conçut peu après une table, plus petite, et un meuble pour ses potions. Toutefois, la meilleure œuvre de la Chasseresse fut sa dernière : un fauteuil robuste à placer près du feu. Angrboda y sculpta des motifs et des volutes, avant de rembourrer l'assise de fourrures pour le rendre plus confortable.

Skadi lui apporta aussi nombre de chandelles pour illuminer sa grotte ténébreuse – et surtout sa paillasse, car elle se trouvait contre la paroi de la caverne, si bien que la sorcière confectionnait ses potions en tournant le dos au foyer central. Les bougies étaient arrivées juste à temps, car la longue nuit de l'hiver approchait. Angrboda passait généralement cette période blottie dans le fond de sa grotte, survivant grâce à ses potions coupe-faim, qu'elle concoctait à l'aide des quelques plantes disponibles dans la Forêt-de-Fer. Ces potions fonctionnaient plutôt bien, mais leur goût laissait à désirer – les ingrédients n'étaient jamais tout à fait les bons.

À présent, cependant, Skadi lui fournissait de quoi les rendre acceptables au palais ; de toute manière, elle n'en avait plus besoin : grâce à la négociante, elle disposait aussi d'une bonne réserve de viande séchée et de plusieurs chèvres pour son lait. Celles-ci étaient arrivées bien nourries, ce dont Angrboda avait été soulagée, car il y avait peu de pâturages pour les faire paître dans les montagnes et les forêts du bout des mondes.

Les choses seront peut-être différentes cette année, espérait-elle. *Chaque printemps, la Forêt-de-Fer semble reverdir un peu. Mais ce n'est peut-être que le fruit de mon imagination.*

Loki venait encore l'agacer selon son bon plaisir. Cela ne dérangeait pas Angrboda, qui appréciait sa compagnie, même si elle le trouvait parfois un peu envahissant. Le calme et la tranquillité étaient les seuls compagnons sur lesquels elle pouvait se reposer ; Loki n'appréciait ni l'un ni l'autre, mais lui-même ne paraissait pas très fiable, et l'un de ses passe-temps favoris consistait à se plaindre du fait qu'elle était devenue inintéressante depuis qu'elle avait abandonné ses racines de Gullveig.

Il fut cependant quelque peu désarçonné, en déboulant à l'improviste dans sa caverne un jour, de découvrir l'endroit entièrement meublé. Angrboda savoura l'expression de stupeur sur son visage quand il prit la mesure des changements apportés.

« Tu arrives juste à temps pour le dîner, lui lança-t-elle tandis qu'elle remuait le ragoût qui mijotait sur le feu.

— Tu as même une table, maintenant ? Tu as vraiment changé de catégorie, hein ? s'exclama-t-il. Mais où as-tu trouvé tout ça ? Tu as même une porte ! Je pensais que tu ne te déciderais *jamais* à en installer une. »

Angrboda haussa les épaules. Elle ne voulait rien de trop tape-à-l'œil pour l'entrée de sa grotte – qui ressemblait plus ou moins à un amas de pierres couvertes de mousse émergeant du pied de la montagne, avec un panache de fumée s'élevant d'un conduit de cheminée invisible –, mais avait finalement décidé qu'une porte ne serait pas du luxe ; Skadi avait alors cloué ensemble plusieurs morceaux de bois pour fabriquer un panneau capable de fermer l'embouchure de la caverne.

Angrboda s'était efforcée de ne pas se laisser troubler par le fait que des gonds de fer d'un autre âge fussent déjà fixés à la paroi quand elles avaient mesuré l'ouverture. Même Skadi avait semblé perturbée par cette découverte, mais s'était contentée de les souhaiter encore fonctionnels avant d'y monter le nouveau battant.

« J'ai fait du troc, expliqua Angrboda à son visiteur. Des potions contre des objets. Ça rapporte pas mal.

— Du troc avec qui ? s'étonna Loki en dressant un sourcil. Ne me dis pas que tu t'es fait d'autres amis ? Je suis impressionné.

— Il y a de quoi.

— Alors, comment ça se passe, ici ? » Il enfonça le doigt dans les côtes d'un lapin suspendu au plafond. « Tu ne t'ennuies pas trop à jouer les femmes d'intérieur ?

— Un peu.

— J'ai vu que tu avais un potager, maintenant, commenta-t-il avec un sourire narquois.

— Ça m'occupe », répondit-elle en faisant fi de sa condescendance. Plus tôt dans l'année, Skadi lui avait apporté quelques graines, des outils de jardinage et même un chapeau de paille à large bord, et Angrboda s'était mise à l'ouvrage. Elle était assez fière de son lopin de terre : elle faisait pousser juste ce qu'il lui fallait de racines comestibles, de choux et de fines herbes pour se nourrir.

« Quelle merveilleuse vie domestique, persifla Loki. Qu'est-ce que tu cuisines ?

— Du ragoût de lapin.

— Ça t'arrive de manger autre chose que du lapin ?

— Si tu ne veux pas de mon ragoût, je ne te retiens pas.

— Dire que tu étais autrefois une puissante sorcière qui accomplissait des choses intéressantes.

— Je suis *toujours* une puissante sorcière, et tu serais bien avisé de ne pas l'oublier. » Elle remplit des bols de ragoût et lui en tendit un. Ils s'installèrent chacun sur un banc à sa nouvelle table. « Comment ça se passe, avec les dieux ? »

Il continua de bavarder, ne s'interrompant que pour manger. Et tout en l'écoutant, Angrboda essayait de ne pas s'interroger sur l'amertume qui ternissait ses propos tandis qu'il lui narrait ses récits d'Asgard.

Par une nuit pluvieuse, quelque temps plus tard, Angrboda était assise dans son fauteuil près du feu quand Loki apparut à l'entrée de sa grotte, trempé et chancelant. Il ferma la porte derrière lui, le dos tourné à la sorcière. Ses épaules voûtées tremblaient. Sa capuche était remontée. Elle ne distinguait pas son visage.

« Loki ? demanda-t-elle d'un ton incertain en se levant. Qu'est-ce qui t'amène ici si tard ? »

Il alla s'asseoir sur le banc en traînant les pieds et posa la tête sur la table. Son souffle était erratique, humide, et ses poings serrés si forts que les phalanges apparaissaient blanchies.

Inquiète, Angrboda alla s'installer près de lui et posa une main prudente sur son épaule. Il tressaillit et redressa légèrement le front, révélant une petite flaque de sang sur la table. La sorcière blêmit et voulut lui ôter son capuchon, mais il reposa la tête sur ses bras et refusa de bouger.

« Qu'est-ce que tu as fait ? lui demanda-t-elle.

— Rien, répondit-il d'une voix étrange et étouffée. Qu'est-ce qui te pousse à croire que j'aie pu faire quelque chose ?

— Parce que "faire des choses" est ta spécialité. Depuis qu'on se connaît, j'ai l'impression que tu n'arriverais pas à te taire même si ta vie en dépendait. » Elle se renfrogna un peu plus en avisant le sang qui ruisselait sur ses avant-bras. « Que s'est-il passé ?

— *Rien.* »

Elle lui posa de nouveau la main sur l'épaule. « Montre-moi ton visage.

— Non. » Loki se redressa, les traits toujours dissimulés sous sa capuche. Angrboda constata alors que du sang inondait aussi l'avant de sa tunique. « Laisse-moi tranquille.

— Tu ne serais pas venu jusqu'ici si c'était vraiment ce que tu voulais.

— Je n'avais nulle part où aller », rétorqua-t-il d'un ton très calme.

Cette fois, Angrboda rejeta sa capuche en arrière, et il se détourna. Elle sentait son épaule trembler fébrilement sous sa main. Elle se rapprocha de lui et lui souffla : « Je ne vais pas pouvoir t'aider si tu ne me montres pas. »

Il finit par pivoter vers elle, si bien qu'elle pût examiner la blessure. Sa bouche était une bouillie ensanglantée, grossièrement rafistolée à l'aide d'une épaisse ficelle, sans aucune régularité. Il avait arraché environ la moitié de ses points, et le cordon pendouillait librement d'un côté.

Elle eut le souffle coupé en observant d'abord les plaies, puis les yeux verts, vitreux et injectés de sang braqués sur elle avec impuissance.

Angrboda n'ajouta rien. Elle dégaina son couteau – récent cadeau de Skadi, une lame élégante au manche en andouiller, rangée dans un épais fourreau de cuir qui pendait à sa ceinture – et sectionna le cordon aussi près du visage que possible. Puis elle parvint à retirer délicatement les points de ses doigts agiles. Loki grimaça à ce contact, des larmes plein les yeux, mais il ne pipa mot. Quand elle eut terminé, elle lui fit plaquer un chiffon sec contre sa bouche pour étancher le sang et lui annonça qu'elle revenait tout de suite. Il la contempla de son air absent et opina du chef.

La pluie s'était un peu calmée. Elle alla puiser deux seaux au ruisseau et en versa un dans la marmite au-dessus du feu ; lorsque l'eau fut chaude, elle humecta un linge propre et lui tamponna silencieusement la bouche. Cette fois, Loki ne tressaillit même pas.

Elle finit par rompre le silence. « Dois-je te demander ce qu'ils t'ont fait, ou ce que *tu* leur as fait pour mériter ça ?

— Une petite plaisanterie que j'ai vite réparée, comme j'ai coutume de le faire. Mais ce faisant, je n'ai pu m'empêcher d'ouvrir ma grande gueule. » Il roula des yeux. « Comme tu dirais. »

Elle lui décocha un sourire pâle, sans cesser de tamponner sa lèvre. « Étonnant. Et de quel genre de plaisanterie s'agissait-il ?

— Tu connais Sif, la femme de Thor ? Eh bien, pendant que celui-ci était en train de boire avec les autres dieux, je me suis glissé dans leur chambre pendant son sommeil et je lui ai coupé les cheveux. Ça ne l'a pas du tout réveillée, mais au matin, on l'a entendue hurler dans tout Asgard. Puis on *m'a* entendu hurler quand Thor m'a pourchassé en me menaçant de me briser tous les os du corps si je n'arrangeais pas ça. »

Angrboda cilla et lui fit signe de tenir le linge contre sa bouche. « Et pourquoi, au juste, lui as-tu fait une chose pareille ?

— La farce était destinée à Thor plutôt qu'à elle. Il adorait sa chevelure. » Loki haussa les épaules, avant d'ajouter d'une voix étrangement peinée : « Je pensais que ça les ferait rire.

— Permets-moi de douter de ton sens de l'humour », répliqua Angrboda avec flegme. Elle se rendit à son armoire à potions, où elle s'attela à préparer un baume guérisseur. « Entre autres choses. Que s'est-il passé ensuite ?

— J'ai perdu un pari. Je suis allé chercher de nouveaux cheveux pour Sif chez les nains, et j'en ai tiré deux objets supplémentaires. Puis je suis allé trouver deux autres nains et je leur ai parié qu'ils ne pourraient pas fabriquer d'autres objets aussi beaux que les premiers, mais les dieux ont préféré le second jeu. Sans mon intelligence hors du commun, je n'aurais plus de tête, à l'heure qu'il est.

— Comment cela ?

— J'ai parié ma *tête*. Ils n'ont pas pu avoir mon cou, tu comprends. Alors ils ont entrepris de me coudre la bouche avec une alêne. »

Angrboda récita une rapide mélopée devant son onguent dans son minuscule pot d'argile, puis lui lança un regard de biais. « C'était un pari ridicule, et le résultat l'est encore plus.

— Pas complètement. À présent, les Ases ont de belles choses grâce à moi.

— Quel genre de belles choses ?

— Eh bien, Thor possède un marteau au manche court - déduis-en ce que tu veux - et une *vraie* chevelure d'or pour Sif. Odin a gagné une lance qui ne manque jamais sa cible ainsi qu'un anneau magique, et Frey possède un verrat aux soies d'or et un navire pliant qu'on peut transporter dans sa poche et qui bénéficie toujours d'un vent portant.

— Ça semble être de précieux cadeaux. Tu peux enlever le chiffon, à présent.

— Oui, eh bien, ça n'a pas empêché Thor et Frey de me retenir pendant que les nains me cousaient la bouche. » Il contempla Angrboda avec la méfiance d'un enfant confronté à un plat inconnu quand elle revint vers lui, le doigt dans son pot d'argile. Il fit la grimace lorsqu'elle lui étala une pâte verdâtre sur la bouche. « C'est ça que tu vends à ton amie Skadi ? Des gens lui échangent vraiment des biens contre ça ?

— Tes blessures guériront plus vite qu'elles ne le feraient seules. Mais tu conserveras des cicatrices. Elles seront plus prononcées là où tu t'es griffé le visage comme un animal. Ce baume est d'autant plus puissant que je l'ai confectionné spécialement pour *tes* plaies, il fonctionnera donc plus vite que ceux que je conçois pour Skadi.

— Merci, je me sens *beaucoup* mieux.

— J'espère bien. Tu es en de bonnes mains, si je puis me permettre.

— Ne sois donc pas si humble. »

Elle leva les yeux au ciel. « J'essaie. Et très occasionnellement, je réussis.

— Je savais que connaître une sorcière me servirait un jour. Quand pourrai-je essuyer ce truc ?

— Quand tu auras cessé de saigner. » Angrboda étala la fin du pot sur la bouche de Loki avec plus de force que prévu, ce qui lui arracha une nouvelle grimace. « Tu pourrais faire montre d'un peu de gratitude.

— De la gratitude ? Je ne sais même pas où ça se trouve. Tu devrais plutôt donner de cet onguent puant à Skadi, pour voir si elle peut t'en rapporter.

— Arrête de parler, ou tu risques de rendre le produit inefficace. » Elle soupira, posa le pot sur la table et croisa les bras. « J'ai l'impression que ce n'est pas la dernière fois que je vais devoir te tirer d'affaire.

— Tu ne me tires pas d'affaire, tu me soignes. Je me suis tiré d'affaire tout seul.

— Et je me demande ce qui est le plus difficile. » Angrboda alla chercher un nouveau linge propre et tamponna les gouttes de sang frais qui s'étaient formées sur les lèvres de Loki et suintaient au travers de la couche de baume. « Tu vois ? Tu recommences à saigner à force de parler. Tu devrais vraiment la boucler un moment, en attendant que ça guérisse. »

Loki lui attrapa alors le poignet et lui décocha un sourire de travers. « Aucune chance. »

Ce sourire, si difforme et ensanglanté qu'il fût, la fit hésiter. Elle immobilisa sa main, le linge plaqué contre le coin de la bouche de son patient.

« Merci », dit-il enfin, les paupières à moitié closes. Il arborait une expression de douceur qui lui ressemblait peu.

Elle secoua la tête et retira la main, commençant à rassembler dans le seau vide tous les torchons ensanglantés ou autrement souillés. « Tu es un homme particulièrement agaçant, Loki Laufeyjarson. »

Cela lui arracha une exclamation outrée. « Attends, pardon ? »

Angrboda ramassa son seau. « Je vais laver ça au ruisseau. Il reste de l'eau dans l'autre seau si tu veux te débarbouiller.

— Je pourrais me contenter de sortir sous la pluie pour m'épargner cette peine. » Il retira ses souliers de cuir boueux, ses chaussettes de laine détrempées, et jeta le tout en tas à l'entrée de la caverne.

« Je ne préférerais pas », rétorqua-t-elle avec une moue en songeant à toute cette boue séchée qu'elle allait devoir balayer le lendemain matin.

Loki entreprit de dérouler les longues bandelettes de tissu qui lui ceignaient les mollets, un vêtement courant chez les hommes. « Je t'agace vraiment, n'est-ce pas ? »

Angrboda ignora sa question et s'arrêta sur le seuil, scrutant l'extérieur en fronçant les sourcils. La pluie avait redoublé d'intensité. « Ça peut sans doute attendre demain matin. » Quand elle fit volte-face, elle se détourna immédiatement, car Loki avait retiré sa tunique pleine de sang et la trempait dans le seau d'eau en la tenant entre le pouce et l'index.

« Ce n'est pas comme ça qu'on fait la lessive. » Elle soupira, posa son fardeau et alla lui arracher la tunique des mains, s'autorisant un rapide coup d'œil au passage. Ses muscles fins n'étaient visibles que parce qu'il était maigre. Elle s'interdit de l'observer trop attentivement et concentra plutôt son attention sur la tunique, qu'elle déploya sur la table pour en récurer les taches à l'aide d'un chiffon.

« Mes chausses sont sales également », fit innocemment remarquer Loki en saisissant le cordon du vêtement concerné.

Angrboda leva la main pour l'interrompre. « Inutile de les retirer pour l'instant.

— Tu n'as pas peur que je salisse ton lit ?

— Quel rapport avec mon lit ?

— Je pourrais dormir dans l'une de tes robes. J'aime bien les robes. À moins que tu n'aies que celle-ci. D'autant qu'elle ne semble pas très propre. Tu dors avec ? »

Angrboda préféra ne pas l'interroger sur son goût pour les robes. « Qu'est-ce que ça peut te faire, comment je dors ? Et j'ose espérer que tu ne t'imagines pas dormir dans mon lit ce soir, étant donné que c'est justement *mon* lit...

— Dans ce cas, on va devoir partager. » Loki haussa une épaule. Au grand soulagement d'Angrboda, il n'avait pas retiré ses chausses. « Je suis *blessé*, et j'ai traversé des *mondes entiers* aujourd'hui pour arriver jusqu'ici. Le moins que tu puisses faire serait de m'accorder une couche décente, Angrboda Sorcière-de-Fer. »

Elle ne put réprimer un léger sourire, car ce nom lui plaisait bien. « Tu me donnes le nom de ma région, maintenant ?

— Non, mais ça caractérise bien ton tempérament.

— Toujours le mot pour plaire. » Elle suspendit la tunique détrempée au dossier d'une chaise pour la faire sécher. « Tes chausses ne sont pas sales au point de devoir être lavées, mais je vais essayer de faire partir ces taches. Inutile de les retirer pour ça.

— D'accord. » Il se laissa tomber sur le lit. « J'ai faim.

— Eh bien, lève-toi et va te chercher à manger. Tu m'as prise pour ta mère ?

— Non, et heureusement. » Il s'étendit, croisa les mains derrière la nuque, plia le genou et remonta l'autre cheville pour la poser dessus. « Si tu étais ma mère, j'aurais un accent rustique comme le tien. Non, ma mère était un sacré numéro.

— Ça doit être de famille, répliqua Angrboda en s'asseyant près de lui pour gratter une tache de sang sur ses chausses. Pourquoi tu utilises son nom à Asgard, et pas celui de ton père ?

— Eh bien, elle ressemblait plus aux Ases que lui. Enfin, j'en ai l'impression. » Il se rembrunit. « Je n'en sais rien. Si ça se trouve, elle en faisait partie. Lui était un géant, en revanche. Ça, je ne l'ai pas oublié. »

Angrboda marqua un temps d'arrêt. « Tu n'en sais rien ? »

Loki la considéra, l'air étrangement sérieux. Le baume remplissait son office : elle voyait des croûtes commencer à se former sous la pâte verte. « Je ne me souviens pas de grand-chose avant Asgard. Ne me dis pas que tu te rappelles ce qui t'est arrivé avant que tu deviennes Gullveig ?

— Non, et cela m'a longtemps posé problème », avoua-t-elle en achevant de nettoyer la dernière tache. Le résultat n'était pas parfait, mais les souillures ressortaient moins qu'avant. Elle lui tendit son dernier chiffon propre. « Tiens... Tu peux t'essuyer la bouche, maintenant.

— Alors ce n'est peut-être pas important », conclut-il. Il obtempéra, puis jeta le tissu maculé de vert dans le seau désormais plein. « On s'en fiche, d'où l'on vient, non ? Ce qui compte, c'est qu'on est là, maintenant. On est nous-mêmes. Que demander de plus ? »

Angrboda se leva pour aller remiser son propre chiffon avec le reste du linge sale. Elle se sentait soudain vidée. Après avoir ajouté du bois au feu, elle ramassa son peigne en os sur la table, dénoua sa tresse, s'assit dans son fauteuil et entreprit de se démêler les cheveux. Ce faisant, elle entendit Loki remuer sur le lit, mais ni lui ni elle ne prononcèrent un mot.

« Ça t'arrive de rester en place ? » s'enquit-elle quand elle eut presque terminé. Comme il ne répondait pas, elle se retourna et le vit allongé sur le ventre, sous une pile de fourrures, à ronfler de manière peu convaincante.

Angrboda s'approcha du lit dans l'espoir de récupérer une fourrure afin de s'installer confortablement dans son fauteuil pour la nuit, car elle continuait à peu dormir. Cependant, une fois près de lui, elle le vit grelotter et rechigna à lui retirer une épaisseur.

Après s'être attardée là un instant, elle ôta sa ceinture, le carré de tissu qu'elle se nouait autour de la taille en guise de tablier ainsi que sa robe chasuble en laine, ne conservant qu'une sous-robe en lin qu'elle entendait laver. Si elle s'était trouvée seule cette nuit-là, elle ne l'aurait pas changée – mais après un regard de biais au Loki « endormi », elle sortit une autre tenue de nuit d'un coffre que Skadi lui avait fabriqué et l'enfila discrètement.

En arrivant à la Forêt-de-Fer peu de temps auparavant, elle ne possédait que les vêtements qu'elle avait sur le dos. Elle s'estimait heureuse d'avoir eu le temps et les moyens de se confectionner des habits de rechange, et d'excellente facture, grâce aux tissus épais et aux laines chaudes que Skadi lui avait procurés. Apparemment, les fournisseurs de plantes de la Chasseresse faisaient aussi pousser du lin et possédaient de nombreux moutons, en plus de trouver le temps de préparer, filer et tisser l'ensemble.

Cela convenait très bien à Angrboda, qui trouvait de telles activités pénibles et fastidieuses, alors que nombre de femmes les estimaient fécondes et cathartiques. *Tant mieux pour elles*, se disait-elle souvent. *Je troquerais volontiers mes marchandises contre les leurs.*

« Je croyais que tu ne voulais pas partager ? » murmura Loki quand elle se glissa discrètement dans le lit près de lui. Il fit saillir sa lèvre supérieure. « C'est parce que je suis gelé et blessé ? »

Elle réprima un soupir, secrètement soulagée de s'être changée avec pudeur, se doutant qu'il ne dormait pas vraiment. Elle savait d'expérience que, lorsqu'il dormait pour de bon – bien souvent la tête posée sur sa table –, ses ronflements étaient considérablement plus bruyants.

« Peut-être parce que tu me fais pitié et que j'éprouve le besoin impérieux de m'occuper des personnes pitoyables, souffla Angrboda en retour. Un peu comme ton besoin impérieux de parler sans arrêt, même lorsque tu ferais mieux de te taire pour réfléchir. »

En réaction, il entreprit de se décaler de manière à lui laisser le moins d'espace libre possible pour s'allonger. Quelques minutes plus tard, il dormait à poings fermés, lui laissant tout loisir d'écouter ses ronflements. Elle éprouvait un étrange papillonnement dans la poitrine, ainsi qu'un émoi interne malvenu, un sentiment qui s'éveillait alors qu'il aurait mieux valu qu'il sommeille profondément en elle, dans les confins de son esprit, où il ne la gênerait pas.

Mais Loki était d'un naturel pour le moins gênant.

Elle fut réveillée par un violent fracas suivi du chapelet de jurons marmonnés par Loki.

Angrboda s'assit et frotta ses yeux ensommeillés, mais la vue du désordre que son invité avait causé avec ses ustensiles de cuisine acheva de la réveiller.

« J'essayais de préparer le petit-déjeuner », gémit-il en se rendant compte qu'elle l'observait. Par chance, sa tunique avait séché durant la nuit, et il avait pu la renfiler.

« Avec quoi ? s'enquit-elle en descendant du lit.

— Euh… De la viande séchée et des œufs, j'imagine. C'est tout ce que tu as en magasin. Et je meurs de faim. Tu fais une bien piètre hôtesse. »

Angrboda ne releva pas ce commentaire, estimant qu'elle avait plus que rempli sa part en soignant ses plaies, en lavant ses vêtements et en l'autorisant à partager sa couche. « Comment vont tes blessures ?

— Eh bien, je parle, pas vrai ?

— Ce qui ne m'apprend absolument rien d'important. » Elle s'approcha de lui pour lui examiner la bouche. Le regard de Loki s'adoucit, comme la veille au soir. Elle sentit quelque chose s'emballer dans sa poitrine – son cœur, comprit-elle – et maudit cette réaction.

« Tu vois ? dit-il doucement en lui désignant les cicatrices. Je suis comme neuf. »

Angrboda se recula alors, éprouvant un soudain besoin d'espace. Il envahissait trop son intimité – tant sa grotte que son esprit.

« Bois un peu. Je vais chercher des baies pour accompagner le petit-déjeuner. » Voyant le soleil briller au travers des fissures de sa porte, elle en déduisit que la matinée était douce ; elle décida donc de se passer de sa robe chasuble en laine, mais enfila tout de même sa ceinture et son tablier. Puis elle remplit un gobelet de bière légère et le fit glisser sur la table.

Loki en sirota une gorgée. « Elle est bien meilleure que d'habitude, commenta-t-il. Tu as changé de recette ? »

Angrboda rougit légèrement et ramassa son panier. Elle n'avait pas besoin de s'entendre expliquer que Skadi était meilleure brasseuse qu'elle, au point que la sorcière avait cessé de préparer sa bière, préférant celle de son amie. « Non. Je l'ai troquée. Bois-en tant que tu veux.

— Je ne te le ferai pas dire deux fois », lui lança Loki tandis qu'elle fermait la porte derrière elle.

La pluie avait cessé dans le courant de la nuit. Angrboda s'emplit les poumons de l'air vif automnal et se sentit immédiatement mieux.

Depuis son arrivée à la Forêt-de-Fer, après sa crémation, les bois étaient un peu plus verts chaque printemps, et elle ne pouvait s'empêcher de remarquer que la végétation semblait se déployer depuis l'endroit qu'elle avait fait sien. La forêt était peut-être reconnaissante d'accueillir à nouveau une habitante.

Plus elle s'éloignait de sa caverne, plus les fourrés s'épaississaient et les bois s'assombrissaient. Jötunheim ne s'étendait pas plus loin à l'est que le refuge d'Angrboda, car celui-ci jouxtait les montagnes au bord de ce monde-là. En revanche, Skadi arrivait du nord, et la sorcière se dirigeait présentement vers le sud, le long du versant, dans l'espoir de découvrir des buissons dont ni elle ni les animaux n'auraient touché les fruits. Bientôt, elle pénétra en territoire inconnu ; même Skadi n'aurait pu repérer la moindre trace d'une activité animale dans cette zone, il était donc inutile d'y poser des collets. Toutefois, ses autres points de cueillette ayant été dépouillés, elle jugea bon d'aller y jeter un œil.

Les arbres donnaient l'impression de se refermer sur elle. Elle crut à plusieurs reprises entendre des pas derrière elle – mais chaque fois qu'elle se retourna, elle ne vit personne.

Elle continua d'avancer, incapable de se départir de cette impression d'être suivie. Il lui semblait presque percevoir des murmures dans son dos, répétant des phrases qu'elle ne pouvait distinguer – puis une cacophonie de voix se mit à rire et à chanter, portée par le vent...

Mère-Sorcière.

Alarmée, Angrboda trébucha et bascula de côté, laissant échapper son panier. Quand elle eut enlevé les feuilles mortes et les brindilles accrochées à ses cheveux détachés, elle chercha sa corbeille à tâtons et se rendit compte qu'elle était tombée dans une clairière. En voulant savoir dans quoi elle s'était pris les pieds, elle remarqua une petite pierre, puis s'avisa qu'il y en avait plus d'une, formant un cercle autour d'un trou superficiel, le tout à moitié envahi par les broussailles.

Des fondations, songea-t-elle. *Comme pour une maison.*

Elle repéra alors un autre cercle traçant le tour de la clairière, plus visible que celui sur lequel elle avait buté. Au centre de la trouée, un autre rond de pierres moins rapprochées, qui avait dû servir de foyer.

Le vent se remit à souffler, et il lui sembla de nouveau entendre des voix – des murmures de femmes, des rires d'enfants, le hurlement d'un loup. Ces sons semblaient aussi distants qu'un souvenir estompé, mais elle aurait juré...

« Je croyais que tu allais chercher des baies ? » lança Loki derrière elle. Angrboda sursauta et porta la main à sa poitrine, surprise. Il lui décocha un sourire de guingois en remarquant sa stupeur. « J'ai interrompu quelque chose ? »

Ce n'était que mon imagination. Angrboda s'efforça de maîtriser son rythme cardiaque. « Qu'est-ce que tu fais ici ?

— Je suis venu voir ce qui te prenait si longtemps.

— Ah. » Elle ne l'avait pas entendu la suivre. Elle s'accroupit pour étudier les fondations de plus près, sourcils froncés.

Loki vint se placer près d'elle pour regarder ce qui l'intriguait tant. Il avança sa lèvre supérieure et déclara : « Je me disais bien que tu passais tes journées à observer des cailloux, mais...

— Quelqu'un vivait ici », l'interrompit-elle doucement.

Étonné, Loki se releva avant de se mettre de nouveau sur ses talons. « Oh. Je vois. Ta sorcellerie maléfique a dû l'effrayer. À moins que ce soit ton visage, Angrboda la Trollesse. »

Elle le rabroua d'une bourrade dans les côtes, et il fit mine de souffrir le martyre en se roulant par terre.

« Et si des trollesses habitaient là ? » demanda-t-elle avec douceur en lui désignant la clairière.

Loki s'assit en haussant les sourcils. « Les Jarnvidjur ? »

Pour une raison mystérieuse, ce mot lui donna le frisson. « Ce sont... les femmes qui vivaient ici avec les loups ? Dans les légendes ?

— Eh bien, oui. »

Angrboda se leva et, après un dernier regard à la clairière, tourna les talons et s'en alla. Elle entendit Loki la suivre, inconscient de son malaise à la découverte de ces ruines. Il ne cessa de se plaindre de tout le trajet du retour.

« Et mon petit-déjeuner, alors ? »

Après ça, il partit quelque temps, la laissant seule avec ses pensées.

Elle ne retourna pas à la clairière. Elle craignait trop de s'y asseoir pour écouter les murmures portés par le vent en attendant que quelque chose se passe, que les souvenirs ressurgissent et lui expliquent pourquoi elle éprouvait un tel attachement vis-à-vis de ce lieu ancestral.

Elle préférait donc s'en tenir éloignée. Sans Loki pour la tirer de sa rêverie, elle redoutait de se transformer en pierre dans cette trouée, de passer ses journées à observer des cailloux, pour reprendre les termes de son visiteur, jusqu'à en devenir un elle-même.

Quelques soirs plus tard, Loki reparut et vint s'asseoir près d'elle, l'air soucieux. Elle retira en partie la couverture de laine passée autour de ses épaules pour en recouvrir celles de l'arrivant. Sa proximité fit s'emballer son cœur, ce qu'elle se reprocha une fois de plus. Elle sentit revenir cette sensation d'étourdissement et d'oppression – sauf que, cette fois, elle ne pouvait pas fuir.

Loki n'en remarqua rien. Il garda les yeux fixés sur les flammes, tandis qu'elle scrutait sa bouche. Ses blessures étaient complètement guéries à présent, mais, comme prévu, la cicatrisation demeurait plus visible d'un côté que de l'autre.

« Ça ne te fait pas peur ? demanda-t-il.

— Quoi ?

— Le feu. Tu ne le crains pas ? Après ce qui t'est arrivé ? »

Angrboda secoua la tête. « Non.

— Ça ne t'a pas fait mal ?

— Je peux te dire un secret ?

— Tout dépend. Dois-je promettre de le garder pour moi ? »

Angrboda se pencha vers lui, réprimant la sensation d'étranglement dans sa poitrine quand elle se rapprocha. « La guérison était plus douloureuse que la combustion, avoua-t-elle à mi-voix. Parce que, quand je brûlais, je pouvais quitter mon corps. Je ne sentais rien. C'est aussi comme ça que j'ai pu remettre mon cœur.

— Vraiment ? J'avais entendu dire que c'était dans la nature du *seid*, mais n'as-tu pas juré d'y renoncer, après ce qui t'est arrivé quand tu étais Gullveig ? »

Angrboda haussa une épaule. « Si, mais je ne suis pas allée loin. » *Dans le cas contraire, j'aurais pris le risque de renseigner Odin sur le lieu où je me trouvais.* C'était l'une des nombreuses raisons qui l'avaient poussée à renoncer au *seid*. Si elle s'aventurait trop avant, elle risquait de se frotter à Yggdrasil, l'arbre qui reliait les Neuf Royaumes, l'axe de l'univers. Odin s'en servait désormais comme moyen de transport, et elle n'osait plus s'en approcher.

Comme Loki demeurait silencieux, Angrboda changea de sujet. « Alors, que t'arrive-t-il ? Tu ne viens ici que lorsque tu t'ennuies ou te fais du souci, et j'ai bien l'impression que c'est le cas aujourd'hui.

— Ce n'est pas vrai. » Il pinça les lèvres comme pour s'empêcher de parler, mais les mots se bousculèrent quand même. « Enfin, il se trouve que… Récemment, un maçon est arrivé à Asgard sur son cheval. Il a proposé de bâtir un mur en échange de Freyja – du soleil et de la lune également, mais on sait tous que Freyja était le véritable objectif.

— En effet, murmura Angrboda. Je présume que les Ases ont refusé.

— Mmmh, oui, sauf que non, répondit Loki en remuant, mal à l'aise. À quelques détails près. Un cadeau de ton serviteur.

— Et quels étaient ces détails ?

— Eh bien, il a été suggéré que le maçon accomplisse son ouvrage en moins de temps, ce qu'il a accepté, à condition de pouvoir se servir de son cheval. Les Ases y ont réfléchi et m'ont demandé mon avis. Je leur ai conseillé d'accepter, qu'est-ce que ça pouvait me faire ? On avait besoin d'un mur, et cet inconnu était prêt à le construire. Je ne voyais pas où était le problème.

— Alors, où était le problème ?

— Le *problème* est que la monture de ce maçon est d'une force surnaturelle, et que la construction du mur est presque achevée. Les Ases sont sur le point de perdre leur pari, et ils vont prétendre que c'est ma faute et me demander d'arranger ça. C'est du moins ce qu'Odin m'a dit, quand il avait le pied sur ma gorge et menaçait de me couper la tête. Alors maintenant, je dois faire quelque chose, et je sais précisément quoi. Sauf que... ça va mal se terminer. J'ai un mauvais pressentiment. Mais c'est toujours mieux que de se faire tuer.

— La solution serait peut-être de fermer ta grande bouche la prochaine fois, avant que quelqu'un s'en charge à ta place, suggéra Angrboda avec légèreté. Encore. »

Loki lui sourit, et la lumière des flammes dansa dans ses prunelles. « Qu'ils essaient, j'aimerais bien voir ça. »

Peu de temps après son départ, alors qu'elle ramassait du bois, un cheval arriva près d'elle et, de sa tête, lui poussa le bras. Ce contact la surprit tant qu'elle manqua de laisser échapper le fagot qu'elle portait comme un nouveau-né.

« Tiens, bonjour », dit-elle d'un air absent. Alors seulement se demanda-t-elle ce qu'un cheval pouvait bien faire dans sa forêt et comment il avait pu l'approcher sans bruit. Elle le contempla pensivement.

Il soutint son regard avec une tristesse abjecte.

« Ah, fit Angrboda. Qu'est-ce qui t'amène sous cette forme, Loki ? »

J'ai des ennuis, répondit la jument dans son esprit.

« Quel genre d'ennuis ? »

Tu verras dans quelques mois.

Angrboda y réfléchit un instant.

« Loki, s'il te plaît, dis-moi que tu ne t'es pas transformé en jument pour éloigner le cheval surnaturel du maçon, afin d'empêcher celui-ci d'achever la construction de son mur à temps. »

Un silence s'installa.

La jument agita la queue, agacée. *Moi qui pensais que tu ne faisais plus dans la magie prophétique.*

« Pas besoin de magie pour une déduction aussi simple. Allez, viens. » Elle lui tapota le chanfrein d'une manière qu'elle espérait réconfortante avant de le ramener chez elle.

Angrboda ne passa pas la fin de l'hiver seule. Au lieu de quoi, elle réclama surtout du foin à Skadi en échange de ses potions, et s'occupa beaucoup de la jument.

À présent qu'il neigeait, Skadi effectuait les trajets entre la Forêt-de-Fer et Jötunheim plus vite que jamais. Elle skiait admirablement, même avec ses rennes et un traîneau en attelage.

Un jour, lorsque Angrboda l'invita à dîner avant de la laisser repartir pour les montagnes, Skadi fut surprise de découvrir la jument pleine dans un coin de la grotte, qui mastiquait misérablement sa pitance comme si elle rechignait à le faire.

« C'est donc pour ça qu'il te fallait tant de foin ces derniers temps, comprit Skadi. Où as-tu déniché ce cheval ? »

Angrboda haussa les épaules en caressant la crinière de l'animal. « Il est venu me rejoindre dans les bois pour réclamer mon aide. Comment aurais-je pu la lui refuser ?

— Alors tu vas te retrouver coincée ici tout l'hiver avec un cheval à nourrir et à entretenir ? »

La jument hennit, produisant un ricanement très semblable à ceux qu'émettait Loki.

« C'est l'idée », confirma Angrboda, imperturbable.

Skadi soupira. « Tu es une femme étrange, Angrboda, même pour une sorcière. As-tu des potions pour moi ? »

Angrboda ramassa une grosse caisse remplie de pots en argile, que le rembourrage de laine maintenait en rangées bien nettes. « Tiens.

— Quand les cols seront pleins de neige, je ne pourrai plus venir te voir », l'informa Skadi. Elle lorgna la jument, puis reporta son regard sur Angrboda. « Tu es certaine d'avoir assez de provisions pour passer l'hiver ?

— Oui. Tu t'es surpassée, Skadi, je t'assure. Ça va aller. »

Skadi l'étreignit subitement, puis se recula pour poser les mains sur les épaules de la sorcière. « Prends bien soin de toi.

— Toi aussi », répondit Angrboda avant de verrouiller la porte derrière elle.

C'est donc elle, Skadi, commenta Loki.

« En effet. » Angrboda lui caressa le front. « Restent donc toi, moi et les chèvres. » Ces dernières occupaient leur propre refuge à l'extérieur – que Skadi avait construit en même temps que les latrines, bien longtemps auparavant –, mais Angrboda prévoyait de les faire rentrer dans la grotte, quand il ferait trop froid. « L'hiver va être long. »

Je vais rester coincé sous cette forme plus longtemps encore, répliqua Loki d'un ton maussade. *Ne pourrais-tu pas… préparer une potion en vitesse pour me délivrer plus rapidement ?*

Angrboda sourit. « Je vais voir ce que je peux faire. »

Ainsi donc, Loki et Angrboda passèrent l'hiver dans la grotte, et les potions de la sorcière firent une fois de plus des miracles :

au lieu de durer près d'un an, la gestation de la jument s'acheva au printemps, quand elle donna vie à un poulain gris. Skadi reparut dès que les défilés furent dégagés, lestée de nouvelles fourrures, de gros gibier et de plantes précoces qu'Angrboda pourrait utiliser dans ses mélanges afin de relancer son activité.

Skadi observa le poulain avec étonnement, car celui-ci était doté de huit jambes ; elle n'avait jamais rien vu de pareil. Loki et Angrboda, désormais habitués au jeune animal, s'amusèrent de son ébahissement.

Angrboda fut surprise de constater que d'autres arbres gris de la Forêt-de-Fer s'ornaient désormais de feuilles, et que de l'herbe poussait devant l'entrée de sa caverne – suffisamment pour que la jument puisse paître tandis que le poulain galopait joyeusement alentour. Angrboda broyait souvent ses herbes et préparait ses mixtures dehors pour les admirer.

L'automne était revenu quand Loki lui annonça qu'il comptait emmener le poulain qu'il avait engendré à Asgard, afin de l'offrir à Odin. Il se prénommait Sleipnir et deviendrait bientôt le meilleur cheval parmi les dieux et les hommes.

Angrboda tenta de l'en dissuader. Elle voulait garder l'animal ; elle éprouvait une certaine tendresse pour le poulain, en dépit de sa particularité. Loki se montra inflexible. Il refusa de lui expliquer pourquoi, se contentant de lui rappeler qu'Odin était le Père-de-Tout et méritait une monture pareille, et que rien ne pourrait le faire changer d'avis.

Au matin de son départ, Angrboda cousait dans son fauteuil quand un souffle soudain lui fit redresser la tête. Elle vit l'air tourbillonner autour de la jument à la manière d'une tornade. Quand la poussière se dissipa, Loki se dressait à sa place, voûté, hagard et tout à fait nu.

« Tu aurais pu prévenir, le réprimanda Angrboda en se retournant ostensiblement.

— Oui, c'est vrai, j'aurais pu. » Sa voix était rauque de n'avoir plus servi, mais il paraissait plus que soulagé. « Tu n'aurais pas des vêtements de rechange, par hasard ? »

Plus tard, alors qu'ils se tenaient dans la clairière en milieu de journée, Angrboda essaya une dernière fois d'infléchir sa décision.

« Tu ne vas jamais nulle part, de toute façon. Qu'est-ce que tu ferais d'un cheval ? » lui demanda-t-il. Angrboda s'était hâtée de raccourcir l'une de ses robes pour en faire une tunique et raccommodait justement des chausses pour lui, il avait donc pu se vêtir. En revanche, il devrait aller pieds nus, désormais.

« Je ne dis pas que *je* pourrais le garder, le détrompa-t-elle, mais que *nous* pourrions le faire. Il est adorable. »

Comme pour lui donner raison, Sleipnir vint alors lui pousser la main du chanfrein, et elle lui sourit en caressant sa crinière.

Loki se contenta de la dévisager, puis secoua la tête et emmena le poulain, le menton tendu bien haut. Angrboda les regarda s'éloigner jusqu'à ce qu'ils disparaissent. Le trou dans son cœur semblait toujours présent – après des mois passés en compagnie de Loki, sans compter l'arrivée du poulain, sa grotte lui parut plus froide et sombre que jamais.

Cependant, Loki avait apparemment décidé de ne pas s'attarder trop longtemps à Asgard : à la grande surprise d'Angrboda, il revint avant la nuit.

La sorcière débarrassait son souper quand il fit son apparition. Bien qu'ayant tout juste recouvré sa forme d'homme, il apparaissait fatigué et usé par les nombreux mois passés en cheval, encore plus qu'à son départ plus tôt dans la journée. Quand il avait tenté de faire bonne figure.

Elle espérait pour lui qu'il avait tenu jusqu'à Asgard.

« Odin a-t-il apprécié son cadeau ? s'enquit-elle en se tournant vers lui.

— Oui. » Il avait troqué ses vêtements du matin contre ses atours habituels d'Asgardien. Elle essaya de ne pas en prendre ombrage.

Elle s'assit sur son grabat et l'observa. Appuyé sur la table, les bras croisés, il paraissait décidé à ne pas la regarder. À la lueur des flammes, les poches sous ses yeux semblaient encore plus proéminentes.

« Viens ici », l'invita-t-elle en soulevant un coin de la large couverture de laine drapée autour de ses épaules. Il s'approcha à contrecœur et se laissa tomber sur le lit. Elle lui passa l'étoffe autour du cou de manière qu'ils en soient tous deux recouverts, et il en serra le pan contre lui en grelottant, sans cesser de contempler le feu.

Le silence qui s'instaura alors sembla se prolonger pendant une éternité.

« Ils s'imaginent que j'ignore ce qu'ils racontent à mon sujet, finit par déclarer Loki. Je leur apporte un fabuleux présent et je suis récompensé d'un... » Il agita la main, puis renonça à l'idée de décrire le fond de sa pensée.

« Et tu te soucies de ce qu'ils racontent ? s'étonna Angrboda. Pourquoi ? »

Loki secoua la tête. « Tu habites dans une grotte. Tu ne sais pas ce que c'est de vivre avec une bande de...

— Si, je sais parfaitement ce que c'est, l'interrompit-elle en posant la main sur la sienne. D'être une étrangère.

— Et comment ça a fini pour toi ? répliqua Loki avec amertume en se dérobant au contact. Ah oui, c'est vrai. Tu as été frappée à coups d'épieu et brûlée à plusieurs reprises. Et maintenant, tu te planques ici, toute seule, au bout du monde. Je préfère qu'on me trouve répugnant et honteux parmi les autres plutôt que de rester seul comme toi.

— Qu'est-ce qu'ils disent de toi ? Qu'ils te jugent répugnant et honteux ? » l'interrogea Angrboda en ignorant la pique. Même si ses souvenirs en tant que Gullveig étaient assez vagues, elle se rappelait avoir eu l'impression de ne pas se sentir à sa place – et lorsqu'ils s'étaient retournés contre elle, qu'ils l'avaient *brûlée*, elle avait éprouvé des tas d'autres choses. Cependant, l'émotion qui revenait le plus distinctement n'était ni la peur ni la colère, mais bien le sentiment d'avoir été utilisée.

Elle supposait que Loki ressentait la même chose. Elle ne le souhaiterait pas à son pire ennemi – et encore moins à l'homme qui se trouvait devant elle et qui faisait palpiter de manière si agaçante son cœur trois fois brûlé. Le savoir en proie à une telle souffrance emplissait sa poitrine d'une rage féroce.

« Plus ou moins, admit Loki en haussant les épaules. Mais je viens de décider que je m'en moquais.

— Ça veut dire que tu ne comptes pas y retourner ?

— Oh que si. Je vais juste m'en moquer mieux qu'avant.

— Tu es un imbécile, lança Angrboda en serrant les poings dans son giron. Ça ne changera rien si tu y retournes. Je ne sais pas comment je vais pouvoir t'aider davantage si tu persistes à demeurer là-bas. Tout ça va mal se terminer. » Elle lui adressa un regard implorant. « Ça se reproduira encore et encore, Loki. Je dis ça uniquement parce que... parce que je tiens à toi. »

Elle regretta aussitôt d'avoir prononcé ces paroles – Loki lui avait toujours semblé être du style à fuir à la première évocation de sentiments, et elle n'était pas non plus adepte de ce genre de conversation –, mais ses mots étaient empreints de sincérité, et elle les laissa infuser entre eux.

À présent, Loki la considérait d'un air suspicieux. « Attends. Tu... ne me trouves pas répugnant ? Tu trouves que... ce que j'ai fait, ce que je suis capable de faire, n'est pas... ? »

Elle roula des yeux. « Si c'était le cas, tu crois sincèrement que j'aurais passé l'hiver entier à nettoyer derrière toi, au sens propre comme au figuré ?

— Je... Enfin, je...

— Tu sembles avoir perdu l'usage de ta langue, le Fripon. »

Il lui retourna un regard assassin. « Tous les autres... »

Elle lui plaqua un doigt sur les lèvres. « Dorénavant, dès lors que tu franchiras mon seuil, tu dois t'en moquer réellement – comme tu as affirmé vouloir le faire –, ou emporter tes états d'âme ennuyeux ailleurs. Suis-je assez claire ?

— C'est le fait que j'aie des états d'âme que tu trouves ennuyeux, ou est-ce que je dois passer chacun de mes états d'âme en revue pour déterminer lesquels laisser dehors ? »

Angrboda y réfléchit un instant. « Seconde proposition.

— Et qui est censé le déterminer ?

— Toi, j'imagine. »

Loki tira alors la langue comme pour lui lécher le doigt, mais elle le retira à temps et le foudroya d'une œillade. Il se contenta de sourire.

« Tu as entendu ce que je t'ai dit, au moins ? s'emporta-t-elle.

— Oui.

— Alors qu'est-ce que j'ai dit ?

— Dehors, les états d'âme. J'accepte à une condition : que je puisse quand même te faire part de ceux qui me tracassent le plus.

— Tu parles d'une condition, rétorqua Angrboda, contrariée et pour le moins offusquée. Tu ne m'as vraiment pas écoutée, n'est-ce pas ?

— Bien sûr que si », répondit Loki avec légèreté, en époussetant une tache invisible sur ses chausses. Il prit le temps de peser ses paroles suivantes, ce qu'elle ne se rappelait pas l'avoir déjà vu faire. « Je me disais juste que tu voudrais faire une exception pour ces états d'âme-là, si ennuyeux qu'ils soient... parce qu'ils te concernent. »

Angrboda le dévisagea. Il ne se détourna pas, et sembla pour une fois parfaitement sérieux.

« Quoi ? Moi aussi, je tiens à toi, affirma-t-il. Même s'il m'en coûte de l'admettre. Tenir aux choses rend la vie tellement plus compliquée, tu ne trouves pas ? Mieux vaut ne tenir à rien, si tu veux mon avis. Et là, tu débarques de nulle part. Je trouve ça plutôt ennuyeux, pour être honnête. »

Angrboda fut stupéfiée par sa réponse, qu'elle avait imaginée comme une simple tentative de changer de sujet. Soudain, ce fut *elle* qui ne se sentait pas prête pour une telle conversation ; mais il était trop tard, et c'était aussi elle qui l'avait commencée.

« Le penses-tu sincèrement ? demanda-t-elle en s'efforçant de conserver un timbre neutre. Serait-ce un jeu pour toi, Loki ? Tu es venu me trouver, tu es revenu régulièrement pour m'agacer et critiquer mon hospitalité, tu me reproches d'être inintéressante… »

Il essaya de l'interrompre, mais elle ne lui en laissa pas l'occasion.

« Et pourtant, curieusement, je te crois, conclut-elle. Tu n'es peut-être que plaisanteries et fourberies, Loki Laufeyjarson, mais il y a certaines choses que même toi tu ne peux pas cacher. »

Comme la manière dont je t'ai surpris à me regarder.

« Tu parles de *sentiments,* clarifia-t-il en soupirant. Je ferais bien d'apprendre à mieux les dissimuler. En attendant… »

Angrboda fut subitement incapable de demeurer immobile face à son regard insistant, et elle se leva. Alimenta le feu. Retourna s'asseoir sous la couverture avec lui. Il se rapprocha d'elle, et elle tourna la tête pour l'observer encore.

« Si tu me trouves tellement pénible, qu'est-ce que tu fais encore ici ? l'interrogea-t-elle d'une voix lente.

— Tu n'es pas pénible. Je ne suis que plaisanteries, tu te rappelles ?

— Mais quand même. Le fait que tu ne cesses de revenir veut forcément dire quelque chose. » Elle remonta la main pour la poser sur son épaule. Elle se sentait incapable d'affronter son regard, craignant que les mots lui manquent.

« Qu'espères-tu de plus de ma part ? » s'enquit-elle. *Ce n'est pas ce que j'appelle enfouir mes états d'âme ennuyeux au fond de mon cœur maudit.*

« Je veux tout de toi, répondit-il doucement en lui effleurant le nez du sien. Tout. »

Ledit cœur maudit semblait avoir bondi pour se loger non loin de sa gorge, et Angrboda toisa Loki d'un œil torve avant de se détourner.

« Tu vas me briser le cœur, avec tes histoires de dieux, déclara-t-elle d'une voix rauque.

— Te briser le cœur ? Je ne ferais jamais ça, répondit Loki, outré. C'est moi qui te l'ai rendu, souviens-toi.

— En effet, convint Angrboda, mais... »

Il l'interrompit d'un baiser, qu'elle lui rendit sans réfléchir – comme si elle n'attendait que ça depuis un million d'années. Et elle *sut* qu'il éprouvait la même chose, car dès l'instant où leurs lèvres se trouvèrent, ce fut comme si une digue s'était brisée en elle ; l'émotion déferla alors telle une vague qu'elle n'aurait pu endiguer malgré tous ses efforts. Et force était de reconnaître qu'elle n'en fournit pas beaucoup.

Elle ignorait quel genre d'émotion venait de l'envahir, mais en dépit de l'impatience réprimée qui avait enflé dans sa poitrine, il lui semblait que l'excitation était teintée d'appréhension.

Qu'est-ce que je suis en train de faire ?

Cependant, elle ne parvenait pas à s'en soucier. Elle serra les paupières en enroulant ses bras autour du cou de Loki, alors que ses mains à lui se posaient sur ses hanches pour l'attirer plus près, puis la repousser – doucement, mais avec insistance – sur le dos. Ce fut comme si ses doigts se retrouvaient animés d'une vie propre lorsqu'ils ôtèrent la tunique verte du métamorphe et la jetèrent de côté. Il fit remonter la main le long de sa cuisse, retroussant sa robe jusqu'à la taille, tout en l'embrassant avec tant de vigueur qu'elle ne pouvait pas se rasseoir.

Et sa façon de faire toucha une corde sensible – peut-être était-ce la peur d'être *utilisée* de nouveau, mais elle ressentit soudain l'ombre d'un regret d'avoir laissé les choses déraper à ce point.

Angrboda se libéra de son étreinte.

Loki se redressa alors, perplexe. « Qu'est-ce qui ne va pas ? »

Elle se hissa sur les coudes et, au lieu d'essayer de réprimer son anxiété, prononça la première chose qui lui passa par la tête : « Je pensais ce que j'ai dit, tu sais ? Tu vas me briser le cœur.

— Bien sûr que non, répliqua-t-il avec humeur en se mettant sur les genoux, désormais seulement vêtu de ses chausses. Si c'est ce que ta magie prophétique te raconte, c'est mal me connaître. »

Angrboda haussa les épaules sans le regarder.

Il se pencha de nouveau pour l'embrasser, avec moins de vigueur cette fois, puis fit courir le doigt le long de sa mâchoire en s'écartant de nouveau. Il lui décocha alors ce regard par en dessous qui lui avait plusieurs fois fait palpiter le cœur et demanda d'une voix voilée : « Comment pourrais-je récompenser ta gentillesse de cette manière ?

— Je ne sais pas », murmura-t-elle. Mais la réponse n'importait pas. Pas vraiment. Plus maintenant.

Elle désirait cela autant que lui.

Et si toutefois il disait la vérité en évoquant des sentiments pour elle, ils franchiraient cet obstacle métaphorique en temps voulu.

Elle s'assit et tendit la main pour dénouer le cordon des chausses de Loki avec autant de détermination que le jour où elle avait arraché la ficelle pendant à ses lèvres – sauf que, cette fois, elle procéda avec lenteur, non par respect pour lui, mais pour le faire languir. Il était toujours à genoux, et son souffle s'emballa tandis qu'elle s'affairait. Quand elle leva les yeux vers lui, elle sentit sa bouche s'étirer d'une manière peu habituelle.

« Tu souris », remarqua-t-il, surpris.

L'expression d'Angrboda redevint neutre quand elle rechigna : « Ah bon ?

— Oui.

— Mmmh.

— J'aimerais bien te refaire cet effet.

— J'aimerais bien te voir essayer. » Angrboda retira sa robe pour se retrouver entièrement nue, à l'exception des longs cheveux qui lui dissimulaient la poitrine.

Loki l'observa avec attention et ne détourna jamais les yeux en se positionnant sur elle avant d'écarter sa chevelure. Il ne l'interrogea pas au sujet de la cicatrice à sa poitrine – soit qu'il comprît d'où elle provenait, soit qu'il fût trop distrait pour formuler un commentaire, sur ce sujet ou sur un autre.

« Tu sembles avoir de nouveau perdu ta langue, le Fripon », déclara-t-elle pour la deuxième fois de la soirée. Sauf que, cette fois, les mots moururent dans sa gorge et lui provoquèrent un frisson d'excitation.

Cela sembla le tirer de sa torpeur, même si ses yeux ne quittèrent pas son corps tandis qu'il agitait les pieds pour achever de se débarrasser de ses chausses. Il la regarda dans les yeux et sourit.

« Je crois que je n'en aurai plus besoin », annonça-t-il avant de l'embrasser derechef.

Je te donnerai ce dont tu as besoin, décréta alors Angrboda. *Après tout, tu m'as rendu mon cœur.*

Angrboda était plus fatiguée que jamais dans son souvenir, sans pour autant parvenir à trouver le sommeil. Chaque fois qu'elle commençait à somnoler, elle était réveillée par son cœur vibrant frénétiquement dans sa poitrine ou par les lèvres de Loki posées sur son corps. Lorsque l'aube apparut, il était à moitié affalé sur elle, ronflant dans ses cheveux.

Le feu s'était presque éteint et des rayons de soleil s'infiltraient par le trou de la cheminée. Angrboda était sur le point de sombrer enfin quand on frappa violemment à la porte. S'ensuivirent les cris de Skadi : « Angrboda ! Tu es réveillée ? Il fait jour depuis des heures !

— Réveille-toi », chuchota la sorcière en secouant Loki. Il releva péniblement la tête et la contempla en cillant. Comme elle insistait, il finit par rouler du lit pour se lever en maugréant.

Angrboda le bouscula vers son garde-manger dans le fond de la grotte et lui indiqua de se tapir dans l'ombre, derrière un coffre et quelques paniers. « Le temps qu'elle parte. S'il te plaît, je sais que ça va être une épreuve pour toi, mais essaie de ne pas faire de bruit. »

Loki émit un râle de protestation, mais resta muet.

Skadi frappa derechef. « Il y a quelqu'un ?

— Une seconde ! » lui répondit Angrboda en jetant du petit bois sur les braises mourantes pour donner l'impression qu'elle était debout depuis un moment.

« Il faut que j'aille pisser, geignit Loki depuis sa cachette.

— Il va falloir te retenir un peu », siffla Angrboda en s'enveloppant dans une couverture avant de faire disparaître sous le lit leurs vêtements laissés à l'abandon.

Quand elle ouvrit enfin la porte, elle trouva sur le seuil non seulement Skadi, mais aussi une autre géante portant un panier rempli de plantes. Angrboda resserra la couverture autour d'elle et dressa le menton. Elle n'osait imaginer son allure – se présenter dans une tenue si indécente devant Skadi était une chose, mais face à cette inconnue ?

Comme à l'accoutumée, la Chasseresse avait revêtu un pantalon et une tunique d'homme. Les journées étant plus chaudes qu'elles n'auraient dû l'être en plein automne, elle avait délaissé son caftan habituel au profit de laines plus fines et renoncé à ses fourrures, bien qu'elle portât un couvre-chef et ses bottes de chasse en cuir avec le bout pointu.

« Bonjour », les accueillit Angrboda.

Skadi l'examina de pied en cap et dressa un sourcil. « Tu as eu un sommeil agité ?

— On peut dire ça, confirma la sorcière en repoussant derrière les oreilles sa tignasse ébouriffée par ses ébats nocturnes d'une manière qui se voulait naturelle. Je peux vous aider ?

— On t'a apporté les ingrédients dont tu avais besoin », déclara l'autre femme, qui considérait Angrboda d'un air presque désapprobateur. Elle était jeune et très belle, quoique son caractère ne semblât pas à l'avenant.

« Angrboda, voici ma cousine Gerd, expliqua Skadi. Elle habite près des montagnes et dispose d'un grand potager où elle fait pousser de nombreuses plantes. Sa mère est une excellente tisserande et son père possède des centaines de moutons. La plupart des herbes ou des tissus que je te fournis sont issus de chez eux – elle avait hâte de te rencontrer enfin.

— Même si je pensais me lancer dans une petite promenade, pas dans une grande randonnée », grommela Gerd en essuyant la sueur sur son front avant de lisser ses cheveux ternes et détachés. Elle était légèrement plus petite que sa cousine, mais plus ronde, plus pâle, plus molle, et bien plus élégamment vêtue. Si elle n'avait pas eu de la terre incrustée sous les ongles, Angrboda aurait juré que cette fille n'avait jamais travaillé de son existence.

Skadi esquissa un sourire affecté. « Gerd, voici Angrboda, la sorcière dont je t'ai parlé.

— C'est un plaisir, répondit Angrboda.

— Enchantée, enchaîna Gerd, qui semblait surtout intéressée par ce qui se passait derrière l'épaule de son hôte. Il y a un homme, ici ?

— Peut-être. Ou peut-être une femme, répliqua Angrboda en la regardant droit dans les yeux. Ça pose un problème ?

— C'est ton mari ? s'enquit Gerd en observant de nouveau derrière la sorcière.

— Comment sais-tu qu'il s'agit d'un "il" ? » insista Angrboda d'un ton placide.

Skadi, prise d'un léger tic nerveux, resta muette.

Gerd parut perplexe. « Quand on veut coucher avec un homme, il faut l'épouser d'abord. Mais j'imagine que tu n'es pas mariée, sorcière, sans quoi tu ne vivrais pas dans une grotte. »

Angrboda se tourna vers Skadi. « Tu es venue en charmante compagnie.

— La famille…, fit valoir la Chasseresse dans un haussement d'épaules. Mais tu sais que je négocie avec n'importe qui.

— Même les sorcières de mœurs légères, apparemment, commenta Gerd.

— Contente-toi de lui donner les plantes, Gerd », soupira sa cousine en se massant les tempes. Gerd obtempéra avec un soupir offusqué.

Mal à l'aise, Angrboda se saisit du panier et le serra contre sa poitrine pour empêcher la couverture de tomber et de révéler sa nudité. « Merci. »

Skadi fronça alors les sourcils en fixant du regard un point juste au-dessus du panier. Angrboda se rendit compte avec stupeur que c'était la cicatrice sur sa poitrine qui avait attiré l'attention de son amie, et elle remonta la manne pour la dissimuler. Gerd était trop affairée à scruter dédaigneusement la clairière pour remarquer quoi que ce fût.

Skadi adressa un regard interrogateur à la sorcière, qui lui répondit d'une moue signifiant très clairement *Une autre fois*.

Angrboda les invita alors à manger, mais les deux femmes déclinèrent et prirent congé. Dès qu'elle eut refermé la porte, elle entendit un profond soupir de soulagement, suivi d'un bruit d'urine coulant dans une cruche en céramique vide.

« Tu vas survivre ? » lança-t-elle en direction du fond de la grotte avant de déposer les plantes sur la table. Elle retira alors sa couverture, qu'elle jeta sur le lit.

« Heureusement pour toi, répliqua Loki quand il eut terminé. Mais sois assurée que, pendant toute la durée de leur visite, je maudissais ton nom », ajouta-t-il en s'approchant.

Angrboda pouffa et entreprit de trier les plantes. « Tu n'aurais peut-être pas dû boire autant de bière hier soir.

— C'était mon premier jour en tant qu'homme après des *mois* passés en cheval », se justifia Loki. Sans prendre la peine de s'habiller, il s'étira à la manière d'un chat avant de se présenter derrière elle pour lui enrouler les bras autour de la taille. « Tu te promènes toujours toute nue ? Je devrais te rendre visite plus souvent.

— Au contraire, je suis généralement couverte de la tête aux pieds, même si je vis toute seule.

— Quel dommage.

— Mais je serais peut-être plus adepte de la nudité si justement tu me rendais visite plus souvent.

— Je risque de te prendre au mot, souffla-t-il au niveau de sa tempe. J'ai passé une bonne soirée.

— Moi aussi », répondit-elle en pivotant face à lui.

Ils s'embrassèrent, mais Loki rompit rapidement leur étreinte pour déclarer : « La cousine de Skadi a peut-être raison. Si ça se trouve, je devrais t'épouser.

— Pff. Et qu'est-ce qui te fait croire que je dirais oui ? demanda-t-elle, même si son cœur s'emballa.

— Eh bien, tu t'es déjà occupée de mon cas. Dans tous les sens du terme, ajouterais-je, même si je suis sûr qu'on pourrait en trouver de nouveaux. »

Angrboda y réfléchit en enroulant les bras autour des épaules de son amant, et se rendit compte que sa peur d'être utilisée s'était suffisamment dissipée pour qu'elle se permette d'en plaisanter sur un ton faussement sérieux. « Mais tu as déjà profité de moi de ton propre chef. Si tu devenais mon mari, ce serait ton *devoir* de le faire.

— Même si je ne suis généralement pas adepte des responsabilités, je crois que je parviendrais à m'acquitter de cette obligation, répliqua-t-il avec la même gravité.

— Les Ases n'ont-ils aucune responsabilité ? Celles des dieux envers les humains, par exemple ?

— Eh, protesta Loki, je suis devenu le frère d'Odin faute de meilleure occupation. Je pensais que les dieux faisaient des choses intéressantes. J'ai surtout accepté par ennui. »

Angrboda repoussa les cheveux hirsutes de Loki derrière ses oreilles. « Ou par solitude ?

— Possible, admit-il d'un ton fuyant. L'ennui et la solitude vont souvent de pair.

— Je comprends. »

Il pinça les lèvres et fit glisser son doigt sur la cicatrice qui barrait la poitrine de la sorcière, qui se crispa avec délice en mémoire des baisers voraces de la veille.

« Mais c'est un maigre prix à payer en échange d'une liberté dont je ne bénéficie plus autant qu'avant, reprit-il, perdu dans ses pensées. C'est en tout cas ce que je ressens quand je me trouve parmi les dieux. »

Angrboda acquiesça.

« Je me lasse de l'autorité », poursuivit-il. Il posa l'autre main dans le creux de ses reins pour l'attirer contre lui. Elle garda les bras passés autour de ses épaules. « Mais je n'ai pas envie d'être seul.

— Je vois.

— Et tu n'as jamais essayé de me contrôler.

— En effet.

— Et tu tiens à moi.

— Je manque sans doute de jugeote, mais oui.

— Tu te moques de ce que je fais, tant que je finis par revenir.

— Je n'irais pas jusque-là... »

Loki posa le front contre celui de la sorcière. « Alors, veux-tu devenir ma femme ? »

Angrboda l'étreignit plus fort. Tant de choses étaient survenues, et si vite. Mais elle ne pouvait nier avoir éprouvé des sentiments pour lui avant tout ça, même si une partie d'elle demeurait convaincue qu'il allait battre en retraite et affirmer qu'il plaisantait.

Toutefois, comme il persistait à la dévisager, elle prit conscience qu'elle pourrait bien s'habituer à cette étrange expression de sincérité totale, et la réponse lui vint naturellement.

« J'en serais honorée », finit-elle par déclarer.

Après plusieurs longues journées et courtes nuits en sa compagnie, Loki repartit. Angrboda y était plus qu'habituée ; après tout, il lui rendait des visites sporadiques depuis des années et des années. Néanmoins, une partie d'elle avait espéré que les choses seraient différentes à présent, même si elle se résignait au fait qu'elle ne le changerait pas, qu'il se comporterait toujours comme bon lui semblait. Ainsi, elle cessa de consacrer son énergie à l'attendre et en profita plutôt pour organiser ses réserves pour l'hiver.

Il y avait aussi une chose qu'elle avait à lui confier, et qui rendait l'attente on ne peut plus difficile.

Angrboda devenait de plus en plus agitée à mesure que l'automne avançait. L'hiver était tout proche quand Skadi vint lui rendre une dernière visite dans la Forêt-de-Fer, avant que la neige ne rendît les cols impraticables.

« Alors, tu vas passer l'hiver toute seule ? » s'enquit la Chasseresse en laissant tomber un gros sac de viande séchée près de la table.

J'espère que non, se dit Angrboda en lui tendant un gobelet rempli de bière. « On dirait bien. Seule avec mes chèvres.

— Et le bébé, ajouta Skadi. À moins que je me trompe ? »

Angrboda porta instinctivement la main à son ventre, qui s'arrondissait à peine. « Comment as-tu deviné ? »

Skadi but une gorgée. « Je suis observatrice. Même si je n'ai jamais *observé* d'homme par ici. Qui est le père ? » Elle esquissa un sourire. « Pas un loup, j'espère ? »

Pas tout à fait. « Non. C'est mon mari. »

Skadi l'étudia, l'air insondable. « Tu as un mari ?

— Oui.

— Et où est-il ?

— En déplacement.

— Je vois », répondit Skadi d'un ton sceptique. Elle semblait légèrement offensée. « Est-ce qu'il va rentrer avant l'hiver ? »

Angrboda haussa les épaules.

Skadi soupira. « Tu ne peux pas rester ici.

— Ça va aller, je t'assure. Et puis, j'ai largement de quoi me nourrir.

— Vraiment ? insista Skadi en lorgnant de nouveau son ventre. Et tu as assez de nourriture pour deux, si jamais ton mari rentrait ? »

Angrboda ne trouva rien à lui répondre, car elle redoutait la même chose. Elle-même avait plus d'appétit, mais si Loki devait venir passer l'hiver avec elle, il n'était pas impossible que ses réserves ne suffissent pas à les sustenter tous deux.

Skadi parut satisfaite. « Ça règle le problème – tu m'accompagnes dans les montagnes. Mon père t'accueillera volontiers. La magie l'a toujours intéressé. Tu n'auras qu'à ignorer sa bêtise occasionnelle – il te plaira de plus en plus, je te le promets.

Depuis quelque temps, il s'est lancé dans une quête futile, tu risques donc de ne pas le rencontrer de sitôt. »

Angrboda considéra son amie d'un air placide, réprimant son angoisse grandissante. Et si Loki daignait reparaître durant son absence ? Ne le reverrait-elle pas avant le dégel printanier ?

« Comment irais-je là-bas ? s'enquit-elle. Je n'ai ni skis ni raquettes, je te retarderais.

— Tu n'auras qu'à monter sur mon traîneau.

— Il n'y aura pas assez de place pour moi si on emporte les provisions pour l'hiver.

— On prendra ce qui tient. Ta grotte est suffisamment sèche et froide pour conserver la nourriture jusqu'à ton retour.

— Et les chèvres ?

— Elles survivront jusqu'au printemps. Elles ont l'habitude. Réfléchis : tiens-tu réellement à patienter ici tout l'hiver, quitte à mettre en péril la santé de ton bébé ? »

Angrboda se laissa tomber lourdement sur le banc. « Tu as raison. Bien sûr que tu as raison. C'est ridicule. Simplement... » Elle tambourina des doigts sur ses cuisses, puis désigna son ventre. « Je n'ai pas encore l'habitude d'être dans cet état. J'aurais aimé avoir quelqu'un avec qui partager ça.

— N'est-ce pas tout l'intérêt du mariage ? se rembrunit Skadi. D'avoir un compagnon à demeure ? »

Angrboda contempla ses mains, mal à l'aise, car c'était précisément ce qu'elle pensait.

« Eh bien, tu m'auras moi, reprit Skadi.

— Ce n'est pas pareil. Tu n'es pas mon mari. »

Skadi lui retourna un regard cinglant. « Bien sûr, je ne suis que ton amie. Je ne compte pas...

— Ce n'est pas ce que je voulais dire...

— Je sais. » La paupière de Skadi tressauta alors. « Attends... Il n'est pas au courant, c'est ça ? »

Angrboda secoua la tête. « Je ne l'ai pas revu depuis. »

Skadi abattit son gobelet sur la table et se leva. « Croise les doigts pour que je ne le rencontre jamais, ou il va déguster. Viens, rassemble tes affaires, on y va. » Elle marqua une pause. « Ne te charge quand même pas trop. Tu es enceinte. Prends des choses légères. Tiens, je vais récupérer le sac que je t'ai apporté et le remettre dans le traîneau. C'est le plus lourd.

— Bientôt, tu me proposeras de lacer mes bottes, répliqua Angrboda d'un ton songeur.

— Tu ne crois pas si bien dire, mon amie. D'ici peu, il faudra bien que quelqu'un s'en charge. »

Angrboda rangea sa robe en laine la plus épaisse dans sa manne de voyage et revêtit manteau et capuche avant de suivre Skadi à l'extérieur. Elle empila pierres, branches et herbes mortes devant l'entrée pour la dissimuler lorsque la neige tomberait.

Alors qu'elle achevait ses préparatifs, un faucon vint se jucher sur une branche près de sa tête et la scruta avec intensité. Elle se tourna alors vers Skadi – qui disposait les affaires sur le traîneau en maugréant –, puis chuchota à l'adresse de l'oiseau : « Il était temps. »

Désolé, répondit Loki. *Il y avait cette histoire de géant et de pommes dorées à régler. Une histoire dans laquelle j'étais peut-être ou peut-être pas impliqué…*

« Je pars pour l'hiver », annonça Angrboda. Elle n'était pas d'humeur à écouter ses méfaits, même si elle savait que cela démangeait Loki de les lui conter. S'il était revenu une demi-heure plus tôt, elle aurait passé l'hiver blottie dans ses bras. À présent, il était trop tard, et s'il recouvrait sa forme humaine, Skadi le planterait sans doute avec l'un de ses skis.

Loki sembla percevoir l'humeur maussade de la Chasseresse, car il conserva son aspect de faucon. *Je vois ça. Et où vas-tu, au juste ?*

« Dans les montagnes. »

Beurk. Qu'est-ce que tu vas faire là-bas ?

« On m'y a invitée. Et Skadi a juré de faire payer à mon mari absent le fait de me laisser seule tout l'hiver. À ta place, je resterais oiseau. »

Je suis désolé, plaida-t-il en voletant jusqu'à son épaule. *Je viendrai te rendre visite là-bas, alors.*

Angrboda secoua la tête. « Le temps sera trop mauvais. Rends-toi service, et reste à Asgard cet hiver. » Elle faillit lui parler du bébé, mais s'en abstint. Elle n'avait pas prévu de le lui annoncer comme ça. Même s'il pouvait se montrer relativement expressif sous une forme animale, elle tenait malgré tout à voir son visage au moment où il l'apprendrait, afin de pouvoir évaluer sa réaction avec plus de précision.

À cause de la conversation qu'elle venait d'avoir avec Skadi, elle ne pouvait s'empêcher de se demander si elle avait commis une erreur en acceptant de devenir sa femme. La manière dont il accueillerait la grossesse serait en ce sens très révélatrice.

« Je reviendrai dès que les cols seront dégagés », ajouta-t-elle.

Le faucon dodelina de la tête avant de lui picorer affectueusement la joue et de reprendre son essor. Skadi était alors prête à partir ; elle fit signe à Angrboda de s'asseoir sur le traîneau et veilla à la couvrir de fourrures.

Le voyage leur prendrait deux jours, et chaque lieue parcourue l'éloignerait un peu plus de chez elle. Angrboda s'avisa alors que le dernier hiver passé avec Loki – même sous sa forme de jument – avait été beaucoup trop court, et qu'elle se souvenait à peine des précédents. Le prochain promettait d'être le plus long de sa très longue existence.

Elles passèrent la nuit dans l'opulent palais de Gymir, où Angrboda eut une nouvelle fois le plaisir de se retrouver en compagnie de Gerd, la fille du maître des lieux, et de son épouse, Aurboda ; même si Skadi avait désigné Gerd comme sa cousine, leurs pères étaient en réalité de lointains parents.

Gerd ne sembla pas remarquer la grossesse d'Angrboda, et Skadi n'y fit aucune allusion. Elles repartirent le lendemain matin, après avoir laissé quelques denrées à leurs hôtes pour les remercier de leur hospitalité. Au moins, le traîneau ne serait plus aussi lourd.

Le lendemain, elles découvrirent Thrymheim, le palais du père de Skadi, désert – à l'exception de quelques rennes paissant près des entrepôts, suffisamment apprivoisés pour rester en liberté. Contrairement à la demeure des parents de Gerd, il n'y avait là aucun domestique, ni même de chien aboyant au portail.

« Mon père et moi n'avons pas de gros besoins, expliqua Skadi quand Angrboda lui en fit la réflexion. Ceux qui habitent assez près pour nous déranger... savent qu'il vaut mieux éviter de le faire. »

Skadi ne sembla pas particulièrement surprise par l'absence de son père. Tandis qu'elle déchargeait le traîneau dans l'un des entrepôts, elle marmonna des histoires de quêtes futiles, de pommes dorées et de poursuite d'immortalité.

Angrboda manqua de réagir sur les pommes dorées, mais jugea qu'il valait mieux garder pour elle ce que Loki lui avait confié.

Elle n'eut toutefois pas longtemps à attendre avant d'apprendre quel lien ces pommes pouvaient avoir avec le père de Skadi – car moins de quinze jours après l'arrivée d'Angrboda, Gerd se présenta à leur porte, gelée et d'humeur noire. Lorsqu'elles l'eurent invitée à entrer et lui eurent servi une chope de bière pour la réchauffer, elle leur expliqua ce qu'elle tenait de ses parents, qui le tenaient de quelqu'un d'autre, à savoir que le père de Skadi, Thjazi, avait été tué par les Ases après avoir enlevé la déesse Idunn et ses pommes de jouvence.

« Que s'est-il passé ? l'interrogea Angrboda, car Skadi était trop abasourdie pour parler.

— Thjazi a d'abord capturé un certain Loki et l'a menacé, jusqu'à ce qu'il accepte de le mener à Idunn, ce qu'il a fini par faire », commença Gerd.

Angrboda était presque soulagée que son mari lui eût signifié son implication dans cette histoire, sans quoi elle se serait probablement trahie à l'évocation de son nom.

Gerd poursuivit son récit : « Puis, pour la récupérer, Loki a volé jusqu'ici, pour transformer Idunn en noix avant de la ramener à Asgard. »

J'ignorais qu'il pouvait projeter ses pouvoirs de métamorphose sur les autres, songea Angrboda en se demandant si cette partie du récit était vraie.

« Mais Thjazi l'a suivi dans sa forme d'aigle, et les Ases l'ont abattu à l'aide de flèches enflammées. » Gerd ne décollait plus les yeux de sa chope. « Je suis navrée, cousine. »

Skadi ne versa pas une larme. Elle se contenta de serrer les poings dans son giron et les fixer du regard. Angrboda lui posa la main sur l'épaule, et plus un mot ne fut prononcé avant un long moment.

« Qui est ce Loki ? s'enquit doucement Skadi.

— Le frère de sang d'Odin ; il fait partie des Ases, expliqua Gerd. C'est un géant, comme nous trois, et il paraît qu'il ne cesse d'attirer des ennuis aux dieux avant de les tirer d'affaire, comme cette fois.

— Ce qui fait de lui un traître, cracha Skadi. Les dieux nous haïssent. Ils nous méprisent. Je n'imagine même pas que quelqu'un puisse vouloir les rejoindre.

— Ça doit avoir ses avantages d'en épouser un ou de devenir leur frère, comme lui, suggéra Gerd.

— Ce Loki vient de faire son apparition sur la liste des hommes à qui je vais trancher la gorge si je les croise », déclara Skadi. Elle se tourna vers Angrboda et ajouta : « Avec ton inutile de mari. »

Angrboda jugea préférable de ne pas indiquer qu'ils ne faisaient qu'un.

« Ah, tu es mariée, maintenant ? s'étonna Gerd. Pourquoi ne couvres-tu pas tes cheveux, comme le font les femmes mariées ?

— C'est tout récent, admit Angrboda, même si la vérité était qu'elle avait complètement oublié cette coutume. Je n'ai pas eu l'occasion de me confectionner un châle adéquat. »

Gerd sembla outrée. « Ma mère en a des tas. Je t'en donnerai un à notre prochaine rencontre. »

Il faisait presque nuit, et Skadi avait invité Gerd à dormir, ce qu'elle avait accepté. Peu après, la cousine somnolait sur une pile de fourrures dans un coin, et Angrboda et Skadi discutaient seules devant le feu, au milieu de la pièce.

« Comment te sens-tu ? » s'inquiéta la sorcière.

Skadi secoua la tête.

Angrboda alla s'asseoir près d'elle et lui saisit la main. « Je suis sincèrement désolée pour ton père, mon amie. » *Et j'aimerais pouvoir te dire combien je suis navrée que mon mari ait joué un rôle dans son trépas.*

« Je le vengerai », promit Skadi en tremblant. Au grand soulagement d'Angrboda, elle avait désormais des larmes plein les yeux – la sorcière s'était souciée de ne pas la voir pleurer. « Quand les cols seront dégagés, je me rendrai à Asgard avec mon épée, mon bouclier et mon armure, et *je le vengerai.*

— Ils accepteraient peut-être de te dédommager, à la place ?

— Et peut-être que je les pourfendrai tous sans les laisser prononcer un mot. » Les larmes ruisselaient à présent le long des joues de Skadi. « Où t'es-tu fait cette cicatrice ? C'étaient eux, n'est-ce pas ? Eux qui t'ont infligé ça ?

— Oui, confirma Angrboda. Mais c'était une autre époque. Une autre vie.

— Ça n'existe pas. Et le temps n'a pas d'importance, à moins qu'on le mesure. » Skadi soupira. « J'irai seule, après t'avoir ramenée à la Forêt-de-Fer, et rien ne pourra m'en empêcher. Je *dois* le faire.

— Je comprends », répondit Angrboda, mais ce n'était qu'une semi-vérité. Elle comprenait que le trépas de son père mérite un dédommagement quelconque, que les dieux accepteraient de lui verser, elle en était convaincue. En revanche, elle n'arrivait pas à saisir le concept de *vengeance*.

Pas complètement, en tout cas.

Pas encore.

Elle passa donc l'hiver blottie avec Skadi auprès du feu, à écouter les histoires de son amie, elle-même en ayant si peu à raconter. Skadi avait beaucoup voyagé à skis et connaissait presque tout le monde à une semaine à la ronde ; et, surtout, elle savait presque *tout* d'eux. Toutefois, Angrboda l'entendait marmonner ou pleurer son père dans son sommeil. Et s'il y avait bien une chose à faire en plein hiver, c'était dormir, elle entendit donc davantage les émotions de Skadi endormie qu'éveillée.

À son intense surprise et son profond soulagement, l'histoire de la cicatrice d'Angrboda ne revint pas sur le tapis, tant Skadi était occupée à faire son deuil. La sorcière aurait été plus malheureuse d'être témoin de l'affliction de son amie si elle-même n'avait pas été consumée d'excitation au sujet du bébé qui croissait en elle – un emballement que Skadi partageait parfois, mais pas très souvent.

Quand le printemps arriva et que les cols furent franchissables, Skadi ramena comme promis la sorcière à la Forêt-de-Fer. Elles dégagèrent l'entrée de la grotte et s'assurèrent que les denrées demeuraient comestibles, puis Skadi déchargea son traîneau.

Angrboda fut plus qu'heureuse de retrouver son foyer. Elle avait l'impression d'en être restée éloignée très, très longtemps.

Elle posa une main sur son ventre et, sentant bouger son bébé, s'autorisa un rare sourire.

« Comment pourrais-je te remercier ? » demanda-t-elle à Skadi. La saison avait été rigoureuse, et Angrboda doutait sincèrement qu'elle y aurait survécu en aussi bonne santé si elle était restée dans sa caverne.

Toutefois, quoique rude, l'hiver avait été merveilleusement bref. Elle n'en était qu'à six mois de grossesse quand elle regagna ses pénates, et cela ne se voyait toujours pas ou presque. *Un automne tardif, un court hiver, un printemps précoce. Nous n'aurions pu espérer mieux.*

Skadi secoua la tête en réponse. « Tu as été là pour moi, ça suffit largement. Je me serais laissé consumer par le chagrin si tu n'avais pas été à mes côtés. Considère que nous sommes quittes. »

Angrboda bascula d'un pied sur l'autre, mal à l'aise. « Tu comptes donc toujours venger ton père ? »

Le regard de Skadi se durcit. « Oui.

— Dans ce cas, bonne chance. Et si tu as besoin d'être soignée, tu sais où me trouver. »

Skadi acquiesça avant de prendre congé, et Angrboda se demanda si elle reverrait un jour son amie.

Loki ne tarda pas à se présenter à sa porte, sauf qu'elle était alors tellement préoccupée par son ménage qu'elle ne lui déposa qu'un rapide baiser sur les lèvres à son arrivée, au lieu de l'étreinte prolongée et passionnée qu'elle avait imaginée tout l'hiver. Cela sembla le surprendre, comme s'il s'attendait à un accueil plus chaleureux, et il la contempla en cillant depuis le seuil.

« Tu as grossi », commenta-t-il en la regardant s'affairer.

Elle se retourna vers lui en retroussant les lèvres.

« Ça ne me dérange pas, s'empressa-t-il d'ajouter en levant les paumes en signe d'apaisement. Ça te va bien.

— Eh bien, le ciel soit loué, rétorqua Angrboda. Et pour ta gouverne, je n'ai *pas* grossi.

— Si j'en crois ce que je vois...

— Réfléchis, Loki. Réfléchis bien fort. »

Après quelques instants d'hésitation, sa bouche forma un o. Angrboda croisa les bras.

« Alors... qui est le père ? » demanda-t-il en plaisantant à moitié. Elle vit cependant perler une goutte de sueur sur son front.

Elle lui décocha un regard froid. « Oh, je ne sais pas... mon mari ?

— Dans ce cas, j'imagine que le moment est mal choisi pour t'informer que les Ases m'ont obligé à prendre une épouse parmi les leurs. » Ses yeux restaient rivés sur le ventre de la sorcière. « Quand est-ce arrivé ?

— Peut-être la nuit où tu as offert ton enfant poulain à huit pattes au Père-de-Tout ? » Elle intégra alors la remarque précédente de Loki et répéta en se hérissant : « Une épouse ? »

Loki alla lui poser les mains sur les hanches, sans cesser d'observer le renflement. « Tu ne devrais pas être plus grosse que ça, à ce stade ?

— Pourquoi t'ont-ils obligé à prendre une épouse ? » Angrboda avait besoin de s'asseoir, car son cœur battait si violemment qu'elle craignait que sa tête n'explosât.

« Sigyn est *bien* plus grosse que ça, alors qu'elle est tombée enceinte *au moins* une lune plus tard. Peut-être davantage. » Puis il remarqua la manière dont elle le toisait et ajouta : « Pardon, tu peux répéter la question ?

— Je te parlais de ton épouse d'Asgard, rétorqua-t-elle, les dents serrées, tout en se laissant tomber sur le banc.

— Oh », fit Loki. Il s'affala près d'elle et s'adossa au rebord de la table, la cuisse et l'épaule collées contre les siennes, les jambes croisées au niveau des chevilles. Il destina les mots suivants au mur de la grotte. « C'est vrai. Ils m'ont forcé à l'épouser – sans doute dans l'espoir de me voir rester dans le rang. Je leur ai dit que j'avais déjà une femme à Jötunheim, mais ils n'en ont pas tenu compte. À vrai dire, ils ne te reconnaissent pas comme mon épouse et m'ont forcé à en prendre une autre.

— Ils t'ont *forcé* à te marier, répéta-t-elle, incrédule. J'ai pourtant l'impression qu'il est impossible de te contraindre à quoi que ce soit. »

Il se tourna alors vers elle pour l'observer d'un regard soutenu et intense visant à jauger sa réaction. « Je n'ai pas l'intention de te cacher des choses. »

Angrboda serra les poings. « Est-ce que tu l'aimes ? » Puis, après un long et terrible silence, la question inévitable : « Est-ce que tu *m'aimes* ?

— Je... » Il soupira, se leva et s'accroupit devant elle, lui recouvrant les mains. « Je peux t'avouer quelque chose ? »

Angrboda contempla sans rien dire leurs mains jointes. Il n'avait encore jamais sollicité l'autorisation de parler. C'était à peu près aussi probable que d'entendre un poisson demander s'il pouvait nager alors qu'il était précisément en train de le faire.

Cependant, Loki semblait se concentrer, ce qu'Angrboda l'avait rarement vu faire, lui qui avait plutôt l'habitude de dégoiser sans discontinuer. Cette tournure inattendue des évènements la décontenança suffisamment pour qu'elle se résolve finalement à croiser son regard, même si elle dut pour cela réprimer des larmes de frustration.

« Je crois que tu es celle qui m'a permis de comprendre que je pourrais aimer un jour, déclara-t-il. Pourquoi t'aurais-je rapporté ton cœur si c'était pour le briser ? Je suppose que ça doit signifier quelque chose, non ?

— Tu *supposes* ? » marmonna-t-elle en se frottant les yeux.

Il tendit la main pour essuyer une larme qui lui avait échappé, et reprit d'une voix éteinte et voilée par ces sentiments qu'il s'était donné tant de mal à enterrer jusqu'alors : « Et je déteste tellement te voir pleurer, d'autant plus quand c'est à cause de moi.

— Avant *ton* apparition, je n'étais pas non plus certaine de pouvoir aimer », avoua-t-elle en tâchant de dissimuler son ressentiment. Puis elle adoucit son propos en ajoutant : « Je m'étais toujours bien sentie toute seule. Et c'est encore le cas aujourd'hui. Mais je me sens mieux quand tu es là.

— Eh bien, cela me soulage d'apprendre que tu ne passes pas tes journées à dépérir en te languissant d'amour pour moi. » Son ton indiquait qu'il était plus que prêt à changer de sujet. Cela convenait à merveille à Angrboda.

Elle roula des yeux. « Qui se languirait de quelqu'un comme toi ?

— Qui ne se languirait pas ? riposta Loki avec hauteur.

— Moi, apparemment.

— Ce n'est pas le cas de Sigyn. Elle est sans doute en train de se lamenter à cet instant précis.

— Je ne suis pas Sigyn », assena Angrboda. Ce fut comme si quelque chose de sombre et terrible prenait vie dans sa cage thoracique quand elle prononça le nom de l'autre femme.

« Bien sûr que non, confirma Loki. Tu vis dans une grotte.

— Quoi ? » Angrboda observa autour d'elle, feignant la surprise.

Loki lui tapota la main d'un geste dégoulinant de condescendance. La sorcière ne pouvait qu'admirer sa faculté à rester de marbre quand il déclara d'un ton compatissant : « Je pensais que tu le savais. »

Angrboda porta la main à sa poitrine. « Je serais perdue, sans toi.

— Oui, je sais. Comme tout le monde. En tout cas, tu vis bel et bien dans une grotte. Et à l'évidence, elle me tient en plus haute estime que toi. » Il la scruta d'un air faussement soupçonneux en se tapotant la tempe. « J'ai bien entendu ton sarcasme de tout à l'heure.

— *À l'évidence,* elle a les idées un peu embrouillées. Mais je suppose que tu possèdes malgré tout quelques qualités.

— J'aimerais beaucoup les connaître.

— Eh bien, pour commencer, tu m'as rendu mon cœur. » Elle lui pressa les mains avant de les poser sur son ventre. « Et offert autre chose.

— Il m'a donné un coup de pied, déclara-t-il en battant des paupières.

— Ça doit vouloir dire qu'elle t'aime bien. Et elle a le hoquet.

— Comment sais-tu que c'est une fille ?

— Je n'en sais rien. Disons que c'est un vœu pieux de ma part.

— Les deux me vont, tant que je n'ai pas à nettoyer derrière.

— Ah, vraiment ?

— Oui. J'imagine que je voudrais... la tenir ou, je ne sais pas, peut-être essayer de la faire rire. Mais quand elle se mettra à dégouliner d'excréments, je te la rendrai aussitôt.

— Tu ne sers vraiment à rien.

— Les bébés ne font que pleurer et tout salir, et on ne peut même pas les poser quelque part parce qu'ils n'arrêtent pas de rouler. »

Angrboda pouffa. « Peut-être que je ne te laisserai pas la porter du tout, si tu comptes la déposer n'importe où.

— En plus, ils ont une tête énorme. Vraiment énorme. » Loki écarta les mains à un demi-pied l'une de l'autre. « Grosse comme ça. Tellement grosse que, même toi, tu auras du mal à la faire sortir, malgré la taille de tes hanches.

— Je te demande pardon ? La taille de mes *quoi* ? »

Loki cligna des paupières, ouvrit la bouche, la referma.

Angrboda le contemplait en haussant les sourcils, le défiant de répéter sa dernière phrase.

« Et quand on essaie de les faire asseoir, reprit-il après un temps de latence, leur tête bascule d'un côté ou de l'autre tellement elle est *énorme*. Les bébés sont franchement encombrants.

— C'est toi qui es encombrant.

— Je sais. Mais il m'arrive de travailler dessus. Les bébés ne sont même pas obligés de le faire. »

Angrboda le considéra en secouant la tête.

Loki sourit et se pencha pour l'embrasser – un baiser mieux réussi que celui qu'elle lui avait donné à son arrivée, à n'en pas douter. Un baiser digne de ce nom. « On peut maintenant évoquer le fait que je ne t'ai pas vue de tout l'hiver ?

— J'ai bien cru que tu ne me le proposerais jamais », répliqua-t-elle.

Ils aboutirent dans la clairière devant l'entrée de la grotte, blottis l'un contre l'autre sur une couverture. La nuit printanière était d'une douceur de saison, mais Angrboda ne se rappelait pas depuis combien de temps elle n'avait plus dormi à la belle étoile. L'infinité des étoiles la surprenait chaque fois. Pour quelque raison, elle avait cru qu'il n'y aurait que du vide par-delà les montagnes qui bordaient la Forêt-de-Fer – cela contribuait sans doute à expliquer pourquoi elle s'aventurait rarement dans le noir : par crainte de ce néant, de se rendre compte qu'elle vivait si près de la périphérie.

Et pourtant, le ciel lui indiquait tout autre chose.

« Y a-t-il autant d'étoiles à Asgard ? » demanda-t-elle à Loki. Ils reposaient face à face, allongés sur le côté, ventre contre ventre, les jambes entremêlées.

« Pile le même nombre, répliqua-t-il. Ce ne sont que des étoiles. Elles se ressemblent de partout, je te le promets. » Il en désigna deux, qui brûlaient plus fort que les autres. « Celles-ci sont toutes récentes, cependant.

— Comment le sais-tu ?

— Eh bien, tu connais ton amie Skadi ?

— Bien sûr que je connais mon amie Skadi. » Angrboda s'assit avec peine. Elle avait craint le pire, n'ayant plus eu de nouvelles de la Chasseresse depuis que celle-ci était partie venger son père. Elle fut surprise d'entendre son nom franchir les lèvres de son mari – puis elle se souvint qu'il l'avait vue à plusieurs reprises, notamment lorsqu'elle avait apporté du foin à la grotte pour la jument qu'il était alors, ou quand elle était repassée au printemps et s'était émerveillée de découvrir son poulain de fils, Sleipnir, ou encore à l'automne précédent, alors qu'Angrboda s'apprêtait à partir pour l'hiver. « Tu as de ses nouvelles ?

— Calme-toi. Elle va plutôt bien », la rassura Loki. Elle se rallongea alors près de lui. « Elle est venue à Asgard avec la volonté de faire couler le sang, mais... elle a trouvé un compromis avec les Ases. Elle a déniché un mari parmi eux et exigé qu'on la fasse rire, ce que moi seul ai pu accomplir, au péril de ma vie. » Il lui désigna le ciel. « Et Odin a pris les yeux de son père pour en faire des étoiles. Elles sont juste là, tu les vois ? »

Mais Angrboda n'observait plus le firmament. Elle se rappelait l'histoire que Gerd leur avait racontée au sujet du sort du père de Skadi, ainsi que le chagrin, la rage et le désir de vengeance de son amie. En conséquence, elle avait du mal à en croire ses oreilles.

« Elle s'est *mariée* ? C'était *ça*, sa récompense ? C'est ridicule !

— Oui. Il s'appelle Njord, c'est l'un des Vanes. Un dieu de la mer. L'un des otages échangés pendant la guerre. C'est le père de Frey et Freyja. En quoi est-ce ridicule ? Un mari est un dédommagement plus que juste.

— Elle ne voulait pas d'un mari », grogna Angrboda entre ses dents. Curieusement, l'annonce des noces de son amie la rendait plus furieuse qu'elle ne voulait l'admettre. Un sentiment nouveau naquit dans sa poitrine – une forme de jalousie, pas très différente de ce qu'elle avait éprouvé en prononçant pour la première fois le nom de Sigyn. « Comment l'ont-ils convaincue de faire une chose pareille ? C'est grotesque.

— En tout cas, c'est arrivé. »

Elle serra les dents pour juguler cette sensation nouvelle qui se tortillait en elle. « Est-ce que ce Njord la traite bien, au moins ?

— Les Vanes traitent tout le monde bien, la plupart du temps. Mais aux dernières nouvelles, tout n'était pas rose entre eux : il déteste la montagne, elle abhorre la mer. À mon avis, le mariage ne tiendra pas longtemps.

— C'est fort dommage, commenta Angrboda sans en penser un mot.

— Tu trouves ? Ils ne semblent pas très compatibles.

— Je suis surtout heureuse de la savoir vivante. » Angrboda soupira et s'apaisa un peu. Skadi avait à peine dissimulé sa fureur quand elle avait appris que la sorcière était mariée, et voilà que la situation s'inversait pour la même raison. Mieux valait laisser courir, décida-t-elle.

« On l'a forcée à choisir son mari en ne voyant que les pieds des prétendants. Elle espérait tomber sur Baldur, le propre fils d'Odin, le plus jeune et le plus juste des dieux. Il n'a pas encore de barbe, et tout le monde le convoite déjà, déesses comme géantes. » Loki roula des yeux avec un sourire suffisant, puis repoussa une mèche de cheveux derrière l'oreille d'Angrboda. « Et si Skadi m'avait choisi ? »

Angrboda pouffa. « Elle t'aurait plus volontiers balancé un coup de pied là où il faut plutôt que de t'épouser, si elle avait découvert que tu étais mon mari – elle n'arrête pas de grommeler sur le sort qu'elle fera subir à cet homme le jour où elle le croisera.

— En tout cas, la compensation qu'a reçue Skadi pour la mort de son père était double : un mari et une ventrée de rire, et je me suis personnellement chargé de cette part-ci du contrat, affirma Loki. Mes testicules ont suffisamment souffert à cause d'elle, merci beaucoup. J'ai dû les attacher à une chèvre pour la satisfaire. Elle a un sens de l'humour un peu particulier, tu ne trouves pas ? »

Angrboda le dévisagea en cillant. « Qu'est-ce qui a pu te pousser... à attacher tes testicules à une chèvre ?

— Je lui racontais une histoire, répliqua Loki, sur la défensive.

— J'aimerais beaucoup revoir la scène, s'il te plaît.

— Non. Ça impliquerait d'attacher mes testicules à *tes* chèvres, et *tes* chèvres sont aussi méchantes que peu sociables.

— Pas du tout.

— Bien sûr que si. »

Angrboda pinça les lèvres, incapable de dissimuler totalement son amusement. « Tu lui as raconté une histoire vraie ?

— Possible.

— Ce qui signifie que tu as attaché tes testicules à une chèvre à plus d'une occasion.

— Je n'en suis pas particulièrement fier », affirma Loki avec gravité.

Angrboda remarqua alors de minuscules cicatrices sur son bras... puis sur son épaule... puis sur sa poitrine. « Où t'es-tu fait ça ? l'interrogea-t-elle en appuyant sur l'une d'elles.

— Oh, répliqua-t-il. Ça date du jour où le père de Skadi s'est transformé en aigle pour me traîner dans toute la création, jusqu'à ce que j'accepte de faire venir à lui Idunn et ses pommes.

— Ce que tu as fait.

— Je n'ai pas franchement eu le choix. Et les dieux ont tous vieilli sans leurs pommes, alors je me suis moqué d'eux, jusqu'à ce qu'ils me menacent de me tuer à moins que je les récupère, ce que j'ai fait. Problème réglé. Cela dit, je suis sûr qu'ils commencent à se méfier de moi. Si tu voyais la manière dont ils me regardent, parfois...

— Est-ce que ça t'embête ? suggéra Angrboda. Qu'ils ne te fassent pas confiance ?

— Pas plus que ça, répondit-il dans un haussement d'épaules.

— Pas encore. Tu vis parmi eux. Vivre parmi des personnes qui doutent de toi finira par te peser. » Elle marqua une pause. « Tu es toujours le bienvenu ici. Tu le sais, pas vrai ?

— Oui. Et je te remercie de ne pas me demander pourquoi je ne veux pas rester.

— Je sais que tu l'ignores. C'est pour ça que je ne te le demande pas. »

Loki soupira. « Rappelle-moi pourquoi Skadi tient tant à faire souffrir ton mari ? »

Angrboda ajusta sa position. « Parce qu'il n'est jamais là.

— Ah. »

Un silence se fit, et ils contemplèrent les étoiles un moment.

« J'envisageais de créer un enchantement, déclara Angrboda quelque temps plus tard.

— Quel genre d'enchantement ?

— Eh bien, pour commencer, il paraît qu'Odin peut voir les Neuf Royaumes depuis son trône. Est-ce exact ?

— C'est exact, confirma lentement Loki. Et ce n'est pas qu'une rumeur. Il en est capable, s'il le décide.

— J'aimerais dissimuler cet endroit. Afin que seuls ceux qui sont déjà venus ici puissent le trouver. » Elle scruta sa réaction. « Pour être en sécurité. »

Loki dressa un sourcil. « Pourquoi quiconque voudrait s'en prendre à toi ? »

Angrboda remua nerveusement. « J'ai toujours eu peur que les Ases se lancent à mes trousses. Mais maintenant, je suis liée à toi, et nous aurons bientôt un enfant à élever. Cela nécessite des mesures supplémentaires.

— Mais ils ignorent que tu es *toi*. Ils savent juste que j'ai une femme à Jötunheim.

— Mais si tu continues à leur jouer des tours avant de disparaître, ils vont finir par se demander où tu es passé. Ce n'est qu'une question de temps avant que l'un d'eux te suive jusqu'ici.

— Tu te fais des idées. De toute façon, que pourraient-ils te faire, s'ils te trouvaient ici ?

— Tu as oublié ce que tu m'as dit : ils m'ont transpercée et brûlée à plusieurs reprises. » *Et il y a toujours la question de ce qu'Odin veut que je lui révèle, de l'endroit où je devrais me rendre pour l'obtenir.* Cette pensée lui donna le frisson. *Il m'a fait brûler à trois reprises, il n'hésitera pas à recommencer. Et j'ai encore tant de raisons de vivre pour l'instant.*

Elle s'arma de détermination. Cela n'arriverait pas, car il ne pourrait jamais la trouver lorsque son sort de dissimulation serait en place.

Loki semblait sceptique. « Tu te penses donc capable de créer un enchantement susceptible de te cacher même du Père-de-Tout, qui voit absolument *tout* ?

— Tu as encore oublié, mon amour. » Angrboda esquissa un demi-sourire et abaissa la voix, tout en faisant courir ses doigts sur la joue de son époux. « Quoi qu'ils aient pu te raconter, ils ne m'ont pas brûlée sans raison.

— Oh. » Loki se pencha sur elle, rayonnant. « Peut-être qu'un jour ça me servira d'avoir une sorcière pour épouse.

— Je ne sais pas à quoi tu penses exactement, mais il est hors de question que je te tire d'affaire. »

Il l'embrassa. « Je ne pense à rien de particulier, mais je trouverai bien quelque chose tôt ou tard. Ça ne me prend jamais bien longtemps.

— Dans ce cas, je te le répète, ne compte pas sur mon aide.

— Tu en es certaine ? lui demanda-t-il en apposant les lèvres contre son cou, avant de descendre lentement jusqu'à la cicatrice entre ses seins.

— Absolument, répondit-elle d'un ton sans réplique. Et toute tentative de me faire changer d'avis serait vaine. »

Les baisers se poursuivirent, de plus en plus bas. « Je tâcherai d'y penser. »

Alors que la nuit s'écoulait rapidement – comme la plupart des nuits qu'ils passaient ensemble, qui se dissolvaient dans un brouillard de passion –, elle se rendit compte qu'elle n'était même pas surprise de s'apercevoir qu'il parviendrait sans doute à obtenir d'elle tout ce qu'il voulait. Un simple baiser, une simple caresse, une simple *parole* et elle se retrouvait toute à lui. Et si sa prétention à manier le verbe n'était pas simples fanfaronnades de sa part, son habileté au toucher ne nécessitait aucune rodomontade : ses actes parlaient d'eux-mêmes.

Elle était surtout surprise de n'être *pas* surprise, perturbée ou troublée par le fait de tenir si fort à lui, alors qu'elle l'aurait été auparavant.

Ils demeurèrent longtemps allongés là, leurs corps nus et humides reposant dans la brise fraîche. Angrboda resta éveillée, car le bébé en son sein lui décochait des ruades farouches, mais Loki dormait profondément dans ses bras. Elle passa les doigts dans ses cheveux bouclés. Il arborait dans son sommeil un air paisible des plus trompeurs.

Elle comprit alors qu'elle ferait tout pour lui, et la férocité de sa détermination fit s'emballer son cœur. Tout pour lui – tout pour l'enfant qui grandissait en elle, calé entre eux, et forcément outré par l'accélération du pouls maternel. Tout pour eux. *Tout.*

Et pour une raison ou une autre, cela l'effrayait, comme si cette simple pensée était une promesse qu'elle savait n'avoir aucune chance de pouvoir tenir.

Il resta avec elle tandis que les journées s'allongeaient et les nuits raccourcissaient. Il ne tarda cependant pas à repartir, évoquant Sigyn et les Ases, et son absence perturba Angrboda comme elle ne l'avait jamais fait.

La sorcière en profita pour élaborer son enchantement. Elle tissa trois petits sacs à partir de chutes de cuir et les emplit de pierres gravées de runes, sur lesquelles elle psalmodia pendant neuf jours et neuf nuits. Après ça, elle les disposa en un vaste triangle autour de son abri et de la caverne. Elle déposa les deux premiers dans des trous d'arbre, taillant sur les troncs d'autres runes pour les dissimuler.

Elle cacha la dernière poche sur les hauteurs derrière sa grotte, afin de doter le triangle de côtés égaux. Elle dut escalader des rochers pour trouver le bon endroit, tâche rendue compliquée par son état actuel, même si la pente n'était pas très raide. Elle trouva toutefois un trou pour l'entreposer, et tailla des runes dans la façade ainsi qu'elle l'avait fait avec les arbres.

Une fois les talismans en place, elle se sentit tout de suite plus à l'aise. Elle n'avait plus qu'à espérer qu'Odin ne remarquerait pas cet angle mort – et qu'il ne s'interrogerait pas sur le fait que Loki se trouverait parfois hors de vue quand il le chercherait.

Pour quelque raison, le bébé semblait apprécier de dormir durant la journée, pour se réveiller et s'agiter en pleine nuit, au grand inconfort d'Angrboda. La sorcière ne manquait jamais une occasion de faire la sieste ; le reste du temps, elle travaillait au coin du feu, à tisser, concocter des potions et coudre. Désormais, elle devait ajuster ses vêtements pour tenir compte de sa nouvelle silhouette, notamment en entaillant l'avant de ses robes, qu'elle refermait ensuite à l'aide d'une broche – ces tenues s'avéreraient pratiques pour nourrir l'enfant après sa naissance.

Vint une nuit où une contraction douloureuse la tira d'un court sommeil agité. La souffrance fut si fulgurante qu'elle resta un moment incapable de bouger.

Quand elle parvint finalement à s'asseoir, elle sentit quelque chose d'humide et tâta le lit, sa robe et l'intérieur de ses cuisses en fronçant les sourcils.

Sa main se retrouva couverte de sang. Au même instant, elle prit conscience que le bébé ne bougeait pas. Elle essaya de se souvenir de la dernière fois qu'elle l'avait senti, mais comme il demeurait généralement calme durant la journée, elle en fut incapable.

Un accès de panique l'assaillit. Sa grossesse était suffisamment avancée pour que le bébé survécût hors de son utérus, mais son instinct lui affirmait que la situation était *anormale*, que le lien qu'elle entretenait avec la vie qui grandissait en elle était peu à peu sectionné.

L'enfant se mourait, et le temps qu'elle accouchât, il serait peut-être trop tard pour le sauver.

Elle se mit à réfléchir à toute allure. L'une de ses potions pourrait-elle lui être d'une quelconque utilité ? Un sort, peut-être ? Elle sentait ses draps s'imprégner de plus en plus, et un gémissement étranglé s'échappa de ses lèvres lorsqu'elle agrippa fourrures et couvertures pour se replier contre la paroi de la grotte et se rouler en boule sur son grabat. Elle eut beau réfléchir et réfléchir encore, aucune idée ne lui vint.

Son rythme cardiaque s'était accéléré, et la seule décision à prendre s'imposa d'elle-même quand les palpitations aussi soutenues et régulières que les battements d'un tambour la plongèrent dans une transe.

Ba-doum, ba-doum, ba-doum...

Elle descendit sans même y réfléchir, se dépouillant de son corps tel un serpent en pleine mue, articulant des mots dont elle ignorait comment elle les connaissait.

Des mots sacrés. Une mélopée. Elle rappela le bébé, sa fille. Angrboda sentait presque Yggdrasil alors qu'elle se désunissait, avait presque le sentiment de faire courir ses doigts sur le tissu qui assemblait l'univers – par chance, l'enfant n'était pas allé si loin, mais Angrboda aurait couru le risque d'employer l'Arbre-Monde si cela s'était révélé nécessaire.

La sorcière perçut la présence de sa fille et se focalisa dessus, lui enjoignant de rejoindre son corps. Alors qu'Angrboda répétait les mots, encore et encore, sa propre douleur commença à s'estomper. Puis, enfin, elle sentit l'enfant donner un coup de pied.

Elle en aurait pleuré de soulagement, n'eût-elle été si terrifiée.

Au matin, elle se réveilla roulée en boule sur le lit dans sa tenue souillée, les fourrures et couvertures froissées et imprégnées de sang. Elle restait engourdie par l'horreur de la nuit, mais au moins l'enfant semblait-il en bonne forme.

Ce ne fut que tard dans la journée qu'elle trouva la volonté de se lever, d'aller chercher de l'eau pour se nettoyer et de manger un peu. À cet instant, elle s'avisa qu'elle était encore trop affolée pour pleurer.

Les rêves commencèrent cette même nuit.

Ayant passé l'essentiel de la journée éveillée, mais alitée, Angrboda avait mis quelques bûches au feu après le souper, puis allumé plusieurs bougies pour s'éclairer avant de s'installer dans son fauteuil et réparer le revers de l'une de ses anciennes robes. Cela lui avait permis de faire le vide dans son esprit et, en un clin d'œil, elle s'était assoupie.

Plus tard, elle serait incapable d'affirmer si elle était éveillée ou endormie à l'instant où elle avait senti la présence. Comme si quelqu'un l'encerclait. *L'appelait,* d'une manière assez similaire à celle qu'elle avait employée pour appeler sa fille. Prononçait des mots qu'elle connaissait sans connaître. Lui faisait signe d'approcher. L'attirait vers les profondeurs.

Quelqu'un a remarqué ce que j'ai fait.

Et cette personne attendait quelque chose d'elle.

Elle s'enfonça de plus en plus profondément, jusqu'à effleurer le bord du lieu sombre – la voix inconnue semblait vouloir la précipiter plus loin, la forcer à regarder par-dessus le rebord, à plonger tête la première dans les abysses de ce néant incommensurable.

Non. Elle savait ce qui se trouvait là-dessous, le savait depuis qu'elle avait été Gullveig, depuis qu'elle manipulait le *seid* – si elle y descendait, elle en reviendrait avec des choses qu'elle ne voulait pas connaître.

Des choses qu'elle ne *devait* pas connaître. Des choses que *tout le monde* devait ignorer.

Elle avait expliqué tout cela à Odin quand elle avait refusé d'y descendre pour lui, ce qui lui avait valu le bûcher. Trois fois. *Ça ne peut pas être lui de nouveau,* songea-t-elle, incapable de déterminer à qui appartenait cette voix : cette personne se cachait d'elle, Angrboda ne ressentait donc pas la présence caractéristique d'Odin dans son esprit. Le dieu maîtrisait-il désormais assez bien le *seid* pour être capable de masquer totalement son identité ?

Non, pensa-t-elle de nouveau. *Laissez-moi tranquille.* Elle résista, s'arracha à cette emprise, sentit reculer la voix qui psalmodiait. Devina sa surprise.

Puis sa fureur.

Elle se réveilla en sursaut quand la lourde robe de laine lui glissa des genoux pour atterrir en tas à ses pieds. Sa poitrine se soulevait et ses mains tremblaient quand elle quitta le fauteuil et se pencha laborieusement pour ramasser sa couture.

Quand elle parvint à se rasseoir, elle se sentit trop épuisée pour reprendre son ouvrage, mais pas assez pour ne pas mesurer les risques qu'elle courrait en se rendormant ; elle hésita donc sur la conduite à tenir.

Pour la première fois depuis qu'elle avait décidé de s'établir à la Forêt-de-Fer, Angrboda regrettait désespérément de s'y trouver si seule.

Par un matin d'été, Angrboda se rendit au ruisseau, un véritable exploit dans son état de grossesse avancé. Elle y resta assise un long moment, à savourer le bruit calme et apaisant du courant, jusqu'à percevoir un bruissement de feuilles. Gerd émergea alors des arbres de l'autre côté du cours d'eau, un lourd panier d'osier sur le dos. Quand Angrboda s'assit nerveusement pour la saluer, les premiers mots à sortir de la bouche de la géante furent : « Tu es au courant que Skadi s'est mariée ?

— Oui. Il y a quelque temps. Tu veux te joindre à moi ? Je comptais me baigner, mais je n'arrive pas à trouver l'énergie. »

Elle avait formulé cette proposition par politesse, pas par amitié, ce qui n'empêcha pas Gerd de franchir le ruisseau en quelques sauts pour venir s'asseoir près d'elle. « Comme promis, je t'apporte quelque chose. »

Elle fouilla dans son panier et en sortit un morceau d'étoffe brute, finement tissée.

« C'est un châle pour ta tête, expliqua Gerd en l'offrant à la sorcière. Je me suis rendu compte que ceux de ma mère étaient bien trop délicats pour tes goûts. Ils sont tous en soie, ou teints, ou brodés de fil doré, ou ornés de galons. Tu es une femme bien plus simple qu'elle – sans te faire injure. »

Angrboda ne pouvait qu'abonder. « Merci, Gerd. C'est un joli châle, que je porterai volontiers.

— Et si tu souhaites l'égayer un peu et l'aider à se maintenir, ajouta sa visiteuse, je me suis aussi essayée à la passementerie. »

Elle tira de son sac un long ruban de fils tressés en volutes et spires bleu et vert, rehaussé de jaune. « Mais tu peux aussi t'en servir comme ceinture. Ou le découper pour décorer une robe.

— Tu travailles merveilleusement, commenta Angrboda, impressionnée, en se saisissant du galon pour faire glisser ses doigts sur les motifs tissés avec soin. Merci pour tout ça. J'en prendrai grand soin. »

Gerd rayonnait. « De rien. Et ce n'est pas tout. » Elle tira alors de son panier d'autres morceaux de tissu, cette fois doux mais lourds. « Ce sont des linges pour emmailloter l'enfant. Ma mère les a faits pour toi – tes potions ont soigné mon père l'automne dernier, et elle te voue une reconnaissance éternelle. Quand Skadi nous a informés que tu étais enceinte, elle a insisté pour t'offrir quelque chose de spécial.

— Je t'en prie, remercie-la pour moi, lui dit Angrboda avec sincérité. C'est très généreux de votre part.

— C'est le moins que je puisse faire, répondit Gerd, mal à l'aise, sans oser la regarder. Je me suis montrée impolie avec toi la dernière fois. Je te présente mes excuses.

— Je ne me suis moi-même pas montrée très amène. Je suis désolée aussi. Mais je me dois de te poser la question : est-ce que Skadi t'a chargée de tout ça ?

— Bien sûr que oui. Et il n'y a pas de quoi. » Gerd remisa le tissu dans son panier. « Je le porterai dans ta... euh... *grotte,* quand tu voudras rentrer. Skadi tient aussi à ce que tu saches qu'elle va bien et qu'elle passera bientôt te voir, mais qu'elle réside à Asgard pour le mo... Tout va bien ? »

Angrboda avait subitement blêmi et serré les poings. Sa première contraction venait de se faire sentir.

« N'est-ce pas un peu tôt pour ça ? s'inquiéta Gerd, qui, paniquée, aida la sorcière à se lever pour rentrer. Et donc... c'est pour *tout de suite,* ou... est-ce que je dois aller chercher... ? »

Moins tôt que la dernière fois. C'est mieux. Les contractions étaient encore légères et espacées, et Angrboda ne trouva aucune position confortable, elles se contentèrent donc de marcher dans la clairière. « Il est trop tard pour aller où que ce soit.

— Si tu as encore le temps de faire les cent pas, c'est que j'ai le temps d'aller chercher quelqu'un », affirma Gerd d'une voix stridente, avant d'ajouter qu'elle avait vu sa mère donner naissance, mais ne l'avait jamais assistée. Angrboda secoua la tête. Gerd s'assit près de l'entrée de la caverne et entreprit de caresser les chèvres pour se distraire, tandis que la sorcière continuait à marcher de long en large.

Gerd resta avec elle ; tard dans la soirée, les contractions devinrent si douloureuses qu'Angrboda ne pouvait plus se tenir debout. Il lui fallut un moment avant d'adopter une position dans laquelle elle trouvait naturel d'accoucher ; après une réorganisation frénétique de la part de la visiteuse et quelques consignes fatiguées émanant de la sorcière, Gerd finit par disposer des couvertures sur une pile de fourrures, contre lesquelles Angrboda s'appuya, à moitié accroupie.

Bien plus tard dans la nuit, une Gerd toute tremblante s'agenouilla devant elle, prête à recevoir d'un instant à l'autre le bébé dans une couverture. Elle laissa la sorcière lui agripper les épaules pour ne pas perdre l'équilibre, sans piper mot quand les ongles d'Angrboda creusèrent des demi-lunes dans sa peau, se contentant des rares paroles de réconfort qu'une jeune femme inexpérimentée pouvait fournir. Pour épargner la cousine de son amie, Angrboda réprima autant de cris que possible. Cependant, son expression de douleur suffisait à terrifier Gerd.

Toutefois, alors que le travail se poursuivait, la montagnarde semblait de plus en plus à l'aise avec son rôle de sage-femme. Et lorsque le bébé vit enfin le jour, très tôt dans la matinée, Gerd l'attrapa et lui tapota le dos pour libérer ses poumons, avant de sectionner le cordon ombilical. Quand Angrboda entendit le premier vagissement sortir de la bouche de son enfant, elle se laissa retomber sur les couvertures, soulagée.

« C'est une fille ! » annonça Gerd en essuyant le bébé rose et fripé avant de le placer entre les bras de sa maman. Elle rassembla les couvertures souillées pendant la naissance et s'assit pour les contempler toutes deux. « Elle est magnifique.

— C'est vrai. Regarde-la. » Angrboda sentit ses yeux s'emplir de larmes tandis qu'elle berçait le bébé, qui avait cessé de pleurer – ce qui avait effrayé sa mère un instant, jusqu'à ce qu'elle vît sa fille la dévisager avec stupéfaction, et pas avec les yeux bleus d'un nouveau-né.

Elle a les yeux de son père, songea-t-elle en considérant l'enfant avec un étonnement comparable. *Et elle me regarde comme si elle était surprise d'être ici.*

Est-ce normal qu'un tout petit bébé comme elle paraisse déjà si sage ?

« Ton mari est brun ? » s'enquit Gerd. En effet, la fillette était née avec un épais duvet noir, alors que les cheveux d'Angrboda étaient blond foncé. Ceux de Loki étaient relativement clairs aussi, mais Gerd l'ignorait.

Angrboda secoua la tête. « Je ne sais pas trop d'où vient cette couleur.

— Tu as déjà choisi son nom ?

— Elle s'appelle Hel. » Elle y avait longuement réfléchi – avant d'avoir une illumination la nuit où elle avait ramené l'âme de sa fille des limbes. Cela lui était resté depuis, comme si Hel avait elle-même choisi son prénom.

Elle porta le bébé à son sein pour le nourrir, mais Hel semblait préférer la contempler avec fascination.

« Ce n'est... pas un bébé *normal,* si ? demanda Gerd. Elle ne pleure pas.

— Elle semble préoccupée par ses nouvelles conditions d'existence », convint Angrboda. *Elle a effectivement quelque chose de curieux, mais pas dans le mauvais sens du terme.*

Elle est absolument parfaite.

Gerd fut la première à remarquer le problème, tant Angrboda était absorbée par la contemplation du petit visage pensif de sa fille. « Il y a quelque chose d'étrange avec ses jambes... »

Elle avait raison. Hel pouvait les bouger, mais elles n'étaient pas de la bonne couleur – blanc pâle, et non rose comme le reste de son corps, et leur peau était dure et froide. Et elles tiraient un peu plus sur le bleu à chaque seconde qui passait.

Soudain, Hel se remit à pleurer, poussant cette fois un cri aigu de douleur. Angrboda fut alors assaillie par les souvenirs de cette nuit où elle avait failli la perdre. Dans son bonheur, elle avait oublié cet évènement.

« Va vite chercher le flacon rose sur le devant de mon placard, ordonna-t-elle à Gerd. Dépêche-toi ! »

Gerd se leva d'un bond, attrapa le récipient et le tendit à la sorcière, qui l'ouvrit pour en verser le contenu dans la gorge de sa fille, tout en psalmodiant à mi-voix des incantations frénétiques. Hel toussa, mais déglutit et commença à se calmer. Ses jambes ne recouvrèrent pas de couleurs, mais elles cessèrent de se rigidifier. Bientôt, Hel se remit à scruter sa mère et sembla heureuse de téter.

Angrboda leva alors les yeux vers Gerd, qui l'étudiait avec une inquiétude non dissimulée. « Que s'est-il passé ? Que lui as-tu donné ?

— Je ne sais pas, je ne sais pas », chuchota Angrboda en retour. Les jambes de sa fille étaient froides, mais elles bougeaient encore. « C'était une potion de guérison. Ça ne l'a pas complètement soignée – je ne connais pas la nature de ce mal, mais il s'est calmé. Pour l'instant.

— Elle a l'air d'aller mieux, en effet, admit Gerd d'une voix tremblante. Enfin... ses jambes sont redevenues comme à sa naissance. Je n'ai rien voulu dire parce qu'elle semblait aller bien, mais si elle était comme ça depuis le début, pourquoi s'est-elle mise à paniquer ? Pourquoi son état a-t-il subitement empiré ?

— Peut-être simplement qu'elle a commencé à s'en rendre compte. Elle avait chaud à l'intérieur de moi, et elle peut les bouger. Peut-être qu'elle n'a pas remarqué tout de suite. » Angrboda serra sa fille tout contre elle. « Et peut-être que ça va se reproduire. C'est comme si sa chair était en train de mourir, rongée par je ne sais quoi. Je ferais mieux de préparer une autre potion. Pour éviter ça. Pour l'*arrêter.* »

C'est forcément ma faute, se reprocha-t-elle. *Elle était déjà morte, c'est moi qui l'ai fait revenir. Ça doit avoir un lien avec la manière dont je l'ai sauvée cette nuit-là, un rapport avec mes incantations.*

À moins que ça vienne de moi.

Gerd déglutit et sortit les couvertures souillées. « Je les laverai demain. Je ne trouverai jamais le chemin du ruisseau dans le noir. » Elle sortit alors le lange de son sac et le tendit à Angrboda, qui s'en servit pour emmailloter Hel dès qu'elle eut fini de se nourrir. Elle veilla à ne pas serrer trop fort, afin de pouvoir aisément tâter les jambes de sa fille. Gerd l'aida alors à se nettoyer et à se mettre au lit.

La cousine finit par s'endormir à table, et Hel dans les bras d'Angrboda peu de temps après. La sorcière, quant à elle, et en dépit de son intense fatigue, fut incapable de trouver le sommeil.

C'est ma faute, se morigéna-t-elle encore. *Je n'arrête pas de revenir. On ne peut pas me tuer, ni en me brûlant ni en me transperçant le cœur. N'est-ce pas paradoxal qu'une mère née à plusieurs reprises enfante une fille à moitié morte ?*

Ai-je gardé toute la vie pour moi, au lieu de la transmettre ainsi que j'aurais dû le faire ? Ou n'en avais-je pas assez à offrir ?

Malgré tout, Hel semblait heureuse de dormir, aimée et en sécurité. Toujours incapable de détourner les yeux du visage parfait de la fillette, Angrboda s'avisa alors que son cœur était peut-être bien guéri, finalement.

Gerd insista pour rester quelques jours, afin de s'occuper de la cuisine et du ménage. Angrboda songea que la fille devait avoir des corvées à accomplir chez elle, mais elle était trop fatiguée pour discuter. Et quand Gerd finit par partir, ce fut pour mieux revenir une semaine plus tard, accompagnée de Skadi. Angrboda faillit alors fondre en larmes – pas seulement à cause de l'arrivée de sa chère amie, mais aussi pour les multiples cruches de bière que Skadi avait pensé à apporter pour remplir les réserves de la sorcière.

Elle les invita à rester dîner, et Gerd insista une fois de plus pour cuisiner. Angrboda, éreintée par le manque de sommeil – dû tant au bébé qu'à la présence du mystérieux prêcheur de ses rêves –, ne chercha pas à l'en dissuader.

« C'est donc un homme aux cheveux noirs que je dois castrer, déclara Skadi en guise de compliment lorsqu'elle aperçut Hel. Où est encore passé ton mari ?

— Ne te soucie pas de ça, répondit Angrboda en berçant sa fille endormie. Parle-moi d'Asgard. »

Skadi haussa les épaules et but une gorgée de bière. « J'en déduis que Gerd t'a tout raconté ?

— Je n'ai même pas eu besoin de le faire, intervint sa cousine. Elle savait déjà tout. Comment le savais-tu, d'ailleurs ?

— Alors, comment ça se passe, avec ton mari ? » s'enquit aussitôt Angrboda, pressée de changer de sujet.

Skadi et Gerd échangèrent un regard soupçonneux, mais Skadi répondit : « Nous sommes séparés. Il ne m'a fallu qu'une nuit pour comprendre que je ne pouvais pas vivre près de la mer – les mouettes et les vagues font bien trop de bruit. Pourtant, je suis restée neuf nuits, et Njord en a passé neuf dans mon palais, mais les hurlements des loups l'empêchaient de dormir.

Nous sommes demeurés en bons termes, et je continuerai à le voir de temps à autre. C'est un homme bon, et il reste mon mari. Je serai toujours la bienvenue à Asgard. » Elle sirota une nouvelle gorgée de bière. « Je compte parmi les dieux, à présent. Certains humains de Midgard me prient pendant leurs chasses.

— Ça doit être merveilleux, songea Gerd avec mélancolie. D'être vénérée.

— Ça ne procure rien de particulier », affirma Skadi d'un ton qui laissait entendre le contraire.

Skadi et Gerd passèrent la nuit dans la caverne, sans sembler dérangées par les réveils réguliers d'Hel qui réclamait à manger – même si le bébé ne pleurait pas beaucoup. Au départ de ses amies, Angrboda alla s'asseoir dehors pour nourrir les chèvres, portant sa fille en écharpe. Elle guettait ce faisant l'arrivée de son trublion de mari, sans jamais perdre espoir.

Elle trouvait cependant étrange que son absence la dérangeât de moins en moins depuis la naissance de la petite. S'inquiéter pour lui et pour les raisons qui l'empêchaient de leur rendre visite aurait nécessité un temps et une énergie qu'elle ne pouvait rassembler et qu'elle rechignait à dépenser. Pour ce qui la concernait, Loki pouvait bien faire ce qui lui semblait bon, à présent – elle devait s'occuper de sa fille, désormais.

Deux pleines lunes se succédèrent avant qu'elle revît Loki.

Les nuits devenaient de plus en plus fraîches. Il entra dans la grotte pendant qu'Angrboda dormait, enroulée autour d'Hel, placée au milieu d'une dépression de fourrures afin qu'elle ne puisse pas rouler hors du lit, et que sa mère ne risque pas de l'écraser dans son sommeil.

Même si la sorcière ne remuait pas beaucoup en dormant – elle dormait déjà peu, avant même la naissance de sa fille ; pourtant, elle sommeillait indubitablement à l'arrivée de son époux, car les bruits de la porte la réveillèrent.

Loki retira ses chaussures, ajouta du bois au feu puis s'approcha du lit pour contempler les dormeuses en silence – comme si, pour une fois, il hésitait sur la conduite à tenir.

Angrboda tourna la tête vers lui. « Il était temps.

— Je n'ai pas pu me libérer plus tôt », répondit-il d'un air contrit. Il vint s'allonger de l'autre côté d'Hel, si bien que le bébé se retrouva installé entre ses deux parents. « Sigyn a accouché la semaine dernière. Si j'étais parti avant, j'en aurais entendu parler jusqu'à la fin des temps.

— Par qui ?

— Par tout Asgard.

— Comment va-t-elle ? Et l'enfant ?

— Ils sont tous les deux en bonne santé. C'est un garçon.

— La nôtre, une fille. »

Loki observa le bébé endormi avec incertitude. « Comment l'as-tu appelée ?

— Hel.

— Hel ? Tu parles d'un nom ! » s'esclaffa Loki d'un rire qui stimula la nouveau-née. Son visage se chiffonna, comme si elle allait pleurer, mais dès qu'elle ouvrit les yeux et l'aperçut, ses traits se détendirent et elle soutint son regard sans ciller.

« C'est son truc, commenta Angrboda. Elle prend vraiment beaucoup de plaisir à observer les gens. Parfois, j'ai l'impression qu'elle peut lire dans mon âme. »

Mais Loki gardait les yeux rivés sur le bébé. Son expression avait changé : il était tout aussi admiratif de sa fille que l'avait été Angrboda le jour de sa naissance. Hel, pour sa part, semblait complètement éprise de son père – au point que, subitement, elle lui sourit largement en tirant sa petite langue rose.

« Elle prend des expressions amusées parfois, sans raison apparente, expliqua Angrboda, surprise, mais c'est là son premier *véritable* sourire. Et il est pour toi. »

Loki ne lui accordait plus la moindre attention. Il contemplait l'enfant avec une expression béate qu'Angrboda ne lui avait encore jamais vue, et tendit le doigt pour que le bébé puisse s'en saisir de sa main minuscule.

À cet instant, Angrboda comprit qu'elle était témoin d'un véritable coup de foudre.

Hel, qui tenta de porter l'index de son père à la bouche, battit joyeusement des pieds, faisant tomber sa couverture. Loki écarquilla les yeux. « Pourquoi ses jambes… ?

— Elle les sent. Regarde. » Angrboda pinça l'un des orteils potelés d'Hel, qui se tortilla en réaction. Un flot de paroles se déversa alors de la bouche de la sorcière, qui lui raconta tout de la nuit où elle avait failli perdre leur fille.

« Tu peux faire une chose pareille ? » s'étonna-t-il quand elle eut terminé. Angrboda n'apprécia pas l'excitation qu'elle perçut dans sa voix. « Ramener les morts ?

— Je ne suis pas sûre qu'elle était morte, tempéra Angrboda. Mais oui, je l'ai sauvée.

— Et tu penses que ça a un lien avec ses jambes ?

— Je l'ignore, mais elles sont mortes. De la chair morte, même si elles poussent avec elle. J'ai essayé divers baumes et potions – ils ne lui font aucun mal, je ne ferais jamais une chose pareille ; au pire, ils ne produisent *aucun* effet –, mais je n'arrive pas à inverser la tendance. Peut-être qu'en m'acharnant je parviendrai à leur redonner vie, mais pour l'heure, j'espère simplement qu'elles ne pourriront pas davantage… »

Loki se pencha vers elle et la fit taire d'un baiser. « Nous sommes étranges. Elle est étrange. Elle s'intègre bien, tu ne trouves pas ?

— C'est… anormalement délicat de ta part.

— J'ai des fulgurances, parfois. »

Hel semblait déterminée à ne pas fermer les paupières avant d'être assurée que son père ne repartirait pas. Elle finit toutefois par se rendormir, nichée entre ses parents, sans éprouver le moindre souci. Comme n'importe quel bébé, songea Angrboda.

« Combien de temps comptes-tu rester ? chuchota-t-elle avant de sombrer à son tour.

— Aussi longtemps que possible », répondit-il sur le même ton avant de l'embrasser encore. Et la sorcière eut alors le sentiment que tout irait bien, au moins pour un temps.

Durant les jours qui suivirent, Loki passa l'essentiel de son temps avec le bébé, assis sur un banc, les coudes sur les jambes, les bras tendus de part et d'autre d'Hel pour l'empêcher de tomber de ses cuisses, ses mains en coupe derrière sa tête. C'était la position optimale pour l'observer et la laisser le dévisager en retour. Il n'acceptait de se séparer d'elle que lorsqu'il fallait la nourrir – et, comme promis, la changer.

Angrboda avait au moins réussi à le contraindre à se rendre au ruisseau pour y laver les langes souillés ; c'était plus qu'elle n'en avait espéré de sa part. Elle soupçonnait même Loki d'avoir profité de l'une de ses courtes siestes ou de ses rares excursions dehors pour la changer lui-même une fois ou deux. En conséquence, elle se demandait si son époux cesserait un jour de la surprendre. Elle en doutait fortement.

« Tu ne t'es pas encore lassé d'elle ? » l'interrogea-t-elle tandis qu'elle balayait le sol de la grotte. Le châle que Gerd lui avait tissé s'avéra plutôt utile pour ne plus avoir les cheveux dans la figure, et Angrboda s'était vite habituée à le revêtir chaque matin. Elle préférait se servir des galons de Gerd comme d'une ceinture, qu'elle portait par-dessus sa sangle de cuir, à laquelle pendait son couteau au manche en andouiller.

« Elle arrive à fourrer *son poing entier* dans sa bouche. J'aimerais tant savoir faire ça. Quel talent ! Je me demande si on peut lui apprendre des tours.

— Ce n'est pas un animal, Loki.

— Elle a essayé de manger son pied, mais elle n'en a pas aimé le goût. Elle a fait la grimace. Sans doute à cause de ce truc vert dont tu la tartines sans arrêt. » Loki aimait beaucoup abreuver Angrboda des exploits qu'accomplissait Hel, même si elle les connaissait déjà. C'était toujours mieux que s'il s'en fichait complètement.

« Ce sont des *baumes* destinés à empêcher sa chair de *pourrir*, lui expliqua-t-elle pour la millionième fois. Pas juste un *truc vert.* »

Loki ne releva pas. « C'est peut-être le côté "pourri" qui donne mauvais goût à son pied. Pas vrai, Hel ? »

Angrboda poursuivit son ménage. « Cause toujours.

— Elle a grogné. Ça veut dire oui.

— Et qu'est-ce qui veut dire non ?

— Quand elle gazouille.

— Encore une fois : cause toujours. » Angrboda posa son balai et s'assit près de lui sur le banc en tendant les bras. « Bon, si tu as fini d'accaparer ma fille...

— *Notre* fille, je te prie. Hel, veux-tu que ta vieille sorcière puante de maman te prenne un peu ? Tu peux gazouiller et rester avec moi pour toujours, si tu veux. »

Hel grogna.

Une seconde s'écoula.

« Bon, d'accord, capitula Loki en la tendant à sa mère. Elle doit avoir faim. C'est la seule explication possible. À moins qu'elle soit sur le point d'avoir une de ces diarrhées sévères et qu'elle veuille m'épargner, petit cœur.

— Ou à moins qu'elle me préfère », suggéra Angrboda avec un sourire narquois. Elle dégrafa le devant de sa robe pour allaiter Hel – elle avait agrandi l'encolure en trou de serrure de sa tenue pour faciliter l'accès à son sein –, et prit alors conscience que Loki et elle étaient restés toujours plus ou moins habillés depuis le retour de son mari.

« J'en doute fortement, s'offusqua ce dernier. Navré, Boda, mais c'est *moi*, son préféré.

— Pourquoi aurait-elle forcément un préféré ?

— Parce que je l'ai décrété, et que je suis son parent.

— Je suis son parent aussi, n'oublie pas.

— Oui, sans doute, mais...

— *Sans doute* ?

— Elle me ressemble plus qu'à toi. Ça veut dire qu'elle me préfère.

— Comme si elle avait pu choisir son apparence.

— Je suis un métamorphe, c'est peut-être bien aussi son cas ! Et si elle m'avait vu et avait décidé qu'elle voulait me ressembler plus qu'à toi, parce qu'elle me préfère ?

— Elle te ressemblait *avant* que tu nous fasses grâce de ta présence.

— Encore une preuve qui plaide en ma faveur.

— Je ne vois même pas l'intérêt de débattre avec toi.

— Je suis meilleur en débats, ça serait de toute façon vain de ta part. »

Plus tard, quand ils eurent enfin réussi à coucher la petite pour la nuit - ou plutôt, quand Angrboda eut enfin réussi, car Loki était plus pénible qu'efficace quand il s'agissait de la calmer suffisamment pour lui permettre de s'endormir –, ils allèrent s'asseoir devant l'embouchure de la caverne, emmitouflés dans une couverture. L'été touchait à sa fin, et les premières brises fraîches de l'automne commençaient à souffler.

Ne voulant pas risquer de l'effrayer en abordant des sujets trop graves alors qu'il s'impliquait tant avec le bébé, Angrboda avait gardé pour elle ses angoisses relatives au prêcheur de ses rêves, qu'elle sentait encore chaque fois qu'elle s'endormait assez profondément. Toutefois, cette crainte commençait à lui peser.

« Je fais des rêves, lui annonça-t-elle, la tête posée sur son épaule, le bras de Loki autour de sa taille.

— Félicitations », répondit-il avec humour.

Elle s'écarta pour le dévisager. « Des rêves dans lesquels je sors de mon corps. »

Il fronça les sourcils. « Volontairement ?

— Non. C'est... C'est comme si j'étais attirée, comme si quelqu'un me cherchait. Quelqu'un qui attend quelque chose de moi, sauf que je ne sais pas quoi.

— Pourquoi tu ne le laisses pas t'emmener pour voir ce qu'il veut ? suggéra Loki.

— Parce que je ne sais pas ce qui arrivera si je le fais. »

Loki y réfléchit. Il semblait trop peu perturbé par cette révélation, trop dédaigneux. Naturellement, il ne voyait aucune raison de paniquer : il ignorait la gravité de ce qu'elle impliquait.

Elle allait devoir lui révéler la vérité au sujet du *seid*. Elle lui en avait rarement parlé – pas plus qu'à Skadi ou à Gerd, à vrai dire – de peur de susciter chez lui un trop grand intérêt, comme chez Odin. De peur que la rumeur de l'épouse sorcière de Loki et de ses facultés parvienne jusqu'à Asgard, et qu'Odin braque son frère de sang contre elle.

Non qu'elle se méfiât de Loki ; simplement, elle était bien placée pour savoir à quel point Odin pouvait se montrer convaincant, et les extrémités qu'il était prêt à atteindre pour obtenir ce qu'il désirait.

« Loki... quand je quitte mon corps, je me retrouve connectée à tout. Je fais partie de tous les mondes, et même d'Yggdrasil, l'Arbre-Monde. Je peux tout voir, et si je le voulais vraiment, je pourrais apprendre des choses qu'il vaut mieux que je ne sache pas. » Elle marqua une pause pour bien faire valoir ce point. « Des choses qui ne se sont pas encore produites. Comprends-tu ce que je dis ? »

Loki se redressa. « C'est vrai ? »

Angrboda acquiesça. « Telle est la nature du *seid*. S'il te plaît, ne m'en demande pas davantage.

— Pourquoi pas ? s'étonna-t-il, perplexe. Est-ce si compliqué ?

— Non, c'est juste que... connaître l'avenir est dangereux et cela m'a... déjà attiré des ennuis par le passé. » Elle ponctua sa phrase d'un regard lourd de sens.

Loki leva les mains en signe de reddition. « C'est en cela qu'Odin et moi différons complètement. Connaître l'avenir serait un fardeau bien trop lourd à porter. Une autre forme de contrôle. Non, merci. »

Angrboda laissa échapper un soupir de soulagement.

« Tu penses donc réellement que c'est de nouveau Odin qui en a après toi ? se renseigna-t-il.

— Je ne reconnais pas sa présence. Elle ne m'évoque personne de ma connaissance. » La sorcière secoua la tête. « Mais s'il s'agit bien de lui, alors je sais exactement ce qu'il veut. Où il veut que je me rende. Je ne saurais pas l'expliquer. Il existe un... endroit *sombre* au fond de tout, un lieu où je ne me suis jamais rendue, dont je n'ai encore jamais puisé la connaissance. Celle-ci me terrifie. Quoi que veuille découvrir cette présence, mieux vaut qu'elle ne l'apprenne pas. Ni elle ni personne d'autre. »

Loki haussa les épaules. « Ce ne sont peut-être que des *rêves* – as-tu déjà envisagé cette possibilité ? Peut-être es-tu capable de faire des rêves qui n'ont aucune signification, comme tout le monde.

— Ça va plus loin que ça, je le sais. Je le *sens* qui m'attire durant mon sommeil. Il y a cette voix qui psalmodie dans ma tête. Depuis... Depuis que j'ai rappelé Hel. »

Loki parut sceptique, mais répondit : « Dans ce cas, c'est peut-être effectivement Odin. C'est bien son genre. » Il changea de position. « Il pratique le *seid* même si c'est une magie de femme, et nul n'y trouve à redire. Alors qu'il suffit que je donne naissance à *un* poulain à huit pattes, et j'en entends parler jusqu'à la fin des temps.

— Ils en sont encore là-dessus ?

— C'est une bonne histoire, admit Loki.

— Oui, qu'ils racontent à tes dépens. Ils continuent à se méfier de toi ? »

Il haussa les épaules. « Je ne peux pas leur en vouloir.

— Séjourner là-bas ne t'apportera rien de bon, tu en as conscience ?

— Je suis le frère de sang d'Odin. Je ne peux pas partir comme ça. Et puis, je ne sais pas m'amuser autrement qu'en leur jouant des tours. C'est pour ça qu'ils ne m'aiment pas.

— Eh bien, des gens t'aiment, ici. Cela ne te suffit-il pas ? »

Il lui décocha alors un regard insondable, avant de l'embrasser sur la tempe et de la serrer contre lui. « À ton avis, combien de temps va-t-on pouvoir continuer ?

— Continuer quoi ?

— À maintenir notre petit arrangement. »

Angrboda se recula brusquement pour le dévisager. « Tu parles de notre mariage ?

— Tout ce que je dis, c'est que je commence à penser que tu avais raison. Au sujet de la sécurité d'Hel. Et de la tienne.

— J'ai achevé le sort permettant de dissimuler cet endroit, affirma Angrboda. Nous ne risquons plus rien. Inutile de te chercher des excuses. Qu'est-ce qui te prend ?

— Je vais bien devoir y retourner un jour », admit Loki, qui semblait pourtant n'avoir aucune envie de partir. Il se retourna vers l'entrée de la grotte. Angrboda suivit son regard, cherchant des yeux la pile de fourrures sur laquelle leur fille dormait profondément.

« Alors, pars, lâcha la sorcière. Peu m'importe. Tu risques de manquer à Hel, en revanche. Je crains qu'elle ne s'ennuie, si elle n'a plus que moi à dévisager toute la journée.

— Je ne pense pas. Tu as un visage très intéressant.

— Tu peux même partir *maintenant*, si tu veux. À moins que tu préfères rester ici à m'insulter.

— Je ne considère pas "intéressant" comme une insulte.

— Je sais. Mais le ton employé permettait d'en douter. » Angrboda s'éloigna de lui, remonta les jambes contre sa poitrine et croisa les bras sur ses genoux. « Est-ce qu'elle est belle, ton autre femme ?

— Oui », admit Loki. Il tendit la main pour lui caresser la joue, puis fit glisser son pouce le long du creux sombre de son œil. « Mais toi aussi. Même si tu donnes l'impression de ne pas avoir dormi depuis au moins neuf éternités.

— Je viens de te parler de mes rêves. Entre ça, une nouveau-née et un mari comme toi, ça n'a rien d'étonnant.

— Tu ne dormais pas non plus avant, sauf quand je t'épuisais. »

Elle roula des yeux et tressaillit à son contact.

« Tu m'as regardé dormir ? s'enquit-il.

— Seulement quand je m'ennuyais trop. »

Il se passa la main dans les cheveux et lui décocha un regard aguichant. « C'est parce que je suis tellement beau, pas vrai ?

— Oh, oui. Tu es tout à fait fringant. J'ai du mal à ne pas te regarder.

— Ça fait ça à tout le monde, répondit-il avec hauteur. C'est une véritable malédiction.

— Il me semble que tu as changé de sujet. »

Loki soupira. « Sigyn est une femme bonne et fidèle. Mais tu recèles davantage de... gravité. »

Angrboda haussa les sourcils. « Tu trouves que c'est une qualité ?

— Absolument. C'est l'une des premières choses qui m'ont intrigué chez toi, Angrboda Sorcière-de-Fer. » Il l'observa en coin quand ce surnom la fit tiquer. « Tu n'as... jamais vraiment pensé à toi-même, si ?

— Non. Je devrais ?

— Peut-être. » Loki adopta la même position qu'elle, en enroulant les bras autour des genoux. « Je pense souvent à moi-même. Mais c'est parce que je ne me comprends pas. Pas du tout.

— Personne ne te comprend.

— *Toi,* tu y arrives.

— À peine.

— Je ne suis pas d'accord, mais on en discutera une autre fois. » Loki scruta le ciel. « Quand mon fils est né, j'ai cru que quelque chose en moi allait changer. Je me disais que quelque chose allait *m'arriver*. Mais non. Les semaines ont passé, et je… je n'ai jamais senti aucune connexion avec le bébé. Je sais que ça déçoit énormément Sigyn, et j'ai du mal à le supporter. Alors je suis parti. »

Angrboda l'écouta sans mot dire.

« Et pendant tout ce temps, poursuivit-il sans chercher son regard, je me suis mis à penser que je clochais encore plus que je ne l'imaginais – que j'étais encore plus différent que ce que tout le monde le prétend.

— Tu es devenu père », affirma Angrboda. Certes, il avait donné vie à Sleipnir, mais elle doutait qu'il eût le moindre instinct nourricier à l'égard de son premier-né. « C'est une transition – tu as besoin de temps pour t'adapter. Le lien finira par se créer, et tout ira bien. Tu avais peur. C'est peut-être cette peur qui t'a empêché de te lier avec ton fils. »

Il se renfrogna en entendant le mot « peur », mais parut soudain pensif. « Peut-être. Je sais que j'appréhendais le fait de revenir ici pour rencontrer notre enfant. Je craignais de la voir et de ne… rien ressentir. Je ne voulais pas te décevoir toi aussi. Je n'ai pas envie que les choses changent entre nous. »

Il la contempla alors, et elle soutint son regard en répondant : « C'est parce que je t'aime, et que tu m'aimes. Et même si le simple fait de prononcer ces mots me terrifie, je sais que c'est la vérité. J'en ai l'absolue conviction. Et toi aussi. »

Loki inspira un grand coup, puis souffla lentement. « Tu n'as pas tort. Mais je ne pense pas que les dieux me croient capable d'éprouver pareille chose que l'amour. Comme tu l'as rappelé, ils se méfient de moi. Peut-être parce que je ne leur parle pas comme je te parle à toi, comme je t'ai *toujours* parlé. J'ai l'impression d'avoir joué un rôle toute ma vie. C'est plus qu'une impression.

— Tu ne peux pas penser cela », répliqua Angrboda. En vérité, elle n'en était pas convaincue.

« Je ne leur montre qu'un seul visage, c'est tout ce qu'ils connaissent de moi, et ils se basent là-dessus pour me juger. Sur ça, et mes méfaits. Qu'ils... désapprouvent, c'est le moins que l'on puisse dire.

— N'ai-je pas vu toutes tes facettes ? »

Il étira les lèvres en un sourire sinistre. « J'ai bien peur que non.

— Très bien, alors. Raison de plus pour ne pas écouter un mot de ce qu'ils racontent, déclara Angrboda avec fougue. Je ne te l'ai pas déjà dit ? »

Loki soupira. « Bref. Dès l'instant où j'ai posé les yeux sur Hel, j'ai compris que, quoi que les uns ou les autres puissent en dire, je pouvais accomplir quelque chose de bien. Elle en est la preuve vivante. »

Angrboda resta songeuse un long moment, avant de chuchoter : « J'ai ressenti exactement la même chose. »

Il repartit peu après, mais ne resta pas éloigné très longtemps. Angrboda avait l'impression que Loki esquivait volontairement les visites de Skadi. Comme l'hiver ne tarderait plus et que la sorcière avait besoin de remplir ses réserves, son amie venait la voir plus souvent qu'à l'habitude. Angrboda assura à la Chasseresse que son mari serait bien présent cet hiver-là – elle en était certaine, maintenant qu'Hel était née. Loki n'était jamais resté absent plus d'une ou deux semaines consécutives depuis le jour où il avait rencontré sa fille. Et comme Angrboda n'était pas partie passer la saison froide dans les hauteurs avec Skadi, il pourrait aller et venir selon son gré même au creux de l'hiver, grâce à ses facultés de métamorphe.

Il ne s'en priva pas.

Il se présenta un jour avec une figurine de loup qu'il avait sculptée pour Hel. Il n'était pas aussi adroit avec ses mains qu'avec les mots, mais la fillette porta aussitôt le jouet à sa bouche pour le suçoter. Et quand sa première dent perça, elle le mordilla, irascible.

« Tu n'as jamais l'impression qu'elle réfléchit comme une adulte ? demanda Loki à Angrboda un soir en début d'hiver, tandis qu'ils regardaient dormir leur enfant.

— Comment ça ?

— Elle a toujours l'air agacée. Comme si elle voulait déjà être indépendante et se sentait frustrée d'être trop petite pour ça.

— C'est peut-être normal, chez les bébés. Même pour le nôtre.

— Elle a aussi arrêté de te mordre depuis le jour où elle t'a fait saigner pendant l'allaitement. Et elle a pleuré, car elle regrettait de t'avoir fait mal. Maintenant, elle ne croque que le loup que je lui ai fabriqué. Comme si elle *savait*. Sans compter qu'elle ne bouge pas quand tu lui tartines les jambes de ce truc vert – tu as déjà vu un bébé rester *immobile* ? »

Au milieu de l'hiver, Hel savait s'asseoir seule, ainsi que le découvrirent un soir ses parents, après avoir fini de faire l'amour devant le feu, quand ils la virent redressée sur sa pile de fourrures. Hel les contemplait comme s'ils avaient perdu l'esprit, laissant pendouiller de sa bouche son loup saturé de bave tant elle était confuse. Loki et Angrboda échangèrent un regard avant de se retourner vers leur fille, qui émit un grognement catégorique.

À la fin de l'hiver, Hel rampait, et ils passaient la moitié de leurs journées à la chercher partout dans la grotte. Ils se résolurent à continuer de la porter en écharpe quand ils allaient se promener dehors, afin qu'elle ne s'échappe pas dans l'épaisse végétation noueuse – qui, pour le plus grand plaisir d'Angrboda, était une nouvelle fois plus verte ce printemps-là que l'année précédente.

Ce fut vers la fin de cette saison qu'Angrboda découvrit qu'elle était de nouveau enceinte ; cette fois, elle n'eut pas à attendre le sixième mois de grossesse pour l'annoncer à Loki. Celui-ci réagit tièdement, mais la sorcière se préoccupait trop d'Hel pour en prendre ombrage.

« *Quand ?* demanda Skadi en se présentant au début de l'année, lorsqu'elle remarqua une nouvelle fois l'état d'Angrboda en dépit de sa discrétion. Quand pourrai-je couper les couilles de ton mari pour les donner à manger à tes chèvres ?

— J'aimerais bien avoir plusieurs autres enfants, avant, répondit simplement Angrboda en rangeant ses pots de potion dans une caisse destinée à Skadi. Ensuite, je te le laisse. »

La Chasseresse fit monter Hel, désormais âgée de 1 an, sur ses genoux. « Honnêtement, tu es sûre de ne pas concevoir ces enfants seule ?

— Il a passé l'hiver ici.

— Prouve-le, rétorqua Skadi, toujours suspicieuse.

— Son premier mot était "Dada" », expliqua Angrboda en désignant sa fille. Hel avait dressé la tête en entendant ces syllabes, et sembla déçue de ne pas voir Loki apparaître.

« Oh », fit Skadi. Elle paraissait soudain agacée et serra Hel contre elle, car elle s'était éprise de l'enfant au cours de ses visites. « La pauvre petite. Je devrais peut-être rester ici jusqu'à son retour pour lui couper les couilles. Tu ne crois pas, ma puce ?

— Je ne préférerais pas, insista Angrboda en lui faisant passer la caisse. Je sais comment il est, voilà tout. Nous nous débrouillons très bien sans lui.

— J'aurais préféré que tu aies conçu cet enfant toi-même, marmonna Skadi en troquant à contrecœur la fillette contre les potions. C'est une chose de ne pas avoir de père et donc de ne pas savoir ce que l'on rate – ce qui, dans ton cas, ne doit pas être grand-chose –, c'en est une autre d'en avoir un qui ne se pointe que quand l'envie lui prend. Et Hel est tellement attachée à lui !

— Elle sait que les choses sont ainsi. Nous allons *bien*, je t'assure. »

Skadi se leva pour sortir, mais s'interrompit et se retourna. « Tu veux bien me promettre quelque chose ?

— Tout dépend.

— Promets-moi, développa Skadi en choisissant ses mots avec soin, que tu ne le laisses pas venir uniquement pour se servir de toi avant de repartir. »

Angrboda fronça les sourcils et sentit son pouls s'accélérer légèrement ; à l'évidence, les vieilles angoisses étaient tenaces. « Tu me penses réellement capable de le laisser faire ça ?

— Je pense que oui, puisque tu le fais.

— Ce n'est pas le cas, affirma Angrboda d'un ton glacial. Je te le promets. »

Skadi secoua la tête en fulminant. « Ce n'est pas un sujet que je voulais aborder – je savais que ça te mettrait en rogne. Mais tu devrais peut-être envisager de diriger ta colère contre ton mari et non contre moi.

— Ce n'est pas lui qui a laissé entendre ce que Gerd m'a dit le jour de notre rencontre, ou ce que tu viens de suggérer à l'instant.

— Si tout se passe comme tu le prétends, c'est pourtant ce qu'il te fait subir, aboya Skadi. Est-il réellement ton mari, ou n'es-tu qu'un jouet pour lui ?

— Tu as officiellement abusé de mon hospitalité pour aujourd'hui, mon amie, lança Angrboda avec froideur avant de retourner Hel dans ses bras. Tu ignores tout de notre vie. Ce sont des affaires entre un mari et sa femme, qui ne concernent personne d'autre.

— Ces affaires *deviennent* les miennes dès lors qu'elles mettent en péril ton bien-être, riposta Skadi, avant de conclure d'un ton acide : *Mon amie.*

— Mon bien-être n'est absolument pas menacé. Ainsi donc, ce ne sont pas tes affaires.

— Dans ce cas, je suis navrée de m'être inquiétée pour rien. » Skadi leva le menton et ajouta d'un ton professionnel : « Merci pour ton hospitalité. Je reviendrai bientôt avec les articles demandés. Pense à préparer d'autres potions d'ici là. »

Elle sortit alors en claquant la porte. Hel leva la tête et contempla sa mère d'un air impassible, si bien qu'Angrboda oublia aussitôt sa visiteuse.

« Mah », déclara Hel. Un son qu'elle avait appris auprès des chèvres, mais auquel elle avait réussi à donner un ton désapprobateur.

« Quoi ? répondit Angrboda, sur la défensive.

— Mah, mah, *mah*.

— Elle a dépassé les bornes ! »

Hel fourra la figurine dans sa bouche et en resta là. Angrboda eut l'impression d'avoir perdu un débat face à un bambin et, curieusement, elle n'en fut même pas surprise.

Après tout, la fillette était aussi celle de Loki.

Ce ne fut qu'au milieu de l'automne qu'Angrboda échangea plus que des politesses avec Skadi, quand cette dernière se mit à revenir plus fréquemment avec les réserves pour l'hiver. Skadi paraissait un peu plus préoccupée à chacun de ses passages, et Angrboda finit par lui demander ce qu'elle avait au juste.

« La conception remonte au printemps, n'est-ce pas ? s'enquit la Chasseresse.

— À la fin du printemps, oui. Et alors ?

— Alors es-tu sûre que l'enfant est encore bien vivant dans ton ventre ? Tu n'es guère plus grosse qu'il y a quelques mois.

— Je sens battre son cœur. Il vit.

— Tu sais donc que c'est un garçon ? »

Angrboda haussa les épaules sans répondre.

Loki reparut au début de l'hiver, juste avant les premières grosses chutes de neige, et exprima le même genre d'inquiétude que Skadi. Il ne tarda cependant pas à se laisser distraire par Hel, et n'en parla plus à Angrboda.

La sorcière était désormais parfaitement convaincue qu'Hel comprenait tout ce qu'on lui racontait. Et lorsque la fillette s'exprimait ces derniers temps, elle n'employait plus des syllabes au hasard, mais formait des phrases complètes – la première étant, naturellement, pour demander où se trouvait son père. Ce qui poussa Angrboda à lui fournir une explication simplifiée concernant Asgard et les Ases, à laquelle Hel répondit en se fourrant la figurine de loup dans la bouche pour la mastiquer avec entrain.

Angrboda avait le sentiment qu'Hel lui avait simplement posé la question pour le principe – elle s'adressait toujours à sa fille d'un ton distrait, surtout pour meubler le silence, Hel devait donc savoir pertinemment où était Loki. Mais après que l'enfant l'eut interrogée directement, Angrboda commença à lui parler de plus en plus, tandis qu'Hel la contemplait sans ciller. Ce silence exprimait néanmoins une certaine satisfaction, comme si Hel était ravie que sa mère s'adresse à elle comme à une adulte.

Cela changeait chaque fois que son père se trouvait dans les parages ; Hel redevenait alors systématiquement un bébé, s'accrochant en vagissant aux talons de Loki. Un tel comportement rendait Angrboda complètement folle ; cela éprouva d'autant plus sa patience qu'ils se retrouvaient enfermés ensemble pour l'hiver.

Pour la première fois, elle aurait aimé qu'il *parte*.

« Elle devient trop grande pour cette écharpe, annonça Angrboda à Loki un jour qu'il la portait partout sans autre raison que l'envie de le faire. Elle ne me laisse plus la prendre depuis qu'elle sait marcher.

— C'est *parce qu'elle me préfère*. Pas vrai, Hel ? »

Hel opina avec enthousiasme.

« Et voilà. »

Angrboda toisa sa fille d'un regard torve. La petite cilla innocemment tout en mâchonnant sa figurine de loup. À présent, Angrboda semblait ne pouvoir toucher son bébé que pour l'allaiter, ce qui était de moins en moins fréquent, Hel aimant à grignoter tout ce que sa mère mangeait. Et désormais, c'était vers son père qu'elle allait gémir pour réclamer sa pitance au moment des repas.

« Ne lui fais pas manger ça », reprocha Angrboda à Loki quand il s'empara du pot de miel qu'elle gardait caché dans l'un de ses coffres. Elle savait exactement ce qu'il mijotait, car Hel avait refusé son ragoût de lapin – ainsi qu'elle le faisait souvent, dès lors qu'elle savait pouvoir y échapper, c'est-à-dire quand Loki sortait les pommes fraîches et les galettes d'avoine qu'il avait rapportées d'Asgard.

« Mais elle adore ça ! » protesta-t-il en revenant déposer le pot de miel près de son dîner. Il sortit de sa musette une pile de galettes enveloppées dans un ballot de tissu, et les versa dans un bol en bois peu profond pour les offrir à Hel. Celle-ci se lécha les babines, agitant joyeusement ses petits pieds morts depuis le banc où elle observait son père tartiner les biscuits de miel.

« Elle ne voudra rien manger d'autre si tu la gaves de cochonneries, lui reprocha Angrboda. Et après tout ce sucre, elle est tellement excitée qu'elle ne dort plus. »

Hel lança un regard mauvais à sa mère et mastiqua une tranche de pomme que Loki lui avait découpée. Puis elle observa avec avidité son père préparer son dîner particulier, et ouvrit de grands yeux gourmands quand il déposa le bol devant elle. Quand elle eut terminé son repas, sa figure, ses mains et son corps étaient tout poisseux de miel.

« Eh bien, on dirait que tu ne la nourris pas », commenta Loki d'un ton taquin.

Plus tard, ce fut Angrboda qui dut nettoyer les couches de miel collantes sur la petite surexcitée, qui hurla si longtemps qu'elle commença à virer au bleu. Ce n'était pas la première fois qu'Hel s'énervait de la sorte quand elle était furieuse ou agitée, mais elle récupérait assez vite sans montrer d'autres signes de maladie, et Angrboda ne s'en souciait pas trop.

Tard un soir d'hiver, après que Loki eut déposé Hel dans son petit nid de fourrures sur le lit – car dorénavant, lorsqu'il était là, lui seul était autorisé à l'endormir –, il s'approcha d'Angrboda, installée dans son fauteuil devant le feu. Il s'assit sur ses genoux comme l'aurait fait un enfant, et quand elle leva les yeux au ciel, il s'inquiéta de ne pas la voir entrer dans son jeu.

« Tu es en colère contre moi ? s'enquit-il.

— Oui.

— Pourquoi ?

— Tu devrais la coucher quand je te demande de le faire.

— Oh, c'est tout ?

— Comment ça, *c'est tout* ? C'est important !

— Elle n'était pas fatiguée !

— Elle n'était pas fatiguée parce que *tu* n'arrêtes pas de l'asticoter et de l'exciter. Nous avions établi un rituel. Tu es en train de tout dérégler. Tu ne m'écoutes *jamais.* »

Loki répliqua d'une voix froide : « Si je voulais me faire rabrouer, je retournerais à Asgard et passerais cinq minutes avec le premier venu.

— Eh bien, retourne à Asgard, si ça ressemble tant à ici. Même si j'ai du mal à le concevoir, étant donné qu'Asgard est le centre de l'univers alors que la Forêt-de-Fer est un bois à moitié mort à l'extrémité de nulle part. »

Il se leva. « Je n'ai pas besoin de tes reproches.

— Donc tout le monde a le droit de te critiquer, mais dès que je le fais, ça devient inacceptable ?

— Oui », répondit Loki d'un ton neutre avant d'aller s'affaler sur le lit et de se lover autour d'Hel, n'ayant manifestement aucune intention de partir.

Angrboda resta à fulminer dans son fauteuil pendant un moment avant de sombrer dans un sommeil agité.

Loki la réveilla en la secouant frénétiquement, et les premiers mots qui lui vinrent quand elle découvrit son expression furent : « Est-ce qu'Hel va bien ?

— Ta robe est toute trempée », expliqua Loki en la montrant du doigt.

Angrboda contempla ses cuisses quelques instants avant de déclarer dans un filet de voix : « Il est encore si petit… » Elle n'avait pas fini sa phrase qu'elle sentit les contractions et se demanda comment celles-ci avaient pu ne pas la réveiller avant Loki.

Elle se laissa lentement glisser sur le sol – elle entendait Loki farfouiller, mais ne distinguait pas le bruit de ses pas. Quand la porte s'ouvrit et se referma, elle se demanda s'il était parti, mais elle comprit qu'elle se moquait de ce qu'il mijotait tant qu'il ne réveillait pas Hel, ce qui ne ferait qu'empirer les choses.

Si Angrboda ne parvenait pas à *se* calmer, elle n'aurait aucune chance d'apaiser la petite.

Ce n'est pas comme l'autre fois, se rassura-t-elle en se souvenant de l'inquiétude qui l'avait réveillée lors de son accouchement prématuré. *Il est toujours bien vivant là-dedans.*

Et il veut sortir.

Loki alla chercher un seau de neige à faire fondre sur le feu ; puis il disparut de nouveau, et revint avec un tas de linge et de couvertures trouvés dans l'un des coffres. Il avait dû en profiter pour reprendre ses esprits, car elle fut étonnée par son sang-froid.

« Il ne va sans doute pas survivre, pronostiqua doucement Loki en posant la main sur le ventre de sa femme. Il y arriverait s'il était plus gros, mais...

— Ne dis pas des choses pareilles, l'interrompit sèchement la sorcière. Pas maintenant. Passe-moi un morceau de tissu. »

Loki s'exécuta avant de revenir s'asseoir à ses pieds, retroussant sa robe jusqu'à sa taille. « J'essaie simplement d'être réaliste. Je suis passé par là, souviens-toi, même si ce ne doit pas être tout à fait la même chose quand on est une jument. » Il se força à sourire, posa les mains sur les genoux de sa femme et les pressa en se penchant pour regarder. « Ça risque d'être fini plus tôt que tu ne le penses – tu es déjà en train de pousser ? »

Le travail avait duré près d'une journée avant qu'Hel daigne faire son apparition, mais Angrboda n'en dit rien, car elle s'était fourré un chiffon dans la bouche pour étouffer ses hurlements. De temps à autre, Loki jetait un regard par-dessus son épaule pour s'assurer qu'Hel dormait toujours, puis il reportait son attention sur Angrboda, lui apportant le maigre réconfort que les mots et les gestes pouvaient lui fournir – elle finit par poser les mains sur celles de son mari et par lui enfoncer les ongles dans la peau à chaque contraction. Il ne pipa mot, ne tressaillit même pas.

En moins d'une heure, leur deuxième enfant était né.

Elle sut que quelque chose n'allait pas dès qu'elle avisa l'expression de Loki, qui venait de ramasser la créature à laquelle elle venait de donner vie : un loup grisâtre aux paupières closes. Il faisait presque la taille d'Hel à sa naissance – bien plus gros que n'importe quel loup de portée.

« C'est un loup », commenta Loki de façon inutile avant de couper le cordon ombilical. Il enroula ensuite l'animal dans une couverture comme s'il n'était pas certain de la conduite à tenir, et une dizaine d'émotions différentes se succédèrent sur son visage.

Angrboda ne prit pas le temps de les identifier toutes – elle tendit les bras, n'ayant d'yeux que pour son fils. Loki lui remit la couverture à gestes lents et raides. Désormais, il ne semblait que fatigué, hébété et incertain. Angrboda sécha le louveteau et le porta à sa poitrine, où il émit un léger glapissement avant de se mettre aussitôt à téter.

« Eh bien, fit Loki en venant s'asseoir auprès d'elle. Tu ne trouves pas ça étrange ? Moi, je trouve ça étrange. Pourquoi est-ce un loup ?

— Nous sommes étranges. Il est étrange. Ça te contrarie ? demanda Angrboda d'un ton égal, sans même relever les yeux.

— Pas le moins du monde. Je suis juste... déconcerté.

— Je pense que je l'étais encore plus quand tu es venu ici sous forme de jument et que tu as donné naissance à un poulain à huit jambes. »

Loki ne trouva rien à répondre.

Cette peine lui fut même épargnée, car un léger grognement s'éleva du coin de la grotte quand Hel descendit du lit et s'approcha à pas hésitants de ses parents, installés près du feu.

« Hel, viens faire la connaissance de ton petit frère », lui lança Loki en recouvrant les jambes d'Angrboda d'une couverture. Il hissa la fillette sur ses genoux. « C'est comme le jouet que je t'ai fabriqué, tu vois ? »

Hel, qui suçotait sa figurine, parut intriguée. Loki lissa les bouclettes de cheveux emmêlées par le sommeil qui lui collaient à la figure.

« Comment il s'appelle ? » demanda la fille quand elle eut décrété qu'elle avait suffisamment observé son petit frère. Qu'il s'agît d'un loup ne parut pas la déranger le moins du monde. D'un autre côté, elle-même avait les jambes composées de chair morte. Angrboda se souvint alors que, avant même qu'Hel sache parler, il en fallait beaucoup pour la surprendre.

« Fenrir, répondit la sorcière.

— “L'habitant des marais” ? traduisit Loki avec une grimace. Mais pourquoi ?

— J'aime bien les sonorités. Pas toi ?

— Enfin, j'imagine que...

— Il a les oreilles poilues, commenta Hel en caressant le visage de son frère de sa petite main sale, mais avec une douceur que le bambin moyen n'aurait su maîtriser. Et le nez humide. Pourquoi il a décidé de ressembler à ça ? »

Ses parents échangèrent un regard. Loki finit par recoucher Hel, et quand l'aube se leva, Fenrir dormait également, niché contre la poitrine d'Angrboda. Loki jeta dehors les couvertures souillées et revint s'asseoir derrière elle, une jambe de chaque côté. Il posa alors la tête sur son épaule en lui caressant le haut des bras sans rien dire.

« Hel a raison, lui dit doucement Angrboda. Même s'il n'a rien décidé... C'est un loup, bien sûr, mais c'est aussi un géant, comme nous, quoiqu'en forme de loup. Je me demande s'il peut le contrôler.

— Il se serait spontanément métamorphosé dans l'utérus ? s'étonna Loki avec un sourire narquois. Il semble que nous ayons atteint un nouveau niveau d'étrangeté. Mais ne m'as-tu pas dit un jour que tu avais pu enfanter des loups autrefois, même si tu ne t'en souviens pas ?

— En effet, je me pose la question. » Angrboda pivota la tête tant qu'elle put pour le contempler. « Tu es contrarié ?

— Non. Les loups sont des êtres intéressants, et les humains ont peur d'eux. C'est très excitant d'avoir un fils loup. On pourrait lui apprendre à manger les gens qu'on n'aime pas.

— *Loki.*

— *Boda.*

— Tu n'apprendras pas à notre fils à manger qui que ce soit.

— J'entends le reproche dans ta voix, mais pas les mots que tu prononces.

— On ne mange pas les gens », répéta Angrboda d'une voix fatiguée avant de se laisser aller contre lui.

Loki lui embrassa l'épaule. « Je ne peux faire aucune promesse au nom de notre fils. »

Il devint évident, au cours du reste de l'hiver et du printemps suivant, que Fenrir se développait à un rythme entre celui du véritable louveteau et celui d'un enfant habituel. Il mit quelques jours à ouvrir les yeux, et ceux-ci étaient du même vert que ceux de Loki, ne laissant aucun doute quant à sa paternité. Il fut par ailleurs sevré au bout de quelques mois, ce dont Angrboda fut soulagée, car, contrairement à Hel, Fenrir la mordait souvent pendant l'allaitement.

La sorcière en vint à comprendre que sa fille était, elle aussi, un cas particulier. Certes, Fenrir semblait totalement dépourvu d'empathie – ce qui causait de nombreuses brouilles avec sa sœur, qui donnait l'impression de tout ressentir, même si elle arborait la plupart du temps un air d'indifférence.

Alors qu'il avait à peine 1 an, la tête de Fenrir arrivait à la hauteur du genou de sa mère. Angrboda en conclut que leur fils était encore loin d'avoir fini sa croissance. Il avait déjà la gueule hérissée de dents pointues et adorait ronger les os. Toutefois, Angrboda se demandait s'il serait un jour capable de parler, *comment* cela pourrait se produire. Elle réfléchissait aussi souvent à la « métamorphose spontanée dans l'utérus » suggérée par Loki la nuit de sa naissance, songeant que l'enfant avait peut-être bien hérité de la nature de métamorphe de son père ; néanmoins, Fenrir n'avait jamais jusqu'alors fait la démonstration de telles capacités. Il était simplement né loup.

À ses 2 ans, sa taille atteignait presque les hanches d'Angrboda, même s'il conservait l'apparence d'un louveteau démesuré. Désormais, il allait lui-même chercher sa pitance, qu'il refusait de partager avec sa mère et sa sœur – ce qui convenait à Angrboda, dont les collets n'attrapaient qu'une quantité de gibier limitée.

Le point positif fut que Fenrir se mit à parler, sauf qu'il ne le faisait pas à voix haute, contrairement à sa sœur : sa voix apparaissait directement dans leurs têtes. Une petite voix, une voix d'enfant, qui évoquait des choses simples, comme la nourriture, la météo ou les chèvres.

Mais dès l'instant où Angrboda entendit le mot « Mama » – la voix enfantine qui résonnait dans sa tête l'ayant prononcé avec assurance –, se retourna et vit Fenrir la regarder en agitant la queue, elle nourrit de l'espoir, lui sourit et l'embrassa. Elle nourrit de l'espoir, en dépit du fait qu'il claquait des dents en sa direction ou celle d'Hel sans raison apparente.

Fenrir semblait au moins essayer de contrôler ses pulsions animales et s'agaçait de ne pas y parvenir, ce qui le faisait enrager un peu plus. Angrboda aurait tant aimé pouvoir l'aider, mais elle ignorait comment s'y prendre. Elle aurait souhaité avoir été – ou du moins s'en souvenir – la sorcière qui avait élevé les loups qui chassaient le soleil et la lune, ou pouvoir retrouver cette vieille femme pour lui demander conseil.

À défaut, elle se tourna vers son mari. Mais Loki, qui continuait à faire des allées et venues entre Asgard et la Forêt-de-Fer, trouvait la férocité de son fils distrayante plutôt qu'incommodante. Ce n'était pas lui qui s'occupait de Fenrir au quotidien.

« Oublie tes sorts ridicules – tu seras bien en sécurité ici, avec un *loup d'attaque*. Ça va être fantastique, affirma-t-il un jour. Je pense toujours qu'on devrait lui apprendre à manger des gens.

— Non, décréta Angrboda.

— Mais il en meurt d'envie ! Il *adorerait* ça. Pas vrai, Fenrir ? »

Oui ! s'exclama-t-il en agitant la queue et en laissant pendre sa langue avec excitation.

« Tu vois ? s'exclama Loki. Excellent. Il faudra juste veiller à le tenir à l'écart des chèvres. Hel aurait le cœur brisé s'il en dévorait une.

— Ça serait moins douloureux si tu ne les avais pas toutes baptisées, marmonna Angrboda. Elle s'est attachée à elles, depuis qu'elles ont des noms. »

Cela fit sourire Loki. Il avait donné aux chèvres d'Angrboda les noms des Ases, qui bien souvent ne correspondaient pas au genre des bêtes. Il avait fait cela dans le seul but de pouvoir raconter des histoires sur leur compte, dont quelques-unes seulement étaient vraiment drôles, de l'avis d'Angrboda.

Sans grande surprise, Hel était toujours aussi éprise de son père ; Angrboda avait parfois l'impression que c'était uniquement pour leur fille qu'il revenait à la Forêt-de-Fer, même s'il clamait haut et fort qu'elle se méprenait. D'un autre côté, la sorcière était prête à tout endurer ou presque pour voir sa fille sourire et pour garder un œil sur elle : Hel avait pris l'habitude de s'aventurer hors de la clairière avec les chèvres et Loki, et parfois même toute seule, en dépit des protestations de sa mère. Angrboda se décida alors à leur montrer à tous les limites de l'enchantement qui dissimulait leur demeure et les supplia de ne jamais dépasser ces frontières. Fenrir et Hel semblèrent comprendre. Loki se contenta de lui retourner un sourire de travers.

Hel, désormais âgée de trois ans et demi, était aussi active que n'importe quel enfant, même si elle se fatiguait facilement et se retrouvait vite à court de souffle quand elle fournissait de trop gros efforts. Un jour, Loki la fit rire si fort qu'elle ne put plus respirer et que le bout de ses doigts vira au bleu ; seules les potions apaisantes de sa mère lui permirent alors de récupérer.

« Il faut que tu arrêtes de l'exciter autant, lui reprocha-t-elle sèchement après l'incident.

— Tu veux dire que j'arrête d'être aussi drôle ? répliqua Loki, imperturbable. Il y a peu de chances. Mais pour le bien de notre fille, je vais essayer. »

Angrboda cousit à Hel une paire de bas longs et épais à porter sous ses robes – non pour dissimuler ses jambes, mais pour s'assurer que le baume dont elle les enduisait ne disparaîtrait pas. La sorcière avait peu à peu perfectionné sa recette, et la chair d'Hel continuait de croître *avec* elle, même si elle demeurait bleuâtre et morte. Angrboda ne savait qu'en déduire et mettait cela sur le compte de son habile sorcellerie.

Cela lui conférait un certain sentiment de fierté, qui compensait le temps passé à se reprocher l'état de sa fille.

Après la naissance de Fenrir, Angrboda avait décidé que le moment était venu d'ajouter une nouvelle potion à son répertoire : un contraceptif. Elle ignorait à quoi s'attendre en élevant un loup, et Hel et Fenrir étaient si proches en âge qu'elle ne souhaitait surtout pas ajouter si tôt un troisième enfant au mélange. Loki semblait d'accord, même s'il ne manqua pas de faire remarquer que cela ne le concernait pas le moins du monde : de toute façon, ils continuaient à coucher ensemble presque chaque nuit qu'il passait à la Forêt-de-Fer. Angrboda tenta de ne pas se laisser affecter par cette attitude, et échoua grandement.

Skadi l'avisa qu'une telle potion ne s'écoulerait sans doute pas aussi bien que les baumes guérisseurs ou les réducteurs de faim qu'elle troquait habituellement. Elle lui expliqua ce qu'Angrboda savait déjà : la plupart des femmes des Neuf Royaumes désiraient avoir autant d'enfants que possible. Néanmoins, Skadi accepta de négocier les contraceptifs avec qui les désirait.

« Es-tu certaine de ne pas être la vieille sorcière des légendes ? l'avait taquinée son amie en découvrant une minuscule boule de poils la première fois qu'elle avait posé les yeux sur Fenrir. Es-tu certaine que tes enfants loups ne pourchassent pas le soleil et la lune ?

— Non, avait répondu Angrboda. Je n'ai aucune certitude. »

Skadi s'avéra posséder une certaine affinité avec les loups, qui devint un peu plus évidente à mesure que Fenrir grandissait. Il était toujours le premier à l'entendre approcher et bondissait à sa rencontre ; Angrboda l'autorisait même à partir chasser avec Skadi, tant qu'ils restaient dans les limites du périmètre de l'enchantement, dont la Chasseresse et sa cousine avaient désormais connaissance. À leur retour, l'enfant loup d'Angrboda luttait souvent avec Skadi comme il l'aurait fait avec un congénère, et la Chasseresse se pliait volontiers à ses jeux. Ils se révélèrent d'une force comparable.

Lorsque de telles bagarres avaient lieu, Hel les observait avec le même air impassible qu'elle arborait toujours, et Angrboda surprenait parfois Skadi à lorgner sa fille comme si elle la connaissait intimement.

Hel ressemble chaque jour un peu plus à son père, se disait régulièrement Angrboda, convaincue que Skadi discernait la même chose. Elle aurait aimé savoir si la Chasseresse croisait souvent Loki à Asgard, si son amie finirait par faire le rapprochement entre Loki et sa fille, entre Loki et elle-même. Et naturellement, elle se demanda une énième fois si son époux se comportait de la même manière à Asgard et à la Forêt-de-Fer.

« N'ai-je pas vu toutes tes facettes ?

— J'ai bien peur que non. »

Dans son esprit, elle distinguait son rictus amusé, la noirceur de l'expression tapie derrière ses yeux cette nuit-là – un simple soir d'été comme ils en avaient passé tant ensemble, dont elle se souvenait de façon pourtant aussi nette que la fois où il avait semé en elle la graine du doute : le regard qu'il lui avait décoché après avoir qualifié leur mariage d'« arrangement » en se demandant « combien de temps » ils allaient pouvoir continuer. Il avait prononcé toutes ces phrases alors que leur nouveau-née dormait paisiblement à quelques mètres d'eux.

Une partie d'Angrboda avait cherché à oublier cette conversation, l'enfermant dans un coin de son esprit où elle ne la retrouverait que lorsqu'elle broierait du noir. Pourtant, une autre partie d'elle n'arrivait toujours pas à lui pardonner.

C'était aussi cette fois-là qu'elle lui avait parlé de ses rêves – des rêves qui continuaient de la tourmenter, même si elle n'avait toujours pas cédé au prêcheur, ne s'était pas autorisée à se laisser attirer loin de son corps. Chaque fois qu'elle dormait, la présence revenait, plus puissante, tant et si bien qu'elle redoutait désormais de fermer l'œil, par crainte d'accéder finalement à ses demandes et de se laisser emmener.

Que se produirait-il alors ? Elle ne tenait pas à le découvrir. Car plus le prêcheur cherchait à l'attirer, plus elle s'habituait à lui, et plus elle soupçonnait qu'il ne fût autre qu'Odin déguisé.

Et si cet homme voulait quelque chose d'elle, elle n'allait pas le lui offrir sans résister. D'autant qu'elle était convaincue que lui permettre d'acquérir cette dangereuse connaissance à laquelle il désirait tant accéder n'engendrerait rien de bon. Était-elle la seule à pouvoir l'atteindre, ou simplement la seule qu'il ne craignait pas de mettre en péril pour arriver à ses fins ? Était-il toujours incapable d'y parvenir lui-même, lorsqu'il voyageait avec le *seid* ? Freyja et les Nornes avaient-elles refusé de l'aider, ou rechignait-il à les mettre en danger ?

Hors de question que je fasse son sale boulot. Son cœur par trois fois brûlé ne flancherait pas sur ce point. *Pas après ce que les dieux m'ont infligé.*

Par une nuit d'insomnie du début d'été, alors qu'Hel avait environ 4 ans et Fenrir deux ans et demi, elle oublia de prendre sa potion contraceptive. Quelques jours plus tard, elle eut la désagréable impression que le mal était déjà fait. Tandis qu'elle restait allongée sous les ronflements de Loki, elle se rappela les mots que lui avait dits Skadi des années auparavant, qu'elle le laissait l'*utiliser*. Elle faillit se mettre à pleurer.

Au lieu de quoi, elle jeta un coup d'œil vers le lit, où Hel était assoupie. Fenrir était roulé en boule par terre – Hel refusait de partager sa couche avec son frère si leur mère n'était pas présente. Angrboda éprouva le besoin de repousser Loki pour aller s'étendre avec ses enfants, afin qu'aucun d'eux n'ait à dormir à même le sol ; toutefois, ne voulant réveiller personne, elle demeura sur place.

Elle laissa glisser sa main dans les cheveux de Loki. Il s'agita sans sortir de sa torpeur, lui respirant dans le cou, bavant sur son épaule, le front appuyé contre sa joue. Elle posa alors la main sur son propre ventre et caressa la peau lâche et les vergetures laissées par ses deux premières grossesses, se demandant quel genre d'enfant elle allait mettre au monde cette fois.

À son grand désarroi, cette question n'était pas empreinte d'excitation, mais de peur.

Loki partit peu après, et Angrboda ne le revit pas avant plusieurs lunes. Il ne s'était jamais absenté si longtemps de la Forêt-de-Fer depuis la naissance d'Hel. À chaque jour qui passait, la sorcière voyait sa fille déprimer un peu plus ; Fenrir, lui, devenait plus nerveux et ne sortait plus guère.

En conséquence, Angrboda commençait à en vouloir à Loki. Elle devait lutter seule contre la férocité de son fils et le désespoir de sa fille. Et elle ne pouvait même pas dormir, car le prêcheur venait hanter ses rêves.

Elle se débattait en outre avec son propre corps : le manque de sommeil l'épuisait, et il lui semblait que, comme lorsqu'elle portait Fenrir, l'enfant qui grandissait en elle ne voulait pas se développer normalement. Même durant les quatrième et cinquième mois de sa grossesse, elle continuait de vomir l'essentiel de ce qu'elle ingurgitait. Fenrir ne l'interrogeait pas sur ce point, mais Hel semblait terrifiée de voir sa mère malade ; cette dernière s'efforçait donc de le cacher du mieux possible.

Une fois de plus, elle fut incapable de dissimuler son état à Skadi – qui continuait à venir pour le négoce, mais aussi de plus en plus pour le plaisir de discuter. La Chasseresse admettait volontiers n'avoir aucune affection pour les enfants, mais que ceux d'Angrboda faisaient exception. En plus d'autoriser Fenrir à l'accompagner lors de ses parties de chasse, Skadi avait emmené Hel dans les bois à de nombreuses reprises pour lui montrer comment placer un collet.

« Tu es prête, petite chose ? » demandait-elle toujours avant leur départ, et Hel acquiesçait avec une esquisse de sourire, tout en épaulant la musette adaptée que Skadi lui avait apportée pour leur première sortie. Skadi était devenue comme une seconde mère pour elle au cours des longues absences de Loki, et elle seule pouvait se permettre de la surnommer « petite chose » : si minuscule qu'elle fût, Hel n'aimait pas qu'on le lui rappelât, et se mettait à bouillonner dès qu'Angrboda tentait d'employer le moindre diminutif.

Aller « piéger » avec Skadi lui donnait l'impression d'être une adulte, même si Angrboda n'était pas certaine que sa fille appréciât l'activité.

« Comme me l'a enseigné mon père, expliqua un soir Skadi à Angrboda, tandis qu'elles rentraient avec deux lapins et un écureuil, qu'Hel refusait même de toucher. L'idée de tuer des animaux la rebute peut-être...

— Ce n'est encore qu'une enfant, répondit Angrboda. Les animaux sont pour elle des amis précieux. Elle se moque de manger de la viande, mais préfère ne pas réfléchir à son origine. » Hel se détournait encore, dégoûtée, chaque fois que sa mère devait dépouiller un lapin pour le dîner.

« C'est vrai, mais ça reste de la nourriture, répliqua Skadi.

— Si elle avait le choix, Hel ne mangerait que les galettes d'avoine que lui apporte son père », marmonna Angrboda, incapable de se retenir. Elle savait pourtant qu'il ne valait mieux pas l'évoquer en présence de Skadi. Fenrir et Hel ne connaissaient encore Loki que sous le nom de « Papa », mais elle redoutait le jour où l'un d'entre eux laisserait échapper son prénom lors d'une visite de Skadi. Angrboda avait le sentiment que leur en parler ne ferait que précipiter ce moment, et elle n'excluait pas totalement le fait que les enfants de Loki puissent lui désobéir à dessein. Rester dans les limites de son sort de protection semblait être le seul avertissement de sa part qu'ils daignaient prendre au sérieux – peut-être parce que Skadi se montrait aussi très stricte quant au respect de cette règle lorsqu'elle les emmenait en forêt.

Angrboda, mal à l'aise, regretta d'avoir mentionné Loki, même sans avoir prononcé son nom. Par chance, Skadi se contenta de rouler des yeux et n'insista pas, pour une fois, sur le sujet du mari d'Angrboda.

« Quoi qu'il en soit, reprit la Chasseresse, la réalité est que le piégeage est une faculté utile pour qui ne souhaite pas chasser.

En plus, ça ne gâche aucune partie de l'animal. Il t'offre sa vie, et c'est un sacrifice qu'il faut chérir. Hel est trop petite pour le comprendre, mais cela viendra un jour ou l'autre. »

Angrboda en convint.

« Il y a autre chose qui te perturbe, devina Skadi quelques instants plus tard.

— Est-ce si évident ?

— Depuis combien de temps, cette fois ?

— Le début de l'été », admit Angrboda dans un soupir. Apparemment, cette conversation allait bel et bien avoir lieu, finalement.

« Qu'est-ce qu'il *fabrique* ? »

Angrboda considéra sa tasse de lait de chèvre et se demanda combien de temps elle parviendrait à le garder. « Ce qui lui chante.

— J'ai toujours l'intention de tuer cet homme, lança Skadi avec emportement, en serrant le poing autour de son gobelet. Ça va finir par arriver.

— Tu n'en feras rien.

— Je ne peux pas te le promettre », répliqua Skadi. Elle lui décocha un regard sévère avant de finir sa bière d'un trait, et partit peu après sans en dire davantage.

Puis, par une nuit automnale et pluvieuse, alors que les enfants dormaient et qu'Angrboda se détressait et se peignait les cheveux devant le feu après une longue journée, elle entendit la porte s'ouvrir et se refermer. Elle grinça des dents, resserra son manteau de fourrure autour d'elle et se pencha pour ajouter une bûche au foyer, déterminée à ne pas lui réserver un accueil chaleureux.

Il ne le méritait pas.

« Il s'est écoulé toute une saison depuis ta dernière visite, déclara-t-elle.

— Pourquoi y a-t-il du truc vert sur la table ? » demanda-t-il en lançant son manteau sur le banc. Tous deux s'exprimaient à tons couverts pour ne pas réveiller les petits.

L'humeur d'Angrboda s'assombrit davantage quand elle s'approcha de lui. Il n'avait pas changé. « J'ai dû oublier de nettoyer. Je l'ai préparé ce matin. Fenrir faisait peur aux chèvres en menaçant de les croquer, et quand Hel l'a disputé, il lui a mordu l'avant-bras et a refusé de la lâcher. J'ai mis le reste de l'après-midi à la calmer.

— Oh, répondit Loki en se tournant vers le lit. Est-ce qu'elle va bien ?

— Non. Pas du tout. La morsure est profonde et va laisser des cicatrices bien pires que les tiennes. Elle est restée hystérique pendant une heure avant de s'évanouir. Son visage et ses doigts avaient bleui. J'ai cru qu'elle allait y rester. Tu sais comme elle se fatigue facilement... »

Loki s'assit sur le banc et s'appuya contre la table des deux coudes, remontant sa cheville sur le genou opposé. « Ça a du bon d'avoir une sorcière pour maman. Et pour épouse. »

Angrboda se rembrunit et ramassa le manteau de Loki pour aller le faire sécher près du feu en maugréant : « Une épouse, c'est ça.

— Qu'est-ce qu'il y a ? » Loki l'attira sur ses genoux quand elle se retourna, et elle lui jeta un regard profondément méprisant. « Tu m'en veux une fois de plus ?

— Tu es parti trop longtemps, cette fois.

— Sigyn a eu un autre enfant. Je n'ai pas pu revenir plus tôt. Je t'ai apporté un cadeau. » Il tira d'une poche invisible un chapelet de perles d'ambre polies. « Je me disais que tu pourrais les porter entre tes broches, si tu en avais... Je pourrais t'en apporter la prochaine fois aussi, si tu voulais te confectionner une robe-tablier pour aller avec.

— Les broches et les robes-tabliers sont trop encombrantes quand je fais mes corvées et cours après les enfants », répondit

Angrboda. *Ces atours conviennent mieux à des femmes de plus haute condition, comme celles d'Asgard.*

« Alors elles feront un joli collier. »

Angrboda posa les perles sur la table. « Merci. Mais ça ne compense pas le fait d'être parti si longtemps.

— Écoute, je suis navré », marmonna-t-il. Quand il se pencha pour l'embrasser, elle se recula. Il fronça les sourcils et la dévisagea quelques secondes. « Tu m'en veux encore à cause de Sigyn ? C'était il y a des siècles. Si tu avais l'intention de te fâcher pour ça, Boda, il fallait le faire il y a longtemps.

— Ça n'a rien à voir avec elle », rétorqua Angrboda entre ses dents serrées. *J'ai déjà assez de soucis sans essayer en plus d'ourdir un plan voué à l'échec pour me venger de l'autre épouse de mon mari, même si je suis certaine que Loki serait ravi de me voir me lancer dans une telle entreprise contre ses congénères.* « Il s'agit de tes responsabilités de père.

— Et de mari ? suggéra-t-il.

— Hel est toute malheureuse sans toi.

— Et Fenrir ?

— Un peu moins. »

Loki baissa encore d'un ton. « Il est sauvage, pas vrai ?

— Non, le dédit-elle froidement. Tu ne t'intéresses pas à lui, comment peux-tu l'accuser de sauvagerie ? Honte sur toi.

— C'est un *loup*. Et tu m'as dit qu'il avait mordu Hel. Ça m'a tout l'air sauvage.

— Lui as-tu déjà parlé ?

— Bien sûr que oui. Il est intelligent, mais...

— Mais il *essaie*... » Elle se leva alors. « Ce qui n'est pas le cas de tout le monde. Qu'est-ce qu'il y a de si formidable, à Asgard, à part la possibilité de jouer des mauvais tours et de mentir devant un public plus large ?

— T'ai-je jamais menti ? » Loki se mit debout à son tour, l'air furieux, retroussant en un rictus ses lèvres couturées. « Cite-moi un seul exemple.

— Tu dis toujours que tu reviens bientôt. Et tu laisses s'écouler une saison entière.

— Le temps n'est pas un problème pour nous, si tu te rappelles bien.

— Ça l'est, quand deux enfants en bas âge ont besoin de leur père.

— J'ai aussi deux enfants à Asgard, ainsi qu'une épouse.

— Et dis-moi : est-ce que tu mens à Sigyn au sujet de tes allées et venues ?

— Jamais je ne lui ai menti à ce propos, grommela-t-il. Je t'ai dit un jour qu'elle me tenait en plus haute estime que toi, et ça me semble plus vrai que jamais. Pourtant, elle a toujours semblé me reprocher mes absences avec plus d'amertume, alors que j'avais l'impression qu'elles te laissaient plutôt indifférente jusqu'à aujourd'hui.

— Ce n'est pas de l'indifférence, mon amour. Je ne peux pas montrer aux enfants que je me languis de toi autant qu'eux, ou nous passerions notre existence dans un état de détresse perpétuel. Ça n'irait pas du tout. »

Loki sembla amusé. « Ça veut dire que tu te languis de moi ? Quel genre de femme es-tu, alors, pour me regarder agir selon mon gré ? »

Angrboda réprima un accès de rage. Elle devait s'éloigner de lui avant de gifler son visage obséquieux. « Skadi m'a posé plus d'une fois la même question. Elle trouve que je manque de caractère, même si elle ne le dit pas. Elle pense que c'est un signe de faiblesse si je ne peux pas te contrôler de cette manière subtile et discrète qu'ont les femmes de contrôler leur mari.

— Et qu'est-ce que tu lui réponds ?

— Que tu es comme ça, et que je l'accepte. Ça n'a rien à voir avec de la faiblesse. » Angrboda croisa les bras et se tourna vers le feu. « Du moins, je l'espère.

— Tu n'es pas faible », affirma Loki en venant se placer derrière elle pour enrouler ses bras autour de sa taille et lui poser la tête sur l'épaule.

Angrboda se retint de justesse de soupirer.

« Tu as été brûlée à trois reprises et on t'a arraché le cœur, murmura-t-il dans son cou. Pourtant, tu es toujours debout. Et tu m'as accueilli dans ta maison et dans ton lit sans jamais te plaindre jusqu'à aujourd'hui.

— Jusqu'à la naissance des enfants.

— Oui. Jusqu'à la naissance des enfants. » Loki la lâcha subitement pour aller se rasseoir. Il contempla ses jambes, sur lesquelles ses mains tremblaient. Il s'agrippa les genoux pour les stabiliser. « Je ne sais pas pourquoi je fais ce que je fais. Je ne peux pas m'en empêcher.

— C'est dans ta nature. » Angrboda, ayant remarqué son geste, vint s'asseoir près de lui pour lui saisir les poignets. « Je me demande si quelqu'un d'autre que moi le comprend.

— Pas les Ases, en tout cas. Seule Sigyn essaie. Je crois qu'elle me pardonnerait n'importe quoi si je le lui demandais, mais je n'en ai pas envie. Elle compte sur moi pour ne pas lui mentir. » Il fit la grimace. « Je me demande parfois si sa confiance en moi est déplacée. »

Un court silence s'ensuivit, durant lequel Angrboda éprouva une forme de compassion à l'égard de cette femme. « Je connais bien ce sentiment. »

Il la contempla alors, et son expression parut plus douce à la lumière des flammes. « Et pourtant, vous restez toutes deux à mes côtés. Pourquoi cela ? »

Angrboda y réfléchit un moment. Il y avait plusieurs explications possibles : il était le père de ses enfants, elle l'aimait malgré elle, et elle savait qu'il l'aimait aussi. Elle aurait pu ajouter que, s'il daignait *rester*, elle se satisferait de demeurer blottie dans ses bras aussi longtemps qu'il le voudrait - que ce soit le matin suivant ou l'éternité tout entière. Difficile de prévoir, avec lui.

Et pourtant, après tout ce temps, elle ignorait si ce dernier point venait s'ajouter à la liste des raisons pour lesquelles elle l'aimait si tendrement, ou si elle aurait dû le détester à cause de cela.

Toutefois, la dernière fois qu'ils avaient eu cette conversation, tous deux avaient eu hâte de changer de sujet, elle se contenta donc de répliquer : « Ça ne veut pas dire que je ne t'en veux plus, mais il est vrai que tu m'as rapporté mon cœur.

— Mmmh, commenta-t-il. Au moins, j'ai fait quelque chose de bien pour toi.

— Oui, enfin... Ça m'arrive de me poser la question.

— Tu te demandes si j'ai bien fait de te le rendre ? »

Son silence fut suffisamment éloquent.

« Viens, finit par déclarer Loki. Allons nous coucher. »

L'orage avait repris, mais en dépit des évènements de la nuit, une sorte de calme régnait à l'intérieur de la caverne. Hel et Fenrir n'avaient pas été réveillés par la conversation, et leurs parents s'en trouvaient soulagés.

Peut-être fut-ce à cause de leur dispute qu'Angrboda estima que son rôle, cette nuit-là, n'était pas celui de matelas ; elle s'allongea donc sur le côté, et Loki en fit autant derrière elle, puis remonta une couverture de laine sur leurs épaules.

Avant de s'endormir, il glissa la main sur le renflement en bas du ventre de son épouse. « Il est petit, encore une fois. Tu penses que ça va être un autre loup ?

— Je n'en sais rien », murmura Angrboda en couvrant sa main de la sienne. Il lui embrassa la tempe et posa la tête près d'elle, enfouissant son visage dans ses cheveux. Et pour la première fois depuis des lustres, en écoutant se mêler leurs battements de cœur, Angrboda s'endormit aussitôt.

Elle ne resta pas assoupie très longtemps.

La voix l'attira.

Les mots la poussèrent à descendre de plus en plus bas, vers l'endroit le plus sombre qu'elle eût jamais visité : un lieu aussi vide que la naissance des mondes, la naissance du temps.

Elle ne possédait plus de forme. Elle était étalée, son âme se dissipant telles les ondulations d'un ruisseau, se répandant sur tous les royaumes, à la manière de l'Arbre-Monde lui-même. L'espace d'un instant, elle sut tout. Elle fit partie *de tout.*

Et elle distingua tout.

Angrboda hoqueta et se redressa d'un coup, tremblant violemment, à court de souffle et couverte de sueur. Le feu n'était même pas complètement éteint. Loki, qui dormait encore, les bras passés autour de sa taille, s'éveilla à son tour.

Il lui demanda ce qui n'allait pas, écarta les cheveux qui lui cachaient le visage, essaya de l'enlacer. Elle le repoussa. Rien ne pouvait l'apaiser.

« Que s'est-il passé ? » insista-t-il, inquiet. Il dut lui poser plusieurs fois la question avant qu'elle le regarde, les larmes aux yeux, ce qui le fit paniquer.

« Je sais qui c'est, annonça-t-elle d'une voix qui lui parut morte. L'homme de mes rêves. Je sais ce qu'il veut. Je l'ai vu. » Elle poussa un long soupir tremblotant. « C'est Odin. Ça ne peut être que lui. »

Loki se rapprocha en fronçant les sourcils. « Qu'est-ce que tu as vu ? »

Angrboda secoua la tête, prit une inspiration hésitante et contempla ses genoux, qu'elle remonta contre la poitrine.

« Alors, qu'est-ce que tu as *vu* ? la pressa Loki.

— J'ai vu comment débutait la fin. » Les mots se précipitaient en un chuchotement rauque. « J'ai vu tout ce qu'il y a dans les Neuf Royaumes. J'ai vu les Ases, les géants, les ombres, les nains et les hommes. J'ai vu Yggdrasil, ainsi que le dragon qui en ronge la racine. J'ai vu un loup si gros que ses mâchoires peuvent avaler des armées tout entières, ainsi qu'un serpent immense sortir de l'eau, j'ai vu le soleil et la lune s'éteindre quand les loups qui les pourchassaient ont fini par les rattraper, j'ai vu un navire peuplé d'âmes mortes. J'ai vu tant de visages que je ne peux pas tous me les rappeler, tant de noms que je ne sais pas lesquels sont importants, tant d'évènements que je suis incapable d'en reconstituer la chronologie... »

Elle se tut subitement et serra les lèvres. Il y avait autre chose, mais elle se rendit compte qu'elle ne pouvait se résoudre à le lui décrire.

Loki voulut lui caresser l'épaule, mais elle battit en retraite et leva les mains pour se tirer les cheveux en arrière. Il se positionna donc derrière elle et l'attira dans son giron, où elle s'adossa contre lui en tremblant. Il fit passer les cheveux de la sorcière par-dessus une épaule afin d'embrasser l'autre tout en l'étreignant.

Toutefois, il ne paraissait guère sûr de lui quand il déclara : « Ce n'était qu'un rêve, Boda. Rien de plus.

— J'ai tellement envie d'y croire, murmura-t-elle. Je ne lui ai rien dit. Il va revenir. Il va revenir... »

Loki ne répondit pas, se contentant de lui embrasser l'épaule de nouveau. Elle sentit sur sa peau son souffle et ses lèvres couturées, mais cela ne suffit pas à la réconforter.

Ils restèrent assis ainsi un moment, jusqu'à ce qu'il se lève pour alimenter le feu, avant de la convaincre de se rallonger près de lui, dans la position qu'ils avaient adoptée précédemment.

Toutefois, malgré les bras de son époux serrés autour d'elle, elle craignit de ne plus jamais dormir.

Il m'a attirée hors de moi et m'a enjoint de voyager jusqu'à l'endroit le mieux dissimulé du cosmos pour obtenir cette horrible vision de l'avenir, mais il n'a pas récolté ce qu'il était venu chercher.

Je ne lui ai rien dit.

Et il y avait ces choses qu'elle avait tues à Loki – des choses qu'elle ne pouvait se déterminer à partager. *Des choses qu'il ne voudrait pas savoir.* Trois, en particulier.

La première était que le loup qu'elle avait vu – la bête énorme dont la gueule hérissée de dents tranchantes comme des couteaux crachait du feu – avait les yeux verts et une allure des plus familières qui la poussèrent à observer son fils, un louveteau démesuré, qui sommeillait paisiblement au pied du lit. *Ce n'est pas possible… si ?*

La deuxième était la mort. Tant de morts – c'était là qu'elle s'était réveillée en sursaut, à la fin, pour ne pas découvrir comment tout s'achevait. Elle ne voulait pas savoir. *Ainsi, si c'est bien Odin qui me pousse à glaner cette information* – et elle n'en doutait désormais plus –, *c'est qu'il veut* apprendre *comment il va mourir.*

Quant à la troisième…

Angrboda roula sur le côté avec précaution pour contempler Loki, qui s'agita dans son sommeil sans se réveiller. Elle fit courir sa main sur la bouche balafrée, frotta son nez contre le sien, ferma les paupières.

Je t'ai vu à la barre d'un vaisseau plein d'âmes mortes parti livrer bataille contre les dieux, voulut-elle lui révéler. *Mais comment serait-ce possible ? Les morts n'obéissent à personne, et tu fais partie des Ases…*

La deuxième fois qu'elle avait vu son visage dans le rêve avait été encore pire, et ce souvenir lui retourna l'estomac.

Je t'ai vu attaché.

Je ne me rappelle pas ce que tu avais fait, j'ignore même si je l'ai su, mais c'était ta punition.

Et tu souffrais beaucoup. Tu souffrais tellement…

Que vas-tu faire pour mériter cela, et comment pourrais-je l'empêcher ?

Néanmoins, Angrboda savait qu'il ne lui incombait pas de s'impliquer dans ces évènements, car dans son rêve il n'était pas seul : une femme se trouvait à son côté quand il était ligoté – une femme dont elle savait qu'il s'agissait de Sigyn. Même si ses traits lui apparaissaient déjà troubles, elle se souvenait des émotions qu'elle avait lues sur son visage : de la tristesse, de l'affliction, même. Les bras tendus devant elle, tenant un bol près de Loki pour recueillir le venin du serpent attaché au-dessus de lui, des larmes ruisselant sur ses joues chaque fois qu'elle devait écarter le bol pour le vider.

Angrboda entendait encore les hurlements de son mari quand le poison lui brûlait la figure. Et pourtant, c'était Sigyn qui se trouvait près de lui, incarnation du parfait dévouement.

Mais je ne te laisserai jamais souffrir de la sorte. Qu'est-ce qui m'empêchera de venir te libérer de ce destin ?

Que va-t-il m'arriver, nous *arriver, pour que je ne me trouve pas moi aussi près de toi ?*

Angrboda remonta la couverture sur eux et se lova contre lui, afin de sentir la chaleur de sa peau contre la sienne. Un puissant coup de tonnerre gronda dehors, mais Loki ne se réveilla pas. Elle l'enviait de sembler si paisible dans le sommeil – lui qui ne l'était jamais en état d'éveil. Pourtant, il n'avait aucune conscience de cette femme qui l'étreignait à présent si fermement, bien résolue à ne jamais le lâcher.

En réalité, Loki ne mesurait pas à quel point il était en sécurité auprès d'Angrboda.

Au fond d'elle-même, elle savait que leur relation ne durerait pas éternellement, car l'éternité était *très* longue, alors que son mari se lassait rapidement. Et pourtant, la question continuait de la ronger :

Où me trouverai-je quand ce sort terrible t'échoira ?

Après cette nuit-là, Loki sembla hésiter à repartir. Hel et Fenrir avaient été enchantés de le trouver à leur réveil après le rêve d'Angrboda. Eux aussi rechignaient à le voir disparaître.

La sorcière se sentit mal à l'aise dans les jours qui suivirent, pour des raisons qu'elle peinait à exprimer. Elle crut tout d'abord que c'était à cause de la vision, mais savait qu'une partie de son malaise était due à sa grossesse ; elle ne pouvait s'empêcher de se demander quelle forme adopterait son prochain enfant, et cela la tracassait.

Un après-midi, alors qu'elle concoctait des potions sous l'œil attentif d'Hel – qui alternait sans cesse entre son père et sa mère –, Skadi et Gerd passèrent à l'improviste. Loki jouait alors au tir à la corde avec Fenrir, chacun cherchant à s'emparer d'un os long. L'impressionnant louveteau le traînait ainsi dans toute la caverne, jusqu'à finalement aboutir à la porte. *Papa, Skadi est là – et accompagnée !*

Angrboda se raidit, et son mari et elle échangèrent un regard. Deux secondes plus tard, on frappa à l'huis, et Loki, toujours assis par terre, abandonna l'os à Fenrir. Puis, sans se relever, il s'approcha rapidement de l'entrée et posa la main sur la poignée.

« Loki, non..., commença Angrboda.

— Quoi ? Je n'ai pas peur d'elle », répondit-il en ouvrant. Skadi lui décocha un regard furieux. Hel poussa un hurlement de plaisir et se précipita vers la nouvelle arrivante, Fenrir bondissant dans son sillage – tous deux bousculèrent au passage leur père, outré.

Skadi le semblait plus encore quand elle prit l'enfant dans ses bras et gratta la tête du louveteau sans détourner les yeux de Loki.

« Qu'est-ce que tu fais ici ? » s'enquit-elle.

Il désigna Angrboda d'un geste du pouce avant de répondre : « Nous sommes mariés. » Puis il bondit sur ses pieds une fraction de seconde avant que la botte de Skadi lui écrase les testicules au sol.

« Hé ! s'écria Hel. Laisse mon papa tranquille.

— *Ça ?* s'exclama Skadi en désignant Loki à grands gestes furieux. Tu es mariée à *ça* ? C'est cette atrocité qui te sert d'époux ? Le père de tes enfants, l'amour de ta vie et ainsi de suite ?

— Le mot "vie" est assez vague quand on est par trois fois renée de ses cendres, fit valoir Angrboda en se détournant un instant de ses potions. "L'amour de mon existence" serait probablement plus précis.

— Oooh, et moi qui pensais que tu m'estimais si peu », intervint Loki. Il sautilla jusqu'à elle et lui passa ostensiblement les bras autour des épaules pour lui déposer un baiser bruyant sur la tempe.

Angrboda roula des yeux et lui décocha une bourrade amusée. Elle se retourna ensuite vers Skadi, qui se convulsait de rage. « Vous pouvez entrer, toutes les deux, et boire un coup avec nous. Vous pouvez même rester dîner, si vous voulez. Il fait froid, dehors.

— On en a bien conscience, confirma Gerd en retirant sa capuche pour se faufiler devant sa cousine. Et nous te sommes très reconnaissantes, merci. »

À la grande surprise d'Angrboda, Fenrir trottina jusqu'à la jeune femme et déposa son os à ses pieds en agitant la queue d'un air embarrassé. *Salut.*

« Eh bien, coucou, toi. » Gerd n'hésita pas à se pencher pour lui tapoter la tête. Fenrir lui lécha la figure, ce qui la fit sourire. Elle entreprit alors de le gratter entre les oreilles.

« J'aurais pu te castrer neuf fois à Asgard, Fripon, si j'avais su que tu étais le bon à rien de mari de ma chère amie. » Skadi montra les dents à Loki quand il s'affala à table. Elle s'assit sur le banc en face de lui et posa Hel près d'elle. Gerd remplit un gobelet de bière pour chacun et alla directement s'installer près d'Angrboda, bien décidée à rester à l'écart de ce conflit.

Loki retourna un rictus à la Chasseresse. « À l'évidence, tu n'en étais pas informée, car mes couilles sont bien à leur place. Je suis toutefois surpris que personne n'ait tenté de te couper les *tiennes*.

— Elle mérite mieux qu'un type comme toi, rétorqua Skadi avec émotion. N'importe qui mérite mieux que toi.

— Gerd, tu veux bien m'aider à préparer le dîner ? » demanda Angrboda d'un air las.

La cousine s'empressa d'acquiescer, et toutes deux allèrent dépouiller des lapins près de l'entrée de la grotte. Quoi qu'Angrboda pût penser de cette fille, elle ne pouvait nier son efficacité.

« Tes cicatrices sont encore plus répugnantes de près. Presque aussi répugnantes que la fange qui sort de ta bouche, lança cependant Skadi à Loki.

— Mes cicatrices ont *fière allure*. Ce n'est pas ma faute si tu as mauvais goût.

— Pff. Si j'ai mauvais goût, alors *tu* n'as pas de goût du tout.

— Pourquoi insulter ma femme de la sorte ?

— Dire que tu n'as aucun goût n'est pas une insulte pour...

— Oh, mais si. Vois-tu, je la goûte sans arrêt. Je parie que tu aimerais en dire autant. »

Angrboda se retourna et haussa des sourcils interrogateurs en direction de Loki, avant de se tourner vers Skadi, dont le visage était cramoisi.

« Ne sois pas obscène, Loki », le rabroua la sorcière, pensant son amie gênée par ses propos.

Skadi garda les yeux rivés sur Loki et déclara, sans doute un peu trop fort : « Et si tu goûtais d'abord mon poing dans ta gorge ?

— Non, merci, déclina Loki aussi nonchalamment que si on lui avait proposé à boire. Me menacer devant mes enfants, Skadi ? Quel genre de déesse es-tu ?

— Ou mieux encore, mon couteau de chasse ? poursuivit la visiteuse en dégainant ledit couteau – affûté comme un rasoir et long comme son avant-bras – pour le planter dans la table. Tu penses qu'il a bon goût, Fripon ?

— Sans doute pas, répondit Loki en lorgnant l'arme tremblante avec méfiance. Un peu comme ton poing – ou le reste de ta personne, d'ailleurs.

— Arrêtez ça, vous deux », leur intima Angrboda. Ils ne l'écoutèrent pas.

« Ce qui me fait penser, reprit Skadi tandis que la sorcière rassemblait les lapins dépecés dans une jatte, j'imagine que tu n'es pas informée de sa double vie à Asgard, si ? » Elle coula un regard vers Hel, qui n'avait pas perdu une miette de la dispute, ses yeux verts ouverts si grand que c'en était comique.

« Il s'avère que si, répliqua Angrboda avec une expression lourde de sens. Il m'a tout raconté. »

Skadi la dévisagea. « V... Vraiment... ?

— Puisque je te le dis. » Angrboda constata que Gerd la dévisageait elle aussi. La cousine s'empressa de se détourner, et s'affaira à remiser tous les nerfs de lapin dans un pot à jeter dehors. Fenrir fourra le museau dedans et se mit à le curer avec ardeur.

« Si tu le sais, comment peux-tu le supporter ? » s'enquit Skadi, une fois remise de sa surprise. Quelques instants plus tard, elle se leva lentement et demanda : « Est-ce que tu vas bien ? Tu es toute pâle.

— Ça va, répondit Angrboda dans un souffle, une main serrée sur le renflement de son ventre. Ne t'en fais pas. »

Loki fronça les sourcils et se mit debout à son tour. « Elle ne dort pas bien, ces derniers temps.

— Elle ne dort jamais bien, voire pas du tout, d'après ce qu'elle m'a dit. Je n'arrive pas à croire que tu n'aies rien remarqué.

— Pour ta gouverne, si, j'ai remarqué, et cela m'inquiète.

— Ah, d'accord. Parce que tu es un bon mari.

— *Taisez-vous,* tous les deux. S'il vous plaît. » Prise d'un vertige, Angrboda se mit à chanceler. Quelques instants plus tard, ses genoux se dérobèrent, et Skadi bondit en avant et la rattrapa juste avant qu'elle touche le sol. La Chasseresse eut cependant beau tenter de la relever, Angrboda ne pouvait tenir debout.

Oh non, pas encore, songea la sorcière en serrant les paupières tandis que Skadi passait une main sous ses genoux pour la soulever comme une jeune fille.

« Comment peut-elle être déjà à terme, avec un bébé aussi petit ? » s'enquit Skadi d'une voix paniquée.

Petit, mais vivant. Angrboda garda les yeux fermés tandis que l'enfant se tortillait en elle. Elle n'était pas aussi paniquée que lorsqu'elle avait cru Hel morte dans son utérus. Fenrir, comme son futur frère, était bien vivant quand le travail avait commencé.

« On ne pensait pas non plus que Fenrir survivrait, souligna Loki, et elle ne l'a porté que six mois. » Il arracha toutes les fourrures et couvertures du lit pour former un tas devant le feu.

« Ça fait encore moins cette fois-ci, remarqua faiblement Angrboda.

— Pose-la ici, Skadi. Je vais la mettre à l'aise. Va chercher de l'eau au ruisseau. » Tout en désignant la pile qu'il venait de confectionner, il alla fouiller dans le fond de la grotte et en rapporta deux seaux et une brassée de chiffons.

« Je t'interdis de me donner des ordres », le rabroua Skadi en déposant malgré tout Angrboda.

Loki lui fourra les seaux entre les bras quand elle se redressa, et tous deux se défièrent du regard pendant une bonne trentaine de secondes.

Angrboda tira sur la tunique de son amie. « Fais ce qu'il te demande. S'il te plaît. Il n'y a pas de temps à perdre. »

Skadi la considéra avec incertitude, mais finit par empoigner les seaux en décochant à Loki un nouveau regard assassin. « Je veux bien admettre que tu n'es peut-être pas si inutile que je le pensais. »

Loki la dévisagea jusqu'à lui faire baisser les yeux, avec une intensité qu'Angrboda n'avait jamais perçue chez aucun de ses pairs. Même Skadi recula légèrement.

« Et je peux bien accepter ta concession et la classer avec toutes les autres choses dont je n'ai cure alors que ma femme est sur le point d'enfanter », répliqua-t-il avec le plus grand sérieux. Alors que Skadi ouvrait la bouche pour répondre, il ajouta froidement : « Je te déconseille fortement de te frotter à moi maintenant. »

Skadi tourna les talons et sortit en tapant des pieds. Quand Loki pivota vers Gerd, celle-ci s'empressa de dire : « Je vais emmener les enfants dehors. » Hel s'était mise à pleurer en s'accrochant à sa jambe, et Fenrir rôdait derrière elle en poussant des gémissements aigus.

« Essaie de les occuper, et fais en sorte qu'ils ne reviennent pas ici », lui lança Loki tandis qu'elle les faisait sortir. Quelques minutes plus tard, Hel reparut en courant pour enlacer son père en vagissant. Il l'étreignit un moment avant de l'orienter vers la porte en lui suggérant : « Et si tu allais expliquer à Gerd toutes les bêtises que peuvent faire les chèvres ? Ça va aller, pour maman.

— Oui », confirma Skadi en reparaissant, munie de deux seaux remplis d'eau. Elle les vida dans le chaudron au-dessus du feu, reposa les récipients et alla s'accroupir à hauteur de la fillette, lui caressant les joues avec un sourire rassurant. « Moi aussi, j'aimerais tout savoir sur ces chèvres. Tu veux bien m'emmener les voir pour que ta maman et ton papa restent un peu tout seuls ? »

Le travail fut achevé avant la nuit ; Angrboda n'avait alors même plus la force de s'asseoir. Au lieu de quoi, elle se laissa tomber sur les couvertures que Loki avait entassées derrière elle et lui demanda d'une voix accablée, la poitrine se soulevant avec effort : « Alors ? Qu'est-ce que c'est ?

— Je ne sais pas trop », répondit Loki en contemplant ce qu'Angrboda venait d'expulser de son corps. Les dégâts étaient minimes et aucun placenta n'était sorti, mais ce n'était pas ce qui semblait le déranger.

« Comment peux-tu... ne pas savoir ? s'étonna Angrboda en s'efforçant de se redresser pour mieux distinguer son dernier-né.

— Eh bien, il est dans une espèce de sac... Qu'est-ce que... ? » Puis il glapit et recula en hâte, les yeux écarquillés.

« Quoi ? Qu'est-ce qui ne va pas ? »

Elle eut la réponse à sa question quand elle sentit quelque chose remonter le long de sa jambe en rampant ; n'ayant pas l'énergie de battre en retraite, elle vit un serpent minuscule l'observer par-dessus son genou – il possédait les mêmes yeux verts que son père, sa sœur et son frère, et le vert sombre de ses écailles les rendait particulièrement lumineux. Quand Angrboda éclata d'un rire surpris, le serpent poussa un petit cri et dégringola dans son giron.

Il mesurait presque la taille du bras d'Angrboda, mais n'était large que comme deux de ses doigts. À l'instar de Fenrir, il était plus gros que les nouveau-nés des animaux dont il avait adopté la forme, mais plus petit qu'Hel à la naissance. Angrboda le prit dans ses bras et la langue fourchue du bébé vint lui chatouiller la joue. Il était doté d'une dent unique, dont il s'était servi pour déchirer le sac dans lequel il avait été expulsé.

« D'abord, une fille à moitié morte, puis un loup, et maintenant un serpent, commenta Loki. Apparemment, nos enfants deviennent de moins en moins normaux. À ce rythme, le prochain ne sera plus qu'une masse gélatineuse nantie d'yeux.

— Que mangent les bébés serpents ? s'interrogea Angrboda à voix haute.

— Je n'en ai pas la moindre idée. » Loki vint prendre place près de sa femme, et tous deux contemplèrent leur petit serpent, qui observait désormais son père en dardant la langue avec curiosité. À l'instar de Fenrir, ses prunelles recelaient une profonde intelligence.

Des prunelles qui n'apparurent pas seulement familières à Angrboda parce qu'elles étaient identiques à celles de Loki, mais parce qu'elle *les avait déjà vues*.

Dans sa vision de la fin des mondes. *Le grand serpent émergeant des vagues...* Elle étudia la minuscule créature sur ses genoux, qui la scrutait avec tant d'innocence. *Non. C'est impossible. Cela ne se...*

« Boda ? l'appela Loki en lui massant le bas du dos. Est-ce que tu vas bien ? »

Sa voix tira Angrboda de sa rêverie. *C'est ridicule. Qu'est-ce qui me passe par la tête ?*

« Oui, bien sûr, répondit-elle avec un sourire de façade. Comment va-t-on l'appeler, cette fois ? C'est à toi de choisir le nom. »

Loki y réfléchit un instant avant de tendre le bras. Le serpent y rampa aussi maladroitement qu'un bébé faisant ses premiers pas.

« Jörmungand, décida-t-il.

— Hors de question de baptiser notre fils "bâton magique d'une puissance incroyable".

— Et pourtant si. C'est un nom formidable. C'est *comme ça* qu'on crée un nom, Boda. On enchaîne une série de mots jusqu'à ce qu'ils veuillent dire quelque chose. Et puis, heureusement que tout le monde n'a pas un nom aussi déprimant que le tien. Pas vrai, Jörmungand ? » Le serpent vint lui frotter le menton, et Loki sourit d'un air triomphant. « Tu vois ?

— Je retire ce que j'ai dit le jour de notre rencontre. C'est *toi* qui m'apportes le chagrin. Je regrette aussi d'avoir affirmé que tu étais doué avec les mots.

— Je suis doué pour donner des noms géniaux à mes bébés serpents, si c'est ce que tu préfères me dire maintenant.

— Il y a des tas d'autres choses que je préférerais dire à ton sujet, maugréa Angrboda.

— Peut-être qu'il aime la viande. » Loki piocha un morceau de lapin dans la jatte, et Jörmungand le lorgna avec curiosité avant de se disloquer la mâchoire afin de pouvoir l'avaler tout rond. Le morceau étant trop gros pour lui, Loki récupéra le couteau de Skadi, toujours planté dans la table, et le découpa en morceaux plus petits, qu'il présenta de nouveau à son fils.

Cette fois, Jörmungand put enfourner la viande, même s'il lui fallut quelque temps pour avaler. Puis il retourna s'enrouler sur lui-même dans le giron de sa mère. Après avoir écarté les couvertures souillées et aidé Angrboda à se mettre au lit, Loki demanda à Gerd et Skadi de faire rentrer les enfants.

Les deux femmes prirent congé peu après, même si la sorcière chercha à les convaincre de rester pour la nuit.

« Tu as un nouveau-né, on ne voudrait pas s'imposer », déclina Gerd avec un geste de la main. Skadi sembla toutefois hésiter et décocha un regard lourd de sens à son amie quand Loki eut le dos tourné. Angrboda la considéra d'un air de dire *C'est bon, tu peux y aller,* alors Skadi partit.

Hel ne sembla pas perturbée par le fait que son deuxième frère fût aussi un animal – peut-être était-elle trop fatiguée et gavée pour s'en soucier, Skadi lui ayant laissé s'emplir le ventre de lait de chèvre et de viande séchée trouvée dans les réserves. Fenrir, qui avait quant à lui attrapé quelques lapins pour son dîner, parut déçu que Jörmungand ne fût pas un autre loup avec lequel jouer.

Plus tard, quand tous les enfants se furent entassés sur le lit, Hel se blottit contre Angrboda et traça d'un doigt la cicatrice sur sa poitrine ainsi qu'elle l'avait fait plus jeune, sans jamais quitter des yeux le serpent enroulé sur le ventre maternel. Elle serrait dans son autre main la figurine de loup que Loki lui avait sculptée quand elle était bébé ; celle-ci était usée et parcourue de traces de dents à force d'avoir été mâchonnée, mais elle l'aimait toujours autant et avait l'habitude de la cacher dans la grotte pour la mettre en sécurité. Angrboda la retrouvait souvent sous une pile de fourrures quand elle nettoyait la literie.

Hel chuchota : « Maman, pourquoi il a choisi d'être un serpent ?

— Peut-être qu'un jour prochain il sera capable de te répondre », murmura sa mère avant de lui embrasser le front. Le gigantesque serpent de sa vision s'imposa fugacement à son esprit, mais elle l'en chassa aussitôt.

Elle savait qu'un jour viendrait où elle devrait réfléchir à ce qu'elle avait vu – tant au sujet du serpent que du loup, car il ne pouvait s'agir d'une coïncidence si non plus un, mais deux de ses enfants avaient adopté la forme des créatures de sa vision – et accepter ce que cela signifiait tant pour elle que pour sa petite famille.

Mais ce soir-là, elle avait juste envie de profiter de son bonheur.

Loki fut le dernier à se mettre au lit, car il avait chargé le feu pour s'assurer qu'il durerait. Il se colla à Angrboda, face à elle et aux enfants, le coude plié et la tête relevée sur sa main.

« Il est mignon, dit-il en contemplant Jörmungand. À sa façon. Je me demande s'il parlera comme Fenrir. Est-ce qu'il sera doté de crochets immenses pour manger les humains ? Ce serait fantastique, non ? »

Angrboda dut une nouvelle fois oublier sa vision, et elle roula des yeux. « Pourquoi une telle obsession ?

— J'ai beaucoup d'ennemis. C'est pour ça que je trouverais pratique que mes fils puissent les avaler tout ronds. Ça mettrait fin à *ce* problème.

— Parfois, réagit Angrboda d'un ton pince-sans-rire, j'aimerais que tous nos problèmes soient aussi simples à résoudre dans la réalité que dans ta tête.

— Moi aussi », affirma Loki en remontant sur eux la couverture. Et bientôt, tout le monde dormait.

Loki ne partit pas beaucoup cet hiver-là, et Angrboda lui en sut gré, car la saison fut longue et rigoureuse. Ils passèrent l'essentiel de leurs journées au lit avec les enfants afin d'économiser leurs forces – même si les petits semblaient avoir de la peine à assimiler ce concept. Hel se méfiait toujours de Fenrir depuis qu'il lui avait mordu le bras, mais cela ne les empêchait pas de se courir après dans la grotte, hurlant de plaisir ; naturellement, Loki les encourageait à s'épuiser de la sorte. Les jours les plus doux, Jörmungand allait se joindre à eux en ondulant.

Puis ils s'effondraient au lit, et Loki leur racontait des histoires tandis qu'Angrboda somnolait. Elle dormit davantage durant l'hiver que depuis une éternité, et savait que c'était en grande partie dû à la présence de son mari et de leurs enfants, qui ne s'éloignaient jamais de plus de quelques pas. Cela l'aidait à raffermir sa détermination contre le prêcheur, qu'elle percevait encore en périphérie de ses rêves – il semblait toutefois conserver ses distances depuis qu'il avait failli la précipiter par-dessus le bord des mondes.

En conséquence, elle plongeait à peine dans la vision avant d'en ressortir. Elle ne s'était pas immergée complètement, n'avait jamais obtenu tous les détails ni découvert la fin amère. Et elle préférait que cela perdure ainsi.

Parfois, quand Loki et Angrboda étaient certains que les enfants dormaient à poings fermés, ils allaient s'allonger près du feu. La plupart du temps, ils étaient trop las pour faire plus que rester silencieusement blottis l'un contre l'autre pendant des heures, à écouter tomber la neige, hurler le vent ou crépiter les flammes, tout en en savourant la chaleur sur leurs mains ou leur visage.

Ces interactions n'avaient rien de spécial, mais elle les chérissait quand même. Le temps n'avait guère eu de sens pour Angrboda avant Loki et les enfants, mais tous quatre lui avaient donné goût à ces petits instants secrets qui auraient pu paraître ordinaires à un observateur extérieur, mais qui comptaient davantage pour elle chaque fois qu'elle les remarquait.

Jörmungand passa le plus gros de l'hiver autour du cou de sa mère ou niché contre sa poitrine, profitant de sa chaleur corporelle ; quand il ne se trouvait pas sur elle ou près du feu, il demeurait léthargique. Il ne mangeait pas grand-chose, mais quand le printemps revint, il devint plus actif et se mit à croître démesurément. Il lui arrivait aussi d'aller attraper lui-même sa nourriture dans les bois, plus verts que jamais auparavant.

Au début de l'été, il était déjà aussi long que son père était grand – c'est-à-dire plutôt long – et presque aussi épais que le cou de sa mère. Celle-ci le soupçonnait d'être *capable* d'avaler une personne entière s'il essayait vraiment, ce que, à son grand soulagement, il ne tenta pas.

Elle le tenait toutefois à l'œil : Hel serait sa proie la plus facile. Désormais âgée de 5 ans, la fillette demeurait très petite. Ses cheveux noirs et ondulés lui cascadaient jusqu'à la taille, et ses yeux verts paraissaient énormes au milieu de son visage blême et minuscule. Quand elle n'aidait pas Angrboda au jardin, elle faisait les cent pas dans la clairière pour tuer l'ennui, tournant et retournant son loup entre ses mains.

Jörmungand n'avait pas encore commencé à parler, mais il n'avait que 6 mois, cela n'inquiétait donc pas Angrboda outre mesure. Il lui arrivait parfois de produire des sons dans sa tête, mais uniquement des syllabes – pas même « Mama », qui avait été le premier mot de Fenrir. Lui et son aîné – dont la grosse tête de louveteau atteignait désormais le coude maternel – sifflaient, grondaient ou claquaient souvent des dents l'un envers l'autre, mais toujours pour s'amuser, comme des frères.

Loki, naturellement, les incitait à continuer. Il ne s'était pas absenté plus d'un mois depuis la fin de l'hiver. Angrboda en était ravie.

Le prêcheur gardait toujours ses distances. Elle avait fait de son mieux pour oublier les horreurs perçues dans sa vision cette nuit-là, mais elle regrettait de ne pouvoir complètement effacer ce souvenir de sa mémoire – la ressemblance de ses fils avec les créatures présentes et l'image de la torture de son mari n'étaient jamais loin de refaire surface. Mais même cela disparaissait de son esprit quand Loki apparaissait, tout sourire, à l'entrée de la caverne, avec une nouvelle histoire à raconter. Les enfants se précipitaient toujours vers lui, et son visage radieux et la joie des petits la ravissaient chaque fois.

Un jour, alors que Loki et Hel étaient allongés sur le ventre dans l'herbe de la clairière, elle capta des bribes de leur conversation tandis qu'elle préparait le dîner, Jörmungand enroulé autour de sa taille, la tête posée sur son épaule. Il commençait à devenir trop lourd pour être porté sans arrêt, mais peu lui importait.

« Je ne sais pas, Hel, dit Loki. Je pense que Frigg a la plus longue barbe.

— *Non*, papa. C'est une *femelle*. Elle *ne peut pas* avoir la plus longue barbe, répliqua Hel avec toute la conviction d'une enfant de 5 ans. C'est Odin qui a la plus longue barbe, tu vois ? Tu disais qu'il était la plus sage de toutes les chèvres. Ça veut aussi dire qu'il a la plus longue barbe.

— Je ne crois pas. Celle de Frigg est plus longue. Les femelles ont aussi une barbe et des cornes, comme les mâles.

— Eh bien, dans ce cas, je crois que c'est Thor qui a la plus longue.

— Et moi, je persiste à penser que c'est Frigg.

— Eh ben, tu te trompes. Pourquoi les femelles ont quand même une barbe et des cornes ?

— Je ne sais pas trop, mais c'est pour ça que j'ai mélangé les noms quand je les ai baptisées. Tu te rappelles ?

— Maman a dit que c'est parce que tu fais des trucs stupides.

— Ah, elle a dit ça, vraiment ?

— Oui. Elle a dit que tu l'avais fait exprès parce que tu es un imbécile.

— Pourquoi empoisonnes-tu l'esprit de ma fille avec tes mensonges pernicieux ? lança-t-il vers l'intérieur de la grotte.

— Ne lui as-tu pas affirmé l'autre jour que les cicatrices sur tes lèvres t'avaient été infligées par l'écureuil qui grimpe sur Yggdrasil ? » répliqua Angrboda, et Jörmungand vint lui heurter le menton du plat de la tête. Généralement, elle interprétait cela comme un signe d'amusement.

« Ça a commencé par une simple dispute, précisa Loki à Hel, qui l'étudiait désormais d'un air soupçonneux qu'Angrboda pouvait voir de là où elle se trouvait. Puis il a voulu que j'arrête de parler, alors il m'a attaqué à la bouche avec ses petites griffes d'écureuil. » Il forma des serres avec ses doigts pour la chatouiller, et elle gloussa, cria et roula pour s'éloigner de lui.

Jörmungand se démêla de sa mère et rampa jusqu'à eux, ce qui poussa Fenrir à bondir de son perchoir, au-dessus de l'entrée de la caverne, pour se jeter sur son père – et bientôt, tous quatre ne formèrent plus qu'une masse hurlante et grouillante. Si charmante qu'Angrboda trouvât la scène, elle les appela pour leur signaler que le dîner était prêt, et ils l'ignorèrent superbement. Elle retenta à deux reprises pour le même résultat, et finit donc par se saisir d'un seau d'eau, qu'elle alla leur vider dessus.

« Le dîner est servi, déclara-t-elle calmement avant de jeter le récipient de côté. Ça va, Hel ? »

La fillette acquiesça, à court d'haleine. Angrboda avisa une pointe de bleu sur ses lèvres et ses doigts, mais il se dissipa à mesure que sa fille se calmait. Hel ne se tracassait pas pour son état, mais Angrboda n'était pas tranquille. Sans doute l'instinct maternel.

« Fenrir, secoue-toi *avant* de rentrer, exigea-t-elle. Toi aussi, Loki. » Naturellement, ce dernier attendit de se trouver juste devant elle pour ébrouer sa tignasse humide, et elle lui décocha un grand coup de cuillère. « J'ai parfois l'impression d'élever quatre enfants au lieu de trois.

— On pourrait en faire un quatrième », suggéra-t-il en lui saisissant les hanches pour l'attirer contre lui.

À table, Hel gloussait en avalant une cuillerée de ragoût. Fenrir et Jörmungand étaient installés de part et d'autre de leur sœur, mais ayant déjà mangé leur content en chassant de leur côté, ils ne voulurent pas de ragoût – ni d'un autre plat mitonné par leur mère, qui se contenta de leur disposer une assiette pleine de morceaux de viande crue à picorer.

Les deux fils ne fournissaient aucun effort pour bien se tenir à table. Il était souvent moins écœurant de manger sans eux, mais elle ne voulait pas qu'ils se sentent exclus.

« Seulement si c'est toi qui accouches, cette fois, répondit Angrboda d'un ton léger. Dans ce cas, ce ne sera peut-être pas qu'une masse gélatineuse nantie d'yeux.

— Ou peut-être que si, et que je devrai la transporter partout dans une écharpe.

— C'est bien ce que tu fais avec Hel.

— Parce qu'elle me préfère. Sauf que cette masse gélatineuse pourrait bien devenir si énorme qu'elle engloutira les Neuf Royaumes, provoquant notre fin.

— Es-tu vraiment en train de sous-entendre que la fin des mondes surviendra quand l'un de nos enfants dévorera tout ? » Un frisson lui parcourut l'échine, et elle dut une fois de plus réprimer sa vision de cauchemar. Elle préféra ne pas lui rappeler ce qu'elle avait vu cette nuit-là, quand elle avait essayé de lui en parler – ou plutôt, n'étant pas certaine de supporter de se faire railler une fois de plus, elle choisit de n'en rien dire.

« Je pense quand même qu'on devrait leur apprendre à manger les gens. Je crois qu'Hel sera particulièrement douée dans l'exercice, malgré sa petite bouche. Regarde comme elle engloutit son dîner. »

Angrboda le força à s'asseoir sur le banc. « Et si tu te servais de *ta* grande bouche pour autre chose que parler et que tu te mettais à manger ?

— Ma bouche sert à bien d'autres choses qu'à...

— Et combien de fois t'ai-je demandé de ne rien dire d'obscène devant les enfants ? ajouta-t-elle, car il la tenait toujours par les hanches et préparait une réflexion grossière.

— Tu me connais trop bien », répondit-il en la lâchant. Il s'installa à table et entreprit de faire des grimaces à Hel, qui gloussa tant qu'elle manqua de s'étrangler avec sa nourriture.

Quoiqu'agacée, Angrboda était bien décidée à ne rien oublier de ces bonnes journées et à les chérir éternellement, car elle se doutait qu'elles seraient trop rares et fugaces.

Peu après ce jour, Gerd se présenta à sa porte un matin avec un panier de laine brute et une expression de détermination qu'Angrboda ne lui avait encore jamais vue.

« Je suis venue passer un peu de temps avec Hel, déclara la visiteuse d'un ton neutre. Tu disais qu'elle en avait marre de jardiner et qu'elle ne pouvait pas faire grand-chose d'autre sans s'épuiser. Alors je suis venue lui enseigner de quoi se tenir occupée. Je l'ai vue s'en prendre à sa petite figurine de loup – bientôt, il n'en restera rien. »

Angrboda sortit de son potager et inclina en arrière son chapeau de paille afin de mieux distinguer Gerd. Puis elle se tourna vers Hel – qui dessinait dans la boue à l'aide d'un bâton, l'air misérable, tandis que ses frères s'étaient enfoncés dans la forêt pour y chasser –, et de nouveau vers Gerd. La sorcière savait coudre et tisser, mais n'y prenait guère de plaisir.

« Et pourquoi pas ? finit par déclarer Angrboda. Que souhaites-tu lui enseigner ? »

Gerd se contenta de sourire. « Je peux sortir un banc ? »

Angrboda acquiesça, et Gerd s'empressa de passer à l'action avant de faire signe à Hel de venir s'asseoir près d'elle. La fillette traîna les pieds dans la clairière et se laissa tomber à côté d'elle. Angrboda retourna sarcler son lopin de terre, tout en tendant l'oreille pour suivre la conversation.

« Ça s'appelle le *nalebinding* », commença Gerd en tirant une paire de chaussettes de sa musette. Elles semblaient faites de la même laine non tissée qui remplissait le panier de Gerd, et l'une d'elles n'était qu'à moitié terminée. Le fil qui en sortait passait dans le chas de la plus grosse aiguille qu'Angrboda eût jamais vue, large d'un demi-doigt et taillée dans du bois lisse.

« Bizarre, commenta Hel en lorgnant les chaussettes. Pourquoi elles sont si énormes ? Elles sont pour un ogre ?

— Je les ferai tremper dans l'eau et les frotterai l'une contre l'autre pour resserrer les fibres pour les rendre étanches ; après quoi, elles seront à la bonne taille. Tu vois ? » Elle sortit de son sac une moufle conçue de la même manière, mais dont les points semblaient plus condensés – presque rigides. Angrboda en fut impressionnée.

Hel se saisit de la moufle et y fit courir ses petits doigts avec curiosité. « Ça a l'air intéressant. Ça me plaît bien.

— C'est très facile, ajouta Gerd avec un sourire. Tu vois, il suffit de prendre ce morceau de fil, de l'enrouler autour de ton doigt, et... »

Quand Gerd repartit cet après-midi-là, Hel s'était plongée dans son activité avec tant d'ardeur que ses mains n'avaient cessé de remuer depuis que Gerd lui avait confié l'aiguille et la laine. Angrboda remercia chaleureusement sa visiteuse, même s'il était encore un peu tôt pour le faire : Hel refusa de s'arrêter pour manger, ne se laissant même pas tenter par des galettes d'avoine tartinées de miel.

« Tu as réalisé un bien joli carré. À quoi il va servir ? lui demanda sa mère plus tard dans la soirée, alors qu'elle essayait de tous les mettre au lit. Il est l'heure d'aller dormir.

— Je m'entraîne juste, maman », lui répondit Hel. Elle l'autorisa à contrecœur à poser de côté l'aiguille et la laine pour la nuit. Même si Angrboda savait gré à Gerd d'avoir trouvé une activité pour sa fille, elle redoutait que cette dernière eût surtout gagné une nouvelle obsession.

Un jour de fin d'été, alors que Loki était parti depuis près d'une semaine, Gerd vint s'assurer des progrès d'Hel. Angrboda lui proposa de rester pour la nuit afin de ne pas avoir à rentrer dans le noir. Gerd accepta volontiers, car elle craignait déjà d'arpenter la Forêt-de-Fer en plein jour.

Angrboda hocha la tête avec compassion, même si les bois lui servaient de demeure depuis de nombreuses années et qu'elle les estimait plus sûrs que n'importe quel endroit des Neuf

Royaumes. Elle se réjouissait secrètement que les étrangers les trouvent toujours redoutables, car cela supposait qu'ils continueraient de la laisser en paix. Elle ne pouvait rien demander de mieux.

« Je n'ai plus vu Skadi depuis près de deux semaines », lui annonça Angrboda. Il était tôt dans la soirée, et les femmes discutaient à table tandis que Fenrir et Jörmungand se battaient dans la clairière, et qu'Hel profitait des dernières lueurs du jour pour pratiquer son *nalebinding* assise dans l'herbe. « Je n'ai presque plus de bière.

— Mes parents ont entendu dire à Jötunheim qu'il se passait quelque chose à Asgard. Peut-être a-t-elle été appelée pour siéger au conseil – après tout, elle compte parmi les dieux, à présent. Tu pourrais poser la question à ton mari, quand il rentrera.

— Oui, mais j'aimerais savoir ce qu'il se passe *vraiment*. Ce qui signifie que je ferais mieux d'attendre plutôt le retour de Skadi pour l'interroger directement. » *De toute façon, il est probable que je la reverrai avant lui.*

« Pourquoi cela ? » s'étonna Gerd.

Parce que je ne sais jamais s'il me dit l'entière vérité, songea Angrboda. Elle répondit seulement : « Il a tendance à broder quand il raconte une histoire. Skadi est bien plus directe dans ses récits.

— Par "directe", tu veux dire "ennuyeuse" ?

— Non, je veux dire "directe". Les histoires de Skadi ne sont pas ennuyeuses. Je les ai écoutées pendant un hiver entier sans jamais me lasser.

— Elle parle souvent de tirer sur des choses ou de découper des gens. Ce sont des histoires d'hommes.

— Dans ce cas, que sont les histoires de femmes ?

— Peut-être celles que ton mari te raconte ? Avec des grands gestes et tout. » Gerd réfléchit un moment, et avant qu'Angrboda puisse répliquer que les histoires n'avaient pas nécessairement à être genrées, elle reprit la parole : « Ça t'ennuie qu'il raconte des histoires de femmes ? Il est vraiment bel homme, si je peux me permettre, mais si j'en juge par la fois où je l'ai rencontré et par ce que Skadi m'a dit… il semble assez original.

— C'est le moins que l'on puisse dire ! s'esclaffa Angrboda.

— Qu'il est beau, ou original ?

— Les deux.

— Qu'est-ce qui te fait dire ça ? »

À cet instant, Angrboda entendit l'aboiement excité de Fenrir et le hurlement de plaisir d'Hel ; quelques secondes plus tard, Loki apparut à la porte, Hel dans un bras – toujours agrippée à sa boule de laine –, Jörmungand autour du torse et Fenrir lui grignotant gaiement les talons.

Loki était vêtu d'une robe et d'un voile, et Angrboda étrangla un rire dans son bol en le découvrant ainsi attifé. Quand elle se tourna vers Gerd, elle la découvrit bouche bée, du ragoût dégoulinant de ses lèvres jusqu'à la table.

« *Voilà* ce qui me fait dire ça, lui répondit Angrboda.

— Dire quoi ? » s'enquit Loki innocemment. Il déposa Hel et se libéra de Jörmungand, qui alla ramper plus loin. La fillette grimpa sur le lit pour se remettre à son *nalebinding*.

« Nous parlions de ta virilité », expliqua son épouse d'un air impassible, cependant que Gerd crachait ce qu'il lui restait en bouche.

Loki baissa les yeux vers sa robe avant de les reporter sur Angrboda. « De ma masculinité ou de mes parties ?

— De la première proposition, mais nous aurions sans doute fini par dériver tôt ou tard vers la seconde », répondit la sorcière. Gerd s'empourpra alors et entreprit de caresser Fenrir pour ne plus les regarder.

« Pourquoi es-tu toujours si prompte à évoquer ce que j'ai dans le pantalon ? l'interrogea Loki. Ou sous la robe, en l'occurrence ? »

Angrboda haussa les épaules. « C'est un sujet qui m'intéresse, étant donné que tu es le père de mes enfants et tout ça. Qu'est-ce que tu fais dans cet accoutrement ?

— Tu sais, tu aurais dû commencer par cela : t'inquiéter de découvrir ton mari en robe. Pourquoi n'es-tu pas surprise ?

— Je ne suis ni surprise ni inquiète. J'imagine que c'est un jour normal pour toi, mon amour. Même si, une fois encore, je suis curieuse de découvrir l'histoire qui se cache derrière tout ça.

— Vous vous parlez toujours de cette manière ? voulut savoir Gerd.

— Absolument », confirma Angrboda.

Loki décocha à leur hôte un regard aussi tendre que possible. « Tu veux bien surveiller ces trois zozos pendant que je raconte une histoire à ma femme ?

— Ça ne me dérange pas du tout, s'empressa de répondre Gerd, impatiente de ne plus se trouver mêlée à cette conversation.

— On n'en a pas pour longtemps », la rassura Angrboda avant d'aller embrasser ses enfants. Hel ne réagit pas, trop concentrée sur son *nalebinding*, mais Jörmungand darda la langue avec affection.

Gerd grattouillait le ventre de Fenrir. « Je comptais aider Hel avec son travail, alors prenez votre temps », déclara la visiteuse tandis qu'ils s'éloignaient, bien résolus à profiter de leur moment de solitude.

Loki entraîna Angrboda sous le couvert sombre des arbres ; ils aboutirent près du petit ruisseau, en crue après les pluies estivales. Ils marchèrent si loin qu'ils dépassèrent les frontières des amulettes protectrices de la sorcière, mais comme ils se trouvaient tous les deux, sans les enfants, elle jugea que ce n'était pas grave. Tout ce qui importait pour l'heure était la sensation de sa main dans la sienne.

Alors qu'elle était sur le point de l'interroger de nouveau au sujet de sa robe, il retira celle-ci et la jeta de côté, puis l'embrassa comme s'il ne l'avait plus vue depuis une éternité, et la prit peu après sur la rive herbeuse. Quand ils eurent terminé, haletants et couverts de sueur sous la pleine lune estivale, Angrboda s'assit et demanda : « Et donc, au sujet de cette robe...

— Oh ! » Loki se redressa à son tour et partit se jucher sur un gros rocher qui dominait le cours d'eau. Angrboda alla l'y rejoindre pour l'écouter. « Alors, un matin, en se réveillant, Thor n'arrivait plus à retrouver son marteau, Mjolnir.

— Comment a-t-il pu égarer un objet pareil ?

— Thor n'est pas pour ainsi dire la hache la mieux affûtée de l'arsenal. Bref, il n'arrivait pas à remettre la main dessus, et c'est vers moi qu'il s'est tourné, pour une raison ou pour une autre - sans doute pensait-il que je le lui avais pris.

— Et c'était le cas ?

— Pour une fois, je n'y étais pour rien ! Bref, il est venu me voir, et nous avons décidé qu'il devait s'agir d'un coup des géants. »

Angrboda fronça les sourcils. « Ça a été ta première conclusion logique ? Notre peuple ? »

Loki agita la main. « Non, non... Vois-tu, le marteau de Thor sert presque exclusivement à massacrer les géants. Et il ne fait pas vraiment dans la dentelle. »

Angrboda contempla l'eau silencieusement, et décida de s'y tremper les pieds.

« Alors j'ai suggéré de découvrir qui s'en était emparé, poursuivit Loki en imitant son épouse. Nous sommes donc allés trouver Freyja pour lui demander sa cape en plumes de faucon...

— Par tous les mondes, pourquoi avais-tu besoin de sa cape alors que tu peux te transformer en faucon à volonté ? »

Loki ouvrit la bouche pour répondre, puis marqua un temps d'arrêt et haussa les épaules.

« Parce que tu voulais lui rendre la vie difficile ? devina Angrboda.

— Parce que je voulais lui rendre la vie difficile, confirma-t-il avec délectation, étant donné que je sais qu'elle déteste la prêter. Néanmoins, elle me l'a confiée parce que Thor le lui a demandé. Ainsi, j'ai pu voler jusqu'à Jötunheim et découvrir ce géant nommé Thrym, qui a déclaré avoir volé le marteau de Thor - qui sait comment il s'y est pris ? –, mais être prêt à le rendre s'il pouvait épouser Freyja. Je suis retourné voir Thor, qui m'a dit de ne pas retirer la cape, parce que j'allais tout oublier si je m'asseyais une seconde...

— C'est tout à fait vrai, mon amour.

— Pas du tout.

— Ah, vraiment ? Te souviens-tu de ce que tu as mangé au petit-déjeuner ce matin ?

— J'ai eu une journée bien remplie.

— C'est bien ce que je pensais. »

Loki lui fit une grimace avant de poursuivre : « Et donc, je leur ai dit que Thrym avait le marteau, mais qu'il était prêt à le troquer contre Freyja, et cette dernière a refusé. Ce que les dieux ont jugé très problématique. Alors ils ont tenu conseil pour décider quoi faire. Et, Heimdall - le veilleur, mon ennemi juré... »

Angrboda haussa les sourcils. « Tu as un ennemi juré ?

— Il voit *tout*, Boda. C'est comme si Odin décidait de rester en permanence dans son fauteuil pour observer les Neuf Royaumes. C'est ce que fait Heimdall. À cause de lui, c'est très difficile de fouiner à Asgard. Ce que je fais souvent. Bref, il a suggéré de déguiser *Thor* en Freyja, et de l'envoyer épouser Thrym. » Loki poussa un soupir empreint de nostalgie. « Si seulement j'avais eu cette brillante idée moi-même...

— Et Thor a accepté volontiers ?

— Bien sûr que non. Il a affirmé que ce serait une atteinte catastrophique à sa virilité, dans un langage moins évolué. Mais je lui ai répliqué de la fermer et de le faire, que je lui servirais de servante. »

Angrboda pouffa. « Tu as donc revêtu une robe. Mais tu es un métamorphe – tu t'es déjà transformé en femelle, alors pourquoi pas tout simplement en femme ?

— Parce que ça n'aurait pas été aussi marrant, répliqua-t-il. Bref, on a déguisé Thor avant d'aller à Jötunheim, où il s'est comporté comme il le fait toujours, j'ai donc dû le couvrir. Et quand enfin ils ont apporté le marteau en guise de cadeau de mariage, il s'en est emparé pour tuer tout le monde. »

Angrboda resta pensive.

« Et c'est ainsi que Thor a pu récupérer son marteau, conclut Loki. Et ça explique comment je me suis retrouvé en robe. C'était en début de soirée – dès notre retour à Asgard, je suis reparti aussitôt. Qu'est-ce que tu penses de mon histoire ?

— Elle s'achève avec un tas de morts chez nos parents », commenta Angrboda d'un ton morne.

Le visage de Loki se chiffonna. « Nos parents ? Je parie que ni toi ni moi ne connaissions aucun d'entre eux. Ils étaient de la pire espèce de géants : stupides, brutaux, méchants. Ils n'ont rien à voir avec nous. Ils ne sont pas de notre famille. Et puis, qu'est-ce que ça peut te faire ? »

Angrboda agita la main entre Loki et elle. « Nous sommes tous les deux des géants. Et pour autant que je sache, certains d'entre eux pouvaient bien être en affaires avec Skadi ou Gerd, avoir été soignés par mes potions ou...

— Ah, Skadi ? Elle était *tellement* furieuse d'apprendre que Thor avait tué tout le monde pendant le festin. Elle était sur le point de sortir en trombe du palais d'Odin quand il lui a demandé dans quel camp elle se trouvait. »

Angrboda n'eut aucun mal à visualiser la scène. « Et qu'a-t-elle répondu ?

— Rien du tout. Et, crois-moi, les Ases trouvent ça particulièrement perturbant. Mais Njord s'est porté garant pour elle, alors ils ne lui prêtent aucune mauvaise intention. » Loki contempla la lune. « Il a expliqué que Skadi était simplement très attachée à cette terre et à son peuple, si répugnant qu'il puisse être. Njord la comprend, car il est tout aussi attaché à sa mer. Peut-être qu'ils ne sont pas si mal assortis, finalement. »

Angrboda fronçait les sourcils, plongée dans ses pensées. En avisant sa mine grave, Loki lui tira la langue. En réaction, elle le poussa dans l'eau et remonta les jambes contre sa poitrine pour qu'il ne puisse l'entraîner à sa suite.

Loki n'essaya toutefois même pas. En réalité, il resta un long moment sous la surface ; Angrboda commençait à se demander s'il avait pu se noyer quand il émergea pour lui cracher un jet d'eau à la figure. Elle leva les mains pour s'en protéger en riant.

« Viens me rejoindre », lui lança-t-il. L'eau lui montait jusqu'au bassin, alors qu'il n'en avait habituellement que jusqu'aux genoux.

Angrboda se laissa glisser dans le ruisseau, sans jamais le quitter des yeux. « Tu vas faire une bêtise.

— Non, pas du tout », répliqua-t-il d'un ton innocent. Elle le considéra en secouant la tête.

Quand elle fut dans l'eau, il se mit à l'éclabousser, et quand elle se fut reculée en criant, il éclata de rire et bondit sur elle pour la couler. Lorsqu'elle regagna la surface, il se baissa pour esquiver le jet qu'elle lui cracha dessus ; elle se décida alors à l'asperger copieusement.

Puis il l'attira contre lui, et elle laissa courir sa main sur le fin duvet de poils qui couvrait le bas de son ventre. Comme toujours, il l'embrassa sur le front, à hauteur de ses lèvres.

« Nous sommes vivants depuis longtemps, déclara-t-il soudain. Enfin, il y a mille ans, nous étions déjà présents. Pas comme nous sommes aujourd'hui, mais présents quand même. Quant aux autres dieux, certaines formes d'entre eux étaient vénérées par les humains de Midgard même à l'époque. Tu n'es pas d'accord ? »

Angrboda haussa les épaules avant d'acquiescer. « Ça te perturbe ?

— Un peu, admit Loki en écartant les longs cheveux mouillés plaqués sur le visage de la sorcière. C'est juste que... je te connais depuis si longtemps, pourtant j'ai l'impression que c'était hier. Le reste de notre temps ensemble va-t-il s'écouler aussi vite ? Va-t-on changer maintes fois, comme nous l'avons déjà fait, ou resterons-nous coincés dans cet état, parce que c'est ainsi que l'on se souviendra de nous ? »

Angrboda ne répondit rien. Elle inclina la tête pour le regarder dans les yeux, et leurs nez se frôlèrent. Elle vit dans ses prunelles que cela l'inquiétait plus qu'il ne voulait l'admettre.

« Que penseront-ils de nous dans mille ans, si nos histoires n'ont pas été oubliées d'ici là ? chuchota-t-il. Serai-je considéré comme le meilleur des dieux, ou comme le pire de tous ? »

Elle lui prit le visage entre les mains et caressa du pouce ses lèvres abîmées. « Ne t'appesantis pas là-dessus. Tu ne maîtrises pas ce que l'on pensera de toi d'ici un millénaire. Qu'est-ce que mille ans pour les gens comme nous, de toute façon ? Les humains prient peut-être Odin, Thor, voire Skadi, mais ils finiront par mourir, que ce soit au combat, de maladie ou de vieillesse. Mais les histoires dont tu parles ?

— Les gens meurent, les histoires leur survivent, par le biais des poèmes et des chansons. Des histoires racontant leurs exploits, ou leurs dieux. » Il s'écarta alors d'elle avec rage. « Pourquoi ne suis-je pas vénéré comme les autres ? Que sont les dieux, si personne ne les adore ? Qu'est-ce que ça fait de moi ? Je compte parmi eux, mais je ne suis pas leur pareil. Je ne le serai *jamais*.

— Est-ce réellement ce qui compte à tes yeux ? s'étonna Angrboda. L'adoration et la célébrité ? Est-ce uniquement pour attirer l'attention que tu commets tous tes méfaits ? Pour que les gens se souviennent de toi dans un avenir lointain ?

— C'est toujours mieux que de se planquer dans une grotte au bout du monde en ayant peur de tout. » Loki lui criait dessus, désormais, ses lèvres couturées retroussées de mépris. « Tu ne comprends pas. Tu ne comprendras *jamais*, parce que la seule chose qu'ils se rappelleront de toi, c'est le nom que tu t'es choisi, Angrboda. Ils oublieront que tu étais Gullveig ou autre chose encore. Pour eux, tu resteras ma femme et la mère de monstres, car c'est tout ce que tu as choisi d'être. »

Angrboda eut l'impression de recevoir un coup de pied en pleine poitrine. Elle se demanda à quel point son visage s'était froissé, car l'expression cruelle de Loki se mua en une mine inquiète.

« Je n'aurais pas dû dire ça, déclara-t-il d'une voix mal assurée en tendant la main vers son bras. S'il te plaît... »

Elle se recula, et répliqua d'un timbre glacial : « Des monstres ?

— Boda, je...

— Des *monstres* ? » Elle le gifla violemment, puis sortit de l'eau en tapant des pieds et renfila sa robe tandis qu'il chancelait. « Tu peux dire tout ce que tu veux de moi, mais laisse les enfants en dehors de... »

Angrboda perçut alors le hurlement de Fenrir, qui apparut en bondissant quelques instants plus tard, Jörmungand glissant près de lui. Elle entendit Gerd et Hel accourir à pas pesants non loin derrière.

Maman, il y a quelqu'un. Quelqu'un dans nos bois – je l'ai entendu, je l'ai senti, lança Fenrir à sa mère, qui l'étreignit fermement alors que Jörmungand s'enroulait autour de ses chevilles.

Gerd et Hel apparurent un instant plus tard, et la fillette sauta sur sa mère pour lui étreindre la taille en pleurnichant.

« Retournez tous derrière la frontière », lança Angrboda en sentant croître son appréhension. Elle essayait très fort de n'en rien laisser paraître. « *Tout de suite.*

— Je suis désolée, *désolée*, répondit Gerd en haletant. Ils sont partis en courant, les uns après les autres. J'ai essayé de les faire rentrer, mais...

— Loki ? » s'éleva une voix tremblante depuis la rive opposée. Tous se retournèrent dans cette direction.

Une femme vêtue d'une cape de plumes émergea des ombres de l'autre côté du ruisseau. Sa tenue était élégante, comme si elle revenait d'un banquet, et des fils dorés parcouraient ses cheveux châtains soigneusement coiffés.

Ses yeux ronds et marron semblaient immenses au clair de lune, et ils étaient rivés droit sur les enfants d'Angrboda, de l'autre côté du ruisseau.

« Qu'est-ce que tu fais ici ? lui demanda Loki, sur le visage duquel défila un léger voile de panique.

— Je me suis perdue, répondit la femme en se tournant lentement vers lui. Je t'ai suivi à ton départ d'Asgard – j'ai emprunté la cape en plumes de faucon de Freyja. Je voulais juste *savoir*. Me rendre compte par moi-même. Le moment ne me semblait pas trop mal choisi, puisque tout le monde s'est enivré pour célébrer le retour du marteau de Thor. Tout le monde, sauf toi. » Elle avança de quelques pas hésitants. « Qui sont-*ils* ? »

Angrboda sentit Gerd disparaître dans les ténèbres derrière elle. La sorcière resserra instinctivement les bras autour de ses enfants tremblotants.

Car elle savait qui était cette femme. Elle l'avait déjà vue dans un rêve, et son apparition réveilla des images qu'elle s'était efforcée de réprimer : la capture de Loki. Son supplice. La femme à son côté.

Cette femme qui n'était pas Angrboda.

« Qui sont-ils ? » répéta la nouvelle venue.

Loki, qui pataugeait toujours dans l'eau, montra les paumes en signe d'apaisement et s'avança vers elle. « Tu les connais. Je t'ai parlé d'eux. Ce n'est une surprise pour personne. »

Le silence qui s'ensuivit démontra le contraire.

« Sigyn, reprit Loki, je te présente Angrboda. Et nos enfants.

— Sait-elle que je suis aussi ton épouse ? s'enquit la sorcière d'une voix forte. Toi qui emploies toujours ce terme, tu sembles l'avoir évité. »

Loki grimaça et lui jeta un coup d'œil par-dessus son épaule. « Elle sait. Je n'ai menti ni à l'une ni à l'autre. C'est la vérité.

— Tu n'avais pas mentionné la *nature* de vos enfants, intervint Sigyn entre ses dents serrées. Je croyais que tu étais honnête avec moi. Je pensais... »

Elle semblait terrifiée, et Angrboda ne put s'empêcher de demander d'une voix forte, claire et froide : « Et quelle est, au juste, la nature de mes enfants ? »

Sigyn la dévisagea alors comme si elle se rendait seulement compte de sa présence. Son expression demeura parfaitement neutre, mais Angrboda comprit qu'elle était en train de l'évaluer.

La sorcière avait maintes fois anticipé cette rencontre et s'était toujours promis de gérer l'inévitable face-à-face avec l'autre femme de son mari avec autant de dignité et de grâce que possible. Pourtant, à cet instant, elle sentit ses traits se contorsionner de mépris sous le regard scrutateur de sa rivale.

« Alors ? » s'impatienta-t-elle.

Pareille expression de dédain s'afficha sur la figure de Sigyn quand elle entendit le ton d'Angrboda. Les fils de celle-ci perçurent aussitôt ce changement d'attitude et se précipitèrent au secours de leur mère : Fenrir bondit et se mit à grogner en montrant les crocs, tandis que Jörmungand sifflait et reculait la tête, comme s'il s'apprêtait à frapper.

La peur l'emporta dans l'attitude de Sigyn.

« De vrais sauvages, commenta celle-ci en battant en retraite. Ce sont… des *monstres.* »

À ces mots, Angrboda vit rouge.

Elle se libéra en un instant de la poigne de fer d'Hel et se précipita à travers le cours d'eau pour aller tordre le cou de l'autre femme avant de la démembrer – mais Loki la rattrapa par la taille pour la forcer à regagner la berge.

« Ne fais pas ça, l'implora-t-il. Je te jure qu'elle ne se comporte habituellement pas comme ça. Elle est effrayée, voilà tout. Elle ne sait pas…

— Lâche-moi ! gronda Angrboda en se débattant. *Lâche-moi, lâche-moi !* N'as-tu pas entendu ce qu'elle vient de dire ?! »

Loki se crispa, car lui-même avait fait une remarque semblable quelques minutes plus tôt. « Tu ne comprends pas…

— *Assez !* » cria Angrboda. *La mère de monstres.* Ces mots étaient impardonnables. Mais entendre une inconnue – une *déesse* – faire écho à ce sentiment avait déclenché quelque chose en elle. Ses doigts se convulsaient à ses côtés tandis qu'elle toisait la femme en canalisant chaque once de fureur dans son cœur.

Tu as traité mes enfants de monstres…

Et je vais te faire ravaler tes paroles.

Elle ferma les paupières et s'immobilisa entre les bras de Loki, cherchant dans sa mémoire l'endroit où elle avait scellé les choses qu'elle avait apprises lors de sa vision de la fin des mondes. Quand elle les trouva enfin, elle s'ouvrit au savoir et le laissa affluer en elle.

Tête baissée, sourcils froncés, yeux fermés, elle fouilla dans ces informations jusqu'à mettre le doigt sur ce qu'elle convoitait. Elle sourit alors.

« Boda ? » s'enquit Loki avec prudence. Il desserra légèrement son étreinte, mais pas assez pour qu'elle se libère si elle comptait à nouveau se ruer sur Sigyn. « Est-ce que tu... ? »

Les cheveux mouillés de la sorcière pendaient devant sa figure ; elle garda le front baissé et les paupières closes pour s'adresser à sa rivale, restée sur l'autre berge.

« Tu penses avoir le droit de me juger, de juger mes enfants, de juger mon *peuple*, siffla Angrboda. Tes dieux et toi pensez toujours disposer de tous les droits. Mais je sais des choses que vous ignorez – et j'aimerais en partager une avec toi. »

Angrboda redressa subitement le menton, et quand elle rouvrit les paupières, ses pupilles et iris d'un blanc de mort provoquèrent un hoquet d'angoisse à Sigyn, avant même que la sorcière se remette à parler.

Et lorsqu'elle le fit, ce ne fut pas uniquement avec sa propre voix : dans ses paroles résonnait un murmure rauque et profond, une cacophonie de trépassés s'exprimant à l'unisson.

« *Désespère, Sigyn, car tes dieux finiront par renoncer à toi*, menaça la sorcière d'une voix râpeuse.

— Loki, chuchota Sigyn, de quoi parle-t-elle ? »

Loki avait relâché sa prise et reculé loin d'Angrboda, une expression de confusion et d'inquiétude mêlées sur le visage. Puis il sembla comprendre en une fraction de seconde de quoi il retournait – comme si ce qu'elle lui avait expliqué du *seid* refaisait brusquement surface –, et il lui rattrapa le bras pour la secouer. « Arrête ça, Boda. »

Elle l'ignora.

« *Connaître l'avenir serait un fardeau trop lourd.* » C'était une chose qu'Angrboda n'aurait souhaitée à personne – personne *d'autre*, en tout cas.

Mais Sigyn avait largement prouvé qu'elle méritait un tel fardeau ce soir-là. Et quoique la sorcière sût ce qu'il adviendrait, elle décida de ne partager qu'une bribe de prophétie :

« *Tes fils subiront d'atroces souffrances entre leurs mains,* déclara Angrboda, l'attention toujours rivée sur Sigyn. *Souhaites-tu en apprendre plus ?*

— Ce n'est pas la bonne méthode, s'écria Loki en la secouant de plus belle. Ressaisis-toi !

— De quoi parle-t-elle, Loki ? s'enquit Sigyn. Qu'est-ce qui cloche chez elle ? Et pourquoi ses yeux sont-ils si... ? »

Angrboda leva la main et tendit un doigt dans sa direction ; Sigyn hurla alors et s'effondra à genoux, se plongeant les mains dans les cheveux.

« Arrête ça *tout de suite* ! Qu'est-ce que tu lui fais ? » s'inquiéta Loki avec une panique croissante. Il se positionna entre Angrboda et son autre femme, saisissant la sorcière par les épaules. « Angrboda, je t'en conjure... »

Sigyn gémissait toujours, serrant les paupières et secouant la tête comme pour chasser une vision atroce. « Non, non, non ! Je ne veux pas voir, je ne veux pas savoir !

— *Le frère tuera le frère,* entonna Angrboda comme si Loki n'existait pas.

— Je t'en supplie », plaida celui-ci. Il cessa de la secouer, mais maintint les mains sur ses épaules et se pencha vers elle en chuchotant d'un ton implorant : « Arrête ça. »

Angrboda persista à l'ignorer.

Sigyn s'affaissa au sol en sanglotant. « Faites que ça s'arrête... Faites que ça s'arrête...

— Angrboda, *stop* ! » lança une nouvelle voix derrière Sigyn.

Cette interruption tira immédiatement la sorcière de sa transe. Elle chancela, et recouvra l'équilibre en voyant Skadi émerger entre les arbres sur la rive opposée.

La Chasseresse parut d'abord surprise, comme si la scène n'était pas conforme à ses attentes : Sigyn semblait indemne, même si elle pleurait silencieusement, et Angrboda et Loki étaient tous deux trop loin pour lui faire le moindre mal.

Physiquement, en tout cas.

Skadi s'agenouilla près de Sigyn et lui murmura quelques paroles de réconfort en l'aidant à se relever. Sigyn sécha ses larmes et s'ébroua violemment avec un mélange de terreur et de honte.

« Est-ce que tu vas bien ? » lui demanda Skadi. Elle avisa de l'autre côté du cours d'eau Gerd et les enfants, puis Angrboda, et comprit subitement. « Est-ce… Sigyn, est-ce la première fois que tu rencontres les… les enfants ? » *Et l'autre épouse,* se garda-t-elle d'ajouter tant cela paraissait évident pour toutes les personnes concernées.

Sigyn la contempla alors d'un air meurtri. « Tu étais au courant ? Même toi ? Et tu n'as pas songé à me prévenir ? Je te prenais pour mon *amie.* »

Angrboda éprouva soudain un vide profond dans le creux de sa poitrine, et son corps entier se figea.

Skadi redressa alors le front, le visage de marbre.

« Approche donc, crétin, lança-t-elle à Loki d'un ton glacial sans cesser de soutenir Sigyn, et ramène ton épouse à la maison.

— Je t'interdis de me donner des ordres, rétorqua Loki en lâchant Angrboda, qui recula vers la rive herbeuse.

— Ce n'est *vraiment* pas le moment de me chercher des poux dans la tête, riposta la Chasseresse d'une voix basse et menaçante, qui suggérait une réelle envie de meurtre. Je te déconseille fortement de te frotter à moi maintenant. »

Loki lui décocha un regard haineux, contrarié d'entendre ses propres mots retournés contre lui. Il pivota néanmoins la tête vers Angrboda, qui avait recouvré son sang-froid ; elle le dévisagea sans contrition jusqu'à ce qu'il se détourne. Il semblait sur le point de lui dire quelque chose, de la réprimander, mais quand son regard se posa sur un point derrière elle, ses yeux s'écarquillèrent.

Angrboda fit volte-face pour voir ce qui l'avait choqué ainsi et eut un hoquet de stupeur en se rappelant que ses enfants étaient présents, et qu'ils avaient assisté à toute la scène. L'espace d'un terrible instant, elle redouta qu'ils se missent à la craindre, à la regarder de la même manière que Gerd le faisait à présent – la mine hagarde, dégoûtée, terrifiée –, mais non, toute leur attention était rivée sur leur père. Hel pleurait à chaudes larmes, tandis que Fenrir et Jörmungand le toisaient avec un ressentiment non dissimulé.

Ils ne sont pas gênés par ce que j'ai fait. Ils savent pourquoi je l'ai fait.

Ils ont entendu les paroles de Sigyn.

Ils voient leur père partir avec elle.

Il leur a brisé le cœur.

Angrboda vint se placer devant ses enfants, les poings serrés le long de ses flancs, l'avant de sa robe mouillé par sa longue chevelure, le bas trempé après sa course rageuse dans l'eau. Elle considéra Loki d'un air menaçant.

« Pars », dit-elle.

Loki tendit la main vers elle en un geste désespéré. « Boda...

— *Pars.* »

Il ressortit donc de l'autre côté de la rivière, et Skadi retira sa tunique pour la lui lancer. Il s'en vêtit pour cacher sa nudité, et drapa le bras de Sigyn autour de son épaule ; elle se laissa aller contre lui en larmoyant.

« En la voyant partir à ta suite, j'ai moi-même quitté le banquet, craignant le pire, expliqua Skadi d'une voix inflexible, mais d'un timbre si doux qu'Angrboda l'entendit à peine.

— Apparemment, tes craintes étaient justifiées, répondit Loki sur le même ton.

— S'ils te posent la question, je rentrerai peut-être ce soir. Et peut-être pas. » Skadi jeta un coup d'œil vers l'autre berge, avant de l'empoigner par le col. Ils faisaient la même taille, mais elle était bien plus forte que lui. « Si tu tiens un tant soit peu à Angrboda et aux enfants, tu ne diras pas aux dieux où je me trouve. Et tu ne leur raconteras rien de cette soirée. »

Loki serra les dents, mais acquiesça. Il tourna la tête pour trouver le regard d'Angrboda.

Elle fut cette fois la première à se détourner, et il disparut avec Sigyn parmi les arbres.

Skadi traversa le cours d'eau en barbotant, et nul ne pipa mot pendant un long moment. Angrboda savait que ses amies brûlaient de curiosité, et elle leur sut gré de ne pas l'interroger aussitôt.

La sorcière finit par déclarer d'une voix incertaine : « Skadi, Gerd, merci de votre présence. Mais j'aimerais rester seule avec mes enfants, désormais. Vous pouvez passer la nuit à la caverne – je l'ai promis à Gerd –, auquel cas nous dormirons dehors tous les quatre.

— Angrboda... », commença Gerd sans grande conviction. Elle semblait à présent moins effrayée que préoccupée. Elle tenait la robe que Loki avait portée en arrivant et dont il s'était débarrassé, et la tendait à la sorcière pour qu'elle se sèche. « Nous... »

Skadi posa alors la main sur l'épaule de sa cousine et l'interrompit : « Nous dormirons dans la clairière. Gardez votre lit. Il nous faudrait juste quelques fourrures pour la nuit, rien de plus. »

Angrboda s'agenouilla pour prendre sa fille dans ses bras. Celle-ci s'agrippa désespérément à sa mère, et pleura dans sa chevelure humide.

La sorcière posa ensuite une main sur la tête de Fenrir, l'autre sur celle de Jörmungand, et dit : « Rentrons à la maison. »

Skadi et Gerd s'installèrent, comme prévu, dans la clairière ; à l'intérieur de la grotte, Angrboda se débarrassa de ses vêtements humides et se mit au lit avec ses enfants. Hel se blottit contre elle, le visage enfoui contre sa poitrine, Fenrir se colla contre sa sœur, et Jörmungand les encercla tous, la tête coiffant celles de la fillette et du loup. Il ne savait toujours pas parler, mais ses yeux verts exprimaient sa détresse.

« Elle a dit que mes frères étaient des monstres, chuchota Hel en étreignant sa figurine, caressant avec tristesse ses traits usés et mâchouillés. Est-ce que j'en suis un aussi, maman ?

— Bien sûr que non. Tes frères non plus, affirma Angrboda avant de l'embrasser sur le front et de lisser en arrière ses cheveux noirs. Ne va jamais croire une chose pareille. »

Papa l'a dit, lui aussi. Il a dit lui-même qu'on est des monstres, souligna Fenrir lamentablement.

« Non, aboya Hel. Il ne dirait *jamais* ça. »

Je l'ai entendu de mes propres oreilles ! gémit Fenrir. *Maman, tu as réellement peur de tout ? C'est pour ça qu'on vit tout seuls ici ?*

Angrboda maudit silencieusement l'ouïe surdéveloppée de son fils. *S'il a pu entendre Sigyn se faufiler entre les arbres, il a naturellement saisi une partie de notre conversation.*

Et la pire partie.

Elle sélectionna avec soin ses paroles suivantes, car tous trois la contemplaient avec espoir, comptant sur elle pour éviter que leur monde s'effondre. « Nous habitons ici parce que, il y a fort longtemps, des personnes m'ont fait de vilaines choses. »

À cause de ce que tu sais faire ? l'interrogea Fenrir. C'était la première fois qu'ils étaient témoins de la magie de leur mère. *Comme ce que tu as fait à cette femme ?*

« Qu'est-ce que tu lui as fait, maman ? » demanda Hel d'une petite voix.

Angrboda prit une grande inspiration. « Je l'ai forcée à voir quelque chose. Quelque chose de terrible. Une chose que personne ne devrait jamais être obligé de voir. Je ne pouvais pas la laisser s'introduire dans notre forêt et parler de vous ainsi qu'elle l'a fait. Alors j'ai décidé de la punir de la pire manière possible. C'était… la mauvaise chose à faire, mais elle m'avait mise très en colère. »

Non, tu as bien fait. Ce qu'elle a vu l'a bouleversée, elle l'a bien mérité, chuchota Fenrir. *Et papa est parti avec elle parce qu'il pense qu'elle a raison à notre sujet, c'est ça ?*

« Elle a tort, affirma farouchement Angrboda. Ils ont tort tous les deux. Ne les écoutez pas.

— Est-ce qu'elle fait partie des méchants qui t'ont fait du mal un jour ? » Une fois de plus, Hel posa le doigt sur la cicatrice qui ornait la poitrine de sa mère. « C'est comme ça que tu t'es fait ça, maman ?

— Oui, confirma-t-elle. Ils m'ont arraché le cœur et l'ont abandonné sur le bûcher où ils m'ont brûlée. Votre papa me l'a rendu après l'avoir retrouvé là. »

Ah bon ? s'étonna Fenrir. *Comment il a fait ?*

« Il me l'a simplement redonné. Puis je l'ai remis dans ma poitrine, et maintenant il bat de nouveau, comme le vôtre. » Elle sourit et lui caressa le museau. « Ce qui compte le plus, c'est qu'il m'ait permis de vous avoir tous les trois. »

Hel renifla en se blottissant au plus près de sa mère. « Je veux voir papa. »

Papa nous déteste, répliqua Fenrir.

« La ferme ! cria Hel en agitant ses petites jambes mortes dans leurs bas, retroussant ainsi sa robe de lin. La ferme, *la ferme* ! »

Après cela, Angrboda mit au moins une heure à les calmer, mais finit par y parvenir très tard dans la nuit. Hel refusa d'écouter un mot de plus de la part de sa mère, se contentant de sangloter en se bouchant les oreilles. Toutefois, après que ses frères se furent endormis, les larmes semblèrent avoir raison d'elle, car elle finit par sombrer à son tour en étreignant la sorcière.

Angrboda se défit avec précaution de l'étreinte de sa fille et sortit retrouver Gerd et Skadi, qui discutaient sous les étoiles. La Chasseresse avait récupéré une cruche de bière dans les réserves de son hôte et en sirotait de petites gorgées dans le gobelet en bois qu'elle portait à sa ceinture.

Quand Skadi lui proposa la cruche, Angrboda s'en saisit volontiers et but avidement, avant de la faire passer à Gerd, qui avala une longue rasade.

« Que s'est-il passé, ce soir ? » s'enquit la Chasseresse. Angrboda leur raconta la même chose qu'à ses enfants, mais avec des mots d'adulte. Elle n'entra pas non plus dans les détails de la vision qu'elle avait imposée à Sigyn.

Skadi et Gerd l'écoutèrent, captivées, et Angrboda se prépara à essuyer leurs questions concernant la prophétie et ses capacités – mais à sa grande surprise, la conversation adopta un tour différent.

« Sigyn a dit ça ? s'étonna Skadi en fronçant les sourcils. Je n'arrive pas à le croire.

— Tu la tiens donc en si haute estime ? » demanda Angrboda d'un ton pincé, en éprouvant le même vide dans la poitrine que lorsqu'elle avait vu son amie faire preuve d'une tendresse similaire envers l'autre femme de Loki, près de la rivière.

La Chasseresse plissa les paupières sans se détourner de son gobelet. « Ce n'est pas pour rien que j'ai été contrariée de découvrir que Loki était ton mari – c'était déjà assez terrible de se dire que Sigyn était son épouse, mais toi aussi ? Alors, oui, vous êtes toutes les deux mes amies, et vous méritez toutes deux mieux que lui. »

Angrboda ne répondit rien, préférant laisser la question décanter. Skadi disposait déjà de suffisamment de bonnes raisons pour détester Loki – après tout, il était plus ou moins responsable de la mort de son père.

« Qu'est-ce que tu lui as montré, alors ? » l'interrogea Skadi après avoir vidé son gobelet. Gerd lui passa la cruche afin qu'elle puisse le remplir.

« Le destin de ses fils avec Loki, qui est des plus désagréables, ainsi que vous pouvez vous en douter au vu de sa réaction », expliqua Angrboda. Ses amies n'avaient nullement besoin d'apprendre que cette vision ne représentait qu'une partie d'une vérité plus vaste et plus terrible.

Skadi laissa échapper un sifflement, puis adopta un air pensif. « Tu ne m'as pas répondu clairement lors de notre première rencontre, quand je t'ai demandé si tu connaissais le *seid*.

— Les prophéties ne sont pas des biens qui se négocient au marché, mon amie, déclara Angrboda.

— Tu ne sors vraiment pas beaucoup de ta grotte, hein ? répliqua Skadi. Ton talent est des plus précieux, ne te méprends pas.

— C'est en tout cas un talent que je répugne à utiliser », répondit laconiquement Angrboda. *Il m'a coûté la vie plus d'une fois...*

Elle fut surprise de voir ses amies opiner. Elle savait toutefois qu'elles devaient trouver logique qu'elle rechigne à employer cette sorte de magie. Et elle fut soulagée qu'elles ne l'interrogent pas plus avant – après tout, elle ne leur avait encore jamais parlé de son passé, et ne comptait pas commencer ce soir-là.

« En tout cas, il me semble que tu as des problèmes plus urgents à régler, reprit Skadi. Non seulement tu as donné à Sigyn une raison de te détester, mais elle sait désormais de quoi tu es capable. Elle connaît ton don de prescience. Et si elle fait part aux Ases de sa découverte, cela ne manquera pas d'attirer l'attention d'Odin. »

Quand elle entendit prononcer le nom du dieu, Angrboda sentit son ventre se serrer ; elle fut assaillie des souvenirs du prêcheur, de ses visions et de la fin de toutes les choses.

Surtout, elle mesura l'ampleur de l'erreur qu'elle avait commise plus tôt.

Si ses fils étaient bel et bien les créatures luttant contre les dieux lors de l'ultime bataille qu'elle avait prédite, Odin désirerait certainement leur mort pour s'assurer la victoire.

C'est comme si je les avais tués.

Je n'aurais jamais dû faire ça. Il s'agissait là d'une faute monumentale.

Le souvenir des vagissements de Sigyn ne l'avait réconfortée qu'un court instant – à présent, le simple fait de repenser à ses actes lui donnait la nausée.

« De combien de temps disposons-nous, à votre avis ? chuchota Angrboda.

— Eh bien, tout dépend du temps que mettront ton mari et son autre femme à cracher le morceau », répondit Skadi, mal à l'aise.

Angrboda pinça les lèvres. « Vraiment peu de temps, alors.

— Je n'en suis pas si sûre, tempéra la Chasseresse. Si Loki est une petite fouine maladroite, il est aussi prêt à tout pour sauver sa peau, et je sais qu'il aime ses enfants – sans quoi, il n'aurait jamais tenu leur nature secrète si longtemps. S'il les pense en danger et tient assez à eux pour n'en avoir parlé à personne, même à Sigyn...

— C'est peut-être sa façon d'aimer, soupira Gerd. Comme c'est agaçant. Mais son autre femme, cette Sigyn... »

Angrboda laissa échapper un cri étranglé. « Je n'aurais jamais dû me mettre en colère. J'aurais au moins dû *essayer* de me montrer polie avec elle. Tout est ma faute, rien que ma faute. Et à présent, mes enfants sont condamnés.

— Elle n'a pas été polie envers *toi*, lui rappela Gerd d'un ton soudain féroce. Tu t'es mise en colère parce qu'elle t'a regardée droit dans les yeux et t'a dit que tes enfants étaient des monstres. Si j'avais possédé ton pouvoir, j'aurais réagi comme toi. J'aurais même sans doute fait *pire*.

— Crois-moi, répondit Angrboda d'un air sombre, ça m'a démangée. »

Skadi secoua la tête avec incrédulité. « Sigyn est une femme bien, elle n'était pas elle-même ce soir. Pour moi, la faute incombe à Loki – s'il l'avait préparée à cela, j'ai le sentiment que la situation aurait tourné bien différemment. Je crois qu'elle aurait été curieuse de découvrir tes garçons, et ravie de faire votre connaissance à tous si elle en avait eu l'occasion. Je ne crois pas qu'elle pensait les horreurs qu'elle a dites, Angrboda. Sincèrement.

— Néanmoins, elle les a dites ; et pire encore, mes enfants les ont entendues, répliqua sombrement la sorcière, omettant de préciser que Loki les avait lui aussi traités de monstres. Ai-je eu tort de ne pas les prévenir que le monde risquait de ne pas les accepter tels qu'ils sont ? »

Aucune des deux femmes ne lui répondit.

« Pour eux, tout était normal, poursuivit Angrboda en sentant monter les larmes. Et j'entendais faire en sorte que cela soit toujours le cas. Moi, Loki, vous deux, ces bois... voilà tout ce qu'ils ont jamais connu. Aurais-je dû les avertir d'emblée qu'ils étaient bien différents du reste du monde ? Ou ai-je eu raison de les laisser penser qu'ils étaient tout à fait normaux ? »

Gerd lui pressa alors l'épaule, faute de trouver les mots. Skadi l'enlaça, et Angrboda se laissa aller contre elle, incapable de s'arrêter de trembler, jusqu'à tomber d'épuisement. Elle sombra alors dans un sommeil sans rêves, ses dernières pensées étant pour Hel, Fenrir et Jörmungand, et le peu de temps qu'il leur restait à vivre ensemble.

Je vais empêcher ça, songea-t-elle avant de succomber à l'épuisement. *Quoi qu'il en coûte.*

En fin d'automne, Angrboda ramassa ses bourses pleines de pierres enchantées et relança le sort qui dissimulait son foyer.

Elle le renforça, y déversant toute son âme, lui enjoignant de fonctionner avec toutes les fibres de son être.

Après mûre réflexion, elle en modifia légèrement les spécificités. Lorsqu'elle avait créé cet enchantement pour la première fois, l'on ne pouvait trouver sa grotte que si l'on s'y était déjà rendu ; ainsi, seules trois personnes pouvaient lui rendre visite : Loki, Skadi et Gerd. À présent, elle fit en sorte que seules les deux dernières puissent y revenir.

Elle n'en parla pas à ses enfants, toujours affligés par l'histoire avec leur père ; elle n'estimait pas nécessaire de les contrarier davantage. Toutefois, l'absence de Loki semblait renforcer ce qu'ils pensaient de son opinion à leur égard : qu'ils étaient bel et bien des *monstres*. Angrboda savait qu'elle ne pourrait gagner en leur expliquant qu'elle le maintenait volontairement à distance, ni en l'autorisant à rester avec eux et à continuer sa comédie. Cela avait assez duré.

Car, que Loki pensât ou non ce qu'il avait dit, le fait était qu'il l'avait dit – et pour Angrboda, savoir que cette pensée existait, même dans le fond de son esprit, constituait un crime suffisant, intolérable.

Intolérable, et accablant.

À chaque semaine qui s'écoulait, les enfants s'éloignaient un peu plus d'elle. Hel pouvait passer des journées entières dehors, avec les chèvres, à perfectionner son *nalebinding* et à dissimuler son ouvrage dès que sa mère approchait. Fenrir, bientôt âgé de 4 ans, disparaissait en forêt du matin au soir, et Angrboda lui reprochait de partir si longtemps au risque de l'inquiéter, mais il se contentait de la considérer d'un air absent.

Quant à Jörmungand, qui avait désormais un peu plus de 1 an, il passait de plus en plus de temps roulé en boule devant le feu, à mesure que les journées raccourcissaient. À présent, il était deux fois plus long que sa mère était grande, et aussi épais que sa taille. Il ne parlait toujours pas, n'employait même plus les syllabes embrouillées qu'il pensait parfois ; il semblait avoir capitulé. Et en dehors d'un sifflement occasionnel, les tentatives d'Angrboda pour lui arracher une réaction se révélaient vaines.

Fenrir se sentait menacé par la taille impressionnante de son frère, et ils se chicanaient souvent, mais de moins en moins par jeu. Une fois, Angrboda dut même avoir recours à sa magie pour les séparer, car Jörmungand s'était enroulé autour de Fenrir, alors que ce dernier avait enfoncé ses crocs dans la queue de son frère. Hel observait le spectacle, toujours impassible, non sans avoir une lueur d'amusement sinistre dans ses larges prunelles vertes quand le sang s'était mis à couler.

Ce fut à cet instant qu'Angrboda prit conscience, avec un complet désarroi, que les enfants avaient pris les mots de leur père au pied de la lettre. Elle-même avait l'impression que la blessure ancestrale de son cœur s'était rouverte, l'engloutissant dans des ténèbres, et devait résister à la tentation de s'ouvrir la poitrine pour rejeter au feu l'organe déjà trois fois brûlé.

Elle ne pouvait cependant se permettre de capituler de la sorte, car ses enfants avaient plus besoin d'elle que jamais.

« Je vois que tu continues à te couvrir les cheveux. Cela signifie-t-il que tu t'estimes toujours mariée à *lui* ? » s'enquit Skadi par un matin de gelée. Elle était arrivée avec ses rennes, chargée de provisions hivernales, qu'elle troqua contre quelques-unes des potions coupe-faim d'Angrboda – un produit toujours aussi inestimable lors des mois les plus froids.

« C'est plus par habitude qu'autre chose, affirma Angrboda, sans savoir si elle disait réellement la vérité. Et puis, ça leur évite de me tomber dans la figure.

— Je vois, répondit Skadi. Par habitude. S'il te plaît, dis-moi que tu prendras pour *habitude* de m'autoriser à l'assassiner dans son sommeil ?

— Étonnamment, il a le sommeil assez lourd.

— Ça veut dire que je peux... ?

— Non, tu ne peux pas. »

La réponse parut contrarier Skadi. En guise d'excuse, Angrboda lui proposa de déjeuner. La Chasseresse accepta.

« Bientôt, tu n'arriveras peut-être plus à les contrôler, suggéra la visiteuse tandis qu'elles abordaient le sujet des enfants. Quand ils étaient plus petits, c'était sans doute plus facile, mais tes fils semblent ne pas vouloir s'arrêter de grandir.

— Ce n'est pas tant une question de taille, répondit Angrboda aussi calmement que possible. C'est à cause de ce qui s'est passé ce soir-là, près de la rivière. Ils ne sont plus les mêmes, depuis. »

Skadi posa les mains sur les épaules de la sorcière et baissa la voix. « Pour autant que je le sache, ni ton maigrichon de mari ni Sigyn elle-même n'ont soufflé mot à qui que ce soit de ce qui s'est passé ce soir-là. Malgré tout, méfie-toi : les dieux ne jouent pas toujours franc-jeu. Je suis bien placée pour le savoir.

— Je comprends. Merci, mon amie. J'ai pris mes précautions », répondit Angrboda en lui parlant du renforcement de ses sortilèges de protection.

Skadi hocha la tête, puis changea de position, semblant soudain mal à l'aise – comme si elle avait plus à dire, mais qu'il ne lui revenait pas de le faire. Elle finit cependant par hocher la tête et déclarer : « Je ferai savoir à Gerd qu'elle pourra te retrouver aussi. Et si tu as besoin d'aide – si tes fils deviennent trop...

— On réglera ce problème en temps voulu », répliqua Angrboda. Cette réponse ne parut pas satisfaire Skadi, qui n'insista cependant pas.

Un jour qu'Angrboda cousait une nouvelle paire de bas pour Hel, sa fille arriva en courant dans la grotte, inconsolable. Lorsque sa mère parvint enfin à la faire parler, elle répondit en sanglotant : « Ils sont en train de manger mes chèvres, maman ! Ils *mangent mes chèvres* !

— *Qui* mangent tes chèvres, Hel ? »

La fillette considéra la sorcière comme si sa tête venait de tomber de ses épaules pour rouler au loin. « Mes *frères* ! »

Le temps qu'elles se précipitent hors de la caverne, trois des bêtes avaient déjà été dévorées, et les autres s'étaient dispersées au pied des montagnes, parmi les troncs noueux de la Forêt-de-Fer. Angrboda doutait qu'elles revinssent un jour.

Elle se tourna vers Fenrir et Jörmungand. Le premier rongeait encore une cuisse, tandis que l'autre digérait un gros morceau de viande.

Hel renifla en étreignant la robe de sa mère. La sorcière s'accroupit pour lui passer un bras autour des épaules avant de s'adresser à ses fils. « Pourquoi faire une chose pareille ? »

Parce que c'est bientôt l'hiver, qu'il n'y a pas assez à manger et qu'on a faim, répondit Fenrir avec toute l'innocence d'un enfant. Une pointe de raillerie teintait cependant son ton. *On ira chasser les autres plus tard pour te rapporter de la nourriture, maman.*

« Ces chèvres n'étaient pas là pour être mangées, rétorqua froidement Angrboda. C'étaient les animaux de compagnie de votre sœur, dont on se servait pour le lait. »

Tu en as déjà abattu, fit remarquer Fenrir. *Pourquoi pas nous ?*

Angrboda serra les poings et s'efforça de se calmer. Elle avait l'habitude qu'Hel lui réponde de la sorte, mais son cadet devenait de plus en plus insolent. « On les abat avec modération. J'ai conscience que vous grandissez vite et qu'il faut vous nourrir en conséquence, mais pourquoi ne pas chasser dans les bois comme vous l'avez toujours fait ? »

Fenrir cracha l'os à ses pieds et se releva. Ses yeux arrivaient à hauteur du menton de la sorcière quand elle était debout, mais elle était toujours accroupie près d'Hel, il la toisait donc de haut et d'un air menaçant. Il ressemblait pourtant toujours à un louveteau démesuré.

Il n'y a jamais eu assez à manger dans cette forêt, répliqua-t-il. Jörmungand siffla son assentiment avant de remettre sa mâchoire en place. *Il n'y avait que nous et quelques lapins, et avec les limites de ton enchantement...*

« Que j'ai repoussées, tu le sais pertinemment. Ce n'est pas une excuse. » Elle se remit debout. Hel enfouit son visage dans sa robe, et Angrboda lui caressa les cheveux sans quitter ses fils du regard. « Et Skadi a plusieurs fois proposé de rapporter du plus gros gibier pour compléter ce que vous pouvez trouver dans ces bois. Vous aurez *toujours* de quoi manger. Il vous suffit de demander. »

Fenrir ne répondit rien. Il se contenta de retourner dans la grotte en bousculant sa mère et sa sœur, Jörmungand glissant dans son sillage. Hel considéra Angrboda, la mine défaite, et la sorcière la serra contre elle avant de retourner à l'intérieur.

Ce fut à cet instant qu'elle prit conscience que ses deux fils avaient enfin noué une forme de camaraderie fraternelle, en massacrant les chèvres de concert ; tous deux dormirent côte à côte près du feu, cette nuit-là. Même si le lit commençait à être trop petit pour les accueillir tous, Angrboda détestait toujours voir ses enfants s'installer par terre. Hel sembla en revanche ravie de l'absence de ses frères, et dormit en étreignant sa mère et sa figurine de loup.

Et quand la sorcière s'assoupit à son tour, elle fit le pire rêve de son existence.

Le chaos le plus total régnait au sein du conseil des dieux, et pour une fois Loki n'y participait pas.

Sa femme se tenait debout, au milieu de l'assemblée, et relatait aux Ases ce qui s'était passé au bord de la rivière avec une grande détermination. Son mari restait à l'écart, appuyé contre le mur de la salle, les bras croisés, le visage plongé dans l'ombre.

Loki savait que c'était sa faute si elle se tournait finalement vers les dieux. Il l'avait implorée de se taire. Suite à sa rencontre avec Angrboda, Loki avait endossé le rôle du mari idéal dans l'espoir de l'apaiser. Il était demeuré à Asgard. Il avait dormi avec elle, l'avait dorlotée, avait joué avec leurs fils. Il s'était dit qu'il ne serait pas trop compliqué de la calmer.

Il s'était trompé.

Elle avait fini par voir clair dans son jeu. Il était sans doute plus facile de prétendre être tout à elle avant qu'elle rencontre Angrboda. Désormais, il n'y avait plus de retour en arrière possible.

Il l'avait sous-estimée. Il les avait sous-estimées toutes les deux.

Plus Sigyn parlait, plus les Ases enrageaient, bien qu'elle ne leur dît pas ce qu'Angrboda l'avait forcée à voir. Elle n'en avait pas non plus parlé à Loki – elle conservait pour elle ce terrible secret qui lui avait brisé le cœur. Elle pleurait en évoquant la douleur provoquée par les visions de l'avenir non sollicitées que lui avait imposées la sorcière, si bien que personne ne lui demanda d'entrer dans les détails afin de ne pas la peiner davantage.

Loki en était pour le moins soulagé, car lui-même ne voulait pas le découvrir.

Tous les dieux étaient rassemblés là, à Gladsheim, dans la salle du conseil – et même les déesses étaient présentes, en solidarité avec Sigyn, alors qu'elles disposaient de leur propre lieu de réunion. Comme les cris autour de lui gagnaient en intensité, Loki se mit presque à regretter que Skadi fût partie chasser avec le dieu Ull – quoiqu'il fût certain que sa réaction à tout ceci aurait provoqué son éviction définitive d'Asgard. L'amour qu'elle portait à Angrboda ne lui aurait pas permis de rester silencieuse.

Loki, pour sa part, ne pipa mot – ce qui n'empêcha pas le reste des Ases de l'attaquer, car la nature inhabituelle des enfants qu'il avait eus avec Angrboda était, à leurs yeux, la partie la plus terrifiante du récit de Sigyn.

« Métamorphe. Fauteur de troubles. Père de loup. »

« Ses bouffonneries sont allées trop loin, cette fois. Il a engendré un nid de monstres. »

« Il en a sans doute accouché lui-même. »

« Anormal. Indigne. »

« Rien de bon ne sort jamais de lui. »

Lorsque Sigyn eut terminé et que le chahut se fut calmé, Odin prit enfin la parole. Lui et sa femme, Frigg, étaient demeurés assis sans bruit parmi les autres dieux, Frigg la mine perturbée et pensive, Odin aussi inexpressif que les corbeaux perchés de part et d'autre de son siège. Il n'avait pas bougé, à part pour frotter occasionnellement sa longue barbe grise, ni quitté Sigyn des yeux, ne fût-ce qu'un instant.

« Tu as bien fait de nous faire part de ces informations », déclara Odin de sa voix grave et posée, une voix qui fit brusquement cesser les derniers murmures qui flottaient encore dans la salle. Lorsque le Père-de-Tout daignait s'exprimer, tout le monde l'écoutait.

Sigyn opina du chef et inclina la tête tandis que les dieux murmuraient leur accord. Elle coula un regard de biais, triste, mais déterminé, en direction de son mari tapi dans l'ombre.

« Tu ne peux pas faire ça, avait-il plaidé plus tôt. Les enfants sont innocents…

— Le problème n'est pas les enfants, c'est elle. Je dois leur révéler ce qu'elle m'a infligé, avait-elle répliqué sans sourciller. Je ne peux pas le garder pour moi plus longtemps. Je resterai toujours ton épouse dévouée, mais j'ai aussi d'autres obligations. » Elle s'était radoucie. « Tu ne sais pas ce qu'elle m'a fait voir. Même si je ne crois pas que cela adviendra, elle a rendu cette vision si… réelle. Les dieux doivent savoir qu'elle possède ce pouvoir. Odin doit le savoir…

— Dans ce cas, dis-le-lui, mais seulement à lui. Laisse le reste des Ases en dehors de ça. Il est possible de raisonner Odin, mais tu sais comment sont les autres. »

Elle avait secoué la tête. « Ce n'est pas ce que Freyja m'a conseillé. Elle a insisté pour que je sollicite une audience auprès de tous les dieux *et déesses. Elle estime que tous doivent savoir, pour la sécurité d'Asgard et de tous les royaumes.*

— Et tu t'en remets davantage aux conseils de Freyja qu'aux miens ?

— À l'heure actuelle ? » Son regard s'était endurci. « J'ai bien peur que oui. »

Et au bout du compte, il n'avait rien pu faire pour la dissuader.

« Alors, qu'allons-nous faire de la sorcière qui sert d'épouse à Loki et de leurs monstrueux enfants ? » s'enquit Thor d'une voix puissante. Les dieux autour de lui grondèrent à leur tour, et l'esprit de Loki cessa de vagabonder pour retourner dans l'instant présent.

« Nous ne pouvons tout de même pas les laisser continuer de provoquer une telle angoisse à Sigyn, convint Tyr. Et les enfants pourraient s'avérer dangereux…

— Sans compter, ajouta Freyja, surtout à l'intention d'Odin, les yeux pétillant d'avarice à la lumière des lanternes qui éclairaient la salle, qu'il nous faut enquêter sur la sorcière elle-même. Quelle que soit la vision qu'elle a imposée à Sigyn, elle pourrait en savoir davantage. Elle sait peut-être… »

Odin n'eut qu'à tendre la main pour les faire taire. Il se leva de son haut siège, décochant à Loki un regard de côté.

Loki sortit de l'ombre en levant les mains. « Mon frère…

— Avec moi », déclara Odin en quittant la pièce. Loki le suivit en silence, sans un coup d'œil pour qui que ce fût – même Sigyn, dont il sentait pourtant qu'elle l'observait. Dès qu'ils eurent franchi le seuil pour gagner l'air froid de la nuit, que Loki eut refermé la porte derrière lui, des cris se firent entendre à l'intérieur de la salle.

Odin lui fit traverser Asgard jusqu'à son palais de Valaskjalf, dont le toit de chaume argenté scintillait au clair de lune. Loki continua de le suivre sans un mot et vint se poster près d'Odin quand le plus haut des dieux s'assit sur le trône depuis lequel il pouvait voir tous les mondes. Ses deux loups reposaient à ses pieds et dressèrent la tête pour saluer le retour de leur maître avant de braquer leurs prunelles sur Loki, qui fit mine de ne pas les remarquer.

« Mon frère, répéta Loki, incapable de demeurer silencieux plus longtemps. Écoute-moi. Les enfants…

— Je n'ai jamais pu la voir jusqu'alors, l'interrompit Odin. Après qu'elle s'est échappée du bûcher, je me suis débrouillé pour que la seule autre femme de Vanaheim à véritablement maîtriser l'art du seid *nous rejoigne. Et si Freyja s'est révélée être un atout, il subsiste certaines choses qu'elle ne peut voir, pas plus que les Nornes arrivées dans le sillage de la sorcière Gullveig. »*

Loki ne sut que répondre à cela.

Odin se rencogna dans son siège. « Lorsque Gullveig est renée du feu non pas une, mais deux fois, j'ai compris qu'elle était plus puissante que je ne l'avais présumé. Mais le tapage survenu à Asgard après la déclaration de guerre des Vanes m'a empêché de la traquer lorsqu'elle s'est relevée des flammes pour la troisième fois. » Il lorgna Loki de son œil unique, aussi bleu et froid que la glace. « Mais tu l'as trouvée. Tu savais. Tu savais ce que je cherchais, et tu me l'as caché. »

Loki leva les mains d'un air implorant. « Je… Je savais qui elle était, oui, mais je ne comprenais pas de quoi elle était capable. Je ne sais rien du seid*, frère. Elle m'a caché l'étendue de ses pouvoirs. Jusqu'à ce soir-là. Elle me disait que des visions lui venaient pendant son sommeil. Je pensais qu'il s'agissait de simples rêves. » Ce n'était pas l'entière vérité, mais il espérait que cela suffirait à convaincre Odin de lâcher l'affaire.*

Il n'en fit rien.

Et le silence qui suivit ses paroles fut des plus menaçants.

« Les choses sont telles que je le craignais, finit par déclarer Odin en se levant, résigné. Je pensais que sa fuite en tant que Gullveig aurait entamé sa détermination, mais je me trompais. Si la brûler à trois reprises n'a pas suffi, comment pourrais-je la dominer dans le sommeil ? Non, il semble que des mesures radicales doivent être prises…

— Quoi ? » demanda Loki avant de comprendre subitement. Le prêcheur dans les rêves d'Angrboda, celui qu'elle avait pris pour Odin – elle ne s'était pas trompée, après tout.

« Frère, tu dois m'écouter, dit Loki avec empressement. Angrboda n'est pas...

— Est-ce ainsi qu'elle se nomme à présent ? "La proclamatrice de chagrin" ? Un nom approprié, commenta Odin en regardant droit devant lui.

— Elle ne fait de mal à personne.

— Sigyn ne semble pas partager cet avis.

— Elle ferait n'importe quoi pour protéger ses enfants. Mes deux épouses en feraient autant. » Après tout, c'était précisément pour cela que Sigyn était allée trouver les Ases, en dépit de ce qu'Angrboda lui avait dit ce soir-là : « Tes dieux finiront par renoncer à toi... Le frère tuera le frère... Tes fils subiront d'atroces souffrances entre leurs mains. »

« Les enfants anormaux que tu as eus avec la sorcière constituent une tout autre affaire. Certains réclament leur mort », ajouta Odin en désignant Gladsheim – les cris lointains qui émanaient de la salle du conseil étaient audibles depuis l'autre bout d'Asgard.

Loki réprima un frisson et bomba le torse. « Les enfants que j'ai eus avec Angrboda sont aussi de ta famille, de par ton serment de sang. Les tuer ferait de toi un infanticide, tout le monde le sait. »

Odin soupira et fit mine de partir. « Oui, frère, d'une certaine manière, mes mains sont liées. Je regrette pour toi que Sigyn ne m'ait pas fait part de cette histoire en privé. À présent, je dois chercher conseil auprès de Mímir et des Nornes.

— Mon frère, s'il te plaît... »

Mais Odin était déjà parti, laissant Loki seul avec sa terreur dévorante.

Odin alla d'abord au puits d'Urd, à l'une des trois racines d'Yggdrasil, l'Arbre-Monde. Il y trouva les trois Nornes – Urd, Verdandi et Skuld, les trois sœurs du destin – et leur relaya le récit de Sigyn ; il leur demanda ensuite ce qu'elles savaient des trois enfants que Loki avait eus avec la sorcière Angrboda.

Les Nornes lui en dirent peu, mais suffisamment.

« La mère est de vilaine nature, et le père pis encore, commença Urd.

— Ils seront la cause de bien des malheurs et désastres parmi les dieux, renchérit Verdandi.

— Ces trois-là vont provoquer beaucoup de mal, conclut Skuld.

— Comment ? leur demanda Odin. Comment cela va-t-il arriver ? »

Mais les Nornes refusèrent d'en dire davantage.

Alors, Odin les remercia et se rendit au puits de Mímir, qui se trouvait près de la deuxième racine d'Yggdrasil. Mímir avait été décapité en tant qu'otage pendant la guerre, mais Odin avait recouvert d'herbes sa tête tranchée et psalmodié un sort devant elle, afin qu'elle conservât le savoir et la sagesse de Mímir sans jamais se décomposer. Mímir était le plus précieux conseiller d'Odin ; ses recommandations étaient sans égales, tant et si bien qu'Odin avait sacrifié un œil pour boire à son puits de sagesse.

Mais cela s'était produit bien longtemps auparavant.

Lorsque Odin se présenta devant ce même puits et rapporta à Mímir tout ce qui s'était produit, le conseil qu'il reçut fut conforme à ses attentes.

« Tu ne peux pas éliminer les enfants de ton frère de sang, lui répondit Mímir, mais tu peux les enlever et les séquestrer là où ils causeront le moins de tort. »

Les prunelles d'Odin scintillèrent sous le large rebord de son chapeau. « Et la mère ? »

À des mondes de là, la mère en question se réveilla, couverte d'une sueur froide ; l'horreur se déposa en une couche glacée sur chaque recoin de son cœur trois fois brûlé.

Ils arrivent.

Le soir suivant, Angrboda contempla les étoiles avec Hel depuis la clairière, tandis que Fenrir et Jörmungand restaient à l'intérieur auprès du feu. Hel ne lui avait pas adressé un mot quand elle lui avait suggéré d'aller prendre l'air, ni quand Angrboda avait saisi une pile de couvertures pour sortir. Elle lui avait simplement emboîté le pas et s'était assise en s'emmitouflant. L'air de la nuit était très froid.

À chaque instant d'éveil, Angrboda luttait contre la panique qui enflait telle une poche de bile à l'intérieur de la gorge. *Ils arrivent. Ils arrivent. Ils arrivent.*

Elle avait cependant fait tout ce qui était possible. Tout ce à quoi elle avait pu penser. Son sort de protection était plus puissant que jamais, et seules deux personnes de confiance dans tous les Neuf Royaumes savaient où la trouver.

Elle ne pouvait désormais rien faire de mieux qu'attendre, en espérant que ses efforts n'aient pas été vains.

Il lui fallait rassembler toute sa force pour se comporter comme si tout était normal – et pour le bien des enfants, elle se devait d'y parvenir.

Angrboda et Hel restèrent assises silencieusement pendant un temps ; de temps à autre, la sorcière leur frictionnait les mains pour les maintenir au chaud. Puis, soudain, Hel farfouilla sous les couvertures et en sortit le petit ballot qu'elle y dissimulait.

« Qu'est-ce que tu as là ? lui demanda sa mère.

— Je les ai faits pour toi, maman », répondit Hel. Pour la première fois depuis sa naissance, elle paraissait timide quand elle lui tendit ce qui ressemblait à deux tubes en *nalebinding*. « C'est comme des moufles, mais j'ai fait en sorte que tes doigts restent libres pour que tu puisses travailler avec. Il y a même un trou pour le pouce, tu vois ? »

Angrboda les enfila sans un instant d'hésitation. Les mitaines lui recouvraient la moitié des avant-bras jusqu'à la deuxième phalange ; elles étaient si parfaitement ajustées que la sorcière conservait toute liberté de mouvement. Elle fit tourner les poignets en contemplant ses mains.

« Je voulais qu'elles soient parfaites, déclara Hel, que l'absence de réaction de sa mère semblait inquiéter.

— Elles sont magnifiques, chuchota Angrboda, touchée, avant d'entraîner sa fille dans une étreinte étouffante.

— Tu as intérêt à les porter, lança Hel en se tortillant.

— J'en prendrai le plus grand soin, promit Angrboda. Merci. »

Hel émit un bruit agacé, mais Angrboda la devina secrètement ravie.

« Tu vois ces deux étoiles ? lui demanda-t-elle en lui désignant deux points lumineux, tandis qu'elles se réinstallaient confortablement. Les plus brillantes, juste là ?

— Les étoiles sont *toutes* brillantes, maman. On est au bord des mondes. Papa dit que tout brille plus, ici. » Hel paraissait extrêmement indifférente, ce qui ne l'empêcha pas de grimper sur les genoux d'Angrboda dans l'espoir de voir ce que sa mère lui montrait. « Qu'est-ce qu'elles ont de spécial ?

— Ce sont les yeux du père de Skadi, expliqua Angrboda en la serrant très fort. Quand il est mort, Odin les a transformés en étoiles pour faire plaisir à Skadi.

— Les dieux l'ont tué, déclara Hel, toujours sans sourire. Ils l'ont tué, et ils ont réconforté Skadi avec une compensation injuste. Papa nous a raconté des histoires sur eux. Je les déteste. »

Angrboda vit alors Fenrir pointer le museau hors de la grotte, les oreilles dressées. Avant qu'elle eût pu lui demander ce qu'il avait entendu, Hel se retourna vers elle, et la sorcière aurait juré voir en sa fille une personne âgée de 1 million d'années ou plus.

« Ils sont terriblement horribles, ils ne tiennent jamais leurs promesses et tuent des gens, affirma Hel. Je ne comprends même pas que certains les vénèrent.

— Je me pose toujours la même question », lança une voix depuis les arbres. Loki émergea alors dans la clairière, accompagné de Gerd.

Le cœur d'Angrboda s'emballa quand elle les aperçut, et elle se souvint de son rêve – de ce que Loki y ressentait, comme si elle s'était trouvée dans son esprit. Il s'était battu pour elle, avait plaidé sa cause auprès d'Odin – mais l'avait-il emporté ? *Est-il venu nous prévenir, ou a-t-il conduit les dieux à notre porte ?*

« Papa ! » s'écria Hel en se précipitant vers lui. Fenrir et Jörmungand restèrent à fulminer au seuil de la caverne.

Loki souleva sa fille en riant. Angrboda se retourna vers Gerd et lui lança d'une voix furibonde : « Pourquoi l'as-tu amené ici ?

— Je suis désolée », répondit Gerd, un écheveau de fil entre ses mains tremblantes. Elle semblait honteuse de se retrouver confrontée au courroux d'Angrboda. « J'apportais juste à Hel de quoi travailler…

— Je te cherche depuis des *semaines*, Boda, déclara Loki. Que s'est-il passé ?

— Je t'ai exclu de mon sort de protection », expliqua-t-elle en dressant le menton.

Loki arbora un air penaud, et Hel se retourna entre ses bras pour darder sur sa mère un regard noir et horrifié. « *Maman !* Pourquoi tu as fait ça ? »

Parce qu'on ne veut pas de lui ici. Il nous prend pour des monstres, répondit Fenrir depuis la porte. Angrboda se félicita intérieurement qu'un de ses enfants au moins partage son avis. Quand elle se tourna vers le loup, elle eut confirmation qu'il éprouvait la même chose qu'elle – il lui savait gré d'avoir tenu leur père à l'écart. Jörmungand inclina alors la tête, comme pour signifier son assentiment.

« Ce n'est pas vrai, affirma Loki avec emportement.

— J'en étais sûre ! » s'exclama Hel en l'étreignant de plus belle.

Je t'ai entendu le dire, rétorqua Fenrir avant de retourner à l'intérieur. Jörmungand leur décocha à tous un regard venimeux et suivit son frère dans la grotte.

Gerd observa tour à tour le mari et la femme avant de déclarer : « Je vais poser le fil à l'intérieur, je vous laisse un moment. Je pourrais aussi tenter de réconforter les garçons.

— Je veux bien, répondit Angrboda avant de faire face à Loki. Toi, en revanche, tu dois partir.

— *Non,* maman, il *reste,* décréta Hel en s'accrochant au cou de son père.

— Gerd, tu veux bien aussi surveiller Hel ? lui demanda Loki. J'aimerais pouvoir discuter seul à seule avec mon épouse.

— Tu pars », insista Angrboda. *Même s'il n'a pas encore amené les dieux jusqu'à nous – plus il restera, moins nous serons en sécurité.* « Je ne veux même pas savoir ce que tu as à me dire. »

Hel se mit à pleurnicher, mais Loki finit par la décrocher pour la confier à Gerd, qui l'emmena dans la grotte.

Loki s'adressa alors à Angrboda : « Tu veux qu'on aille s'asseoir près du ruisseau ?

— Ah oui, j'ai de *tellement* bons souvenirs de notre dernière conversation au bord de l'eau », ironisa Angrboda. Elle ne voulait pas trop s'éloigner de la caverne, des enfants – pas après ce qu'elle avait vu dans ses rêves la nuit précédente. Pas sans savoir si les dieux étaient justement en train de passer ces bois au peigne fin dans l'espoir de la débusquer. « On ne peut pas discuter juste ici ?

— Tu tiens vraiment à ce que tes enfants soient témoins de toutes les obscénités que tu veux me cracher à la figure ? Fenrir a l'ouïe si fine qu'il pourrait entendre l'herbe pousser. »

Angrboda ne pouvait qu'en convenir. Elle jeta un dernier coup d'œil vers l'entrée de la grotte en soupirant. « D'accord. Passe devant. Mais fais vite. »

Ainsi donc, il la guida sur le sentier qu'ils empruntaient toujours pour gagner le cours d'eau. Depuis qu'ils allaient y remplir leur seau, un véritable chemin sinuait désormais entre les arbres noueux. En cette saison, les branches qui formaient la canopée n'étaient plus couvertes que de quelques feuilles orangées ; la lune énorme et jaune brillait fort dans le ciel.

Ils ne s'aventurèrent pas aussi loin que le soir de leur dispute, car Angrboda l'arrêta à peu près à mi-chemin, rechignant à s'éloigner plus de ses petits.

« Tu ne veux pas t'asseoir sur les rochers ? » insista-t-il.

Elle leva les mains. « De quoi est-ce que tu veux parler ? Je n'ai pas franchement de temps à perdre avec tes absurdités. J'essaie tant bien que mal de réparer les dégâts que tes paroles ont causés chez nos enfants. Ça n'est pas chose facile.

— Quelles paroles ? s'étonna Loki, perplexe. Si je suis resté absent si longtemps, c'est uniquement par *ta* faute...

— Fenrir disait vrai, tout à l'heure. Il a entendu ce que tu as raconté ce soir-là, quand tu m'as appelée la "mère de monstres". Qui sont les monstres, à ton avis ? »

Loki se décomposa. « Oh, *non*.

— J'espère que tu es fier de toi, reprit la sorcière en croisant les bras.

— Je me sens tellement mal », répondit-il en lui posant les mains sur les épaules.

Angrboda resta dubitative. « Parce que tu l'as dit, parce qu'il t'a entendu, ou parce que tu le pensais ? »

Loki prit le temps de la réflexion. « Les trois, en vérité. »

Angrboda recula d'un pas, et il la lâcha. Elle le dévisagea en plissant les paupières. « Alors, qu'avais-tu à me dire que les enfants ne doivent surtout pas entendre ? »

En guise de réponse, il combla l'écart qui les séparait, sous l'œil soupçonneux de son épouse. Puis, dans un même élan, il l'enlaça par la taille, l'attira contre lui et l'embrassa. Elle le laissa faire, en souvenir d'une époque où leur relation n'était pas brisée ; elle lui rendit même son baiser et lui passa les bras autour du cou.

Quand leurs bouches se descellèrent, elle s'attendait à lui découvrir un air amusé, ou songeur, voire aussi contrit qu'elle l'espérait. Elle s'attendait à ce qu'il lui propose de quitter Asgard pour s'installer avec elle et les enfants. Elle s'attendait à ce que les choses changent. Telle était la nature de leur baiser.

Angrboda se recula légèrement et marmonna contre ses lèvres, momentanément radoucie : « J'ai entendu ce que tu as dit à Odin. C'est uniquement pour cela que j'ai accepté de te suivre ce soir. J'ai vu Sigyn se tourner vers les dieux, et toi tenter de nous défendre. Puis j'ai vu Odin rendre visite aux Nornes... J'ai entendu ce qu'elles lui ont dit... » Elle ferma les yeux et posa le front contre sa joue. « Je sais que tu as essayé, à Asgard. Pour nous. J'aimerais tant pouvoir te pardonner et te faire confiance, mais tu comprendras que je ne peux pas t'intégrer de nouveau au sort de protection, maintenant que les dieux savent ce... »

Loki se crispa, puis l'interrompit d'une voix étrangement étranglée : « C'est tout ce que tu as vu ? Rien de plus ?

— Oui, c'est tout. Qu'est-ce qui ne va pas ? » Angrboda vit alors dans ses prunelles une chose qu'elle n'y avait encore jamais perçue – comme s'il sentait le sol s'ouvrir sous ses pieds. Elle voulut reculer davantage, mais il la retint.

« Je suis désolé, Boda », chuchota-t-il en frottant son nez contre le sien, ainsi qu'il le faisait toujours.

Angrboda se détourna brutalement. « Loki...

— Tellement, tellement désolé », insista-t-il.

Ce fut alors qu'elle entendit Hel hurler.

Elle se libéra en un instant, le considéra avec une répugnance et un dédain tels qu'il battit en retraite.

À cet instant, elle mourait d'envie de le frapper. Au lieu de quoi, elle se mit à courir – et, sans ralentir, elle arracha le châle qui lui couvrait la tête pour le jeter dans les broussailles, laissant ses cheveux voler en un long sillage indompté.

Peu lui importait où le foulard atterrirait, malgré la valeur du présent.

Elle n'était plus mariée.

Elle n'en aurait plus besoin.

Ses pieds la guidèrent naturellement vers la grotte, une foulée après l'autre. Elle perçut un violent sifflement, le couinement aigu d'un loup, le hurlement persistant d'une fillette effrayée... Elle serra les poings, accéléra...

« Maman, attention ! » entendit-elle crier Hel, mais trop tard.

Lorsqu'elle pénétra dans la clairière, un éclair de lumière dorée la frappa au visage, l'envoyant basculer en arrière et se cogner la tête contre un arbre. Elle sentit le sang lui couler sur la joue ; l'éclat avait été si vif qu'elle en resta momentanément aveuglée ; l'arrière de son crâne palpitait, la plaie était humide...

Alors qu'elle s'efforçait de se redresser, elle sentit une corde s'enrouler autour de sa taille et de ses bras, la ligotant contre le tronc – mais à force de se débattre, elle parvint à libérer ses bras, craignant le pire pour ses enfants, qu'elle comptait défendre encore...

Puis quelqu'un resserra la corde par-derrière, puis lui saisit les poignets pour les entraver derrière l'arbre.

Non. Non. Non. Elle lutta de toutes ses forces, rassemblant toute son énergie, en vain. Elle serra les paupières et entonna des chants hâtifs et furtifs qu'elle imprégna de son pouvoir, mais c'était comme parler à une pierre – comme si l'on avait érigé un mur pour empêcher sa magie de produire le moindre effet sur le monde qui l'entourait.

Une autre sorcière avait maudit les liens qui l'enserraient – elle distinguait cette magie si familière, presque comme si elle en connaissait la source. Une grande puissance palpitait dans les cordes autour de ses poignets, renforçait celle qui lui enserrait la taille.

La personne qui avait créé ces entraves les avait ensorcelées pour la maîtriser elle, précisément. Pour annuler *sa* magie. Et elle ne pouvait aucunement lutter contre.

Quand elle eut recouvré pleinement la vue, Angrboda prit connaissance de la scène qui se déroulait devant elle, au clair de lune.

Cette scène qu'elle avait toujours redoutée.

Un homme imposant à la barbe rousse et aux yeux bleu acier tenait un sac énorme ébranlé de secousses ; la sorcière savait qu'il renfermait son dernier-né, et reconnut Thor au marteau à sa ceinture. Il était accompagné d'un autre homme aux cheveux et à la barbe noirs, avec une épée au côté ; il avait muselé Fenrir et lui avait passé un épais collier autour du cou, par lequel il le tenait désormais. Le loup avait cessé de couiner et contemplait sa mère d'un air pitoyable. Angrboda comprit aussitôt que ces objets devaient être magiques pour parvenir à maîtriser ses fils.

Un troisième homme – cheveux châtains, yeux dorés, légèrement plus petit que les deux premiers et à la barbe moins fournie – semblait s'acquitter avec gêne de la tâche qui lui avait été confiée : retenir une fillette de 5 ans qui gesticulait encore, prise de sanglots.

« Qu'est-ce qui cloche avec elle, Frey ? demanda Thor d'une voix forte en désignant Hel. Elle n'a pas l'air d'un monstre. »

Angrboda connaissait l'homme qui détenait sa fille, car Loki l'avait évoqué en passant fort longtemps auparavant : le jeune frère de Freyja. Frey paraissait de plus en plus mal à l'aise.

« Elle n'a *rien* qui cloche, siffla Angrboda. Les autres non plus. Libérez-les tout de suite. Faites ce que vous voulez de moi, mais libérez-les.

— J'ai bien peur que non, répliqua celui qui s'occupait de Fenrir en lui décochant un regard insensible.

— Je suis surpris que le loup ne t'ait pas donné plus de fil à retordre que ça, Tyr », lança Thor.

Tyr demeura impassible. Angrboda le connaissait également : d'aucuns prétendaient qu'il était le fils d'un géant, d'autres celui d'Odin. Ce soir-là, elle penchait plutôt pour la seconde hypothèse.

« Mes enfants sont innocents », insista la sorcière avec véhémence. Pourtant, son ton était désespéré, et sa voix se brisa. « Ils n'ont jamais fait de mal, ni à vous ni à qui que ce soit. Et si vous me les laissez ici, cela n'arrivera jamais, je vous le promets. »

Thor ricana, tenant fermement le sac de ses mains gantées. Même si Jörmungand se débattait encore comme un damné, le dieu ne cillait pas. « Les laisser ici *avec toi* ? À l'écart du reste du monde, où tu pourrais leur enseigner à loisir tout ce que tu désires ? Je ne pense pas, sorcière. Les créatures viennent avec nous.

— Si tu coopères, on t'accordera peut-être même la faveur de te tuer avant de partir », ajouta Tyr.

Les sanglots d'Hel redoublèrent alors, mais Angrboda ne put se résoudre à lui promettre que tout irait bien.

Cela ferait de moi une menteuse, alors que mentir est le boulot de son père.

« On devrait peut-être faire ce qu'elle demande, suggéra Frey. Au moins avec la fille. Thor a raison : elle a l'air normale.

— À part ses jambes, planquées sous ses bas. Elles sont mortes », intervint une voix de femme. Freyja émergea alors de derrière l'arbre auquel Angrboda était ligotée. « C'est du moins ce que ton épouse nous a dit, mon frère. »

Angrboda leva les sourcils, surprise de voir apparaître la déesse – son élève de jadis, reconnaissable après tout ce temps. Toutefois, l'étonnement céda rapidement le pas au dédain.

Voilà pourquoi l'énergie dans ces cordes me semble si familière.

Elle savait comment m'entraver.

Elle est habituée à ma magie, et a donc pu faire en sorte que je ne puisse pas me défendre.

« Bien joué, ma *sœur* », lança Angrboda d'un ton glacial. Elles se surnommaient ainsi, à Vanaheim. Les sœurs sorcières. Mais plus depuis une éternité, et pour longtemps encore. « Cette magie est habilement tissée. Je ne m'attendais pas à cela de ta part. »

Freyja rejeta en arrière ses cheveux rouge sang et sourit. « Quand le Père-de-Tout m'a dit que c'était toi que j'affronterais, je me suis préparée, *Gullveig.* » Son collier était de la même teinte dorée que ses yeux, et scintillait du même éclat sinistre au clair de lune. « Je ne suis pas la seule ici à avoir un jour été comme une sœur pour toi, je le crains.

— Ne peux-tu pas m'aider ? Ne peux-tu pas la calmer ? Tu la *connais,* dit Frey à une personne tapie dans l'ombre.

— Peut-être que ta nouvelle épouse a épuisé toute son utilité, lança Thor avec dérision. Hein, Frey ? »

Angrboda se retourna. Frey en appelait à la femme qui venait de sortir de la grotte, et qui semblait faire de son mieux pour disparaître. Mais Angrboda la connaissait bien, et cette apparition fit déferler sur elle une vague de trahison suffocante.

C'était Gerd.

Elle a les cheveux couverts, à présent, s'avisa Angrboda avec horreur tandis que son amie allait se poster près de Frey. *Je ne l'avais plus vue depuis le départ de Loki, et voilà pourquoi. Elle a épousé l'un des leurs depuis. J'aurais dû m'en douter ; j'aurais dû soupçonner quelque chose.*

« Je suis désolée, désolée, *désolée* », se lamenta Gerd quand elle se rendit compte qu'Angrboda la dévisageait. Elle se précipita vers elle, mais fut retenue par Freyja ; elle alla néanmoins au bout de ses excuses. « Tout a été si soudain… Je me trouvais à Jötunheim, et subitement j'épousais Frey, et je n'ai pas eu le choix. Tout a été…

— Ce n'est pas possible, murmura Angrboda pour elle-même.

— Et Sigyn a fini par parler de toi et des enfants à Odin, poursuivit Gerd en pleurant, et elle a affirmé m'avoir vue cette nuit-là, alors il m'a demandé ce que je savais, et je ne *pouvais* pas lui mentir...

— Cette sorcière semble aussi farouche que dans la description de Sigyn, remarqua Tyr.

— Je me demande de quelle espèce de géante il s'agit, intervint Thor en l'examinant en plissant les yeux. Elle n'est ni aussi laide que certaines, ni aussi belle que d'autres. Difficile de déterminer quoi faire de celle-là. Comme par hasard, c'est la femelle de Loki qui nous embrouille. »

La femelle, songea Angrboda avec rancœur. *Comme si Loki ne pouvait avoir de femme ou de maîtresse, comme s'il était un animal et moi aussi.*

« Je suis d'accord. Regardez-la, à siffler et à cracher comme son serpent de fils, abonda Tyr, qui ne semblait pas du tout douter de l'*espèce* de géante à laquelle il avait affaire.

— Vous pensez qu'elle est folle.

— Forcément, pour coucher avec Loki de son plein gré.

— Ce n'est pas Sigyn, c'est une évidence, renchérit Thor.

— Libérez-moi, et je vous montrerai à quel point je suis différente de Sigyn, cracha Angrboda. Vous n'avez pas le droit de...

— Boucle-la, sorcière, ou je te ferai taire à coups de marteau », la menaça Thor.

Angrboda lui retourna un regard assassin, pleinement consciente qu'il en était capable. Même si elle n'était pas certaine de le redouter.

Tant qu'elle respirerait, elle conserverait une chance de les convaincre de la relâcher. Une chance *d'agir*. Mais ses liens étaient serrés – et si chauds qu'ils lui brûlaient la peau des poignets.

« En parlant de Loki, reprit Tyr, où s'est-il donc encore réfugié ?

— Je suis juste ici », déclara l'intéressé d'un ton neutre en apparaissant sur le sentier. Il considéra son épouse pendant une fraction de seconde – le temps qu'elle le voie remarquer sa douleur et ses cheveux détachés, et s'empresser de dissimuler son propre chagrin derrière un masque de neutralité –, puis détourna les yeux.

Angrboda mesura seulement à quel point il sortait du lot parmi les autres dieux présents : Thor, Tyr et Frey étaient tous trois grands, musclés et barbus. Même s'il n'était pas minuscule – il faisait presque la même taille que Frey, le plus petit des trois –, Loki demeurait fin, souple, glabre et maigre, en comparaison. Son air malheureux contrastait avec la satisfaction évidente qui se lisait sur les traits des dieux et de Freyja – à l'exception de Frey, qui paraissait toujours atrocement gêné par la situation.

« *Papa !* » s'exclama Hel en apercevant Loki. Elle se tortilla encore plus violemment, dans l'espoir d'échapper à Frey. « Papa, aide-nous ! Ils vont nous emmener ! »

La ferme, idiote. Il ne nous aidera pas, la réprimanda Fenrir. *Il est comme eux, aussi méchant.*

Les quatre dieux le dévisagèrent, les yeux écarquillés.

« Il sait parler, constata Thor.

— Dans nos têtes, précisa Tyr.

— Intéressant », commenta Freyja. Frey, pour sa part, semblait plus perplexe que jamais.

« On devrait y aller, intervint Loki. Vous avez ce que vous étiez venus chercher. Partons d'ici. »

Hel s'étrangla d'horreur en entendant ces mots, et ses yeux immenses s'écarquillèrent un peu plus, s'emplissant une nouvelle fois de larmes. Loki n'osait plus croiser son regard.

« Pourquoi on avait besoin de lui, déjà ? demanda Thor à Tyr. Gerd aurait pu nous conduire ici toute seule. Si c'est pour l'écouter geindre...

— On en avait besoin pour distraire la mère, souviens-toi, répondit Tyr. Mais il a échoué.

— J'aurais pu lui enfoncer le crâne d'emblée, maugréa Thor, qui semblait presque déçu de ne pas en avoir eu l'occasion.

— C'est donc cela ? Tu étais là pour faire diversion ? lança Angrboda à Loki. Thor a raison : il aurait pu m'éliminer facilement, mais ils t'ont forcé à jouer un rôle là-dedans quand même ? Histoire d'ajouter l'injure à la blessure ? » Elle secoua la tête. « Décidément, vous, les dieux, êtes bien cruels.

— Je n'ai pas eu le choix, souffla Loki. Si je voulais rester parmi les Ases.

— Je vois. Tu avais donc le choix. » Angrboda cracha à ses pieds. « J'aimerais être capable de concevoir des mots assez infâmes pour te qualifier. »

Loki pinça ses lèvres couturées et se détourna.

« Tu n'es pas près de concevoir quoi que ce soit, sorcière, intervint Tyr. Ce n'est pas parce que Loki est le frère du Père-de-Tout...

— Tu n'es *pas* son frère, lança Angrboda au père de ses enfants, qui lui tournait désormais le dos. Et je ne suis pas ton épouse. Tu me rends un mauvais service en emmenant mes enfants tout en me laissant vivre pour les pleurer.

— Tu ferais mieux de te taire », répondit Loki doucement. D'un ton presque implorant.

« Elle ne demande que ça, remarqua Thor. Allez, vas-y, Loki. Prends le scramasaxe de Tyr et fais-le. C'est *ta* femme. Fais-lui ce plaisir. Abrège ses souffrances.

— *Suffit !* intervint Freyja en fronçant le nez. Vous vous rappelez ce qu'a dit le Père-de-Tout. Libérez-la, et partons. Cela ne se fait pas de tuer la femme d'un frère, trollesse ou pas.

— Comme tu voudras. De toute façon, j'en ai marre de tout ça, ajouta Thor en hissant le sac sur son épaule. Rentrons à Asgard. Je suis en train de manquer un excellent festin à cause de ces absurdités d'enfants monstres. Et Frey, tu ferais mieux de faire taire cette gamine. »

Hel laissa échapper un sanglot sonore avant de hurler : « *Non !* »

Angrboda se débattit une fois encore contre ses entraves, enragée par la détresse de sa fille. « Dis-leur, Loki. Dis-leur que tes enfants ne sont pas des monstres. Dis-leur de mettre un terme à cette folie et de me rendre mes bébés. »

Loki la considéra une fois de plus d'un air distant. Tyr et Thor échangèrent des regards amusés, tandis que Freyja croisait les bras en roulant des yeux. Frey paraissait toujours plus anxieux, d'autant que Gerd sanglotait et qu'Hel beuglait à pleins poumons, alors qu'elles relevaient toutes deux de sa responsabilité.

« Nous ne faisons de mal à personne », plaida encore Angrboda. Les larmes commençaient à couler librement sur ses joues, désormais, et elle tremblait si fort que les dieux auraient pu croire qu'elle luttait encore pour se libérer. « Nous n'avons *jamais* fait de mal à qui que ce soit, tu le sais pertinemment. Nous ne nous occupons que de nos affaires. Explique-leur. *S'il te plaît.*

— Je t'ai déjà dit que j'étais désolé, répondit-il simplement.

— Si tu m'as aimée un jour, fais-le, chuchota Angrboda. Explique-leur. »

Mais Loki resta muet et lui tourna le dos une fois de plus.

Thor traîna d'abord le sac qui se convulsait encore ; Tyr lui emboîta le pas, entraînant Fenrir, qui lança à sa mère un dernier long regard en gémissant bruyamment. Angrboda rua de nouveau en hurlant « *Non, non, non* », puis Gerd s'empressa de rejoindre Tyr et Thor, incapable de supporter plus longtemps cette scène qu'elle avait contribué à créer.

Frey s'efforçait de relever Hel – elle se tortillait telle une diablesse, tentant de retourner vers sa mère.

« Maman, je vais être sage, très sage ! sanglota-t-elle en tendant la main vers Angrboda. Ne les laisse pas faire ça, maman ! Je te promets de ne plus jamais être méchante ! Je serai gentille avec mes frères, je mangerai mon dîner *tout le temps* et je parlerai davantage, je te le jure ! J'irai même me coucher quand tu me le demandes ! Je vais faire des efforts, promis !

— Je ne peux pas faire ça, déclara Frey d'un air morne, sans pour autant libérer la fillette.

— *Viens*, mon frère, lui lança Freyja. Ce n'est qu'une enfant. Jette-la par-dessus ton épaule et finissons-en. »

Loki le bouscula en lui lançant d'une voix pâteuse : « *Donne-la-moi.* » Il prit alors sa fille dans ses bras, et elle s'accrocha à lui de toutes ses forces. Puis ils allèrent rejoindre les autres dieux sans un regard en arrière.

Angrboda aperçut une dernière fois les grands yeux verts et pleins de larmes de sa fille, qui hurlait au-dessus de l'épaule de son père.

La poitrine de la sorcière se souleva ; l'air commençait à lui manquer. Elle s'efforçait de ne pas éclater en sanglots, refusant encore de croire ce qui s'était passé, cherchant malgré tout à demeurer forte pour sa fille – mais celle-ci était partie, et ses frères avec elle, et Angrboda réfléchissait à toute allure, et tout cela *ne pouvait pas arriver*.

Cependant, à force de se débattre, elle sentit les liens de Freyja se desserrer. Recouvrant un peu d'espoir, elle redoubla d'ardeur, rassemblant toute la magie qui subsistait en elle. Les liens lui entamaient douloureusement les poignets ; sa tête se mit à palpiter si fort qu'elle crut son crâne sur le point d'exploser ; un sang chaud lui dégoulinait du nez, sinuant sur sa lèvre supérieure et jusque dans sa bouche, le goût cuivré lui piquant la langue…

Hel hurlait encore, Angrboda également : « *Non, non, non.* »

Soudain, Thor reparut dans la clairière. Il jeta un rapide coup d'œil par-dessus son épaule pour s'assurer que les autres avaient poursuivi leur chemin, puis il étudia Angrboda avec la même absence d'émotion que Tyr et Loki avant lui.

Les cordes commençaient à glisser. Quand il s'en rendit compte, l'expression de Thor se durcit.

Angrboda ne remarqua pas qu'il la lorgnait tel un animal blessé qu'il fallait achever. Elle était proche, *si proche* de s'échapper – mais Thor combla la distance qui les séparait.

« Tu n'es pas comme les autres, déclara-t-il plus pour lui-même qu'à son intention. Pas comme les autres géantes que j'ai pu abattre, alors je ne suis pas sûr que te tuer serait la meilleure chose à faire. Mais mon père affirme qu'il n'y a pas d'autre solution. Tu es trop dangereuse pour être autorisée à vivre. »

Elle releva la tête vers lui, les yeux écarquillés, et l'implora : « Pitié, ne… »

Mais Thor leva son marteau et l'abattit silencieusement, lui assenant un coup brutal sur le crâne.

La dernière chose qu'elle vit fut son expression d'incertitude quand Mjolnir lui fracassa la tempe mortellement.

Crac.

La supplique d'Angrboda fut interrompue si brutalement qu'Hel cessa de pleurer et laissa échapper un hoquet horrifié – même Loki hésita, un masque de stupéfaction recouvrant son visage. Fenrir cessa de tirer contre la poigne de fer de Tyr et émit un gémissement aigu et pitoyable. Jörmungand se tortilla si farouchement dans le sac qu'il parvint presque à s'échapper, mais Thor vint au dernier moment l'arracher des mains de Frey, qui se débattait avec en son absence.

« M… Maman ? » souffla Hel, interrompant le long silence qui avait suivi la dernière plaidoirie de la sorcière. Elle avait le souffle laborieux, le bout des doigts bleui par l'épuisement.

« Doucement, murmura Loki. Tu dois te calmer, Hel, ou tu vas être malade. Ta maman va se… »

Mais l'enfant demeurait inconsolable.

« Qu'est-ce qu'ils lui ont fait ? Qu'est-ce qu'ils ont fait ? Maman ! »

Hel vagit, encore et encore. Ses cris résonnèrent dans la forêt vide et morte tandis qu'ils s'éloignaient, et même Loki ne fut pas capable de l'apaiser.

Angrboda s'effondra à genoux, puis bascula vers l'avant.

Il lui sembla que peut-être ses liens avaient été sectionnés à présent qu'elle était morte, mais non – il n'en était rien. Elle avait froid. Très froid. Elle ne respirait plus. Elle ignorait si elle pouvait bouger, mais elle pouvait sentir le sol sur lequel elle gisait. La terre de la clairière dans laquelle elle reposait, étendue de tout son long. Elle sentait quelque chose d'humide sur le côté de sa tempe, mais n'éprouvait aucune douleur.

Que se passe-t-il ? Comment puis-je… ?

Puis elle sut. Écœurée, elle *comprit*.

« Lève-toi, voyante, lui ordonna-t-on, et dis-moi ce que tu sais. »

Ses doigts se refermèrent sur la terre tandis qu'elle essayait de relever la tête, découvrant à travers sa tignasse échevelée l'homme qui la dominait de toute sa hauteur.

Le monde autour de lui était incolore, éteint – comme obscurci par le brouillard –, d'un silence total et perturbant en dehors de la voix. Elle se trouvait toujours juste devant chez elle, mais savait qu'elle ne pouvait réellement être là. Les arbres de la Forêt-de-Fer paraissaient plus gris, désormais, comme si toute trace de couleur avait été emportée. Les feuilles remuaient au ralenti. Et quand elle jeta un coup d'œil derrière elle, son enveloppe physique était toujours là, entravée à l'arbre, immobile.

L'homme était la seule chose qu'elle distinguait avec netteté ; il était aussi limpide qu'un jour d'été. Dans un autre monde, un corbeau était juché sur chacune de ses épaules, et deux loups le flanquaient. Mais les créatures existaient dans le même monde que les arbres, l'herbe et la grotte, et l'homme était seul ici avec elle. Il possédait de nombreux noms, mais aucun ne lui vint à l'esprit.

Tous deux se trouvaient seuls en cet endroit.

Angrboda se mit à genoux et le dévisagea d'un air absent, parvenant à voir en dépit de ses yeux d'une blancheur de mort. L'homme portait un manteau de voyage dissimulant tout son corps. Sa taille était imposante, voire extraordinaire. Sa longue barbe était grise, à l'exception de quelques vestiges roux, et son œil bleu unique l'observait par-dessous le rebord de son haut chapeau pointu.

Son nom lui revint alors : Odin.

Il parla de nouveau. Angrboda ne le comprit pas – du moins, pas en surface. Toutefois, quelque chose au fond d'elle saisit ses paroles : il avait enfin gagné. Elle se trouvait au bord du néant, à présent, et contemplait les ténèbres infinies.

Les mots du dieu la firent basculer par-dessus bord et la précipitèrent vers le fond. Elle hurla. Tout autour d'elle devint noir – même l'homme debout devant elle disparut. D'autres images lui succédèrent. Elle coulait. Sombrait.

« Que vois-tu ? » demanda la voix fort lointaine, et elle se mit à parler bien malgré elle – des mots anciens, des mots sacrés.

Et elle lui raconta tout.

Puis, elle fut de retour dans la Forêt-de-Fer, pendant mollement contre ses liens desserrés. Du sang avait coagulé sous son nez et le côté de sa tête, lui collant les cheveux. Une coupure fendait son autre tempe, là où elle s'était cognée la première fois. Des brûlures aux poignets. Mais aucune douleur. Seulement le froid.

Vivante. Toujours vivante. Du moins aussi vivante qu'elle l'avait toujours été : d'une certaine manière.

En pendant neuf jours et neuf nuits, elle demeura attachée à l'arbre.

Elle s'attarda là dans les ténèbres, à mi-chemin entre la conscience et l'oubli, là où le néant était réconfortant, où rien ne pouvait la faire souffrir, car elle n'avait rien à penser, ni à ressentir. Parfois, il lui semblait entendre des voix l'appeler, mais elles étaient trop lointaines, et à peine audibles, et elle s'en *moquait*, car elles ne disaient que son nom, et son nom n'avait aucun intérêt pour elle.

Des éclairs clignotaient devant ses yeux quand elle revenait suffisamment à elle, le temps de sombrer de nouveau. *La petite Hel à Asgard, vêtue d'une jolie robe verte assez longue pour couvrir ses jambes et les bas que sa maman lui avait cousus. Elle était affalée devant un palais. Ses yeux allaient de-ci de-là, et elle faisait tourner un galet entre ses mains sans jamais le regarder, en grattant la surface de ses ongles courts.*

Pas de nalebinding *ni de figurine de loup pour la distraire, et son esprit était insatiable.*

Soudain, une balle roula au coin du bâtiment, et Hel étrangla un hoquet avant de disparaître dans l'ombre. Un jeune homme sans barbe vint chercher l'objet en courant. Hel entendait ses amis crier un peu plus loin. Il avait un bâton à la main ; il était blond, son regard était lumineux. En se penchant pour ramasser sa balle, il l'aperçut et lui sourit. « Oh ! Coucou, toi. »

Hel avala sa salive, et ses frêles épaules se mirent à trembler.

Il inclina la tête avec inquiétude. « Est-ce que tu vas bien ? »

Hel resta muette.

« Tu es nouvelle ici ? s'enquit-il. Comment tu t'appelles ? Je ne crois pas t'avoir jamais rencontrée.

— Allez, viens ! lança un autre jeune homme. Qu'est-ce qui te retient si longtemps ? Tu t'es aventuré dans la gueule béante du loup ? » s'esclaffèrent les autres.

Hel se hérissa en entendant évoquer son frère d'un ton aussi railleur. Personne *n'avait le droit de parler de sa famille de la sorte. Si elle n'avait pas été si terrifiée par tout ce qui l'entourait dans le monde étrange des dieux, elle serait allée mettre son poing dans la figure de ces crétins. Mais au moins, leurs moqueries, quoique dédaigneuses, signifiaient que Fenrir demeurait toujours ici.*

Elle ne pouvait en dire autant de son autre frère. Elle n'avait pas la moindre idée du sort réservé à Jörmungand.

« J'arrive ! » lança le jeune homme par-dessus son épaule. Il jeta la balle en l'air et la rattrapa, puis tourna les talons pour partir.

« Hel », déclara la fillette. Quand le garçon lui fit face pour lui demander de répéter, elle bredouilla : « J… Je m'appelle Hel.

— Enchanté de faire ta connaissance, petite Hel, lui répondit-il avec un sourire éblouissant.

— Viens, Baldur ! insista un autre de ses amis, et son nom fut répété par plusieurs autres voix. On aimerait finir cette manche avant la nuit ! Tu vas nous faire perdre ! »

Baldur sortit quelque chose de sa poche – une pomme d'or – et la lança à Hel. Celle-ci lâcha sa pierre pour attraper la pomme, surprise. Il lui sourit derechef et ajouta : « Bienvenue à Asgard. »

Alors le père de la fillette apparut sur le côté du palais. « Hel ? s'exclama-t-il. Ah, tu es là. » Il observa tour à tour les deux jeunes gens, puis fixa son regard sur Baldur et plissa les paupières. « File. Elle n'a pas le temps de jouer avec toi. »

Baldur plissa les yeux à son tour, mais à peine ; il savait qu'il ne valait mieux pas discuter avec le frère de sang de son père. Il hocha la tête, adressa à Hel un nouveau sourire fugace, et fonça rejoindre ses camarades.

Hel se tourna vers Loki, tandis qu'il s'agenouillait devant elle. « Papa ! lui lança-t-elle d'une toute petite voix en agitant furieusement sa pomme. On était en pleine conversation.

— Ah bon ? J'ai cru assister à un monologue », répliqua-t-il. Il lui prit le fruit des mains et le jeta au loin. Lorsqu'elle protesta, il affirma : « Elle ne t'aurait servi à rien. »

Hel fit la moue.

Loki esquissa un sourire. « Je ne m'attendais pas à devoir te parler des garçons avant dix hivers au moins. D'un autre côté, tu possédais déjà un vocabulaire d'adulte avant ton deuxième… » Mais en dépit de son ton joueur, il paraissait sous le choc. Presque autant que sa fille.

Les Ases discutaient depuis des heures, à présent, et lui avaient finalement donné congé pour délibérer en privé. Il ne comptait parmi les dieux que lorsque cela les arrangeait – en l'occurrence, ça n'était pas le cas en cet instant.

Hel larmoya en devinant sa détresse. Elle n'avait encore jamais vu son père dans cet état : sur les nerfs, proche de la rupture. Bien sûr, il parvenait à faire bonne figure devant les autres dieux. Mais face à sa fille unique, la façade commençait à s'effriter.

« Papa, dit Hel, qu'est-ce qui va m'arriver ? Pourquoi ils ne veulent pas me laisser voir mes frères ? Où est maman ? » Elle déglutit et son visage écarlate se chiffonna ; elle était sur le point de se mettre à vagir. « Je veux ma maman ! Qu'est-ce qu'ils lui ont fait ?

— Écoute-moi », lui répondit-il en la saisissant par les épaules pour la regarder dans les yeux. C'était infiniment plus difficile de lui mentir ainsi, mais il le fallait. « Maman va bien. Tes frères vont bien. Et bientôt, tout ira bien.

— Tu me le promets ?

— Oui. Tu dois simplement te montrer courageuse. Courageuse et fière. Tant que tu feras ça, tu n'oublieras pas qui tu es. Et personne ne l'oubliera. »

Hel renifla. « Qui je suis ?

— Oui. Qui tu es. Parfois, c'est tout ce qu'il nous reste, alors tu ne dois jamais laisser personne te pousser à en avoir honte. » Loki lui tapota

des deux doigts sous le menton pour le lui faire relever. « Là, voilà. Tu ressembles à ta maman. » Sa voix chevrota sur ces deux derniers mots.

Devant les dieux, son expression ne trahissait que ce que l'on attendait de lui, et seulement lorsqu'il le fallait : exactement la bonne quantité de colère qu'un homme était censé éprouver quand d'autres devaient décider du sort à réserver à sa famille. Mais, pour lui, c'était différent, car il savait qu'il ne pouvait rien y faire. Sa colère était une façade visant à masquer ce qu'il ne pourrait jamais leur laisser voir.

Elle ne supportait plus cette vision. Dans son corps physique, elle sentit quelque chose d'humide geler sur son visage, et elle désespéra, car la présence de larmes signifiait qu'elle était bel et bien vivante. Cela lui semblait être la pire injustice entre toutes, au-delà même de l'enlèvement de ses enfants : ils n'avaient pas réussi à la détruire pour abréger ses souffrances.

Elle aurait tant aimé que son chagrin prît fin, que ses larmes se tarissent. Mais la sorcière n'avait pas cette chance.

Hel se trouvait dans un endroit sombre, à présent. Sa robe verte était souillée et déchirée, ses petites jambes mortes tremblotaient – elle avait peur de retirer ses bas pour considérer la chair en dessous, car elle se sentait encore plus bizarre qu'à l'accoutumée.

L'homme sur son cheval à huit jambes l'avait abandonnée là, et sa forme disparaissait dans le brouillard. Il ne lui manquerait pas. Même si elle restait seule ici, elle préférait ne plus se trouver en sa présence. Elle le détestait. Son peuple les avait arrachés, elle et ses frères, à leur maman, et lui-même s'était chargé d'emmener son papa.

Le sol bascula sous la fillette, et elle glapit en bondissant, observant autour d'elle d'un air paniqué. Elle ne vit rien que du brouillard – les ponts qu'ils avaient franchis étaient si loin de là, mais peut-être qu'en continuant d'avancer elle finirait par aboutir aux collines déchiquetées, peut-être qu'elle trouverait un abri pour la nuit –, mais était-ce vraiment la nuit ?

Ne faisait-il pas toujours nuit à Niflheim ? C'était là qu'ils avaient dit vouloir l'emmener, même si elle n'était pas morte. Même si elle n'était qu'une toute petite fille effrayée. Même si son papa avait hurlé son nom et s'était accroché à elle autant qu'il l'avait pu avant que l'homme à l'œil unique le force à lâcher prise et lui crie quelque chose. Elle ignorait ce que son papa lui avait répliqué en criant, car elle-même était en train de pleurer.

Quelque chose accrocha son pied ; elle hurla. Un squelette entier s'extirpait hors du sol, et d'autres l'imitaient. Le brouillard se mit à adopter des formes confuses qui se rapprochaient pour l'encercler.

Il n'y avait aucune issue.

Hel repoussa la chose à ses pieds et se leva avec un cri strident. Le squelette était constitué de poussière et animé par les ombres, car il n'y avait pas de corps à Niflheim : seulement des âmes. Les autres silhouettes indistinctes se rapprochaient, tendant leurs mains sombres vers elle – le sol ondulait telle la mer pendant une tempête, des créatures mortes remuaient sous la terre. Se relevaient.

Se dressaient pour l'attraper. Des monstres dans la nuit infinie.

Soudain, deux formes solides se joignirent à la mêlée : l'une en piétinant le sol, l'autre en tournoyant dans l'air. Elle aperçut la gueule baveuse du loup Garm, sentit le souffle d'air produit par les ailes de Nidhögg quand le dragon atterrit.

Ils lui tournèrent autour, tant les monstres que les morts. Les naseaux du dragon se dilatèrent. Le loup gronda. Les ombres se tendaient vers elle. Elle serra les paupières, agita les mains pour les chasser, mais ses doigts glissèrent à travers leur forme vaporeuse, et elles continuèrent d'affluer. Elle ne pouvait les vaincre, mais elle sentait leur contact spectral qui lui donnait la chair de poule. Pourquoi pouvait-elle les sentir et pas l'inverse ? Ce n'était pas juste. Ses genoux se mirent à trembler.

« Éloignez-vous de moi ! hurla-t-elle en tournoyant désespérément, les mains toujours tendues. Partez, partez, PARTEZ ! »

Une déflagration forma un cercle tout autour d'elle, renversant les créatures mortes.

Hel resta debout à trembler. Quand elle rouvrit finalement les yeux, les morts s'étaient remis debout, même s'ils s'étaient repliés légèrement à l'écart. Même Nidhögg et Garm ne cherchaient plus à l'approcher. Ils paraissaient troublés, peut-être un peu effrayés.

Garm s'essuya le museau d'une patte et baissa la tête ; les naseaux de Nidhögg se dilatèrent une fois de plus, ses yeux orange se mirent à brûler. Il se montrait prudent.

Tous se méfiaient d'elle, à présent.

Peut-être venait-elle de faire usage de sorcellerie. Peut-être que sa maman et cette horrible femme au collier doré n'étaient pas les seules à en être capables – peut-être qu'elle le pouvait aussi. Elle considéra ses paumes, puis de nouveau les hôtes de Niflheim.

Elle releva le menton.

La dernière chose qu'Angrboda se rappelait était ce qu'elle avait raconté à Odin. La prophétie. La fin.

Elle revoyait la scène, encore et encore, incapable de s'en détourner.

Baldur, fils d'Odin, dieu éclatant d'Asgard, terrassé par une branche de gui taillée en pointe, décochée dans son cœur par son propre frère ; ainsi commence la fin.

Loki, ligoté, au supplice – pour quelle raison ? Elle ne le voit pas.

Trois années d'hiver ininterrompu. À Midgard, les liens de parenté et l'ordre social commencent à se déliter. Des guerres sont déclarées à cause des ressources déclinantes. Nombreux sont les morts au cours de cette ère humaine où l'épée est reine.

Un bruit puissant retentit dans tous les mondes, et les attaches retenant les forces du chaos cèdent. Loki est libéré, ses fils également.

Les loups qui pourchassent le soleil et la lune finissent par attraper leurs proies, les mondes sont plongés dans les ténèbres et les étoiles s'éteignent.

Garm aboie bruyamment devant les portes d'Hel. Yggdrasil tremble.

Les dieux partent au combat contre les géants. Loki recrute un équipage de morts. Les dieux et les géants s'affrontent et s'entretuent. Le

Serpent de Midgard s'en prend à Thor, le Grand Loup à Odin. Tous quatre tombent.

Surt approche par le sud avec son épée flamboyante et embrase tout.

Un nouveau monde vert émerge des cendres, et le dragon Nidhögg tournoie dans le ciel.

La sorcière ne vit rien de plus en s'effondrant de nouveau.

Deuxième partie

Elle s'attarda un long moment entre la vie et la mort. Une éternité aurait pu s'écouler sans qu'elle le sache ; la fin des mondes aurait bien pu survenir que cela ne l'aurait pas affectée davantage, car elle savait ce qui allait se produire à présent. Dans les moindres détails. Cette fois, elle n'avait pas réussi à se détourner.

J'ai vu mes fils mourir.

Elle avait tout raconté à Odin, et il lui semblait à présent que la vie d'Angrboda était peut-être révolue – qu'elle allait se défaire de ce rôle ainsi qu'elle l'avait fait avec Gullveig. Et ensuite ? Une vraie mort, espérait-elle. Elle avait déjà prédit tant de morts. Pourquoi devrait-elle rester vivante pour assister à tout ?

Je vais rester ici pour l'éternité.

Plus rien n'avait d'importance. Pas sans ses enfants.

Ce n'est pas juste pour eux. Ils n'ont rien fait pour mériter cela. Ce n'est pas ainsi que cela aurait dû se dérouler.

Quelque chose lui tiraillait la conscience, une chose minuscule et pointue, comme une piqûre d'épingle.

Oh, mais peut-être que si, la détrompa une voix si douce qu'elle semblait émaner des plus profonds recoins de son cerveau. Elle était désagréablement familière, comme issue d'un rêve lointain. *La question est : que comptes-tu faire pour y remédier ?*

Rien. Je ne peux rien y faire. Je ne suis personne. Je ne suis rien. Juste une vieille sorcière malheureuse à qui l'on a tout pris. Trahie par son mari. Privée de ses enfants. Abandonnée de tous.

Pas tous, répliqua la voix. *Tu le sais. Encore aujourd'hui, elle te rappelle. L'entends-tu ?*

« Angrboda », disait une autre voix. Mais celle-ci était étouffée, comme si l'on avait crié sous l'eau. « Angrboda, tu es là ? Es-tu... Non. *Non !* »

La piqûre d'épingle qui asticotait son esprit se mua en traction – rien de commun avec le moment où Odin l'avait tirée hors d'elle-même pour la forcer à plonger, mais un contact délicat qui la ramena dans la direction approximative de la connaissance.

« Non, non, non... S'il te plaît... Réveille-toi... »

Allez, l'encouragea la voix silencieuse, et Angrboda se sentit hissée parmi les ténèbres d'une mer infinie en direction de la pointe lumineuse en surface. Plus elle remontait, plus la lumière s'intensifiait, sans qu'elle parvienne à distinguer qui, ou ce qui, la tirait ainsi.

Elle résista. Elle était en sécurité, ici. C'était là-haut que tout allait mal. Dans les profondeurs, elle pourrait être rien ni personne aussi longtemps qu'il lui plairait. Elle ne serait *jamais* obligée d'y retourner.

« Réveille-toi », l'implorait une voix de femme. Angrboda l'entendait plus distinctement, à présent, percevant l'anxiété dans son timbre. « S'il te plaît, *s'il te plaît,* réveille-toi... »

Il est temps de se lever, insistait la voix dans son esprit, qui continuait de la tirer vers la surface, où tout apparaissait de plus en plus lumineux. *Elle t'attend.*

Bientôt, le picotement dans ses membres se réveilla, cet horrible battement de cœur se fit de nouveau sentir ; elle eut conscience des cheveux tombant sur son visage, du sang encroûté autour de ses narines et de sa bouche. Quand elle refit surface, elle émit un discret sanglot de douleur, sans rouvrir les yeux.

« Tu es vivante », s'émerveilla la femme, une octave plus haut. Angrboda sentit une main calleuse lui soulever délicatement le menton, et ce contact lui procura une forme de réconfort. Elle tenta vaguement d'associer la voix avec une personne.

Les doigts de l'autre femme vinrent effleurer le côté de sa tête, repousser doucement les cheveux dissimulant le cratère sanglant que le marteau de Thor avait creusé au niveau de sa tempe. La femme laissa échapper un hoquet étranglé suivi d'un chapelet de jurons, et l'esprit d'Angrboda parvint enfin à lui associer un nom. *Skadi.*

Les bras et les jambes de la sorcière refusaient de lui répondre. Elle s'obstinait à maintenir ses paupières closes. Sa tête palpitait, *l'élançait,* et c'était si douloureux qu'elle aurait préféré dormir pour ne rien sentir. Elle essaya de chuchoter quelque chose, mais Skadi l'en empêcha : « Chut. Ne parle pas. Je dois te libérer. J'ai appris que Freyja avait façonné ces liens afin que *tu* ne puisses pas les briser, mais je me demande ce qui se passerait si quelqu'un d'autre essayait.

— Laisse-moi mourir ici », finit par articuler Angrboda, dans un murmure qui parut étranger, même à ses propres oreilles.

Elle entendit Skadi souffler en dégainant son couteau de chasse. « Tais-toi donc. »

Il y eut un bruit de neige craquant sous des semelles en cuir, un claquement de cordes ; la lame de Skadi avait fait son ouvrage. Angrboda sentit les liens se desserrer et elle bascula vers l'avant, mais Skadi la récupéra dans ses bras, telle une enfant. Les paupières d'Angrboda papillotèrent quand Skadi la porta jusqu'à l'intérieur de sa grotte ; la sorcière eut tout juste le temps d'apercevoir sa clairière et les arbres nus au-delà : la neige avait tout recouvert, y compris elle.

Elle se sentit déposée sur son lit, entendit Skadi allumer un feu dans l'âtre central, puis comprit qu'elle lui découpait ses vêtements. Angrboda ne cilla pas, car sa robe était raidie par le gel ; quand le vêtement se réchaufferait, l'humidité ne ferait qu'accroître le froid ressenti par la sorcière. Lorsque Skadi eut terminé et jeté les vestiges de la robe, elle entreprit d'emmailloter son amie dans des fourrures.

Les mains et les pieds d'Angrboda continuaient de picoter douloureusement à mesure que les sensations lui revenaient. Elle entendit verser de l'eau dans la marmite posée sur le feu, sentit bientôt un linge tiède et humide tamponner délicatement la zone autour de sa tempe, mais elle n'ouvrit pas les yeux.

« Je vois ton crâne. Il devrait être brisé. Comment peux-tu être toujours vivante ? » murmura Skadi. Quand elle eut suffisamment nettoyé le sang à son goût, elle appliqua un cataplasme sur la plaie ; ses mains tremblaient, même si Angrboda n'aurait su dire si c'était de rage ou de désespoir. La préparation médicinale était indubitablement issue des réserves de la sorcière ; depuis le temps qu'elle en faisait commerce, Skadi connaissait bien les concoctions de son amie.

Angrboda sentit alors une main chasser doucement la glace de ses cheveux, puis de ses cils ; les doigts rugueux s'attardèrent sur sa joue. Elle entrouvrit les paupières et vit Skadi penchée sur elle, le visage rougi par le froid.

La Chasseresse retira sa main, et un sourire de soulagement vint étirer le coin de ses lèvres.

« Bon retour dans les Neuf Royaumes », lui dit-elle. Jusque-là assise sur le lit près d'Angrboda, elle s'installa alors sur un tabouret, au chevet de la sorcière. Celle-ci regretta aussitôt l'absence de sa chaleur, mais elle n'en dit rien. Une seule chose lui importait.

Elle referma les paupières et demanda : « Que sont devenus mes enfants ?

— Tu devrais te reposer avant d'écouter la réponse à cette question, suggéra Skadi. Recouvre quelques forces. Ils sont vivants – cela devrait te réconforter. Dors un peu, je vais chercher du gibier pour le dîner. Je sais que tu as de la viande séchée en réserve, mais je crois qu'un bouillon conviendrait mieux à ton état. »

Angrboda n'avait absolument aucune envie de manger. « Je dors déjà depuis longtemps. Je ne suis pas fatiguée.

— Tu n'étais pas vraiment en train de dormir, si ? lui demanda Skadi en la détaillant. Tu étais... ailleurs.

— Non. Je dormais », insista Angrboda. Mais son mensonge était si peu convaincant que Skadi ne s'y laissa pas tromper.

« Nul n'est jamais assez fatigué pour *dormir* neuf jours et neuf nuits. Surtout pas quelqu'un qui a... subi ce que tu as subi, mon amie. »

Neuf jours. Comment avait-elle pu s'autoriser à séjourner si longtemps dans ces ténèbres ? Si seulement elle en était revenue plus tôt. Si seulement elle avait pu *faire* quelque chose.

La sorcière restant muette, Skadi prit appui sur ses genoux pour se remettre debout.

« Bon, je vais attraper le dîner, finit-elle par déclarer en adressant un regard sévère à Angrboda. Reste ici. »

La sorcière la contempla en cillant. Entre sa blessure à la tête et son corps à moitié gelé, elle n'était de toute façon pas en état de se déplacer, et elle ne manqua pas de le faire savoir à la

Chasseresse. Elle pouvait à peine soulever la tête, sortir seule de sa caverne était donc parfaitement inenvisageable.

« Ce n'est pas ce que je voulais dire, tu le sais très bien, répliqua Skadi d'un air sombre tout en enfilant son caftan, dont elle resserra la ceinture. Je n'en ai pas pour longtemps. »

Angrboda riva les yeux sur le plafond en écoutant Skadi partir. Son esprit dériva vers certaines des visions qu'elle avait expérimentées durant son séjour dans l'en-dessous : Hel à Asgard ; puis Hel à Niflheim ; la confusion de sa fille, sa peur, son *pouvoir*.

Elle ferma les paupières.

Ai-je vu la vérité, ou mon cerveau éploré m'a-t-il joué des tours ?

Skadi allait bientôt pouvoir confirmer ses pires craintes.

Quand Angrboda rouvrit les yeux, Skadi lui soulevait délicatement la tête pour la poser sur ses genoux. Elle lui porta un bol de bouillon aux lèvres, l'encourageant à boire. La sorcière n'avait toujours pas faim, mais la chaleur du breuvage lui fit du bien.

« Qu'est-il arrivé à mes enfants ? » demanda-t-elle encore quand elle eut terminé.

Skadi posa le bol sur le tabouret près du lit, sans ôter la tête d'Angrboda de ses genoux. « J'étais en train de chasser avec Ull – c'est le beau-fils de Thor. Nous sommes restés à Midgard jusqu'à avant-hier. Mais dès que j'ai appris la nouvelle, j'ai insisté pour que Frey m'informe des détails, et je suis venue aussitôt qu'il m'a tout raconté. »

Angrboda hocha la tête. Frey était le beau-fils de Skadi, le seul des dieux présents à avoir fait montre d'un soupçon de gêne ce soir-là.

Skadi marqua une longue pause. La sorcière lui décocha un regard impatient, mais son amie se détourna, serra les poings et dit : « J'aurais dû être là. J'aurais pu vous *sauver*, toi et les enfants.

— J'en doute fort, répondit doucement Angrboda. J'ai l'impression que rien n'aurait pu les arrêter. Ne t'encombre pas l'esprit de telles pensées.

— Ça veut dire que tu me pardonnes ? s'enquit Skadi en croisant son regard. De ne pas avoir été présente ?

— Mon amie, il n'y a rien à pardonner, je te le promets. À présent, je t'en prie, continue. »

Skadi s'essuya les yeux et sembla retrouver une contenance.

« Les enfants ont été conduits à Odin, déclara-t-elle. Jörmungand a aussitôt été jeté à la mer, et Frey jure avoir vu ton fils grandir à vue d'œil. Il n'est donc pas mort. »

Angrboda hocha de nouveau la tête d'un air inexpressif. *Je le sais. Ce n'est pas son heure… pas encore.*

Skadi inspira longuement par le nez avant de poursuivre. « Ils ne savent trop quoi faire de Fenrir, car lui aussi a beaucoup grandi ces neuf derniers jours. Les dieux ont décidé de ne pas le laisser s'éloigner d'Asgard, afin de l'avoir à l'œil jusqu'à ce qu'il devienne ingérable. Nul ne daigne s'approcher de lui à part ce courageux Tyr, qui le nourrit, et ton époux n'ose même pas se montrer à lui de peur que Fenrir le tue. Ton fils n'éprouve plus le moindre amour à l'égard de son père. » Elle laissa retomber sa tête. « J'ai essayé de l'approcher moi-même, mais, à l'évidence, il pense que je suis l'une des leurs. Il croit que je t'ai trahie, comme Gerd, même si rien ne saurait être plus faux.

— Et quel sort lui réserveront-ils, quand ils ne supporteront plus sa présence ? s'enquit Angrboda, même si elle connaissait déjà la réponse à cette question aussi : dans sa vision, elle avait vu Fenrir se libérer de *quelque chose*.

— À ton mari ou à ton fils ?

— À mon fils, répondit Angrboda. Je n'ai pas de mari. »

Skadi la dévisagea d'un air approbateur, vite remplacé par une expression neutre mieux adaptée à la conversation. « Nul ne sait ce qu'il adviendra alors.

— Jörmungand jeté dans la mer et Fenrir prisonnier indéfiniment », chuchota Angrboda. Un détail la tracassait. Puis son ventre se noua, et elle posa une nouvelle question dont elle possédait déjà la réponse : « Et Hel ? »

Skadi prit une profonde inspiration. « Frey m'a dit qu'elle était restée calme pendant le trajet jusqu'à Asgard parce que Loki la portait. Elle ne l'a pas lâché une seconde, et il ne lui a pas adressé la parole à part pour essayer de la réconforter, ce qui a semblé fonctionner jusqu'à ce qu'ils séparent les enfants. Après s'être débarrassés de Jörmungand et assurés que Fenrir était correctement muselé, ils devaient prendre une décision pour Hel. »

Elle sembla rassembler son courage pour la suite, et Angrboda attendit qu'elle fût prête.

« Alors Odin lui-même l'a arrachée des bras de Loki. Ils l'ont envoyée à Niflheim, avec son corps. J'ai cru comprendre qu'Odin lui avait accordé autorité sur les morts, puisqu'elle l'est elle-même à moitié.

— Bien sûr », répondit Angrboda, les paupières closes. Les dernières données de l'énigme venaient de s'imbriquer. Telle était sa vision de la fin des temps : l'impressionnant serpent s'élevant des flots, le loup gigantesque brisant ses liens tandis que les mondes sombraient dans le chaos. Et le vaisseau des morts, les sujets de sa fille, partant en guerre contre les dieux...

Sauf que, à présent, elle avait aussi vu le reste. L'intégralité de l'évènement, du début à la fin.

Elle avait assisté à la mort d'Odin et de Thor en personne. Elle avait vu le second affronter Jörmungand et Fenrir engloutir le premier d'une bouchée, elle avait vu ses deux fils mourir. Elle essaya de réprimer ces images, de les chasser de son esprit, mais se trouva incapable de les oublier. Elle *refusait* de les oublier.

Apparemment, plus j'obtiens de réponses, plus les questions me viennent.

« Bien sûr ? » répéta Skadi, perplexe.

Angrboda secoua la tête sans développer. « Merci de m'avoir dit la vérité et… merci. D'avoir pris soin de moi. Mais si cela ne te dérange pas, j'aimerais rester seule un moment. » Elle déglutit avec peine. « J'ai juste… besoin de temps.

— Je comprends. Mais je ne partirai pas bien loin. Et tu as intérêt à ne pas te rendre là où je ne pourrai pas te réveiller », l'avertit Skadi. Ce fut à grands regrets qu'elle se leva pour qu'Angrboda puisse reposer sa tête bandée sur un oreiller.

« Je n'irai nulle part », affirma Angrboda.

Skadi hésita un instant avant de hocher la tête et de quitter la caverne. Dès qu'Angrboda entendit la porte se refermer derrière elle, elle serra les paupières, prit une profonde inspiration et repensa à sa vision. Elle avait dit à Odin ce qu'il voulait savoir, ce soir-là. Et avant ça, elle avait supplié, *imploré* les Ases de laisser ses enfants en paix. Ce que les Nornes avaient annoncé à Odin ne pouvait pas se dérouler tant qu'Hel, Fenrir et Jörmungand demeuraient avec elle, elle en était certaine. Ainsi, après que le Père-de-Tout lui avait arraché les informations qu'il souhaitait – lorsqu'elle s'était trouvée trop vulnérable, trop désespérée, trop *faible* pour lui résister –, il avait su lui aussi.

Alors pourquoi n'avait-il pas simplement renvoyé les enfants auprès de leur mère en apprenant ce qu'il adviendrait ? Même si Odin la croyait morte, pourquoi ne pas confier les petits à Loki, ou même les libérer dans la nature pour les laisser se débrouiller seuls ? S'il s'inquiétait tant de son terrible destin, pourquoi se mettre à dos les créatures qui allaient les terrasser, lui et son fils, au cours de l'ultime affrontement ?

Avant qu'elle pût y réfléchir davantage, elle changea de position et sentit quelque chose de dur sous les fourrures du lit. Elle tâtonna entre les épaisseurs et y retrouva la figurine de loup d'Hel, à peine reconnaissable tant les traces de morsure patinées par ses petites mains toujours serrées dessus y étaient nombreuses.

Étreignant le jouet dans son poing, Angrboda le plaqua contre sa poitrine, assaillie de sanglots silencieux. La vérité l'avait enfin frappée : ses enfants étaient partis.

Pas partis, la corrigea la petite voix dans son esprit, celle qui l'avait ramenée à la conscience quelques heures plus tôt.

« Je les ai perdus à jamais, chuchota-t-elle. Si je parviens à libérer mes fils, la fin débutera. Mes visions sont sans équivoque, et elles ne m'ont encore jamais trompée. »

Et ta fille, alors ?

« Hel… » Elle serra la figurine de plus belle. *Je devrais être morte. J'aimerais être morte, pour me trouver avec elle. Comme il est injuste d'être morte si souvent et de se retrouver pourtant…*

Une autre pensée la frappa soudain. *Je n'ai peut-être pas besoin de mourir pour la rejoindre. Mes pouvoirs pourraient me permettre de l'atteindre d'une autre manière, et mes fils aussi.*

Fermant les yeux de toutes ses forces, elle s'efforça de prendre une longue inspiration apaisante. Elle se vida la tête, se concentrant sur les battements réguliers de son cœur. Elle attendit d'éprouver cette séparation, de s'enfoncer, de voyager à volonté. Ainsi qu'elle avait toujours procédé.

Toutefois, rien ne se produisit.

Elle rouvrit les yeux et fronça les sourcils, perplexe, s'intimant de se calmer avant de réessayer. Cette fois, au lieu de rien, quelque chose de pire survint : un éclair de douleur fulgurante, des flammes pareilles à celles qui l'avaient consumée quand elle était Gullveig, qui la laissèrent tremblante et désorientée.

Elle retenta une dernière fois, et dès qu'elle commença à quitter son corps, les souvenirs de ce soir-là ressurgirent, la poigne de fer d'Odin lui arrachant l'âme pour la précipiter vers les ténèbres comme s'il cherchait à la maintenir sous l'eau, le temps d'obtenir ce qu'il désirait et de se servir d'elle selon son bon plaisir.

Son estomac se serra, sa vision se ternit, et elle regagna précipitamment son corps. Elle eut alors une prise de conscience révoltante.

D'une manière ou d'une autre, à cause de ses propres failles ou du sort qu'il lui avait infligé cette fois-là, elle avait perdu la faculté d'employer le *seid*.

Suis-je toujours une prophétesse si je ne suis plus dotée de prescience ?

Suis-je toujours une mère si mes enfants sont partis ?

Il m'a tout pris.

Lui, et Loki.

Ses pensées s'attardèrent sur ce dernier, et elle se mit à fulminer. *Si seulement il ne m'avait jamais rendu mon cœur. Il mérite de souffrir autant que je l'ai vu souffrir dans mes visions. Il le mérite largement, après ce qu'il m'a fait subir.*

Mais en s'endormant, Angrboda oublia cette image, la laissa s'estomper dans les tréfonds de son esprit : les entraves, le serpent, la jatte, la *souffrance*. Elle n'en avait plus besoin. Elle n'avait plus à s'en inquiéter toutes les nuits, car elle comprenait désormais pourquoi cela ne lui importait plus, pourquoi cela n'aurait jamais dû lui importer.

Il y a une raison si je ne me trouve pas à ton côté pendant qu'ils te torturent.

Et cette raison, c'est toi.

À mi-chemin entre le rêve et l'éveil, la voix s'adressa de nouveau à elle :

Te rappelles-tu comment Odin a obtenu la connaissance des runes ? Il est resté suspendu à Yggdrasil pendant neuf jours et neuf nuits. Il s'est sacrifié lui-même pour lui-même.

Angrboda ne comprenait pas.

Toi aussi, tu as été sacrifiée. Qu'as-tu appris pendant que tu étais ligotée à ton *arbre, Mère-Sorcière ? Qu'as-tu rapporté que tu ne possédais pas avant ?*

Oui, quoi ? songea Angrboda de mauvaise grâce. *L'impuissance ? Le désespoir ?*

Non, la détrompa la voix. *Moi.*

Mais qui es-tu ? Et pourquoi cela m'a-t-il semblé si familier de t'entendre m'appeler « Mère-Sorcière » ?

La voix ne lui apporta aucune réponse.

Elle se réveilla alors, sonnée et désorientée. Elle resta allongée un moment, à tenter de mettre de l'ordre dans son esprit. Toutefois, les pièces commençaient à s'assembler dans son esprit brumeux, et l'image globale s'affinait à chaque inspiration.

Odin n'essaie pas de découvrir la prophétie afin de l'empêcher de se réaliser – c'est ce que je pensais à l'origine, mais je me trompais. Il ne peut pas *l'empêcher. Il la sait inévitable. Dans ce cas, pourquoi vouloir connaître les moindres détails de sa propre mort, de celle de ses proches ? Tout le monde ne s'en porterait-il pas mieux en demeurant dans l'ignorance ? Comment peut-il être aussi sinistre ?*

Non. Il cherche des informations, car il tient à en savoir autant que possible dans l'espoir de renverser la situation ou de trouver une faille à exploiter pour arriver à ses propres fins.

Ce qui signifie que je peux en faire autant.

Restait à découvrir comment.

Angrboda l'ignorait encore, mais elle connaissait quelqu'un qui pourrait l'aider à le découvrir ; il lui suffisait de trouver cette personne qui lui parlait dans ses rêves – à condition d'apprendre d'abord de qui il s'agissait, naturellement.

Mère-Sorcière. Ce nom l'avait frappée. Cela lui rappelait son arrivée à la Forêt-de-Fer, en tant qu'Angrboda, quand elle avait remarqué ces fondations en pierre à quelque distance de sa grotte. *Peut-être que je devrais commencer par là ?* Même si l'endroit ne lui révélait rien, elle espérait y détecter un indice susceptible de l'orienter dans la bonne direction.

Et si cela ne donnait rien non plus, il lui resterait à fouiller les Neuf Royaumes.

Mieux vaut m'y mettre sans attendre.

Sans lâcher la figurine de loup d'Hel, Angrboda s'extirpa des couvertures et des fourrures dans lesquelles Skadi l'avait si précautionneusement emmitouflée – elle grimaça quand l'air plus froid lui cingla la peau, en dépit de la chaleur qui s'élevait du feu – et s'assit avec effort. Elle fit basculer ses jambes sur le côté de la paillasse et se mit debout, prenant appui sur la table pour rejoindre son coffre à vêtements.

Lorsqu'elle mit la main sous sa sous-robe de rechange, elle l'enfila aussi délicatement que possible, avant de passer une tenue en laine par-dessus. Skadi avait découpé les vêtements qu'elle portait quand elle l'avait retrouvée afin de ne pas aggraver sa blessure à la tête. Angrboda alla les ramasser, satisfaite de constater qu'elle pourrait les réparer lors de son voyage, si toutefois elle n'oubliait pas d'emporter du fil et une aiguille.

Angrboda était en train de remplir sa musette de provisions quand Skadi entra dans la grotte, deux lapins morts le long des jambes. Elle s'arrêta net et dévisagea son amie.

« Qu'est-ce que tu fais ? l'interrogea la Chasseresse.

— Je pars, répondit Angrboda.

— Pour aller *où* ? »

La sorcière secoua la tête, que ceignait un bandage propre. « Tu ne me croirais pas si je te le disais. »

Skadi posa ses proies sur la table et croisa les bras, se déployant de toute sa hauteur – Angrboda, qui n'était pourtant pas petite, lui rendait presque une tête – pour bloquer la porte.

« Essaie toujours », répliqua-t-elle. Elles restèrent là, à se dévisager, jusqu'à ce qu'Angrboda soupire et se laisse tomber lourdement dans son fauteuil. Tandis qu'elle réfléchissait à une manière de s'expliquer, elle laissa courir son doigt sur l'une des volutes qu'elle avait sculptées dans les accoudoirs une éternité plus tôt, fuyant le regard de Skadi. La Chasseresse, quant à elle, s'installa à l'envers sur l'un des bancs pour lui faire face, suivant des yeux les gestes de la sorcière.

« Est-ce que ça a un lien avec… l'endroit où tu es restée pendant ces neuf jours ? » suggéra-t-elle comme son amie restait silencieuse. Elle se pencha en avant, les coudes sur les genoux, les doigts entrelacés. « Ou avec le *seid* ? Tu ne m'as jamais expliqué comment tu connaissais cette forme de magie, et je n'ai jamais voulu insister quand le sujet venait sur la table.

— J'ignore comment je la connais, affirma Angrboda en acceptant enfin de croiser son regard. Je ne me rappelle pas grand-chose de ma vie avant mon arrivée à la Forêt-de-Fer. Je ne sais presque plus rien d'Asgard, à part ce qu'ils m'y ont fait subir avant ma fuite, et c'est le néant absolu pour la période précédente. »

Skadi se redressa. « Tu étais à Asgard ? Quand ?

— Il y a fort longtemps. » Angrboda frémit en y repensant. « J'y suis arrivée en provenance… d'ailleurs, et j'ai traversé Vanaheim en chemin. Je leur ai enseigné le *seid*. Freyja était la seule parmi les Vanes à y comprendre quelque chose, Odin le seul parmi les Ases. Mais je présume que cela a suffi à provoquer une guerre…

— *La* guerre ? » Skadi la dévisagea. « Tu… Tu es *Gullveig* ? J'ai déjà entendu parler d'elle, et c'était il y a si longtemps qu'on en ignore presque tout – la plupart des gens pensent qu'elle est

Freyja, ou qu'elle *était* Freyja. À cause du nom, tu comprends ? Une déesse maîtrisant le *seid* et ayant soif d'or correspond assez bien à la description.

— Bien... qu'ils continuent à le penser. Je ne veux rien avoir à faire avec les dieux, déclara Angrboda d'un ton catégorique. Ils m'ont arraché le cœur et ont essayé de me tuer trois fois après ça.

— Comment as-tu survécu, alors ? »

Angrboda s'était toujours posé la même question, et maintenant que quelqu'un la lui adressait directement, elle fut forcée d'admettre qu'elle n'en avait pas la moindre idée. « Je ne... Je ne sais pas.

— Et ça ne te perturbe pas ? Le fait d'être revenue à la vie non seulement après qu'ils t'ont arraché le cœur, mais aussi brûlée trois fois ? »

La sorcière remua dans son fauteuil. « Eh bien... pas vraiment. »

Skadi sembla contrariée. « Pourquoi ne m'en avais-tu jamais parlé avant ?

— Parce que j'espérais que cela n'aurait plus jamais d'importance, répondit Angrboda. Je ne me souviens que de mes relations avec Odin et Freyja, ainsi que de mes jugements en tant que Gullveig. Rien avant, ni même pourquoi je me suis retrouvée à voyager dans les royaumes des dieux. Et puis, il y a l'histoire de la prophétie... »

Skadi se rembrunit. « Quelle prophétie ? Celle que tu as forcé Sigyn à voir au bord de la rivière, ou une autre ? »

Les épaules d'Angrboda s'affaissèrent. « Ce que j'ai montré à Sigyn ce soir-là n'est qu'une fraction d'un ensemble plus vaste. Tout a commencé une nuit, alors que j'étais enceinte d'Hel et qu'elle était en train de mourir – j'ai rappelé son âme de l'au-delà, et c'est comme ça qu'il m'a trouvée. Il l'a senti. »

Les sourcils de Skadi bondirent sur son front tant elle était surprise, mais elle se contenta d'un : « Il ?

— Odin. Il s'est mis à hanter mon sommeil. J'ai un jour rêvé de la fin des mondes, mais je n'avais pas tout vu. Loki a balayé l'affaire d'un haussement d'épaules, mais...

— Tu aurais dû m'en parler, lui reprocha Skadi avec passion. *Moi*, je t'aurais écoutée.

— Je suis navrée », affirma Angrboda avec sincérité. Elle décrivit ensuite la manière dont Odin l'avait poussée à accéder à cette prophétie pour mettre un terme à toutes les autres. Elle lui expliqua comment elle avait d'abord résisté – qu'elle en avait vu assez pour savoir que ses fils auraient un rôle à jouer, mais pas suffisamment pour connaître la fin de tout –, jusqu'au jour où Thor l'avait tuée et qu'Odin l'avait *forcée* à regarder. Puis à lui *raconter*.

Elle garda toutefois pour elle la question de la torture de Loki. Il ne comptait plus pour elle, et le simple fait de l'évoquer à nouveau risquait d'assombrir l'humeur de son amie.

Skadi réfléchit à la gravité de ses propos. « Tu sais donc comment ils vont mourir ? Les fils de Sigyn, ainsi que Fenrir et Jörmungand ? Et... Et les dieux ? »

Angrboda acquiesça.

« Et moi ? s'enquit doucement Skadi après une longue hésitation. As-tu vu comment je... ? »

Angrboda ouvrit la bouche pour lui affirmer que, même si elle l'avait vu, elle ne le lui répéterait jamais – mais elle prit conscience qu'elle n'avait rien vu de tel. Elle avait beau fouiller dans ses souvenirs, elle ne retrouva aucune vision de son amie.

« Je... Je l'ignore », finit-elle par avouer.

À l'évidence, Skadi ne la crut pas, mais tâcha d'accepter la nouvelle avec désinvolture. « D'accord. De toute façon, je n'avais pas vraiment envie de savoir.

— Non, moi non plus », répondit Angrboda en se relevant si vite qu'elle sentit un pincement caractéristique dans sa tête. Elle se rassit en grimaçant, puis s'accorda quelques instants pour reprendre son souffle. « Je ne t'ai pas vue mourir. Et si je ne l'ai pas vu, rien n'indique que cela arrivera, n'est-ce pas ?

— Eh bien, pas nécessairement, commença Skadi, mais...

— Peut-être que je n'ai pas *tout* vu, poursuivit Angrboda. Peut-être que les seules choses que j'ai vues sont celles qui sont gravées dans le marbre. Voilà pourquoi Odin voulait découvrir ce qu'il ne pouvait changer – afin de déterminer ce qui n'était pas immuable. C'est la clé, quand on cherche une faille, non ? »

Skadi ouvrit la bouche. La referma. Haussa les épaules.

« Je dois donc me concentrer sur ce que j'ignore plutôt que sur ce que je sais », conclut Angrboda en parlant à toute allure, et en réfléchissant plus vite encore. *Plus de questions que de réponses.* « Je ne sais pas comment tu meurs. Je ne sais pas comment Hel... »

Elle s'interrompit. *Hel. Je ne l'ai pas vue du tout. J'ai vu Loki à bord d'un vaisseau d'âmes mortes, mais je n'ai pas vu leur nouvelle souveraine à bord. Ce qui signifie qu'elle ne participera peut-être même pas à l'ultime affrontement. Ce qui signifie...*

Ce qui signifie que l'espoir subsiste pour elle. Je peux encore la sauver... d'une manière ou d'une autre.

« Au nom d'Ymir, Angrboda ? l'appela Skadi en découvrant les yeux de la sorcière ronds d'enthousiasme. Tu veux bien poursuivre tes réflexions à haute voix, afin que je puisse comprendre ce qui se passe ? »

La sorcière s'appuya sur les bras de son fauteuil, s'apprêtant à se lever. « J'ai besoin de réponses. Et pour les trouver, je dois recouvrer ma faculté à employer le *seid*, afin de contacter Hel – et mes fils. À partir de là, peut-être parviendrons-nous à élucider tout ça ensemble.

— Tu ne peux plus pratiquer le *seid* ? s'étonna Skadi en fronçant les sourcils.

— Je... » Angrboda se mordit la langue. « J'ai essayé la nuit dernière, mais je n'ai pas réussi. Quelque chose m'en empêche – ou peut-être que je m'en empêche moi-même, inconsciemment, par peur. Je ne sais pas. Le *seid* fait partie de moi, mais il me fait me sentir vulnérable pour le moment. C'est comme si mon esprit essayait d'oublier ce qui s'est passé, et que, ce faisant, il empêchait ma faculté de se propager dans mon corps. »

Skadi parut songeuse. « Alors, par où commençons-nous ? Par réveiller ta magie, contacter tes fils, sauver Hel en renversant cette prophétie ou encore autre chose ?

— *Nous* ne commençons nulle part », rectifia Angrboda. Elle finit par se mettre debout, mais chancela, et lorsque Skadi bondit pour la stabiliser, la sorcière tendit la main pour l'en empêcher. « Je dois y aller seule. »

Skadi laissa retomber le bras. « Pourquoi ?

— C'est une chose que je dois accomplir par moi-même. » Angrboda pensa à la voix, à la présence qui l'avait guidée hors des ténèbres pour la ramener à la vie : *« Qu'as-tu rapporté que tu ne possédais pas avant ? Moi. »*

Comment ai-je survécu à mes brûlures ? Et pourquoi suis-je encore en vie alors que Thor m'a tuée ?

Qui suis-je vraiment ?

Skadi ne dit rien, mais son visage devint rouge de colère ; elle semblait vouloir argumenter, mais était trop furieuse pour être capable de parler.

Angrboda s'arma de courage. Si Skadi ne s'était pas laissée perturber par tout ce qu'elle venait d'apprendre, l'instinct de la sorcière la poussait à garder pour elle l'existence de cette présence inconnue dans sa poitrine. C'était bien plus intime qu'elle n'aurait pu l'expliquer, et elle savait qu'elle ne parviendrait pas à aller de l'avant si elle se mettait à douter du bien-fondé de cette quête. Si elle se convainquait qu'elle se lançait aux trousses d'un fantôme – ou, pire, d'une hallucination.

Qui que soit cette personne, elle sait peut-être pourquoi je ne peux pas mourir, car elle sait qui j'étais avant Gullveig. Peut-être que la clé de mon seid *réside là, qu'en la récupérant je parviendrais à contacter mes fils et à sauver ma fille.*

« En outre, reprit Angrboda, je ne suis pas moi-même depuis quelque temps. Et tu dois toujours t'acquitter de tes devoirs de déesse à Asgard, non ? »

L'expression de Skadi s'assombrit. « Les dieux sont morts pour moi à l'instant où je t'ai trouvée attachée à cet arbre.

— Mais ils n'en savent rien, et tu comptes toujours parmi leurs rangs. Tu es même vénérée par les habitants de Midgard. Je t'en conjure, n'abandonne pas tout ça pour moi.

— Je ne retournerai jamais à Asgard, affirma farouchement Skadi en lui serrant les épaules. Les dieux peuvent bien mourir dans les flammes de Muspellheim, je ne bougerai pas un cil, si cela peut me permettre de rester à tes côtés. Je sais que tu ne renonceras pas à cette mission que tu t'es donnée – et je ne te le demanderai pas. Mais tu pourrais d'abord venir dans les montagnes avec moi. Prendre le temps de guérir et de planifier ton coup dans mon palais. Je prendrais soin de toi, puis nous pourrions nous mettre en route pour accomplir ce que tu as en tête. La fin des mondes n'est pas pour demain, si ?

— Non... Crois-moi, les signes avant-coureurs ne manqueront pas », affirma la sorcière d'un air sombre en repensant à sa vision. *J'ai vu Baldur, le fils d'Odin, se faire tuer par son propre frère ; j'ai vu Loki ligoté ; j'ai vu trois hivers ininterrompus, suivis d'une nuit infinie... pour commencer.*

« Dans ce cas, qu'est-ce que tu as à perdre ? » plaida Skadi.

Angrboda eut un instant de doute. Elle vit le futur se déployer devant elle : Skadi renonçant à sa divinité, toutes deux vivant ensemble, dans les montagnes ou dans sa grotte, à se procurer mutuellement du réconfort, à se réchauffer au cours des hivers sombres et rigoureux.

Ce ne serait pas une mauvaise vie. Après tout, Skadi était réellement l'une des seules à lui avoir jamais apporté la paix. Ce serait même un avenir radieux, de vivre avec elle comme compagne.

Et plus si affinités, songea Angrboda en avalant sa salive, car cette perspective avait fait naître un pincement d'excitation dans le creux de son ventre. Elle était tentée. Très tentée. Après tout ce qu'elle avait traversé, ne méritait-elle pas de goûter à un tel bonheur – ne serait-ce que fugacement, le temps que sa quête débute ?

« Je ne peux pas, répondit-elle doucement.

— Je suis désolée. » Skadi retira les mains des épaules de la sorcière et recula d'un pas, blessée. Elle contempla ses bottes. « J'ai dépassé les bornes.

— Pas du tout. Tu m'as mal comprise. Ce n'est pas que je n'en ai pas envie. C'est juste que... je crains qu'en t'accompagnant dans ton palais, je ne veuille plus jamais en repartir. »

Et j'ai tant de choses à faire.

Skadi redressa brusquement la tête et soutint le regard de la sorcière d'un air interrogateur. L'expression d'Angrboda ne trahissait rien ; elle ignorait combien de temps elle serait partie et ne voulait surtout pas que Skadi se mette à l'attendre comme elle-même avait toujours attendu Loki.

La Chasseresse finit par se détourner. « À l'évidence, je ne parviendrai pas à te faire changer d'avis. Quand est-ce que tu pars ?

— Dès que possible, répondit Angrboda en désignant sa musette à moitié remplie.

— Tu comptes voyager à pied ? »

La sorcière acquiesça.

« Que vas-tu manger ?

— Je glanerai. Si je croise un hameau, j'échangerai peut-être mes services contre de la nourriture. » Elle considéra sa paillasse – que Skadi lui avait construite si longtemps auparavant – jonchée de pots en terre cuite et de fioles de toutes tailles, ainsi que de paniers, de bocaux, d'objets enveloppés dans du tissu... Elle leva alors les yeux vers les herbes sèches qui pendaient au râtelier en bois, accroché au plafond de la grotte. « Je vais emporter ce que je peux et je trouverai le reste en chemin, conclut-elle.

— Ça ne suffira pas. » Skadi secoua la tête et se saisit d'un petit récipient fermé à l'aide d'un bouchon. « Les gens reconnaîtront cette poterie – on s'en est servies maintes et maintes fois. Cela apportera de la crédibilité à ta marchandise.

— C'est trop lourd à porter. Autant ne...

— Si tu ne veux pas que je t'accompagne, alors laisse-moi au moins faire une chose pour toi », l'interrompit Skadi avec fougue. Puis elle prit le temps de respirer et ajouta d'un ton plus neutre : « Retourne te coucher et repose-toi. Ne pars pas avant demain, j'aurai d'ici là trouvé le moyen de te simplifier la tâche. S'il te plaît. Pour me faire plaisir. »

Angrboda accepta.

La sorcière rajustait sa musette le lendemain matin quand elle découvrit sur le pas de la porte une carriole flambant neuve et facile à traîner. Elle avait été remisée près de son potager délaissé pour l'hiver, et embaumait l'huile de lin employée pour sceller le bois tout juste assemblé.

« Skadi ? » appela-t-elle dans la clairière, sans recevoir de réponse.

Elle abaissa précautionneusement son sac et sortit pour jeter un coup d'œil alentour. Elle ne détecta que les empreintes de pas légères de son amie et les traces des roues.

La Chasseresse n'était nulle part en vue. Angrboda savait au fond d'elle que son amie était partie, et s'en sentit à la fois triste et soulagée – elle redoutait de lui dire au revoir et savait que cette carriole faisait office de cadeau d'adieu.

Angrboda retourna à l'intérieur pour remplir deux caisses, calant les bocaux à l'aide de laine brute pour leur éviter de se briser durant le voyage.

L'un des pots de terre émit un étrange cliquetis quand elle le secoua. Elle trouva à l'intérieur les perles d'ambre polies que Loki lui avait offertes et fronça les sourcils : elle ne s'était jamais demandé ce qu'il était advenu d'elles, car il lui avait fait ce cadeau le soir où ses rêves prophétiques avaient commencé – peut-être qu'Hel ou son père les avait cachées là pour lui faire une surprise plus tard. Penser à Loki lui donna envie de jeter les perles au feu, mais, ayant déjà éteint celui-ci, elle se résolut à se les passer autour du cou avant de les faire disparaître sous sa pèlerine. Elles pourraient lui servir de monnaie d'échange si le besoin s'en faisait sentir.

Une fois sa carriole chargée, Angrboda jeta un dernier coup d'œil à sa caverne. Ce n'était plus l'endroit désolé qu'elle avait trouvé initialement, mais plus vraiment un foyer non plus. Elle se demanda combien de temps son sort de protection perdurerait après son départ, combien de temps les choses demeureraient telles qu'elle les laissait, et se rendit compte que ça n'avait pas d'importance. De toute manière, elle n'abandonnait rien de valeur.

Angrboda inspira un grand coup et referma la porte.

Puis elle se mit en route.

Elle se dirigea d'abord vers les fondations de pierre. Il lui semblait être tombée dessus une éternité plus tôt, ce qui ne l'empêcha pas de retrouver le chemin du premier coup, renforçant ainsi sa certitude que ce lieu avait revêtu une certaine importance dans sa vie précédente.

Toutefois, elle avait à peine quitté sa grotte que sa tête se mit à palpiter ; elle se sentait si étourdie qu'elle peinait à marcher droit, et chercha donc une branche morte pour lui servir de canne tout en tirant sa carriole.

Plus elle approchait de sa destination, plus la Forêt-de-Fer devenait silencieuse, comme lors de sa première visite ici. Lorsqu'elle atteignit la clairière, l'air semblait s'être figé, comme pour mieux préserver le site dans le temps.

Angrboda lâcha la poignée de la carriole et alla s'adosser contre l'arbre le plus proche. *Et maintenant ?* Elle repensa au jour où elle avait pour la première fois approché cet endroit. Il lui avait alors semblé deviner des voix portées par le vent, percevoir une présence derrière elle, l'entendre s'approcher d'elle pour lui susurrer les mots « Mère-Sorcière ».

Elle ferma les paupières et essaya de se rappeler, mais ses souvenirs ne remontaient pas plus loin – là était tout le problème. Mais peut-être parviendrait-elle à repenser à quelque chose d'utile.

« Une sorcière d'ici a porté les loups qui pourchassent le soleil et la lune, et en a élevé bien d'autres », avait-elle dit à Loki le jour où ils s'étaient rencontrés au bord de la rivière. Comment le savait-elle, alors qu'elle avait oublié tout le reste ?

« C'est vrai, avait-il répliqué, car lui aussi connaissait les légendes ; elle ne s'était donc pas trop interrogée sur ce dont elle se souvenait ou non. *La Vieille et ses enfants loups. »*

Puis les paroles de Skadi lui revinrent, datant du jour où la Chasseresse avait déboulé dans sa vie avec une flèche égarée : *« Il paraît que la sorcière ayant engendré la race des loups rôde encore quelque part. C'est l'une des plus anciennes géantes de la Forêt-de-Fer – apparemment, ils vivaient tous ici il y a très, très longtemps. »*

Angrboda se laissa glisser en position assise et considéra ses mains.

« Suis-je l'une d'entre eux ? se demanda-t-elle à voix haute. Ou étais-je… leur mère ? »

La clairière ne lui apporta aucune réponse.

Elle laissa retomber ses mains et soupira. Elle posa l'arrière de son crâne contre le tronc et observa la canopée nue de branches grises entremêlées. Puis elle ferma les yeux. « Oh, qu'est-ce que j'espérais ? Que la réponse me tomberait du ciel ? »

Elle ouvrit un œil et scruta le firmament, sans grand espoir. Cela ne l'empêcha pas d'être déçue.

Elle soupira derechef, sortit de sa musette une lamelle de viande séchée et se mit à mâchonner, même si elle n'avait pas particulièrement faim. La nuit commençait à tomber. Elle prépara un petit feu en se demandant si elle ne pourrait pas retourner dans sa grotte et s'y abriter jusqu'au lendemain, avant de partir arpenter les mondes lointains.

Mais où irait-elle alors ? Elle mastiqua lamentablement sa viande. Elle avait été tellement convaincue de trouver un indice ici – un élément qui l'orienterait dans la bonne direction.

Alors qu'elle commençait à se dire qu'elle avait effectivement tout imaginé – les voix, le « Mère-Sorcière », la présence elle-même –, le vent se mit à souffler, les branches à ondoyer dans la lumière déclinante. Elle finit son morceau de viande et était sur le point d'éteindre son feu pour retourner vers sa caverne quand elle aperçut la petite fille.

Elle crut tout d'abord qu'il s'agissait d'Hel, et son cœur s'emballa dans sa poitrine. Mais non – cette fillette était légèrement plus âgée, et dotée de cheveux rouille et d'yeux gris. Elle ne sembla pas remarquer Angrboda, assise là à l'observer. Elle tournait autour de la clairière en scrutant intensément les plantes qui jouxtaient la limite des arbres.

Angrboda se redressa un peu. « Coucou ? »

La fillette ne répondit pas. Elle portait une robe en laine grossièrement tricotée et une cape en fourrure autour des épaules, maintenue en place à l'aide d'une broche vaguement circulaire. Des plumes et de petits os d'animaux ornaient sa coiffure ; son regard était déterminé. La sorcière ne se rappelait pas avoir jamais vu une personne attifée de la sorte.

Angrboda tenta de se relever subitement et chancela, un tambourinement dans la tête ; elle s'approcha donc plutôt à quatre pattes, ses paumes et ses genoux faisant bruyamment crisser la neige des sous-bois. L'enfant ne la regarda toujours pas.

« Tu dois aller plus loin pour trouver de l'osier, ma chérie », lança une voix de femme d'un air amusé. Angrboda se retourna brusquement, tâchant de voir qui avait parlé – la voix semblait n'émaner de nulle part.

« Qui êtes-vous ? » chuchota Angrboda, mais alors qu'elle reprenait son avancée, elle remarqua quelque chose de troublant : dans la lueur des flammes, la fillette ne semblait plus très tangible. Angrboda s'assit alors en comprenant qu'elle avait affaire à un fantôme. Voilà pourquoi la petite paraissait l'ignorer : la sorcière se retrouvait témoin d'une scène qui s'était déjà déroulée, dans un passé lointain.

« Rapproche-toi de la rivière, poursuivit la voix désincarnée de la femme. Et dépêche-toi : Mère-Sorcière va te montrer comment préparer son baume guérisseur. Ne la fais pas attendre.

— Oui, oui. » La fillette soupira et s'éloigna d'Angrboda. Ses petits souliers de cuir ne laissaient aucune empreinte dans la neige.

« Attends », la rappela la sorcière d'une voix faible, certaine qu'elle ne recevrait aucune réponse.

Pourtant, à sa surprise absolue et éternelle, l'enfant s'immobilisa et jeta un coup d'œil par-dessus son épaule, son regard gris pierre soutenant les iris bleu-vert d'Angrboda.

« Tu as compris, maintenant ? lui demanda la fillette.

— Je commence tout juste, répliqua Angrboda en mentant à moitié. Mais où dois-je aller ensuite ? »

La fillette lui retourna un sourire malicieux. « Tu sauras toujours où me trouver, Mère-Sorcière. »

Angrboda sut alors qu'elle avait sous les yeux la manifestation de cette présence dans son esprit, et son cœur fit une nouvelle embardée. « C'est justement le problème. Je *ne sais pas…* »

Mais elle cligna alors les yeux, et la fillette disparut.

Angrboda dormit peu et se réveilla avec le soleil. Elle mangea un nouveau morceau de viande en réfléchissant à ce qu'elle avait vu la veille au soir. Elle s'essaya une nouvelle fois au *seid,* en vain. Elle arpenta la clairière de long en large, s'appuyant lourdement sur sa canne en marmonnant pour elle-même. En s'enjoignant de se souvenir d'autre chose. En encourageant la présence dans son esprit à faire revenir le fantôme de la fillette pour qu'elles puissent reprendre leur conversation. En souhaitant que quelque chose, n'importe quoi, lui donne une indication quant à la marche à suivre.

« Qu'as-tu rapporté que tu ne possédais pas avant ? »

« Tu sauras toujours où me trouver… »

« Qui que soit cette personne, elle semble convaincue que je dispose déjà de toutes les réponses dont j'ai besoin », grommela Angrboda. Elle s'immobilisa au milieu de la clairière, près des ruines du foyer, et ferma les paupières. *Je devrais peut-être me faire plus confiance.*

« Je sais où te trouver », déclara-t-elle à la trouée, se sentant parfaitement ridicule. Puis, d'une voix plus assurée : « Je sais où te trouver. Je sais où… »

Elle sentit qu'on la bousculait. Pas fort, une simple poussée semblable à celle qu'elle avait reçue dans l'en-dessous, quand la présence délicate l'avait guidée vers la surface. Sauf qu'à présent, lorsqu'elle ouvrit les yeux, elle faisait face à l'ouest. Une piste. Un indice l'orientant dans la bonne direction.

Viens me chercher, dit la voix.

La sorcière alla récupérer sa carriole et se mit à marcher.

Il lui fallut près d'une journée pour sortir de la Forêt-de-Fer et atteindre la rivière près de laquelle elle s'était reposée quand elle avait fui Asgard.

Elle se voyait presque installée sur l'autre berge, à l'ombre d'un arbre. La sorcière sans cœur, dont la peau brûlée n'avait pas fini de guérir, et qu'une laine épaisse abritait du soleil. Ignorant que sa vie était sur le point de changer, qu'un homme allait surgir de nulle part pour lui rendre son cœur à moitié carbonisé.

Avant de le briser complètement.

Angrboda chassa Loki de son esprit. Elle remonta le cours d'eau pendant un long moment, jusqu'à trouver un gué où traverser avec sa carriole. Puis elle poursuivit sa route vers Jötunheim, suivant la traction légère exercée par la présence.

Les jours s'écoulèrent. La présence, apparemment, avait tendance à aller et venir au fil de son périple. Parfois, Angrboda savait précisément où elle se dirigeait et se sentait plus proche que jamais de découvrir ce qu'elle cherchait ; d'autres fois, son errance semblait futile et désespérée, et elle ne cessait de se demander si elle ne ferait pas mieux de retourner à sa caverne pour y attendre la fin des mondes.

Néanmoins, elle persévéra. Elle finit par aller de Jötunheim à Midgard, pour retourner au premier – car ces deux mondes étaient tout près l'un de l'autre ; dans ces deux royaumes, elle fut accueillie de-ci de-là, soigna les malades, guérit les blessures, participa aux accouchements et apaisa la souffrance des mourants à l'aide de ses potions et amulettes. Aider les personnes dans le besoin lui paraissait tellement naturel. Comme si elle l'avait déjà fait jadis, dans une autre ère.

La plupart du temps, elle dormait seule sous sa cape, dans les forêts ou les montagnes. Elle troquait ses produits, en produisait davantage en chemin, sans cesser de promener sa carriole. Elle n'avait plus besoin du bandage autour de sa tête ; malgré tout, elle cheminait la tête basse et le capuchon remonté afin de dissimuler la cicatrice.

Partout où elle se rendait, l'on chuchotait sur son passage, et les rumeurs qui couraient à Midgard n'étaient pas toujours agréables. À force de laisser traîner ses oreilles, elle apprit qu'on la surnommait « Heid », ce qui signifiait « brillante », bien qu'elle ne fût pas certaine que sa présence en ce royaume fût très positive. Elle retournait à Jötunheim pour y visiter les marchés et s'assurer que ses potions revenaient bien aux personnes avec lesquelles Skadi les troquait généralement, celles qui comptaient sur ses produits depuis maints hivers.

Son amie ne s'était en tout cas pas trompée au sujet des poteries : dans les deux mondes, les humains comme les géants les reconnaissaient. Certains allaient jusqu'à lui rendre les récipients vides afin qu'elle pût les réutiliser et les leur rapporter. Lorsqu'elle traversait à deux reprises le même marché ou hameau, l'accueil était toujours meilleur la seconde fois.

L'on essayait également d'échanger de belles choses contre ses services – mais elle n'acceptait rien d'autre qu'un toit sur sa tête quand le temps était mauvais, ou une écuelle pleine avant de repartir. Les seuls biens qu'elle possédait étaient les perles d'ambre que Loki lui avait offertes, la ceinture ornée de galons dont Gerd lui avait fait don et le couteau au manche en andouiller de Skadi, qui pendait toujours à la robuste sangle de cuir qu'elle portait sous celle de Gerd. Elle y avait aussi accroché une bourse, à l'intérieur de laquelle elle conservait sa plus précieuse possession : la figurine de loup d'Hel.

Certains jours, sa tête l'élançait si douloureusement qu'elle ne pouvait marcher et devait se recroqueviller dans les bois pour se reposer. D'autres fois, elle parvenait tout juste à tituber jusqu'au village voisin, où elle s'écroulait. Le reste du temps, elle se sentait bien, les mondes étaient magnifiques et rien ne la faisait souffrir.

Ces jours-là, elle s'asseyait en forêt, tâchait de ne penser à rien et cherchait à recontacter la présence ou à pratiquer le *seid*. Elle n'y parvenait toujours pas, se retrouvait continuellement repoussée dans son corps, à son immense frustration.

Un jour qu'elle cheminait, elle éprouva la nette impression d'être suivie. Dans le même temps, la traction de la présence avait été plus forte qu'à l'accoutumée, comme si elle la guidait avec une plus grande insistance. Bientôt, elle se retrouva au milieu d'une forêt clairsemée, où des rochers formaient autour d'elle des piles couvertes de mousse.

La traction cessa subitement quand elle atteignit un minuscule ruisseau. Angrboda fronça les sourcils et observa alentour. Le crépuscule ne tarderait pas à tomber, et l'endroit ne semblait pas idéal pour bivouaquer.

« Où est-ce que tu m'emmènes ? » se demanda-t-elle à voix haute.

Un loup bondit alors du tas de rochers derrière elle, et elle fit volte-face, surprise. La créature était presque aussi haute qu'un cheval. Angrboda devina au premier coup d'œil qu'elle était vieille ; elle avait subi de nombreux coups d'épieu et d'épée, avait perdu un morceau d'oreille et grisonnait au niveau de la gueule.

Le loup lui montra les dents en grondant, et une voix féminine et rude résonna dans l'esprit d'Angrboda : *Tu effraies les autres animaux de la forêt avec ta charrette bringuebalante. Si je ne peux pas tuer de biche pour le dîner, je vais devoir me rabattre sur toi.*

Peut-être était-ce parce qu'elle avait elle-même enfanté un loup, ou peut-être parce que l'existence passée à subir de mauvais traitements avait abaissé son seuil de tolérance aux provocations, mais Angrboda se contenta d'abaisser son capuchon pour décocher à l'animal un regard profondément méprisant.

« C'est une carriole. Et elle n'est pas *bringuebalante*. Elle est flambant neuve », rétorqua la sorcière en coulant un regard vers l'objet incriminé, qui semblait en bien piteux état. Cela la poussait parfois à se demander combien de temps avait pu s'écouler depuis qu'elle avait quitté la Forêt-de-Fer.

Tu peux m'entendre ? La louve avait cessé de grogner en découvrant son visage. À présent, la créature s'était assise pour la dévisager. *C'est toi,* commenta-t-elle d'un ton émerveillé.

« Bien sûr que je peux t'entendre. » Le rythme cardiaque d'Angrboda s'accéléra. « Tu me connais ? »

Bien sûr que je te connais, répondit la louve en inclinant la tête. *Tu ne me remets pas ?*

« Tu… Es-tu… Es-tu celle qui m'a conduite ici ? La… » Elle fit un geste incertain en direction de sa tempe. « La personne ? Dans ma tête ? »

Non… La louve cilla, lentement, l'air déçu. *Je ne vois pas du tout de quoi tu parles. Peut-être n'es-tu pas elle, finalement.*

Angrboda ravala sa déception et insista : « Pas qui ? »

Mère-Sorcière, répondit la créature. *Ma compagne d'antan, ma très chère amie.*

« Mais… Mais je crois bien que c'est *moi* », déclara Angrboda en s'avançant d'un pas. Elle cligna des yeux pour réprimer ses larmes. « C'est juste que… Je n'en sais rien. Je suis navrée de ne pas être telle que tu m'attendais, mais j'ai besoin de réponses. »

Tu ne te souviens pas du tout de moi ? Les oreilles de la louve s'affaissèrent légèrement.

Angrboda secoua la tête d'une mine triste.

Eh bien, reprit la louve, *quelle est la dernière chose dont tu te rappelles ? Que t'est-il arrivé ?*

« Je crois que je ferais mieux d'installer mon campement avant de te raconter cette histoire », déclara Angrboda. Elle était épuisée d'être restée debout si longtemps, et il lui tardait de dérouler son tapis de couchage pour s'asseoir.

La louve la considéra un moment, puis hocha la tête pour signifier son assentiment. *Maintenant que tu ne traînes plus ta charrette, j'ai enfin une chance d'attraper mon dîner. Je reviens.*

Quand la créature se fut éloignée en bondissant, Angrboda trouva un affleurement rocheux avec un surplomb sous lequel s'installer à l'abri des éléments. Elle traîna sa carriole aussi discrètement que possible, alluma un feu et déballa ses couvertures. Puis elle sortit son dernier morceau de viande séchée, qu'elle mastiqua en patientant.

La louve reparut quelques heures plus tard, alors qu'il faisait nuit noire. Angrboda commençait à craindre de ne pas revoir sa nouvelle compagne et fut indiciblement soulagée quand l'animal bondit pour venir s'asseoir de l'autre côté du feu, de fort meilleure humeur qu'avant.

Alors, de quoi te souviens-tu ?

« Je suis allée à Asgard et Vanaheim, répondit Angrboda. Je leur ai enseigné ma magie... »

La louve plissa les yeux et demanda d'une voix sévère : *Tu leur as appris à voyager ?*

« Oui, et je ne sais pas pourquoi. » Elle lui expliqua ensuite ses déboires en tant que Gullveig, comment elle avait échappé aux Ases et tout ce qui s'était ensuivi. Elle dut s'arrêter de temps à autre pour aller chercher à boire dans le ruisseau et humecter sa gorge sèche, car elle n'était pas certaine d'avoir autant parlé un jour.

La nuit était bien avancée quand Angrboda acheva son récit. La louve resta un long moment silencieuse.

Tu as donc fini par rentrer chez toi après Asgard, déclara-t-elle après une pause interminable. *Chez toi, dans la Forêt-de-Fer. Sauf que tu ignorais ce qui t'avait guidée là-bas. Et puis les choses ont mal tourné pour toi.*

« On peut dire ça, confirma Angrboda. Donc la Forêt-de-Fer serait... mon chez-moi ? »

Évidemment. Nous sommes toutes les deux des Jarnvidjur.

« Des Jarnvidjur », répéta Angrboda dans un souffle. Les anciennes géantes de la forêt. Elle repensa aux fondations de pierre, qui naturellement lui évoquèrent la petite fantôme. « Qu'est-il arrivé à toutes les autres ? »

Comme tu ne revenais pas, elles sont parties. Ou elles sont mortes. C'était il y a si longtemps. La louve secoua la tête, puis la posa sur ses pattes avant. *Je ne me rappelle même pas pourquoi tu es partie en premier lieu, mais je suis restée sur place pour protéger les autres Jarnvidjur. Puis elles se sont dispersées ou ont péri, alors je suis partie aussi.*

Angrboda éprouva une vive douleur à la poitrine, pour des raisons qu'elle n'aurait su décrire.

Tout est embrouillé. Je suis tellement vieille..., se justifia la louve. *Si seulement je pouvais mourir, maintenant.*

« Je te comprends, répondit Angrboda avec compassion. Je peux te demander ton nom ? »

Je ne pense pas en avoir jamais eu un, et je suis trop vieille pour que cela importe, expliqua la louve. *Et moi, comment dois-je t'appeler, alors ?*

« On m'a surnommée Heid durant mes pérégrinations. »

Mais ce n'est pas ton nom. Comment te nommes-tu ?

La sorcière y réfléchit un moment avant de répondre. « Angrboda. »

« La proclamatrice de chagrin », traduisit la louve, amusée. *Tu es sûre que tu n'étais pas en train de pratiquer le* seid *quand tu as choisi ce nom ? Il me semble assez prophétique.*

« Je suppose que non », répondit Angrboda avec un sourire. Puis elle recouvra son sérieux. « J'aimerais parvenir à le pratiquer de nouveau. Cela m'aiderait à me rendre au fond des choses. »

Eh bien, je peux t'y aider. Plusieurs choses me sont apparues évidentes au cours de ton récit. La louve redressa la tête pour soutenir le regard d'Angrboda. *La première est que cette présence qui t'habite – celle qui t'a ramenée à la surface quand tu as coulé trop profondément –, c'est* toi.

« Moi », répéta Angrboda, incrédule.

Toi, telle que tu étais. Telle que tu es censée être. Mère-Sorcière. Il me semble que c'est cette partie-là de toi qui t'a ramenée vers la lumière. Celle que tu as perdue quand tu étais Gullveig, celle dont tu ne te souviens plus. Elle – toi *– t'a conduite à moi, pour nous réunir. C'est ton propre instinct qui t'a menée ici.*

« Mais… c'est impossible. Ça ne peut… *Elle* ne peut… être moi. Si ? »

Si, confirma la louve. *Dis-moi, comment te sentais-tu dans ces profondeurs ?*

« À l'aise, chuchota Angrboda. En sécurité. Et puissante. Je ne voulais pas repartir. » Elle frissonna. « Mais je sentais le néant juste en dessous de moi. Je me demande ce qui se serait passé si j'y étais descendue de mon plein gré, et non sous l'emprise d'Odin – si je l'avais décidé. En vérité, cependant, je crains d'y redescendre. J'ai peur de m'y abandonner complètement, cette fois. »

Pourquoi ? Puiser dans ce pouvoir revient à atteindre ton plein potentiel. À redevenir toi-même. Je ne doute pas que c'est le prochain endroit où Mère-Sorcière t'entraînera, dans ce lieu au fin fond de toi-même où réside ton pouvoir. Tu aurais tort de t'en priver, après ce que tu viens de me raconter.

« Eh bien, malheureusement pour elle – enfin, pour *moi* –, je n'y retournerai pas de sitôt, car je suis toujours incapable de pratiquer le *seid*. »

Voilà qui est troublant, commenta la louve d'un air pensif. *Tu en as besoin pour puiser dans ton pouvoir véritable, et tu as besoin de ton pouvoir véritable pour sauver ta fille.*

« Mais pourquoi aurais-je *besoin* de ce pouvoir pour la sauver ? Je ne sais même pas ce que je vais faire, et encore moins comment je vais m'y prendre. »

La louve reposa le museau sur ses pattes et poussa un léger soupir. *Répète-moi comment les mondes doivent se terminer ?*

« Trois années d'hiver, récita Angrboda en se remémorant sa vision, durant lesquelles guerres et massacres font rage de par les mondes. Puis les loups qui pourchassent le soleil et la lune attrapent leurs proies, plongeant les mondes dans les ténèbres. Yggdrasil se met à trembler, et tous les liens de l'univers se brisent. » *Y compris ceux qui retiennent mes fils,* songea-t-elle, même si elle n'avait à l'époque pas encore appris que Fenrir était entravé et Jörmungand prisonnier sous la mer. « Puis les dieux et les géants s'affrontent, et Surt, le géant du feu, incendie les royaumes, à partir desquels un autre monde renaîtra. »

Ah, fit la louve. *Est-ce que quelqu'un survit ?*

Angrboda réprima l'envie de rouler des yeux. « Certains des jeunes dieux, oui. Mais je ne sais pas comment ils… » Elle marqua une pause. « Je ne sais pas comment *eux* survivent. »

Et ta fille ne participe pas à l'affrontement, si ?

« Je ne l'ai pas vue, en tout cas, répondit Angrboda avec prudence. Mais écoute-moi. Il y a autre chose. J'ai vu mourir Baldur, le fils d'Odin – c'est ce qui provoque tout. Il a été tué par une flèche de gui, lancée par la main de son propre frère. Et si je l'ai vu, Odin le sait. Et s'il n'essaie pas de l'empêcher, c'est qu'il compte laisser mourir son fils – mais si les autres dieux se font tous massacrer, Baldur revient avec l'essor du nouveau monde. Et Odin gagne quand même, n'est-ce pas ? Car son fils survit. Mais *comment* ? Comment quiconque peut-il survivre au feu de Surt ? Il doit consumer *tous* les royaumes, même celui des morts. »

Dans ce cas, heureusement que la mère de ta fille a survécu aux flammes non pas une fois, mais trois, pas vrai ?

Angrboda considéra la louve à travers le feu de camp. Celle-ci soutint son regard.

« C'est ça, souffla la sorcière. C'est la réponse. J'ai simplement besoin... d'une sorte de protection contre le feu. Comme un bouclier, ou... » Son espoir se tarit alors. « Mais comment ai-je survécu aux flammes en tant que Gullveig ? Suis-je réellement morte à trois reprises, ou ai-je seulement trouvé le moyen de me protéger d'une manière ou d'une autre ? »

C'est une bonne question à te poser, s'amusa la louve en l'étudiant de ses prunelles immenses et pâles. *La prochaine étape consiste peut-être à déterminer comment récupérer ton* seid *; à partir de là, tu pourras aviser.*

« Tu n'as pas tort, mon amie », convint Angrboda. Elle se sentait soudain épuisée à force de parler et de réfléchir, mais son esprit bourdonnait des possibilités qui s'ouvraient devant elle. « J'ai l'impression que retourner dans ma grotte ne me servirait à rien ; quelque chose me dit de persévérer sur ce chemin. »

C'est une fois de plus ton instinct, Mère-Sorcière. Fais-lui confiance.

Angrboda acquiesça. « Cela signifie peut-être que quelqu'un par ici pourrait m'aider à raviver mes capacités – il me suffit de le trouver. » Elle marqua une pause. « Acceptes-tu de m'accompagner ? »

C'est sans doute moins pire que de mourir, répondit la louve avec lassitude en fermant les paupières. *Mais ça se joue à peu de choses.*

Le périple d'Angrboda se poursuivit, mais après sa rencontre avec la louve, elle ne ressentait plus la présence de Mère-Sorcière dans son esprit ; peut-être celle-ci estimait-elle sa mission accomplie, à présent qu'elle lui avait permis de retrouver sa vieille amie – qui, même si elle ne disposait pas des réponses qu'espérait Angrboda, l'avait orientée dans la bonne direction. *À moins*, médita la sorcière à plus d'une reprise, *que je ne puisse plus la sentir parce que je* suis *elle, et que je suis redevenue pleinement moi-même*. Mais dans ce cas, n'aurait-elle pas récupéré tous ses souvenirs ? La question méritait d'être posée.

Ainsi, la louve et elle continuèrent d'arpenter les mondes, en sachant un peu mieux ce qu'elle devait chercher – même si la présence n'était plus là pour la guider.

Cela lui convenait parfaitement. Si elle était effectivement Mère-Sorcière, alors la louve avait raison : il lui suffisait de se fier à son instinct. Par ailleurs, le vieil animal faisait un compagnon de route bien plus substantiel que le spectre nébuleux de son ancienne vie.

Ainsi donc, elles poursuivirent. Avant de traverser une région habitée, la louve effectuait un détour assez large pour ne pas contrarier les habitants, et Angrboda glanait des renseignements en plus d'échanger ses potions. Elle demandait si quelqu'un d'autre était passé par là récemment, une personne se prétendant capable de magie ou ayant démontré des facultés inhabituelles. La plupart des villageois secouaient la tête en répondant qu'elle seule correspondait à cette description – à part un escroc occasionnel *prétendant* s'y connaître en amulettes ou être capable de soigner les maux à l'aide de runes, mais qui ne faisait généralement qu'empirer les problèmes. Angrboda ne comptait plus le nombre de fois où elle avait retiré de sous l'oreiller d'un malade un andouiller sur lequel avaient été gravées les mauvaises runes, aggravant l'état de santé du patient.

Dans les régions qu'elle ne jugeait pas particulièrement sûres, Angrboda se servait parfois d'un sort pour se transformer en vieille femme ; elle métamorphosait alors la louve en chien d'élan, afin qu'elle puisse rester à ses côtés. Plus elles apparaissaient inoffensives, moins les autres avaient tendance à les menacer. Cependant, ces moments étaient rares et espacés dans le temps. Angrboda traversait désormais les mondes avec détermination.

Et elle se rendit compte que, si elle se comportait comme si rien ne l'affectait, cela semblait se réaliser.

Je suis contente de voir que tu prépares toujours tes mélanges, fit remarquer un jour la louve tandis qu'elles cheminaient. *Mère-Sorcière était d'abord une guérisseuse. Je suis ravie de constater que tu maîtrises encore cette magie.*

« Ça et le *seid* sont les seules choses que je n'oublierai jamais, admit Angrboda. Toutes deux semblent faites du même matériau que mon âme – c'était du moins le cas jusqu'à maintenant. »

Ne perds pas espoir. Il doit y avoir d'autres personnes dans les Neuf Royaumes susceptibles de t'aider.

Angrboda s'arrêta un instant et porta la main à la tempe en grimaçant. Ces derniers temps, les migraines l'assaillaient toujours par surprise, l'empêchant d'avancer pendant des heures, la laissant en proie à la nausée et aux vertiges. Elle n'avait pas encore concocté de potion susceptible de chasser la douleur.

Tu peux toujours monter sur mon dos, suggéra la louve. *Je tracterai ta maudite charrette.*

« C'est une carriole, marmonna Angrboda. Et c'est bon. Je vais bien. »

Autrefois, tu me chevauchais, tu sais ? Au bon vieux temps.

« Vraiment ? »

Mets ta canne dans ma gueule.

Ayant trop mal à la tête pour discuter, elle s'exécuta, et la louve ferma les crocs sur le bâton. Angrboda s'était attendue à le voir se briser entre les mâchoires puissantes de la créature, mais elle s'étrangla de surprise quand elle le vit se transformer en deux rênes épaisses émergeant de la gueule de son amie.

Des rênes aux allures de serpent, avec des écailles jaunes et vertes et des yeux d'ambre.

Ceux d'Angrboda s'écarquillèrent. « Quoi… ? »

La louve retroussa alors ses babines noires, et la sorcière put distinguer le minuscule symbole gravé sur l'une de ses canines. *C'est un ancien sort entre nous. Mais tu n'étais pas la seule Jarnvidjur à être dotée de magie. Tu as tissé ces rênes toi-même, tu te rappelles ?*

En dépit de la douleur qui lui martelait les tempes, Angrboda se fendit d'un léger sourire.

Décidément, les loups et les serpents me suivent où que j'aille, songea-t-elle.

Tu veux grimper ?

« Je pense que ça devrait aller. J'ai juste besoin de repos. » Elle se saisit des rênes, et celles-ci se retransformèrent en bâton dès que la louve ouvrit la gueule.

À la nuit tombée, la migraine s'était dissipée. Angrboda prépara le campement et s'installa près du feu dans un silence contemplatif. La louve dormait derrière elle.

« Peut-être me suis-je effectivement protégée à l'aide d'un sort », murmura la sorcière. Auquel cas, cela avait été instinctif – inévitable, même. Et elle n'était pas sortie des flammes indemne.

Un bouclier, peut-être ? Elle prit une profonde inspiration et ferma les paupières. Elle réprima sa peur du bûcher sur lequel les dieux l'avaient brûlée et concentra toute son énergie pour ériger une barrière autour de sa main.

Puis, lentement, les yeux toujours clos, elle tendit celle-ci au-dessus des flammes. Elle en sentit la chaleur, mais de loin ; le feu lui léchait la peau sans la brûler. Elle rouvrit brusquement les yeux et – pour la première fois ou presque de son existence – arbora un sourire de triomphe.

Les mots de Loki lui revinrent subitement en tête : *« Dire que tu étais autrefois une puissante sorcière qui accomplissait des choses intéressantes. »*

Le fait de penser à lui troubla sa concentration, et Angrboda glapit de douleur ; elle retira aussitôt la main du feu pour la serrer contre la poitrine. Quand elle osa enfin examiner les dégâts, un faible sifflement s'échappa d'entre ses dents serrées : le bout de ses doigts était couvert de cloques.

C'est un bon début, commenta la louve en contemplant sa main brûlée.

La voix de sa compagne fit sursauter Angrboda. « Je pensais que tu dormais. »

Tu as un baume guérisseur pour ça ?

« Naturellement. »

Tant mieux, fit la louve d'un ton satisfait. *Dans ce cas, tu vas pouvoir recommencer.*

Nuit après nuit, Angrboda s'exerça à son sort. Et plus elle s'entraînait, plus il lui apparaissait évident qu'elle allait avoir besoin de plus de pouvoir qu'elle n'en possédait actuellement pour se protéger – et protéger autrui – durablement.

Il était donc plus important que jamais de trouver le moyen de pratiquer le *seid,* de puiser dans cette source de pouvoir pour atteindre sa fille. Mais s'agissait-il simplement de dépasser une peur subconsciente, ou y avait-il plus ? Autre chose la retenait-elle ?

Angrboda avait des raisons de le croire. Bientôt, elles traversèrent un bourg en bord de mer du Midgard, où elles aperçurent une foule assemblée sur la rive pour accueillir le retour de pillards. Elle y vit l'occasion de troquer certains de ses articles : les Vikings rentraient rarement chez eux sans une égratignure.

Mais quand elle avisa un éclat de cheveux cuivrés à l'avant du rassemblement de citadins, elle eut la vive impression d'avoir déjà rencontré cette personne. *Est-ce que je la connais ?*

La femme jeta ses bras autour du cou d'un des plus solides marins, et quand il la souleva de terre pour la faire tournoyer, Angrboda distingua enfin son visage. La déception lui serra le ventre : l'espace d'un instant, il lui avait semblé reconnaître une Jarnvidjur, la version adulte du spectre de la petite fille à qui elle avait parlé dans la Forêt-de-Fer. Mais c'était absurde – son imagination lui jouait des tours.

Qu'est-ce qui ne va pas ? lui demanda la louve en remarquant son expression.

« Rien », répondit Angrboda. Elle observa alors le reste de la foule, les habitants et les marins de retour – qui parlaient, riaient, criaient, pleuraient, s'embrassaient, se tapaient dans le dos –, et se sentit soudain terriblement seule. « J'ai juste... Il m'a semblé voir quelqu'un que je connaissais, c'est tout. »

Elles se ressemblent effectivement, commenta la louve en lorgnant la femme aux cheveux cuivrés. *Elle et l'une de nos Jarnvidjur. L'une de ses descendantes, peut-être ? Qui sait où elles sont toutes allées en quittant la Forêt-de-Fer ?*

Angrboda prit une inspiration tremblante, verbalisant le sentiment qu'elle éprouvait depuis les révélations que lui avait faites la louve sur les Jarnvidjur au soir de leur rencontre, ce sentiment sur lequel elle avait depuis réussi à mettre un nom : la honte. « Je les ai abandonnées. Je vous ai toutes abandonnées. C'est ma faute si je n'avais plus personne vers qui me tourner. Ma faute si je les ai oubliées. Ma faute si je suis partie... »

Si j'étais restée, j'appartiendrais peut-être encore à un endroit.

La louve l'étudia alors de son regard méchamment intelligent. *La culpabilité est un fardeau lourd à porter, Mère-Sorcière. Mieux vaut s'en départir si tu souhaites aller de l'avant.*

« Mais si j'étais restée... »

Cela n'aurait guère fait de différence, au bout du compte. La louve poussa de sa tête hirsute l'épaule de son amie. *Effectivement, les Jarnvidjur se sont effondrées sans toi – ainsi vont les choses. Même si cela s'est produit il y a cent ou mille ans, c'était voué à arriver un jour ou l'autre. Elles ont quitté leur foyer, trouvé d'autres amis, fondé de nouvelles familles. Et toi aussi.*

« C'est vrai. Et maintenant, je les ai perdus eux aussi », répondit Angrboda avec amertume.

Ils sont peut-être perdus, mais ils existent encore, lui rappela la louve. *Ce n'est pas parce que cette période est révolue qu'elle ne compte plus. Le temps que tu as passé avec les Jarnvidjur, avec Loki et tes enfants, avec Skadi...*

« Et maintenant avec toi », conclut la sorcière en caressant le museau de la louve. Elle reporta son attention sur la femme aux cheveux cuivrés, et une sensation douce-amère naquit dans le creux de sa poitrine quand elle songea aux Jarnvidjur, réparties dans tous les royaumes, vivant chacune sa propre vie – tandis qu'elle demeurait une vieille sorcière avec son loup, comme à l'époque, mais en infiniment plus âgée.

« Merci, déclara-t-elle enfin. Je me sens mieux. »

La louve se recula et déclara d'un ton bourru : *Tant mieux, car c'est tout ce que tu obtiendras de moi aujourd'hui. Maintenant, viens. Continuons.*

« Oui », chuchota Angrboda avec un dernier regard pour les gens sur la plage. Étrangement, elle se sentait désormais plus légère. « Allons-y. »

La louve et elle traversaient les à-pics désolés du nord de Jötunheim quand elles aperçurent un hameau dans lequel elles décidèrent de s'arrêter. Angrboda n'ayant encore jamais visité ce palais, elle préféra ne courir aucun risque en adoptant la forme d'une vieille femme et en conférant à sa compagne de voyage celle d'un chien.

Angrboda pénétra d'abord dans la cuisine de l'impressionnante maison longue, car elle préférait toujours s'entretenir avec les femmes plutôt qu'entrer par la porte principale et s'annoncer aux hommes, conformément aux convenances. Le propriétaire des lieux s'appelait Hymir, qui organisait justement un banquet ce jour-là. Angrboda entendait des rires rauques traverser les murs.

La maîtresse de maison, Hrod, donnait des consignes aux domestiques, qui allaient et venaient avec leurs plateaux chargés de nourriture et leurs cruches de bière. Tous avaient l'air hagard, et Hrod répondit avec brusquerie aux questions de sa visiteuse tant elle était occupée. Ainsi, après qu'Angrboda eut obtenu confirmation qu'aucun malade ou blessé au hameau ne nécessitait son aide, la sorcière préféra ne pas demander si une personne maîtrisant la magie s'était présentée là récemment.

« Mais vu la quantité d'alcool que ces hommes ingurgitent, ajouta Hrod avec lassitude, on pourrait bien avoir besoin d'une guérisseuse d'ici la fin de la soirée. Alors si tu veux rester pour m'aider à servir, je t'accorderai volontiers le gîte et le couvert pour la nuit. »

Angrboda accepta la proposition. « J'ai beau paraître vieille et fripée, je sais encore servir de la bière sans la renverser.

— Excellent, commenta Hrod. Et comment t'appelle-t-on ? »

Le nom « Heid » commençait à être un peu trop connu. Angrboda hésita un instant avant d'inventer une réponse. « Hyndla.

— Eh bien, Hyndla, ton aide est la bienvenue », reprit Hrod en lui confiant une cruche de bière pour aller faire le tour des tables.

La salle du banquet, encore plus bruyante à l'intérieur, accueillait plus de géants différents qu'Angrboda n'en avait vu depuis longtemps : des trolls des collines, des elfes noirs, des géants des glaces ou des rochers, ainsi qu'un nain ou deux et quelques autres créatures à peu près dotées de la même carrure qu'elle, impossibles à différencier d'un humain ou d'un dieu. Leur hôte, Hymir – un homme énorme – trônait en bout de table et racontait de sa voix tonitruante comment Thor et lui étaient partis pêcher le Serpent de Midgard.

Jörmungand. Elle s'efforça de conserver un air neutre en faisant le tour de la pièce, remplissant des chopes au passage, tout en écoutant l'histoire. Thor s'était présenté sous une fausse identité et s'était vu offrir l'hospitalité, mais il en avait vite abusé en dévorant deux bœufs entiers, si bien qu'Hymir lui avait proposé de sortir pêcher leur prochain repas. Thor avait alors tué un autre des bœufs de son hôte et s'était servi de sa tête pour attirer le Serpent de Midgard hors de la mer ; puis il avait brisé le bateau d'Hymir en essayant de le garder au bout de sa ligne. Hymir avait fini par sectionner le fil, ce qui n'avait pas empêché Thor d'assener un coup de marteau au crâne du Serpent ; Hymir avait alors compris avec qui il était parti pêcher.

Angrboda se sentit blêmir.

Pour comble, Thor avait ensuite volé le chaudron d'Hymir, large d'un tiers de lieue, pour y brasser la bière des dieux. À la fin du récit du géant, toute l'assemblée était aussi furieuse qu'Angrboda.

« Les Ases sont tous des voleurs et des escrocs », beugla un géant. Les autres convives crièrent leur assentiment.

« Il faut leur régler leur compte », renchérit depuis un angle une géante à l'air mauvais, deux fois plus grande qu'Angrboda et couverte de furoncles.

Puis, vers l'avant de la salle, une voix des plus familières s'écria : « J'ai une histoire à raconter, s'il vous faut d'autres preuves de la trahison des dieux. »

Le sang d'Angrboda ne fit qu'un tour quand elle pivota pour découvrir Skadi, debout sur un banc, qui s'adressait à l'assemblée. Son visage était rubicond à cause de la boisson, et elle brandissait sa chope de bière à la manière d'une arme.

Reste calme, se gourmanda Angrboda, même si son cœur battait la chamade. *Sa présence ici n'est qu'une simple coïncidence. Ne te trahis surtout pas.*

« Rassieds-toi, Skadi Thjazadottir, la réprimanda Hymir d'un ton dédaigneux. Nous savons tous comment ils ont tué ton père. » Il se pencha dans son fauteuil pour lui lancer un regard mauvais. « Et pourtant, tu restes l'une des leurs. Pourquoi ça ? »

Alors que la foule commençait à la huer, Skadi leur répondit d'un soupir méprisant avant de déclarer : « J'allais parler du jour où ils ont soumis le Grand Loup. Une histoire chère à mon cœur, même si je la tiens d'une tierce personne.

— On la connaît aussi. C'est arrivé il y a un moment », grogna un troll des collines. Deux autres géants firent savoir leur approbation, mais ils furent plus nombreux à l'encourager à poursuivre.

« Vous savez qu'ils les ont enlevés, lui, son frère et Hel, à leur mère, développa Skadi en faisant porter sa voix dans toute la salle, même si elle peinait à articuler. Ils l'ont ligotée à un arbre pour les emmener dans le creux de la nuit. Mais cela s'est retourné contre eux, car Fenrir est devenu si gros qu'ils savaient qu'ils ne pourraient pas le détenir à Asgard très longtemps. Leur seul moyen de le maîtriser était d'employer la ruse. Fenrir les a laissés essayer de l'attacher, car il savait pouvoir briser sans mal toutes les entraves dont ils disposaient. Alors ils sont allés demander aux nains d'en façonner des spéciales, à partir de la barbe d'une femme, des bruits de pas d'un chat et d'autres absurdités magiques. L'astuce consistait à les faire paraître fragiles, afin qu'il accepte de se les laisser passer sans crainte, puisqu'il avait déjà brisé des fers.

» Toutefois, Fenrir s'est montré plus malin qu'eux. Avant d'accepter de se laisser attacher, il a déclaré : “Si elles sont réellement si faciles à briser, que quelqu'un place sa main dans ma gueule en gage de bonne foi." Voilà comment Tyr a perdu la main, et comment le Grand Loup s'est retrouvé piégé. » Skadi leva sa chope. « Ce que je veux dire par là, mes amis et semblables, c'est que nous, les géants, nous sommes déjà montrés plus malins que les Ases par le passé. Ce qui signifie que nous pourrions sans doute recommencer. »

L'assemblée des géants laissa éclater railleries et acclamations, mais Angrboda resta figée sur place. Elle n'avait encore jamais entendu l'histoire de la capture de Fenrir. *Voilà donc comment ils ont réussi à l'attacher – grâce à ces entraves qu'il a brisées dans ma vision.*

Elle regarda Skadi descendre de la table pour se rasseoir sur son banc, vit une domestique remplir la chope de son amie. Angrboda réfléchissait à ce qu'elle venait d'entendre, peinant à recouvrer son souffle.

À l'évidence, ses fils se trouvaient précisément où ils devaient être pour que la prophétie se réalise.

« C'est fort courageux de ta part de raconter l'histoire de la mutilation de mon fils Tyr dans mon propre palais, déclara Hymir quand les convives se furent calmés. Mais la vérité est qu'il ne vaut pas mieux que les autres Ases, et qu'il a aidé Thor à me voler mon chaudron. »

Hymir est le père de Tyr ? Angrboda avait entendu des récits contradictoires concernant les origines de Tyr, mais entendre confirmer qu'il était un géant la mit en rage. *Nos lignées ne sont vraiment pas si éloignées, pourtant les Ases persistent à se croire bien supérieurs à nous.*

Plus la soirée avançait, plus l'ivresse de Skadi empirait, et jamais elle ne reconnut son amie sous la forme d'une vieille femme. Bientôt, le calme revint à l'intérieur de la maison, et les divers géants déplacèrent les bancs le long des murs de la salle pour y dormir. Skadi s'était effondrée la tête la première sur sa table, son banc resta donc en place.

Voici donc la fameuse Skadi, cette femme dont tu m'as tant parlé. Il semble qu'elle noie son chagrin dans l'alcool, fit remarquer la louve devenue chien d'élan. *Cela te pose-t-il problème ?*

« Plus que tu ne peux l'imaginer. » Angrboda fut tentée de révéler sa véritable identité à la Chasseresse, mais elle imaginait sans mal la suite des évènements. Elle se doutait que les premiers mots qui franchiraient les lèvres de Skadi seraient une nouvelle invitation, et après des années difficiles passées sur la route, Angrboda savait au fond d'elle-même qu'elle ne saurait refuser une seconde fois.

En outre, c'était une question de respect. Skadi n'avait pas voulu lui dire au revoir, et la mission d'Angrboda n'était pas encore accomplie. Elle avait encore des choses à réaliser avant leurs retrouvailles. Et elle ne pouvait s'empêcher de se demander combien de temps il lui restait.

Elle passa cette nuit-là à la cuisine, avec les autres servantes, roulée en boule près du feu avec sa louve-chien d'élan, et toutes deux repartirent avant l'aube.

Le lendemain, Angrboda souffrait d'une migraine plus violente que jamais – sans doute la conséquence du bruit subi durant la soirée. Elle accepta cette fois la proposition de la louve et monta sur son dos après avoir confectionné un harnais à partir d'une corde afin que la créature puisse tracter la carriole. Angrboda n'ayant rien eu l'occasion de troquer chez Hymir, elles firent halte dans un autre village, pour y échanger certains de ses articles contre du poisson séché.

Les habitants ouvrirent de grands yeux ronds en la voyant approcher. Angrboda se sentait trop faible pour modifier l'apparence de sa compagne et la sienne, mais les géants qu'elles croisèrent se révélèrent disposés à faire affaire et la remercièrent quand elle partit. Elle eut cependant la nette impression qu'ils étaient ravis de la voir s'éloigner.

Après s'être ravitaillées et suffisamment éloignées du palais d'Hymir, elles trouvèrent refuge dans une caverne peu profonde le long d'une rivière. Angrboda s'entraîna plusieurs fois à son sort de protection, obtenant des résultats divers ; quand elle eut soigné et pansé sa main, elle s'assit contre la fourrure hirsute de la louve et s'endormit.

Au beau milieu de la nuit, une voix s'éleva à l'entrée de la grotte. « Réveille-toi, ma sœur. J'ai besoin de ta sagesse. »

Angrboda se redressa d'un coup en fronçant les sourcils. La louve remua sans toutefois sortir de sa torpeur, éreintée par la journée de voyage. Leur campement n'était éclairé que d'une simple torche, tenue par une personne qu'elle avait espéré ne jamais revoir de son interminable existence.

Freyja. Lorsque celle-ci vit le visage d'Angrboda, elle recula, stupéfaite.

« *Toi*, siffla-t-elle. Tu devrais être morte !

— Qu'est-ce que tu fais ici ? » Angrboda avait bondi sur ses pieds, oubliant tout le reste. La tête lui tournait, comme parfois quand elle se remettait debout trop vite, et la cicatrice à sa tempe palpita un moment, comme si la plaie était récente. « Comment m'as-tu trouvée ? »

Freyja, quoique désarçonnée, reprit rapidement contenance. « Je me suis renseignée, répondit-elle dans un haussement d'épaules, tout en jouant avec une mèche de ses cheveux rouge sang. Je cherchais une sorcière chevauchant un loup avec des serpents en guise de rênes, mais j'ignorais qui elle était. Tu sembles porter de nombreux noms, à présent.

— Oui. » Décidément, les nouvelles se propageaient vite, à Jötunheim. « Qu'est-ce que tu fais ici ?

— Je te l'ai dit, j'ai besoin d'une sorcière. Et il semble que je n'aie que toi sous la main, Angrboda Sorcière-de-Fer. »

Ce surnom lui fit plisser les paupières.

Freyja lui décocha un sourire venimeux. « Le petit nom que t'a donné Loki a fait du chemin en ton absence. On raconte que tu es morte de chagrin et que tu es enterrée dans le royaume de ta fille. Tu as acquis le statut de légende depuis ton départ, ma sœur. »

Angrboda ne réagit pas à ce commentaire. Elle ne voyait pas en quoi Freyja pouvait avoir besoin d'elle, mais il lui semblait deviner ce que la femme voulait qu'elle fasse pour l'obtenir. *N'aurait-elle pu s'en charger elle-même ?*

Elle comprit alors que Freyja ne se doutait pas qu'elle n'était plus capable de pratiquer le *seid*. Elle décida d'y aller à l'esbroufe, afin de tirer au clair la véritable nature de cette visite.

« Viens avec moi à Asgard, suggéra Freyja après un instant de réflexion. Nous pourrions trouver une solution. Conclure un marché.

— Je ne ferai rien de tel », répliqua Angrboda. Son regard se posa sur le compagnon de Freyja, un petit sanglier se tenant bien droit aux pieds de la déesse. Quelque chose clochait. Comme si l'animal n'arborait pas sa véritable forme. Il ne lui fallut pas longtemps pour saisir le fin mot de l'histoire. « C'est là que tu emmènes ton amant déguisé ?

— Tu te méprends », affirma Freyja, mais un éclat de colère défila sur son visage avant qu'elle pût le réprimer. Elle changea de position, faisant scintiller à la lumière de sa torche son célèbre collier doré. « Ce n'est qu'un sanglier, un pourceau de combat que les nains ont conçu pour moi. J'aimerais découvrir la filiation de mon protégé Ottar, afin qu'il puisse réclamer sa couronne à Midgard. Vas-tu me révéler ce que je souhaite savoir, ou pas ?

— Pourquoi ne pas demander à Frigg ? On raconte que l'épouse d'Odin connaît la destinée de chaque homme. » Angrboda réprima un sourire narquois ; elle flairait quelque chose. *Sa filiation ? C'est tout ce qu'elle veut savoir ?* Comme Freyja demeurait muette, la sorcière soupira et ajouta : « Eh bien, je suis navrée de te décevoir, mais tu as fait tout ce chemin pour rien. Je n'arrive plus à utiliser le *seid* depuis le soir où Thor m'a tuée et où Odin m'a forcée à lui révéler la fin des temps, c'est un fait. Tu vas donc devoir chercher ailleurs les réponses à tes questions. »

Angrboda n'avait aucune idée de ce que Freyja savait de cette nuit-là – la déesse était partie en tête et n'avait pas été témoin de la suite des évènements –, elle chercha donc à jauger sa réaction.

« Il est bien malheureux que tu aies tant résisté, reprit Freyja d'un ton faussement compatissant, et que le Père-de-Tout ait dû se résoudre à te faire tuer une nouvelle fois pour obtenir les informations dont il avait besoin. »

Ainsi donc, elle sait. Angrboda se redressa. *Dans ce cas, peut-être sait-elle aussi pourquoi je ne peux plus pratiquer le* seid. Voilà ce qu'elle cherchait depuis si longtemps : une autre pratiquante de cette magie qui lui faisait tant défaut.

Peut-être accepterait-elle de m'aider si je payais le prix. La simple perspective d'en appeler à elle lui donnait la nausée, mais, en l'état actuel des choses, elle ne voyait pas de solution.

« Sais-tu que Loki a plaidé ta cause pour sauver ta vie ? insista Freyja, qui, prenant le silence d'Angrboda pour un aveu de faiblesse, voulut en profiter pour en remettre une couche.

— Ne me parle pas de Loki », gronda Angrboda.

Freyja fit mine de rien. « C'était tellement pitoyable. Il a accepté de te distraire pour que je puisse t'attacher pendant que nous rassemblions tes petits monstres, et il s'est montré *très* contrarié quand Thor t'a plutôt enfoncé le crâne d'un coup de marteau, sur ordre d'Odin. Le Fripon n'est plus le même depuis ce jour.

— Encore un serment que les dieux auront brisé, rétorqua Angrboda. À propos, sais-tu pourquoi je ne maîtrise plus le *seid* ? Odin m'a-t-il fait quelque chose ce soir-là ? M'a-t-il... piégée, d'une certaine manière, dans mon corps, pour m'empêcher de voyager ? »

Freyja la considéra alors avec une forme de pitié.

« Nous, les femmes, sommes prêtes à endurer tant de choses, commenta Freyja à mi-voix, et avec une sincérité telle qu'Angrboda éprouva presque un élan de solidarité féminine avec elle. Non, il ne t'a rien infligé de plus que ce qui est évident. J'ai l'impression que c'est la peur qui te retient. La peur d'être contrainte à plonger et maintenue dans l'en-dessous. J'ai essayé de descendre aussi profondément que toi, mais j'en suis incapable. Personne ne le peut. Si tu me dis ce que je veux savoir, je te guiderai aussi loin que possible. Qu'en penses-tu ?

— Marché conclu, répondit Angrboda.

— Parfait. » Freyja esquissa un demi-sourire obséquieux. « Même si je suis sûre que tu regrettes d'avoir enseigné ton *seid* aux Ases et aux Vanes au début des temps, tu dois t'estimer heureuse, à présent qu'une de tes anciennes apprenties est la seule à pouvoir t'aider... ?

— Finissons-en », marmotta Angrboda.

Freyja posa sa torche sur les restes du feu de la sorcière pour le raviver, puis s'agenouilla devant elle, ses yeux dorés flamboyant. Le mystérieux sanglier s'installa près d'elle. Elle décrocha de sa ceinture un petit tambour, et se mit à marquer un rythme pesant – celui d'un battement de cœur – avant de psalmodier les paroles ancestrales qu'Angrboda lui avait enseignées jadis.

La sorcière n'avait pas besoin d'instrument ni de mots pour pratiquer le *seid*, mais lorsqu'elle ferma les yeux, elle éprouva la puissance de cette mélopée. La peur la hérissa quand elle se sentit sortir de son corps et descendre. Elle commença à se renfermer, à résister.

Les scansions de Freyja se firent plus soutenues, et Angrboda sentit l'emprise de la femme se raffermir sur elle. Son corps physique se mit à paniquer quand Freyja l'entraîna vers le fond. Et tandis que l'enveloppe de la déesse restée dans le monde matériel continuait de psalmodier, Angrboda sentit sa présence avec elle dans l'en-dessous.

Sauf qu'Angrboda s'enfonça plus profondément. Elle éprouvait l'attention de Freyja rivée sur elle depuis le dessus, flottant près de la pointe de lumière qui marquait la surface.

Tu vois ? dit Freyja assez fort pour couvrir sa propre mélopée. *Il te suffisait d'une légère traction pour quitter ton corps. C'est comme arracher un pansement d'une blessure.*

Je le sais. Angrboda comprit alors qu'elles avaient réussi. Elle était de retour dans cet endroit où elle s'était attardée pendant neuf jours et neuf nuits, celui qu'elle avait voulu ne jamais quitter. Il avait suffi d'un léger encouragement de la part de Freyja pour surmonter son blocage mental. À présent, elle y était. Elle pouvait se reconnecter avec Mère-Sorcière. Elle pouvait contacter Hel. Elle pouvait accéder à ce profond puits de pouvoir, se pencher une fois de plus par-dessus ce précipice où Odin l'avait forcée à basculer – mais cette fois, elle le maîtrisait. Elle maîtrisait tout.

Elle allait toutefois d'abord devoir se débarrasser de Freyja.

Je t'ai aidée à descendre, mais pas très loin, lança la déesse, dont la voix s'estompait. Elle avait cessé de psalmodier. *Le reste dépend de toi. Souviens-toi de notre accord.*

Angrboda n'avait pas oublié. Elle se tendit vers ce que l'autre sorcière voulait savoir, et les ténèbres le lui révélèrent. Elle ouvrit ses yeux blancs et morts, et se mit à énoncer la vérité sur les ancêtres d'Ottar – puis quelque chose changea. Les mots se modulèrent ; les images évoluèrent. Les ténèbres lui racontaient, une fois encore, la fin des mondes.

Elle était allée plus loin que souhaité, et le néant l'appelait de plus en plus profondément, avec une insistance croissante. Elle refit surface avant de se laisser aspirer, et ses yeux redevinrent normaux. Freyja la dévisagea. Angrboda lui retourna un regard furieux et lança, à contrecœur, un « Merci ».

Freyja hocha la tête, se leva et décrocha une corne de sa ceinture. Elle murmura quelques paroles au-dessus puis la donna à manger au sanglier. « Pour qu'il se souvienne des noms que tu as prononcés, et de sa lignée, expliqua-t-elle. Mais pas du reste. Cela n'était destiné qu'à moi.

— Tu dois partir, maintenant », déclara Angrboda. Cela ne la surprit pas d'apprendre que le sanglier n'était pas un simple sanglier, mais Ottar déguisé. Soudain, elle se sentait épuisée, vidée. « Va-t'en d'ici. Tu sais ce que tu voulais savoir.

— Et plus encore, confirma Freyja. Tu m'as parlé du Ragnarök. Tu ne m'en as pas dit autant qu'à Odin cette nuit-là, mais presque. »

Le Ragnarök. Ce terme signifiait « La ruine des dieux ».

« À en juger par ton expression, commenta Freyja, j'ai l'impression que c'est la première fois que tu entends une chose pareille ? Comment est-ce possible, si c'est toi qui as formulé ces mots ? »

Angrboda frissonna. « C'est juste la première fois que j'entends ma vision baptisée de la sorte. » Elle croisa les bras dans l'espoir d'immobiliser ses mains tremblantes. « Merci encore. De m'avoir aidée à recouvrer mon *seid*.

— De rien. J'espère que je ne le regretterai pas, même si je suis sûre du contraire. J'aurais tout aussi bien pu te contraindre, ainsi que l'a fait Odin… »

Angrboda roula des yeux. « Allez, dégage. Retourne voir tous tes amants, car ils sont fort nombreux.

— Je vais réduire cette caverne en cendres, si tu continues à m'insulter, lança Freyja.

— Les mondes entiers seront réduits en cendres. Sois maudite, et les dieux avec. Et ton Ottar également.

— Au moins, Ottar prospérera tandis que les humains mortels se consumeront », cracha Freyja. Elle tourna alors les talons et sortit, le sanglier lui emboîtant le pas.

Quand elle fut partie, Angrboda s'assit bien droit et laissa s'atténuer les effets de ce qui venait de se produire.

Je peux à nouveau pratiquer le seid. *Je suis toujours moi-même.*

Et maintenant qu'elle avait recouvré cette capacité, il lui restait encore nombre de choses à accomplir. La première étant de rendre visite à sa fille.

Elle glissa hors de son corps – cette fois avec une aisance telle qu'elle en fut étourdie de soulagement – et s'étira sous cette forme jusqu'à atteindre Yggdrasil, et l'arbre la fit descendre, descendre, descendre.

Il y avait des ténèbres, du gel et des bourrasques de neige ; elle descendait un chemin verglacé de pierres éboulées. À mesure de sa progression, elle se rendit compte que le sentier était un pont, que si elle se penchait par-dessus le bord, elle découvrirait des rivières déchaînées et des vallées désertes.

Ses cheveux flottaient tout autour d'elle, comme si elle s'était trouvée sous l'eau. Même si son environnement était noir, gris et morne à perte de vue, elle avait le sentiment qu'aucune couleur n'en était absente.

Elle savait sans se voir que ses yeux avaient viré au blanc, ainsi qu'ils le faisaient quand elle était en transe, qu'elle se trouvait là où seuls les morts devraient être.

Elle atteignit enfin le dernier pont au toit d'or. Au-delà grouillaient les âmes des défunts : les méchants, les malchanceux, les vieux, les jeunes et les malades. Ceux qui étaient partis avec les honneurs sur le champ de bataille, ceux qui n'avaient pas été choisis pour être escortés aux palais des massacrés d'Asgard par les Valkyries.

Une jeune femme blême vêtue de noir émergea alors des ombres pour l'arrêter au bout du pont, et elle ne put s'aventurer plus loin.

« Je suis Módgud, la gardienne du pont. Seuls les morts peuvent pénétrer ici, annonça-t-elle en étudiant la sorcière. Mais toi… tu n'es ni morte ni vivante. Que viens-tu faire dans le royaume d'Hel ?

— Je viens voir ma fille, répondit Angrboda. Laisse-moi passer. »

Módgud la dévisagea un long moment avant de s'effacer.

Angrboda suivit donc le sentier jusqu'à aboutir devant une immense muraille et un imposant portail. Elle se glissa à l'intérieur.

Elle se retrouva bientôt dans le palais de sa fille, sombre, terrifiant, creusé à flanc de falaise, éclairé d'un lustre spectral n'émanant de nulle part. Hel semblait avoir hérité du goût de son père pour le théâtral.

L'intérieur s'avérait cependant étonnamment accueillant. Les morts y grouillaient, comme à l'extérieur, disposant de majestueuses décorations dorées sur une longue table – des gobelets, des assiettes et toutes sortes d'ornements ; une odeur d'hydromel flottait dans l'air. Angrboda fronça les sourcils en avisant cette intense activité. *Tout ce faste n'est tout de même pas pour moi… si ?*

Angrboda se dirigea vers le fond de la salle, où une jeune femme parée d'une longue robe noire trônait en bout de table. Sa peau était diaphane, ses longs cheveux, qui traînaient au sol lorsqu'elle était assise, étaient ondulés et noirs comme la poix. Ses jambes étaient croisées sous sa robe, mais la sorcière ne parvint pas à voir à quoi ressemblaient ses pieds.

Elle savait toutefois qu'elle avait affaire à Hel. Ses yeux la trahissaient plus que tout le reste : verts et lumineux, comme ceux de son père, quoique caves. Des cernes profonds les soulignaient, comme chez sa mère, sauf que les siens étaient noirs et non gris.

Si Hel avait été le portrait craché de Loki durant son enfance, elle ressemblait désormais comme deux gouttes d'eau à Angrboda, arborant notamment la même gravité.

Et elle toisait sa mère avec une expression profondément méprisante. Des silhouettes sombres se mouvaient dans les ombres derrière elle, des choses difformes qui n'avaient rien d'humain. Les domestiques d'Hel. Les créations d'une enfant. Ses seuls amis dans ce lieu sombre des profondeurs.

Angrboda avala péniblement sa salive, à court de mots face au regard mauvais de sa fille. Elle parvint simplement à désigner les squelettes qui s'affairaient pour demander d'une voix tremblante : « Tu attends du monde ?

— Ça ne te concerne pas », rétorqua Hel d'une voix rauque et stridente qui surprit sa mère. D'un autre côté, elle ne l'avait plus entendue parler depuis ses 5 ans. « Tu as donc fini par mourir ? »

Elle comprit alors qu'il n'y aurait ni effusions ni embrassades larmoyantes. La mère et la fille se jaugeaient simplement des yeux d'un bout à l'autre de la pièce.

Hel la considéra un instant de plus avant de se fendre d'un sourire dédaigneux. « Non, bien sûr que non. Pendant tout ce temps, j'ai cru que les dieux t'avaient bel et bien tuée…

— Jusqu'à ce soir, je n'avais aucun moyen de t'atteindre, expliqua Angrboda. Même mourir ne m'a pas amenée ici.

— Pendant tout ce temps, je t'ai *crue* morte. J'ai porté le deuil, poursuivit Hel comme si elle ne l'avait pas entendue. J'ai même érigé un monument en ta mémoire près des portes est. Mais ne t'ayant jamais trouvée dans mon royaume, j'ai commencé à me poser des questions... » Elle se pencha en avant, enserrant de ses mains blanches les bords de son siège en une étreinte mortelle. « Tu me dois des explications, mère. »

Angrboda inspira un grand coup pour dissimuler sa crispation. La dernière fois qu'Hel lui avait adressé la parole, elle l'appelait « maman ».

À présent, elle était devenue « mère », et Hel prononçait ce mot d'une façon glaciale.

« Je ne pouvais plus quitter mon corps comme avant, plaida Angrboda. Je n'avais aucun moyen de venir te voir ni de contacter tes frères...

— Une histoire vraisemblable, l'interrompit Hel d'un air distant, comme en proie à une réminiscence issue d'un lointain passé. J'ai attendu de te croiser ici. Une éternité. Tu étais morte. J'ai cru que tu étais simplement perdue, mais tu n'es jamais venue. Je savais que mon père ne viendrait jamais me voir, mais j'en espérais davantage de ta part. » Sa voix n'était plus qu'un murmure. « Il nous a traités de *monstres*. Mais je ne suis pas un monstre. Mes frères en étaient, mais pas moi. Je n'étais qu'une petite fille.

— Hel...

— Tu aurais dû venir me voir, mère », reprit Hel d'une voix forte. Elle se leva alors et toisa Angrboda depuis son estrade.

« Hel, je t'en prie...

— J'espérais ta venue. Mais ça n'est jamais arrivé.

— Si tu savais ce qu'on m'avait fait subir, tu ne me parlerais pas de la sorte », répliqua Angrboda. Sa voix se brisa. Les choses ne se déroulaient pas du tout comme prévu.

« *Sais-tu* ce qu'on m'a fait subir, *à moi* ? rétorqua Hel. Je n'aurais jamais dû naître, mais toi... Il a fallu que tu t'en mêles. Oui, je sais ce que tu as fait, à présent ; je l'ai vu de mes yeux. Les morts savent tout. J'étais en train de partir, et tu m'as ordonné de revenir à l'aide de ta *magie*. Et maintenant, je suis là, je règne sur la vie et la mort, mais je ne mène qu'une petite existence misérable, à l'écart de tous les mondes, seule pour l'éternité. Où étais-tu passée pendant tout ce temps, mère ? Où étais-tu pendant que je *pourrissais* ? »

Hel souleva alors le bas de sa robe pour révéler ses jambes : elles n'étaient désormais guère plus que des os couverts d'une chair bleu-gris s'accrochant encore par endroits, le tout maintenu en place par quelques tendons et *beaucoup* de magie.

Angrboda la fixa des yeux, incapable d'autre chose.

« Je les sens toujours, tu sais ? Et tes baumes fonctionnaient bien, ajouta Hel d'un ton narquois avant de recouvrir ostensiblement ses jambes. Malheureusement, je n'y ai plus accès.

— Hel, je... je suis tellement désolée. Mais tu dois m'écouter. J'ai finalement réussi à reprendre mes voyages, et c'est... Tu étais la première personne que je voulais revoir. » Angrboda tenta de ne pas se laisser désarçonner par le regard cruel de sa fille et poursuivit : « Ils m'ont tuée, cette nuit-là. La nuit... La nuit où tes frères et toi m'avez été enlevés... mais je ne suis pas morte. Cependant, je ne pouvais pas non plus riposter, et Odin m'a forcée à voir la fin de tout. Des dieux, des géants et de tous les mondes. Le Ragnarök...

— Oui, je connais le Ragnarök. Je vois plus de choses que tu n'imaginerais, d'ici. Je connais le destin, tout comme Frigg, Freyja et les Nornes. Avoir accès à ce dangereux savoir ne fait pas de toi quelqu'un de spécial aux yeux des dieux – tu es simplement celle qui a le moins d'importance à ceux d'Odin. Combien de fois vas-tu encore laisser les Ases te tuer, mère, avant d'en prendre conscience ? »

Angrboda serra les dents. « Pourquoi me railles-tu de la sorte ?

— Parce que je vois clair en toi, ricana Hel en descendant de son estrade. Toi, la sorcière vieille et sage vivant dans les bois, qui ne fais de mal à personne pour qu'aucun mal ne lui arrive. Tu sembles oublier que tes ennemis frappent les premiers, et qu'ils frappent plus fort, sans te témoigner le respect dont tu fais preuve à leur égard.

— Hel... »

Sa fille lui tournait autour à la manière d'un prédateur, ses pieds osseux produisant un cliquetis anormal sur le sol de pierre. « Bientôt, tout commencera. Que feras-tu alors ? Retourneras-tu dans ta grotte pour attendre la fin, tandis que la flamme de Surt consumera les mondes ? Tu n'es qu'une froussarde.

— Tu ne *m'écoutes* pas, insista Angrboda. Je ne suis pas restée les bras ballants pendant tout ce temps. J'ai essayé de trouver le moyen de te sauver. Je *peux* te sauver.

— Te revoilà en train de te mêler de mes affaires, mère. As-tu oublié ce qui s'est passé la dernière fois que tu as tenté de me "sauver" ? » Hel désigna ses jambes recouvertes. « Je ne voulais rien de tout ça. Je... »

Elle laissa alors échapper un souffle court et chancela en s'étreignant la poitrine.

« Hel ? s'inquiéta Angrboda en s'approchant d'elle.

— Laisse-moi », grogna sa fille. Elle retourna à son trône et s'y laissa tomber lourdement, pliée en deux, les yeux pleins de douleur et de colère. La main sur le cœur, elle marmonna entre ses dents serrées : « Tu ne comprends donc pas ? *Je ne veux pas de ton aide.* Je ne veux pas *de toi.* »

Angrboda sortit la figurine de loup – curieusement tangible et tout aussi réelle qu'Hel – et la lui tendit. Hel la dévisagea, et son expression se modula légèrement.

« Viens me trouver quand la fin commencera, chuchota Angrboda. Quand ton père viendra à toi, viens à *moi*. Je te protégerai, je te le jure. Tu m'as peut-être rejetée en tant que mère, mais tu restes ma fille. »

Le masque de haine d'Hel reparut aussitôt. « Tu n'as pas de fille, sorcière, et je n'ai pas de père. Disparais. Et emporte ce morceau de bois sans valeur. »

Incapable de supporter plus longtemps le visage difforme de sa fille, Angrboda ferma les yeux et se laissa dériver, attrapant cette partie la plus profonde d'Yggdrasil – échappant de peu au dragon Nidhögg qui rongeait les racines de l'Arbre et tenta de la croquer au passage – pour la suivre vers les hauteurs...

Avant de replonger. Quelque chose – ou *quelqu'un* – avait perçu sa présence à travers l'Arbre et l'empêchait de partir. Le cœur d'Angrboda s'emballa quand elle se dit que sa fille avait peut-être subitement changé d'avis, mais elle se rendit compte qu'elle se trouvait désormais à l'opposé du royaume d'Hel.

Qu'est-ce que je fais ici ? Elle déchiffra par-dessus son épaule les runes gravées dans le chambranle : CECI EST LA PORTE EST, ELLE EST DÉDIÉE À MA MÈRE.

Oh, Hel... Le ventre incorporel d'Angrboda se serra quand elle se retourna, pleine d'espoir.

Sa fille ne se trouvait cependant nulle part en vue.

Qui me ferait venir à ma propre tombe ?

Elle remarqua soudain du mouvement au loin. Une forme solide fonçait au travers des champs de morts agités, chevauchant le plus étonnant des chevaux.

Angrboda tint bon en attendant l'arrivée de la monture et de son cavalier. Lorsqu'ils ne furent plus qu'à quelques foulées d'elle, ils s'arrêtèrent, et Angrboda reconnut Sleipnir, le cheval à huit jambes que son mari avait enfanté une éternité plus tôt.

Elle avança d'un pas et leva la main comme pour caresser la créature, mais Sleipnir, devenu immense et féroce, ne la reconnaissait plus. L'homme sur son dos leva la tête, et son unique œil d'un bleu glacial la toisa sous le large bord de son chapeau.

Ça recommence, songea Angrboda en réprimant un soupir.

Le sentiment paraissait mutuel. « L'on raconte qu'une femme d'une grande sagesse est enterrée ici. » Il contempla l'inscription sur le chambranle et ajouta : « La plupart des gens pensent que tu es morte cette nuit-là. Y compris ta fille. J'aurais certainement dû me douter du contraire. »

Ma fille connaît la vérité, à présent. Angrboda garda sa réflexion pour elle et arbora l'air le plus neutre qui fût. Elle prit conscience que Freyja n'avait pu encore lui annoncer qu'Angrboda était vivante : après tout, elle venait juste de sortir de sa caverne. *Alors comment m'a-t-il trouvée ?*

La réponse était simple : elle s'était servie d'Yggdrasil pour voyager, et Yggdrasil était à lui. Pas étonnant qu'il l'eût remarquée sitôt qu'elle avait recommencé à se servir du *seid.*

Elle le considéra, feignant la confusion, et demanda : « Qui donc m'a fait venir ici ? » *Une fois de plus,* voulut-elle ajouter. « J'ai arpenté un chemin bien difficile pour rejoindre cet endroit, et je suis morte depuis fort longtemps.

— Morte en effet, et maintes fois. Pourtant, je t'ai fait revenir, car j'ai besoin de ton savoir. Je suis Vegtam, le vagabond. »

Angrboda manqua de rouler des yeux en entendant cette fausse identité, mais elle conserva un air neutre.

« Vegtam » tira sur les rênes de Sleipnir et s'enquit d'une voix impérieuse : « Dis-moi, pour qui le palais d'Hel est-il si somptueusement décoré ? Qui doit-elle accueillir ? »

Hel n'avait pas répondu à sa mère lorsqu'elle lui avait posé la même question, mais Angrboda se rappela subitement ce que sa fille lui avait dit : *« Je vois plus de choses que tu n'imaginerais, d'ici. Je connais le destin. »*

Soudain, elle sut qui Hel attendait.

« Le désespoir, Vegtam, car Hel a préparé de l'hydromel pour Baldur, le fils d'Odin, qui doit être terrassé par une branche de gui. À présent que je t'ai révélé cela, je n'en dirai pas plus.

— Parle donc. Qui sera son assassin ? Qui va terrasser le fils d'Odin, en vérité ? »

Pourquoi me pose-t-il de nouveau la question, alors que je lui ai déjà répondu ? Pense-t-il que la réponse va changer, ou croit-il qu'il y a davantage à savoir que la mort de Baldur provoquée par une flèche de gui ?

« Le frère aveugle de Baldur, Hod, affirma-t-elle en se remémorant sa vision, qui sera à son tour terrassé par qui vengera Baldur. Je te l'ai déjà dit jadis, et plus encore.

— Tu vas me livrer les moindres détails de sa mort. Tu me révéleras tout, afin que je puisse rendre justice.

— La justice sera rendue quand tu pénétreras dans le palais de ma fille, Odin Père-de-Tout, répondit-elle en formant un sourire cruel de ses lèvres gercées.

— Tu n'es ni sage ni prophétesse, Angrboda Sorcière-de-Fer, mère de monstres, rétorqua Odin d'un ton glacial en faisant tourner bride à Sleipnir.

— Et tu n'es qu'un faux homme visitant une fausse tombe, riposta Angrboda, mais la seule vérité réside en mes paroles. »

Elle sentit l'emprise du dieu se desserrer, et elle recommença à s'éloigner. Sans lui laisser le temps de répondre, elle ajouta avec dureté : « Et méfie-toi : ta ruine approche à grands pas. »

Elle se réveilla alors dans son corps, la figurine de loup toujours serrée dans sa main, partagée entre deux émotions : la sinistre satisfaction d'avoir enfin eu le dernier mot lors d'une confrontation avec Odin, et l'horrible culpabilité qu'elle éprouvait en se remémorant chacune des phrases d'Hel.

Elle se laissa retomber contre la louve, étreignant le jouet contre sa poitrine.

Je me rachèterai. Je te le jure.

Et j'y parviendrai en faisant en sorte que tu survives au Ragnarök.

Après cela, Angrboda mit un moment à retrouver ses repères. Elle voulut aussitôt essayer d'entrer en contact avec ses fils, même si la perspective de voir les choses tourner comme avec Hel lui était insupportable.

Elle tenta le coup malgré tout. Elle s'enfonça vers Yggdrasil, se servant du Grand Arbre pour observer un à un les lieux cachés des mondes, regagnant vite son corps chaque fois qu'elle détectait la moindre trace de la présence d'Odin – par chance, il ne la débusqua plus. Elle appela ses fils dans son esprit, mais ne vit rien, n'entendit rien. Où qu'ils se trouvent – Jörmungand dans les abysses océaniques, Fenrir entravé dans un endroit inconnu –, ils demeuraient hors de sa portée.

Elle espérait ardemment avoir une chance de les revoir avant leur trépas. Savaient-ils ce qui les attendait ? Avaient-ils accepté leur sort, ou devait-elle se démener davantage pour eux ? Elle ne possédait pas les réponses à ces questions – même s'ils survivaient à l'affrontement, même si leur destin *pouvait* être modifié, elle ne pensait pas que son bouclier serait assez vaste et solide pour protéger à la fois un loup haut comme le ciel et un serpent assez long pour encercler le monde.

Plus les jours s'écoulaient, plus elle s'exerçait à perfectionner son bouclier – à présent, elle parvenait à protéger son bras entier pendant plusieurs minutes. Elle comprit cependant qu'elle allait au-devant d'ennuis importants : il lui était si simple de plonger, de retourner dans le néant où elle n'avait qu'à puiser dans le pouvoir qui affluait. S'en servir pour se protéger.

Mais en réalité, chaque fois qu'elle se rapprochait du bord comme elle l'avait fait précédemment, elle se retrouvait à hésiter. Le pouvoir palpitait, vrombissait, l'invitait, et elle ne pouvait s'empêcher de se demander si, cette fois, elle en ressortirait.

Elle s'était presque perdue durant ces neuf jours et neuf nuits passés ligotée à un arbre, flottant dans la sécurité de ce lieu sis entre la vie et la mort. Et Freyja ne l'avait poussée qu'assez loin pour en effleurer la surface ; Angrboda était parvenue à en revenir seule. Elle ne s'était jamais enfoncée aussi profondément que le jour où Odin l'avait coulée à l'intérieur, employant son *seid* comme une ligne qu'il pourrait ramener quand elle aurait découvert ce qu'il avait besoin de savoir.

Le pouvoir qu'elle convoitait reposait plus loin encore, au-delà de l'endroit jusqu'où elle s'était déjà aventurée dans ce néant. Et si elle ne parvenait pas à refaire surface ? Cette idée la terrifiait plus que tout. Elle décida donc de ne s'y rendre qu'en dernier ressort.

Je suis Angrboda Sorcière-de-Fer, pensa-t-elle. *La Vieille, Mère-Sorcière, qui a enfanté les loups pourchassant le soleil et la lune. Ancienne épouse de Loki, mère de celle qui règne sur les morts et des deux créatures de chaos destinées à précipiter la chute des êtres mêmes qui ont gâché nos vies.*

Je peux y parvenir seule.

Quelques jours plus tard, les dieux la rattrapèrent une fois de plus – cette fois sous la forme de deux énormes corbeaux noirs. Les oiseaux se perchèrent de façon ostentatoire sur une branche juste devant Angrboda et la louve, leur barrant la route.

« Toi, lança l'un. Sorcière.

— Les Ases sollicitent ton aide », ajouta l'autre.

La louve montra les dents, mais Angrboda poussa le soupir patient de celle qui avait déjà été brûlée, transpercée, tuée, trahie, torturée, réveillée et autrement harcelée par ce même groupe de personnes qui lui avaient enlevé ses enfants une nuit. *Ne me laisseront-ils donc jamais tranquille ?*

Si les dieux sont si grands, pourquoi ont-ils tant besoin de moi ?

« Je ne savais pas qu'Odin envoyait ses corbeaux pour transmettre des informations », lança-t-elle aux oiseaux baptisés Hugin et Munin, Pensée et Mémoire. Ils volaient chaque jour autour des Neuf Royaumes avant de revenir informer leur maître de tout ce qu'ils avaient vu. « Je pensais que vous faisiez le contraire.

— Un service, précisa Hugin. Pour celui dont tu as toi-même prédit la mort. »

Angrboda hésita. « Baldur ? »

Munin dodelina de la tête, confirmant ses soupçons.

Hugin intervint : « Et c'est de la main de ton mari que Baldur a été terrassé.

— Je n'ai pas de mari », répondit Angrboda, ainsi qu'elle l'avait déjà fait à Skadi. Elle marqua un temps d'arrêt. « Attendez... *Loki* a tué Baldur ? » *Ce n'est pas ce que j'ai vu – c'était son frère, Hod, qui était censé le tuer. Pas Loki.*

Elle fronça les sourcils. *J'ai vu... J'ai vu Hod décocher le gui dans le cœur de Baldur.*

Mais Hod est aveugle.

Ce qui signifie que quelqu'un a dû guider sa main.

« Comment est-ce arrivé ? s'enquit Angrboda.

— Le fils d'Odin rêvait de sa propre fin, et sa mère, Frigg, a fait jurer tout ce qui existe dans les mondes de ne pas lui faire de mal, expliqua Munin.

— Tout, sauf une jeune pousse de gui, que Loki le Fripon a taillée en pointe pour qu'Hod abatte son frère », précisa Hugin.

Odin savait pour le gui, se dit Angrboda. *S'il souhaitait réellement empêcher la mort de Baldur, il aurait demandé à Frigg de prendre des précautions supplémentaires.*

Toutefois, quelque chose clochait encore. Si elle-même ignorait que Loki allait provoquer la mort de Baldur, comment Odin aurait-il pu le savoir ? S'agissait-il d'un coup monté ? Loki serait-il puni pour un crime qu'il n'avait pas commis ?

Angrboda plissa les paupières. « Vous mentez. Loki est beaucoup de choses, je vous l'accorde... mais un assassin ?

— Tu dois rendre service à un innocent », ajouta Hugin comme s'il n'avait rien entendu.

Angrboda soupira derechef. *Voilà ce que ça me rapporte de discuter avec des oiseaux.* « Et pour quoi avez-vous besoin de mon aide, au juste ?

— Pour mettre son bateau funéraire à l'eau, répondit Hugin. Le vaisseau refuse de bouger. Même Thor n'arrive pas à le déplacer. Les Ases craignent qu'il soit ensorcelé.

— Ta sécurité est garantie, affirma Munin.

— Avec nous, Hyrrokkin », conclurent en chœur les corbeaux en allant se jucher sur la branche voisine. Ils se retournèrent alors vers elle pour l'encourager à les suivre.

Angrboda haussa les sourcils et s'adressa à la louve : « Hyrrokkin. Tu entends ça ? “Racornie par le feu”. Une grande première. »

Sa compagne émit un son ressemblant beaucoup à un ricanement de dérision. *On ne va pas vraiment faire ça, si ?*

« Eh bien, je n'ai aucune envie de remettre les pieds à Asgard, ni de rendre le moindre service aux dieux. Mais je ne peux nier que je suis tentée par cette convocation. »

La louve eut un air sceptique. *Pourquoi ? J'ai la nette impression que tu es leur dernier recours…*

« J'ai mes raisons, très égoïstes », répondit Angrboda avant de faire disparaître la carriole derrière un bouquet d'arbres. Quand elle fut suffisamment bien dissimulée, la sorcière fourra son bâton dans la gueule de la louve, où il se transforma en rênes. « Je veux voir comment Odin supporte de voir son fils préféré lui être arraché. J'aimerais pouvoir témoigner de son chagrin, après tout ce qu'il m'a infligé. »

Mais il savait que cela allait arriver, et il n'a rien fait pour l'empêcher, souligna la louve.

« Ça ne signifie pas qu'il n'est pas malheureux. » Angrboda se hissa sur le dos de la créature. « Et puis, a-t-on souvent l'occasion d'assister aux funérailles d'un dieu ? »

Elles suivirent les corbeaux hors de la forêt, jusqu'à une plage rocailleuse très fréquentée, où elles se joignirent au groupe le plus varié qu'Angrboda eût jamais croisé dans les Neuf

Royaumes : les Ases, les Vanes, des elfes blancs et noirs, des nains, des trolls, les Valkyries d'Odin, ainsi que ses *Einherjar* – ses guerriers terrassés –, et même certains géants qu'elle avait déjà rencontrés. Angrboda abaissa son capuchon sur le front afin que nul ne la reconnaisse. Si c'était effectivement un sort qui empêchait le bûcher funéraire de Baldur de bouger, il allait lui falloir toute sa force pour le briser, et elle ne souhaitait pas gaspiller la moindre énergie à se faire passer pour une vieille femme si une capuche pouvait suffire à la dissimuler.

L'assemblée s'ouvrit devant la sorcière et la louve, comme si elles étaient atteintes de la lèpre. Toutes deux se dirigèrent droit vers le rivage, où un imposant bateau reposait entre le sable et l'eau. Quelques Ases et l'un des trolls se tenaient près du navire, pliés en deux et à court d'haleine. Thor, qui comptait parmi eux, paraissait furieux.

La sorcière descendit de sa louve et sortit les rênes de la gueule de l'animal ; elles se retransformèrent aussitôt en un bâton de marche, qu'Angrboda utilisa pour progresser sur le sable noir qui s'enfonçait sous ses pieds.

Elle avançait vers le bateau quand elle entendit sa compagne gronder derrière elle. Elle fit volte-face et découvrit que deux des guerriers d'Odin avaient croisé leurs lances devant la créature pour l'empêcher de rejoindre la sorcière, tandis que deux autres avaient leurs fers pointés directement sur la gorge de la bête.

« Ce n'est pas nécessaire », leur lança froidement Angrboda, le capuchon toujours rabattu devant son visage.

Les guerriers ne bougèrent pas d'un pouce.

Je vais bien, la rassura la louve. *Dépêche-toi de faire ce qu'ils attendent pour qu'on puisse repartir.*

Angrboda s'avança donc jusqu'au bateau, et Thor se recula, renfrogné. Il se tourna vers son père, et lorsque la sorcière regarda derrière lui, elle aperçut Odin. Celui-ci n'avait pas revêtu la lourde cape de voyage, ni le chapeau qu'il arborait habituellement, mais des atours dignes du plus grand des dieux. Il la toisait de son œil unique, dans lequel elle perçut du chagrin ; cela ne lui provoqua cependant pas la moindre compassion.

Il se tenait près d'une femme qu'Angrboda avait presque oubliée depuis son départ d'Asgard : son épouse, Frigg, parée des plus beaux vêtements qu'elle eût jamais vus, ses cheveux bruns coiffés en une tresse complexe, le visage maculé de larmes, la détresse évidente.

Elle vit ensuite Frey, Freyja et Tyr, qui semblaient tous en deuil. Angrboda n'éprouva aucune pitié pour eux non plus.

Elle plaça l'une de ses mains à quelques pouces de l'embarcation et releva la tête de manière que seul Odin pût distinguer ses traits. Elle haussa les sourcils d'un air interrogateur. Il acquiesça.

Elle tendit le bras vers le bateau et sentit aussitôt le sort sous ses doigts ; elle remarqua les runes gravées sur la proue et sut aussitôt qui avait jeté le sort.

Elle tourna brusquement la tête vers Odin. « Qu'est-ce encore que cette ruse ? siffla-t-elle.

— Ce n'est pas une ruse, répondit le Père-de-Tout. Seulement le moyen d'aboutir à une fin. Comme tout ce que j'ai pu accomplir durant ma longue existence. Tu connais peut-être ce sentiment ? »

Angrboda ouvrit la bouche pour répliquer, mais elle entendit alors un glapissement et fit volte-face pour découvrir que tout le monde regardait les guerriers essayer de maîtriser la louve, qui jappa de nouveau quand deux d'entre eux la renversèrent tout en la menaçant de leurs lances. La créature montra les dents sans plus se débattre.

Dépêche-toi, plaida-t-elle.

Angrboda fit alors face à Odin, qui la considérait d'un air insondable.

« Pourquoi ? voulut-elle savoir. Pourquoi m'avoir fait venir ici sous de tels prétextes ?

— Parce que tu ne serais pas venue sinon, et que je tenais vraiment à ce que tu voies ça. Tout va advenir, ainsi que tu l'as prédit. Nous nous tenons ici en égaux : moi, le père des dieux, et toi, la mère des géants. Es-tu prête pour ce qui va suivre ?

— Oui », mentit Angrboda en dressant le menton. Elle sortit discrètement son couteau en andouiller et s'en servit pour gratter les runes en proue, dissimulant ses gestes derrière sa cape. « Et toi ? »

Il resta silencieux, mais l'observa de son œil unique donner une légère poussée au bateau. Celui-ci glissa sur ses rondins pour prendre la mer. Elle entendit plus loin Thor pousser un cri de rage et d'incrédulité.

Sorcière-de-Fer et Père-de-Tout barbotèrent dans l'eau peu profonde à la suite de l'embarcation. « J'imagine que tu t'y prépares depuis longtemps, devina Angrboda.

— Je tiens à ce que tu saches que je n'ai fait que le strict nécessaire, répondit-il en considérant son fils mort sur le bûcher. Les plantes meurent ; les animaux meurent ; les humains meurent, et leurs proches aussi. De la même manière, les dieux doivent aussi affronter leur trépas, car même nous ne pouvons l'empêcher.

— Mais tu n'as même pas essayé », souligna Angrboda. Elle ne lui demanda pas pourquoi : elle connaissait déjà la réponse.

Odin se garda de répondre. Alors qu'Angrboda lui tournait le dos pour regagner la rive, il déposa son célèbre bracelet d'or à l'intérieur du bateau et se pencha pour murmurer quelques mots à l'oreille de Baldur.

« On devrait la tuer », suggéra Thor d'une voix forte quand Angrboda lui passa devant. Elle ne réagit même pas, mais la vieille blessure à sa tempe, pourtant guérie depuis longtemps, se mit à palpiter douloureusement.

« Elle nous a rendu service », intervint Frey, appuyé contre son sanglier d'or, Gullinbursti, alors que le bûcher de Baldur était embrasé et poussé vers le large par les *Einherjar* d'Odin. Le dieu lui-même observa silencieusement la scène, toujours plongé dans l'eau jusqu'aux genoux.

Le cœur d'Angrboda manqua un battement quand une autre voix vint se joindre à la dispute.

« Laisse-la tranquille », commanda Skadi, debout près d'un homme plus âgé qui devait être Njord.

Après un infime instant d'hésitation, Angrboda se remit à marcher, pivotant juste assez la tête pour croiser le regard de l'autre femme en passant.

Les yeux de Skadi s'écarquillèrent.

La sorcière inclina légèrement le front, comme pour dire : *Maintenant. Maintenant, j'ai terminé.*

Puis Angrboda se détourna rapidement, en espérant que la Chasseresse eût bien saisi le message. Car son amie était flanquée de deux autres femmes, en qui la sorcière n'avait aucune confiance : la première était Gerd, l'air misérable ; la seconde était Sigyn, dont l'expression trahissait un mélange d'anxiété et d'agitation. Comme si elle redoutait que les dieux se retournent contre elle à cause des actes commis par son mari.

Elle a raison de se méfier, songea Angrboda en constatant que les enfants de Sigyn ne semblaient pas présents.

La sorcière garda la tête basse et continua de marcher. Quand elle arriva à la hauteur de la louve, les guerriers écartèrent leurs lances, et les deux compagnes purent repartir.

Après quoi, l'épouse de Baldur, Nanna, morte de chagrin, fut placée sur le bateau pour se consumer près de son époux et de son cheval. Thor décocha un violent coup de pied à un nain en s'approchant du bûcher. Cependant, Angrboda était alors déjà remontée sur le dos de la louve pour disparaître dans les bois.

La créature retrouva sans mal l'emplacement de la carriole. Angrboda se laissa glisser à bas de son dos et récupéra sa canne. « Tu as assez travaillé pour aujourd'hui, mon amie. Je vais tirer la carriole. »

Où est-ce qu'on va ?

« On rentre à la maison », répondit Angrboda. Elle y pensait depuis plusieurs jours et sa rencontre inopinée avec Freyja. Il lui était inutile d'aller plus loin : elle avait découvert tout ce qu'elle désirait savoir. Cela ne lui ferait sans doute pas de mal de continuer à s'exercer à son sort dans le confort et la sécurité de sa grotte.

Une partie d'elle voulait attendre de voir si Skadi allait la suivre immédiatement, mais elle tenait aussi à s'éloigner d'Asgard le plus vite possible. En outre, Skadi risquait d'être retardée par ses histoires avec les Ases – après tout, Loki était toujours en liberté, et la sorcière se doutait que son amie tiendrait à participer à sa capture.

Angrboda comprit alors que, coupable ou non, il finirait par souffrir – elle l'avait vu de ses yeux. Mais à présent, elle savait pourquoi.

Cela lui retournait l'estomac – cette perspective elle-même, ainsi que la crainte de savoir où il avait pu se cacher : le seul endroit où il s'était jamais senti en sécurité, dans cette grotte au bord des mondes.

Toutefois, cela ne l'empêcherait pas de regagner son foyer. Et s'il avait effectivement eu le culot de s'y réfugier, il aurait alors un certain nombre d'explications à lui fournir.

Elles finirent par traverser la rivière pour pénétrer dans la Forêt-de-Fer, et se détendirent toutes deux en se laissant engloutir par la dense futaie. Les bois – *ses* bois – n'étaient plus aussi verts que durant les années fastes passées dans sa grotte à élever ses enfants, mais l'endroit lui paraissait toujours familier, *familial.*

Ça n'a pas changé depuis mon départ, commenta la louve. *Toujours gris et mort.* Angrboda fronça les sourcils et la suivit, avant de se rendre compte qu'elles se dirigeaient vers le sud et les fondations de pierre. La louve bondit à travers les fourrés jusqu'à aboutir à la clairière, où elle s'assit lourdement et inclina sa grosse tête hirsute de façon presque révérencieuse.

Angrboda arriva derrière elle et retira son capuchon. Postée près de son amie, elle s'appuyait de tout son poids sur son bâton de marche.

« C'est ici qu'elles vivaient, déclara-t-elle doucement. C'était il y a si longtemps. »

Oui, confirma la louve en cherchant le regard de la sorcière. *Tu t'en souviens ?*

« Mieux qu'avant, mais j'aimerais n'avoir rien oublié. » Elle serra les paupières. Elle avait surpassé sa culpabilité vis-à-vis des Jarnvidjur, ce qui ne signifiait pas pour autant qu'elle n'éprouvait plus aucun regret. Se tenir au milieu de ces ruines, en *sachant* au fond d'elle à qui elles avaient appartenu et qui elle était jadis, la poussait à se demander en quoi les choses auraient pu être différentes si elle n'était jamais partie, ou si les Jarnvidjur avaient toujours été présentes à son retour…

« J'aimerais savoir ce que l'on éprouve lorsqu'on est attendue quelque part », chuchota-t-elle.

C'est ton cas, lui rappela la louve.

« Tu parles de Loki ? cracha Angrboda en faisant volte-face. Ma demeure n'est plus la sienne. S'il s'y trouve à notre retour… »

Calme-toi. Je ne parlais pas de lui, la détrompa la créature en roulant des yeux. *Je parle de ta Chasseresse. Ne fais pas comme si personne ne t'attendait, alors qu'il est probable qu'elle ait compris ton appel et abandonné les dieux dès la fin des funérailles de Baldur pour se précipiter ici. Et si Loki a effectivement trouvé refuge dans ta grotte et eu le malheur de croiser sa route, elle pourrait bien être en train de lui enfoncer la tête dans la montagne au moment où je te parle. N'est-ce pas une perspective délicieuse ?*

Angrboda sentit le rouge lui monter aux joues ; elle était sur le point de répondre quand elle sentit un souffle d'air derrière elle. Toutes deux se retournèrent et virent une personne recouvrer forme humaine en ôtant une cape de plumes de faucon.

Angrboda crut d'abord qu'il s'agissait de Freyja, et s'apprêtait à lui demander de partir quand elle reconnut Frigg.

Frigg, dans ses plus beaux atours et à la coiffure finement élaborée retenue par un bandeau doré. Son visage ridé était magnifique, et elle apparaissait plus petite et menue qu'Angrboda. Toutefois, il émanait d'elle une forme de sévérité – mais peut-être était-ce uniquement dû au fait qu'elle venait de perdre un fils.

Angrboda connaissait bien ce sentiment.

Je suppose que mon sort de protection s'est épuisé, si elle a pu nous retrouver ici.

« Ta fille, Hel, a décrété que si toutes les choses des mondes voulaient bien pleurer Baldur, il pourrait revenir de ses royaumes, annonça Frigg à Angrboda d'un air déterminé. Nous, les dieux et déesses, nous sommes répartis dans tous les Neuf Royaumes pour veiller à ce que cela advienne. Veux-tu bien verser une larme pour mon fils, afin qu'il puisse me revenir ? »

Angrboda et la louve demeurèrent silencieuses.

« Une vieille sorcière dans une grotte aurait refusé de pleurer, poursuivit Frigg, ses yeux gris cernés de rouge se réduisant à deux fentes à mesure qu'elle se rapprochait d'elles. Elle aurait dit : “Laissons Hel garder ce qu'elle a.” Freyja pensait que cela pouvait être toi, Angrboda Sorcière-de-Fer, alors je suis venue en personne m'entretenir avec toi. De mère à mère.

— Ce n'était pas moi, la dédit Angrboda, mais j'ai bien assez pleuré mes propres enfants. Il ne me reste plus de larmes pour le tien. Ainsi, nous sommes désormais deux à ne pas vouloir verser de larmes pour Baldur. »

Trois, renchérit la louve, même si Frigg ne pouvait l'entendre.

Frigg ferma les yeux comme pour encaisser le choc, puis les rouvrit. « Ne souhaiterais-tu pas que quelqu'un en fasse autant si tu étais à ma place ?

— Si les larmes avaient suffi à épargner leur funeste destin à mes petits, j'aurais fait pleurer tous les mondes », affirma Angrboda après un instant de réflexion. Une larme ruissela sur sa joue, et elle s'empressa de l'essuyer ; la louve l'imita. « Voilà. C'est fait. Mais ce n'était pas seulement pour Baldur.

— Cela suffira, affirma Frigg. Merci. » Son regard s'attarda un moment sur la sorcière et sa compagne, puis elle revêtit sa cape de faucon et s'envola.

Loki assume ses méfaits jusqu'au bout, s'il tient tant à ce que Baldur reste mort, fit remarquer la louve.

« *Laissons Hel garder ce qu'elle a* », murmura Angrboda, et soudain la perspective de voir Skadi enfoncer la tête de Loki dans une montagne ne lui parut plus si agréable. Elle secoua la tête pour se remettre les idées en place, rechignant à s'appesantir sur ce que tout cela impliquait. « Viens. Je n'habite pas loin d'ici. »

Je le sais, répondit la louve. *Passe devant.*

Elles traversèrent les bois en silence. En avisant la clairière désertée et son jardin à l'abandon, Angrboda sentit son cœur se serrer – puis faire un bond quand elle remarqua la porte entrebâillée de la caverne. Aucune fumée ne s'élevait de la cheminée, aucune lumière ne brûlait à l'intérieur, mais elle savait la grotte occupée.

« Reste ici », dit-elle à la louve en s'avançant.

Une fois entrée, elle trouva Loki avachi dans son fauteuil.

Il contemplait l'âtre vide tel un homme déjà mort : ses yeux verts étaient vitreux, ses lèvres couturées pincées ; ses coudes reposaient sur les bras du siège, et ses doigts longs et fins étaient entrelacés, lui conférant l'apparence d'une personne perdue dans ses réflexions. Sa tunique vert sombre typique d'Asgard apparaissait déchirée et maculée de boue ; son visage dépourvu de rides dessinait un air hagard.

Depuis combien de temps se trouvait-il assis là, sans feu, sans nourriture ? Angrboda s'en moquait.

Quand il remarqua sa présence, il redressa le menton ; les yeux écarquillés, il bondit alors du fauteuil.

« Ils te prétendaient morte », déclara-t-il dans un murmure. Il tendit la main vers elle. « Boda, je t'ai cherchée partout, mais… ils disaient que tu… ils disaient… et comme un imbécile, je les ai crus.

— En effet », confirma Angrboda sans émotion particulière – même si, en toute honnêteté, elle imaginait volontiers Skadi s'immoler par le feu plutôt que d'apprendre à Loki que son ex-femme avait survécu ; quant à Freyja et Odin, ils venaient eux-mêmes de le découvrir. Et ce dernier avait ses propres raisons sournoises de ne pas se précipiter vers son frère de sang pour lui transmettre cette information. *Si Loki m'avait sue vivante, les choses auraient-elles tourné différemment ?*

Cela n'eut toutefois aucune influence sur les sentiments d'Angrboda à son égard, car elle continua de l'assassiner du regard jusqu'à ce qu'il se détourne.

« J'ai tué Baldur », annonça-t-il d'une voix faible. Il se laissa retomber dans le fauteuil, les mains tremblantes. « J'ai tué Baldur et j'ai refusé de pleurer sur son sort, alors il va rester avec Hel. Et les Ases veulent ma peau.

— C'est légitime. Il n'était pas sage de te réfugier ici, déclara-t-elle avec dureté tout en retirant sa cape de voyage et son capuchon pour les jeter sur la table avec son paquetage. Frigg vient d'apparaître dans mes bois – mon sort de protection est épuisé. Ne te fais pas d'illusions, les dieux sont à tes trousses.

Comme ils étaient aux miennes il y a peu. Comme ils étaient à celles de nos enfants. Tout cela à cause de *toi.* »

Loki se releva et tendit une nouvelle fois le bras vers elle. « Boda... »

Mais la sorcière recula d'un pas et leva les mains. Elle eut l'impression que son cœur avait sauté dans sa gorge, car, lorsqu'elle parla, son timbre était rauque de rage.

« Et tu as eu le culot de revenir *ici* ?

— Je n'avais nulle part où aller, répondit Loki, au désespoir. C'était ma maison.

— Mais ça ne l'est plus. Sors d'ici.

— Si tu dis vrai, ils seront là bientôt. Tu dois m'aider.

— Je ne le ferai pas. De toute façon, comment pourrais-je t'aider ? Tu as détruit ta propre famille - trahi tes propres enfants. Et tu viens d'abattre le fils d'Odin. Tu as tué la progéniture de ton frère de sang - ton *propre* neveu. Je ne peux pas t'aider. Je ne peux pas faire une chose pareille.

— Me laisseras-tu au moins m'excuser ? J'ai *voulu* le faire, mais il était trop tard, parce que tu étais... Je te croyais partie. Je ne pensais pas en avoir un jour l'occasion.

— Ce n'est pas auprès de moi que tu devrais t'excuser, rétorqua Angrboda. Les garçons sont hors de ma portée, mais j'ai rendu visite à Hel. Elle n'était pas ravie de me voir. »

Loki grimaça comme si elle lui avait porté un coup. « Vraiment ? Comment va-t-elle ?

— Elle est cruelle, puissante et solitaire. Et elle me reproche tout ce qui s'est passé - alors que tout est *ta* faute.

— J'ai fait ce que j'ai pu pour les sauver tous les trois. Pour vous sauver tous les quatre.

— Et ça n'a servi à rien. » Angrboda se rappela ce que Freyja lui avait dit - que Loki avait tenté de négocier pour l'épargner -, mais cela ne suffit pas à amoindrir sa rage.

« Je sais. Mais j'ai quand même essayé. » Il serra les poings. « Les dieux font ce qu'ils veulent, sans se soucier des autres.

— Ça ne te rappelle rien ?

— Qu'est-ce que ça veut dire ? »

Angrboda dressa le menton. « Ça veut dire qu'il n'est pas indispensable d'être un dieu pour se comporter de la sorte. Et que je ne t'ai jamais considéré comme tel, Loki. »

Il ignora la pique, trop focalisé sur lui pour tenir compte de ses propos. « N'empêche que j'en suis un. Et le pire d'entre tous. Je suis celui qui a causé le plus de mal parmi les Ases ; au moins se souviendront-ils de mon nom. On ne peut pas en dire autant de toi. » Comme elle ne répondait pas, il changea d'approche. « Si tu me tournes le dos maintenant, tu me condamnes à mort. »

Angrboda secoua la tête en se rapprochant de lui. « Pas à mort. Je t'y condamnerais pourtant volontiers si cela pouvait me permettre de te voir à genoux dans le palais de notre fille, en train d'implorer son pardon. »

Loki ne réagit pas non plus à cette attaque. « Tu disposes du pouvoir de me protéger, n'est-ce pas ?

— Peut-être, peut-être pas. » Elle soutint son regard. « Tu avais raison. Je t'ai épousé et j'ai élevé tes enfants. Mon existence se résume à cela. Nul ne se souviendra jamais du reste. Les mondes continuent de tourner, et tu as un rôle à jouer dans les évènements futurs.

— Un rôle à jouer, répéta Loki en la dévisageant comme s'il la voyait pour la première fois. Boda, je t'ai dit, lors de notre toute première rencontre, que je ne voulais rien savoir de tes prophéties déprimantes. Je suis ma propre voie – je choisis ma propre destinée. Tu ne peux pas me retirer cela. » Son ton se fit implorant. « Tu ne le *dois* pas.

— Dans ce cas, pourquoi l'as-tu fait ? chuchota-t-elle. Pourquoi as-tu tué le fils de ton frère ?

— Les dieux nous ont tout pris, Boda, murmura-t-il en réponse. J'estimais qu'il était plus que temps de leur prendre quelque chose à mon tour. »

Cela fit monter les larmes aux yeux d'Angrboda. *Même sans savoir ce qu'il adviendrait, sans savoir qu'il y était destiné... Loki l'a fait malgré tout.*

Il pense tout maîtriser, que nous *maîtrisons tout ; j'envie son ignorance.*

Une autre pensée l'assaillit alors.

Laissons Hel garder ce qu'elle a.

« Tu leur as pris quelque chose – *quelqu'un* – pour l'offrir à notre fille », résuma-t-elle lentement.

Loki lui adressa un pâle sourire. « Tu vois ? Tout le monde y gagne. »

Quelque chose tarabustait Angrboda, sans qu'elle parvînt à mettre le doigt dessus. Hel avait toujours été la préférée de Loki. Avait-il réellement assassiné le fils préféré d'Odin pour en faire don à sa fille ? N'avait-il pensé qu'à Hel quand il avait guidé cette flèche dans le cœur de Baldur ? Elle lui sonda le visage, en quête du moindre indice suggérant qu'il se jouait d'elle, mais ne parvint pas à trancher.

Et sans lui laisser le temps de l'interroger, il perçut une ouverture, comprit qu'elle s'était radoucie. Il se rapprocha et lui souffla : « Si tu m'as aimé un jour, viens-moi en aide. »

Ces mots, les mêmes que ceux qu'elle lui avait adressés le soir de l'enlèvement de leurs enfants, lui firent l'effet d'un coup de poignard dans le ventre. Elle s'était toutefois attendue à pareil chantage, et avait anticipé sa réplique.

« Et si *tu* m'as aimée *moi*, rétorqua-t-elle froidement, tu comprendras pourquoi je ne peux pas et ne veux pas t'aider. Et tu partiras sans demander ton reste. »

Tu es voué à faire face aux conséquences de tes actes, Loki Laufeyjarson. Et personne ne peut rien y faire.

Loki soutint son regard un long moment, et elle fut étonnée de constater qu'il prenait ses mots à cœur plutôt que de les ignorer ainsi qu'il l'avait fait cette nuit-là. Il lui posa la main sur la joue avant de l'abaisser, laissant courir le doigt au sommet de sa cicatrice, à peine visible au-dessus du col de sa robe.

« Te demandes-tu encore parfois si j'ai commis une erreur en te rendant ton cœur ? » l'interrogea-t-il.

Angrboda lui saisit le poignet pour le repousser. « Je ne t'autorise pas à me toucher. Plus maintenant.

— J'imagine que je tiens ma réponse. » Loki recula d'un pas, se délestant de toute trace d'émotion. Puis il se dirigea vers la porte.

« Où vas-tu aller ? » lui demanda-t-elle.

Il haussa les épaules, puis les déploya, sans se retourner. « Les dieux organisent un banquet chez Ægir, près de la mer. Je compte y faire un tour pour leur dire un peu ce que je pense. Ou beaucoup.

— N'apprendras-tu donc jamais à te taire, Fripon ? » lui lança Angrboda en se fendant, malgré elle, d'un sourire triste.

Loki jeta un coup d'œil en arrière et, tandis que sa silhouette se dessinait dans la lumière déclinante de l'embrasure, il étira à son tour ses lèvres couturées en un rictus narquois.

« Peu probable », avoua-t-il.

Puis il partit.

Angrboda resta assise dans son fauteuil pendant des heures, tournant et retournant pensivement la figurine de loup d'Hel entre les mains, se demandant si elle avait bien agi. La louve était trop grande pour séjourner confortablement dans la grotte – la dernière fois qu'elles avaient habité ensemble dans la Forêt-de-Fer, Angrboda avait possédé beaucoup moins de meubles – et montait donc la garde dans la clairière, ne trouvant refuge à l'intérieur qu'à la nuit tombée.

Angrboda finit par se lever pour allumer un feu dans l'âtre central et recommencer à s'exercer à son sort. Puis elle refit son lit, et vida carriole et musette. Elle sortit poser quelques collets, et la louve rabattit les lapins vers les pièges avant d'aller chasser du plus gros gibier pour elle-même, ainsi que l'avait fait Fenrir tant d'années plus tôt.

Ainsi Angrboda s'attarda-t-elle, dans cet état étrange, là où tout lui paraissait si familier – sa maison, son lit, son ragoût de lapin, à présent confectionné à partir de racines cueillies et non cultivées dans son potager désormais vide – et pourtant si différent.

Skadi se présenta à sa porte quelques jours plus tard.

Quand la Chasseresse fit irruption, Angrboda était assise sur son tabouret près du feu, à invoquer l'énergie nécessaire à renforcer son bouclier pour protéger ses deux bras. Les deux femmes se dévisagèrent, et la sorcière finit par se lever, sans savoir quoi dire.

« J'ai bien cru que ton loup ne me laisserait jamais passer », déclara Skadi qui se tenait, mal à l'aise, dans l'embrasure. Elle portait une cruche de bière dans une main et deux lapins écorchés et décapités dans l'autre, et balançait son poids d'un pied sur l'autre. « Tu... souhaitais que je vienne ici, non ? Ou ai-je mal interprété le regard que tu m'as décoché aux funérailles de Baldur ?

— Oui, s'empressa de répondre Angrboda avant de s'éclaircir la voix. Enfin, non, tu n'as pas mal interprété. Je voulais que tu viennes.

— Je vois. » Skadi entra alors pour déposer la cruche sur la table. « Tu as donc accompli tout ce que tu voulais accomplir ?

— J'ai fait ce que j'ai pu, et il était temps de rentrer. » Elle se dirigea vers son coffre et en sortit deux gobelets vides, avant de déboucher la cruche pour les remplir. Elle en tendit un à Skadi, qui s'assit face au feu sur l'un des bancs. Angrboda mit les lapins dans son chaudron, y versa l'eau d'un seau pour laisser mijoter leur dîner et ajouta une bûche au feu. Skadi l'observa sans un mot, mais Angrboda sentait bien le poids de son regard.

« Il est venu ici, n'est-ce pas ? s'enquit la Chasseresse dès que la sorcière se fut assise.

— Oui, confirma Angrboda.

— Et tu l'as renvoyé.

— Oui.

— Parce que tu savais ce qu'il avait fait ? »

En guise de réponse, Angrboda se retourna vers le feu et posa, très doucement, une question à laquelle elle connaissait déjà la réponse - car elle savait qu'il serait ligoté et torturé, mais n'avait pas vu les évènements reliant la mort de Baldur au châtiment de Loki. « Qu'est-il advenu de lui ? »

Skadi appuya son dos contre la table. « Il s'est rendu à un banquet organisé par les Ases chez Ægir - sans doute tout de suite après être parti d'ici. J'y étais moi-même conviée. Il a forcé Odin à l'accueillir, se prévalant de leur parenté, puis a entrepris d'insulter toutes les personnes présentes. » Skadi pinça les lèvres, se rappelant manifestement certaines des injures. « Les grossièretés lancées à son encontre semblaient rouler sur lui comme l'eau sur une feuille. Puis Thor est arrivé et l'a contraint à partir en le menaçant physiquement.

— C'est bien son genre. » Malgré tous ses efforts, Angrboda ne parvint pas à réprimer son sourire sombre. *Et pourtant, il a eu la jugeote de se rendre compte qu'il n'avait aucune chance de remporter une joute verbale contre Loki. C'était malin de sa part de s'en tenir à son point fort : la force brute.*

« En effet, répondit Skadi. Bref, il est parti et a été traqué. Avant d'être capturé et ligoté il n'y a pas deux jours. J'ignore si je dois te raconter la suite.

— J'aimerais savoir. »

Skadi soupira. « Il a été emmené loin, quelque part à Midgard. L'un des fils qu'il a eus avec Sigyn a été transformé en loup et a éviscéré son frère. Loki a été ligoté avec les entrailles de ce deuxième fils, qui se sont transformées en fer. Puis le loup s'est enfui. » Son malaise était manifeste. « Pas étonnant que Sigyn ait réagi comme elle l'a fait, auprès de la rivière, si c'est ce que tu lui as fait voir... »

Angrboda opina d'un air sinistre. « Et ensuite ?

— Ensuite, un serpent a été suspendu au-dessus de la tête de Loki, faisant goutter son venin sur sa figure, poursuivit Skadi. Il s'est débattu si vigoureusement que tout Midgard semblait trembler. Mais les Ases ont autorisé Sigyn à rester auprès de lui, avec un bol pour recueillir le poison – ils y ont consenti à contrecœur, car ils considèrent qu'il ne méritait pas une telle mansuétude. Je suis d'accord. Mais au moins, ainsi, il sera trop occupé pour imaginer un moyen de se tirer d'affaire. C'était un mal nécessaire. »

Angrboda prit le temps de digérer ces informations. *C'était donc ça. Voilà comment ma vision est advenue.*

Skadi lui posa la main sur le bras. « Est-ce que ça va ?

— Oui, répondit Angrboda. Merci.

— De quoi ?

— De m'avoir raconté tout cela. Et d'être revenue.

— C'est normal », affirma Skadi. Elle semblait sur le point d'ajouter quelque chose, mais préféra finalement changer de sujet. « J'en déduis que ta quête a été fructueuse ? »

Angrboda lui sourit. « Nous avons beaucoup de choses à nous raconter, mon amie. »

Skadi écouta silencieusement le récit d'Angrboda, qui dura une bonne partie de la nuit ; la seule chose que la sorcière omit de préciser fut qu'elle avait vu Skadi au banquet chez Hymir. Quand elle eut terminé, les lapins avaient mijoté si longtemps que la viande se détachait de l'os ; la cruche de bière, quant à elle, était vide.

« Voilà donc d'où vient cette louve, commenta Skadi. Tu es donc bien elle. La sorcière qui a vécu ici jadis, et dont je t'ai parlé le jour de notre rencontre.

— Oui.

— Dans ce cas, il me semble que, puisque tu es elle, tu es plus que capable de… d'accomplir ce que tu souhaites accomplir au sujet de tout ça.

— Je te remercie pour ta confiance, mon amie.

— De rien. Je reviens tout de suite – je dois me rendre aux latrines. » Skadi se leva, et laissa pénétrer dans la grotte une bourrasque d'un air excessivement froid pour la saison. Surprise, Angrboda alla la rejoindre sur le seuil, où la Chasseresse s'était immobilisée.

La sorcière comprit pourquoi.

Trois bons pieds de neige au moins recouvraient le sol, alors qu'il n'y avait pas eu le moindre flocon à l'arrivée de Skadi, quelques heures plus tôt.

Ce qui n'aurait rien eu de réellement exceptionnel si le solstice d'été n'avait pas eu lieu un mois plus tôt.

« Le Fimbulvetr », chuchota Angrboda. Quand Skadi lui décocha un regard interrogateur, elle s'expliqua : « La mort de Baldur et la capture de Loki marquent le début du Ragnarök – c'est ainsi qu'ils ont baptisé ma prophétie. Viendront ensuite trois années d'hiver. »

La louve, qui semblait jusqu'alors profondément endormie dans la clairière, se leva subitement et s'ébroua, faisant voler tout autour d'elle des gerbes de neige humide. Elle considéra alors les géantes et dit d'un ton grognon : *J'imagine que vous n'avez plus de place à l'intérieur ?*

Angrboda et Skadi s'effacèrent de part et d'autre pour laisser entrer la créature, et Skadi s'étonna : « Elle sait parler ?

— Tu l'as entendue ? s'exclama Angrboda en haussant les sourcils. Je pensais être la seule à pouvoir le faire. Elle aussi, d'ailleurs. »

Skadi haussa les épaules. « J'ai toujours eu une certaine affinité avec les loups... »

Ah, elle me plaît bien, intervint la louve en s'installant près du feu. *On peut la garder ?*

L'hiver se durcit rapidement, et Skadi quitta la caverne avant que les cols devinssent impraticables. Angrboda ne s'attendait pas à la revoir avant quelque temps et se demandait comment elle allait pouvoir occuper ces trois longues années, seule avec la louve. *En m'exerçant à mon sort, sans doute.*

Skadi ne lui avait pas proposé de l'accompagner dans les montagnes, et Angrboda tenta de ne pas se laisser démoraliser par cette déconvenue.

La Chasseresse réalisa cependant quelque chose d'inattendu : elle emballa tous les biens et provisions qu'elle put récupérer dans son palais, chargea l'ensemble sur trois traîneaux, chaussa ses skis et guida ses rennes vers la forêt.

Angrboda n'aurait été plus stupéfaite si Freyja en personne s'était soudain matérialisée pour s'excuser de l'avoir retenue pendant que les dieux emmenaient ses enfants.

« Je sais que tu ne m'as pas invitée à passer l'hiver ici, mais ta louve l'a fait », déclara Skadi, amusée. Angrboda la contempla, bouche bée, depuis le seuil de la grotte. « Si j'ai bien compris, c'est aussi chez elle.

— Tu as apporté tout ce que tu possédais, bredouilla Angrboda.

— Tous mes biens de valeur, en tout cas. Tu veux bien me prêter main-forte, si ta tête ne te fait pas trop souffrir aujourd'hui ?

— Tu... abandonnes Thrymheim ? chuchota Angrboda. Pourquoi ? Tu n'as même pas voulu le faire pour ton mari.

— Un hiver de trois ans sera difficile partout, mais je crains que ce soit pire dans les montagnes. » Elle haussa les épaules, sans se départir de son expression amusée. « C'est la fin des temps, mon amie. Et si je ne m'inquiète pas trop pour notre survie, je ne peux en dire autant du reste de ce royaume. J'imagine que cela ne te surprendra pas d'apprendre que les géants sont de plus en plus furieux et agités. »

Angrboda repensa à sa visite au palais d'Hymir – dont Skadi ignorait encore tout –, puis se rendit compte que la Chasseresse faisait allusion à la prophétie de la sorcière.

« C'est dans notre nature, mais c'est encore pire depuis que Baldur a été tué et Loki capturé – j'en ai suffisamment entendu en venant ici pour croire qu'ils se mettraient en route demain si la plupart d'entre nous ne vivaient pas dans les montagnes. Les incidents se sont succédé avec les Ases depuis des années, mais l'emprisonnement de Loki a été la goutte d'eau qui a fait déborder le vase. Beaucoup estiment que le fait qu'il ait tué Baldur prouve que le Fripon a une fois pour toutes choisi de rallier notre camp. En outre, ses insultes envers les dieux au banquet d'Ægir ont été chroniquées dans un poème par une personne présente sur les lieux – peut-être un domestique –, et elles circulent un peu partout. Tu imagines ce que les gens se disent à Jötunheim, en entendant les dieux traités de la sorte ? Loki a tout balancé.

— Ils se rassemblent autour de lui, murmura Angrboda. C'est une bien piètre excuse, mais notre peuple a toujours été du genre combatif, n'est-ce pas ?

— Oui, confirma Skadi. Les géants sont prêts à saisir la moindre chance d'éliminer les dieux une fois pour toutes. Mais si nous voulons combattre, Jötunheim doit survivre à cet hiver.

— Je me suis fait la même réflexion, avoua doucement Angrboda, préférant ne pas réagir au fait que Skadi avait employé le pronom “nous” pour désigner les géants se ralliant en vue du Ragnarök – et d’une mort certaine. Tu as toujours été mon lien le plus fort avec les mondes extérieurs à ces bois – je crois que nous pourrions trouver de l’aide. Comme au bon vieux temps. Je me demandais si tu accepterais de te rendre… ?

— Au palais de Gymir, pour voir ce qu’il reste du potager de Gerd, afin que tu puisses recommencer à concocter des potions coupe-faim pour que je les distribue dans tout Jötunheim et tout Midgard ? »

Angrboda cilla, incrédule. « Eh bien, oui. Exactement.

— À ton avis, pourquoi suis-je si pressée de tout décharger avant de repartir ? » Skadi détacha l’une des cordes qui retenaient les provisions sur la première luge et confia à Angrboda un épais tapis de couchage dont émergeait une fourrure. « Place-le à côté de ton lit – c’est là que je dormirai.

— C’est ridicule, répliqua aussitôt Angrboda. Tu vas partager ma couche. »

Skadi ouvrit la bouche, puis la referma.

« C’est… Elle est assez large pour qu’on y dorme confortablement. Je ne te laisserai pas t’installer par terre alors que nous pouvons nous allonger côte à côte sur ma paillasse. » Angrboda était soulagée que son visage fût déjà rougi par le vent mordant – cela permettait de dissimuler son embarras.

« D’accord, accepta Skadi quand elle eut enfin recouvré l’usage de la parole. Pose ça à côté de ta place, alors. »

Puis, comme au temps jadis, Skadi retourna voyager dans les mondes avec ses rennes et son traîneau, tandis qu’Angrboda restait à la Forêt-de-Fer et travaillait avec les matériaux que la Chasseresse lui rapportait.

Le premier ravitaillement de celle-ci s'effectua effectivement au palais de Gymir. Les domestiques des parents de Gerd avaient continué d'entretenir son jardin en son absence, et les plantes avaient été récoltées, séchées et remisées dès que l'hiver inattendu était survenu.

Gymir se débarrassa de tout : la moindre feuille et la moindre tige furent chargées sur le traîneau de Skadi. Lorsque Angrboda exprima sa surprise, son amie fit remarquer avec désinvolture : « Ils ont besoin de peu. »

Les mois s'écoulèrent. Angrboda continuait de les compter par phases lunaires, et bientôt une année entière fut passée. Alors que l'hiver se poursuivait, les réserves de Skadi se tarissaient de plus en plus, ce qui la contraignait à effectuer des trajets plus longs pour trouver son bonheur. La louve l'accompagnait souvent, laissant Angrboda seule. Parfois, Skadi disparaissait plusieurs semaines d'affilée.

Ses absences tracassaient la sorcière, même si celle-ci savait au fond d'elle-même que si une femme dans tout le cosmos pouvait se débrouiller seule, c'était bien Skadi Thjazadottir.

Ça a toujours été mon lot d'attendre quelqu'un, se disait Angrboda. Lorsque Skadi restait à la grotte pour la nuit, la sorcière parvenait à peine à dormir, tant elle avait l'impression d'être séparée d'elle par plus que quelques épaisseurs de fourrure. Une partie d'elle mourait d'envie de se tourner vers la Chasseresse pour entamer la conversation qui la travaillait depuis si longtemps – une conversation susceptible d'expliquer la pointe de jalousie qu'elle avait éprouvée en apprenant que Skadi s'était mariée, et bien d'autres choses encore.

Elle s'en empêchait chaque fois, et avant qu'elle pût changer d'avis, Skadi était déjà repartie.

Je réfléchis trop, se morigénait-elle, ce qui ne l'empêchait pas d'être paralysée par la peur. *Et si je me trompais dans l'interprétation des signaux ? Et si je faisais fausse route depuis le début ? Et si tout cela n'était que le fruit de mon imagination ?*

La louve, pour sa part, demeurait essentiellement silencieuse et observatrice durant ses jours de présence, mais elle décochait à Angrboda des regards entendus dès que Skadi avait le dos tourné.

« T'arrive-t-il de penser à ta cousine Gerd ? » demanda un soir Angrboda, tandis qu'elles étaient installées face à face à la table de la sorcière. Skadi venait de rentrer de l'un de ses longs voyages, les joues encore rougies par le froid, les mains serrées autour d'un bol de ragoût fumant. La louve était assise dans le coin, à rogner un os du petit ongulé qu'elle avait tué plus tôt dans la journée.

« Pas assez souvent, admit Skadi. Quand je me suis rendue chez Gymir pour récupérer ses provisions, sa vieille mère traînait les pieds au palais, la tête basse. Elle parlait de sa fille au passé, comme si elle était morte plutôt que mariée. Elle mène une existence difficile à Asgard », ajouta-t-elle, et sa mine sombre dissuada Angrboda d'insister davantage.

La sorcière éprouva une minuscule pointe de pitié à l'égard de son ancienne amie, mais elle la réprima et se redressa sur son banc. « Eh bien, elle a pris sa décision.

— Elle n'a pas tellement eu le choix d'épouser Frey, la détrompa Skadi gentiment. À partir de là, elle n'avait plus qu'un pas à franchir avant de te vendre aux dieux, ce qu'elle a été contrainte de faire. Je ne peux pas excuser ce qu'elle vous a fait subir, à toi et ta famille, mais je comprends pourquoi elle l'a fait. Cela ne veut pas dire que je lui pardonne. Il y a une différence entre justifier et excuser.

— Mmmh », commenta Angrboda en buvant une gorgée de bouillon. La sorcière pensait souvent à Gerd lorsqu'elle considérait sa ceinture à galons, qui s'était considérablement élimée au fil de ses voyages et se retrouvait ternie par les années malgré tous les lavages. Il s'agissait vraiment d'un objet de belle facture pour durer si longtemps.

« Je comprends, moi aussi, finit par déclarer Angrboda. Mais je ne peux pas lui pardonner non plus, et j'espère ne jamais plus la revoir. »

Skadi y réfléchit un moment. « Tu ne peux pas pardonner à Loki et ne pas pardonner à Gerd. »

Angrboda immobilisa son bol à mi-chemin de sa bouche. « Qui te dit que j'ai pardonné à Loki ?

— Je ne dis pas que tu l'as fait, je faisais une remarque en l'air, c'est tout. » Skadi remua, mal à l'aise. « Je me suis longuement entretenue avec Gymir quand je suis allée chez lui. Il m'a expliqué que les géants commençaient à s'amasser dans la citadelle d'Utgard pour y affronter ensemble le long hiver.

— Et ? l'encouragea Angrboda en sirotant son ragoût. Est-ce que Gymir comptait s'y rendre aussi ? »

Skadi acquiesça.

« Ah, c'est pour ça qu'il t'a laissée prendre tant de provisions dans ses réserves. »

La Chasseresse opina derechef. « Sa femme et lui n'avaient besoin que de ce qu'ils pouvaient emporter à Utgard. Et Gymir m'a parlé avec sincérité : nombre de mes partenaires commerciaux ont déserté leur village ou hameau et sont partis rejoindre la citadelle du Nord. Il y en a un peu plus à chacune de mes excursions. Ces derniers temps, j'allais directement à Utgard pour échanger tes potions et rapporter de nouvelles provisions.

— C'est pour ça que tu disparais si longtemps », comprit Angrboda en se rembrunissant. Elle sentait que son amie lui cachait encore quelque chose. « Savent-ils... pour le Ragnarök ? Ou se rejoignent-ils tous là-bas de leur propre chef ?

— Ils baignent pour l'instant dans une merveilleuse ignorance. Et je ne risque pas de leur révéler la vérité de sitôt. De toute façon, ils ne me croiraient pas et exigeraient des preuves. » Skadi finit son ragoût et croisa les bras sur la table pour observer Angrboda posément. « Quand le long hiver s'achèvera et que la fin commencera, ils marcheront sur les dieux. Et je les accompagnerai. »

Angrboda l'avait senti venir, ce qui n'empêcha pas ses entrailles de se glacer.

« Pourquoi ferais-tu une chose pareille ? » s'enquit-elle en s'efforçant de conserver une voix ferme. Sa tête, qui s'était mise à palpiter atrocement, lui tournait de colère.

« Comment pourrais-je faire autrement ? répondit Skadi dans un haussement d'épaules, et la tension d'Angrboda s'accentua encore. Cela me semble être une fin appropriée, non ? Je vais mourir au combat – pour défendre ma terre, mon *peuple*. Pour venger mon père.

— N'est-il pas déjà vengé ? » demanda Angrboda entre ses dents serrées.

Skadi se renfrogna ; la sorcière venait de toucher un point sensible.

« Les dieux l'ont massacré et m'ont offert une compensation ridicule, rappela-t-elle en haussant le ton. Je compte bien me venger en personne et éliminer autant de ces assassins que possible. »

Angrboda repoussa son bol et entrelaça les doigts sur la table. « Je t'en prie, mon amie, écoute-moi. J'ai vu bien des choses, mais jamais *ton* destin. Ni le mien. J'ai vu mourir les dieux, mes fils et bien d'autres... mais pas nous. »

Skadi secoua la tête. « Mais bien sûr, nous sommes en sécurité, au moins jusqu'à ce que les flammes de Surt nous consument. »

Angrboda inspira profondément. L'épée flamboyante du géant du feu voué à abattre Frey durant l'ultime affrontement engloutirait tous les mondes dans un gigantesque incendie.

Et ainsi, tout se terminerait : le dernier acte du Ragnarök.

« Tu sais que j'y travaille », répondit Angrboda. Elle n'avait pas beaucoup progressé avec son bouclier protecteur, mais il lui restait deux ans pour l'améliorer. Deux années avant la fin du Fimbulvetr.

Deux années pour dissuader Skadi de se lancer dans cette folle entreprise.

La Chasseresse secoua la tête une fois de plus. « Rien ne peut l'empêcher, Angrboda. Aucun pouvoir dans le cosmos ne permettra d'éviter ce qui arrive. Tu l'as dit toi-même. » Elle se leva de son banc. « Je ne veux pas me disputer à ce sujet. Ma décision est prise. »

Angrboda se leva à son tour et lança : « Tu te feras tuer avec tous les autres. Tu *sais* que je travaille à un plan, un *sort*, pour protéger Hel. Et il pourrait te protéger également. Tu n'es pas obligée de combattre...

— Mais j'en ai *envie*.

— Alors, tu mourras, trancha froidement Angrboda.

— Dans ce cas, je pourrai au moins me targuer d'avoir combattu, rétorqua Skadi, qui s'était soudain mise à hurler, et la mort me libérera de la peine causée par la perte de mon père et mes nombreux échecs.

— Tu ne me crois pas capable de te préserver de cela ? » La sorcière serra les poings ; des larmes de rage jaillissaient de ses yeux. « Tu n'as pas foi en *moi* ? »

Skadi la toisa de toute sa hauteur, d'abord incrédule, puis avec une fureur grandissante.

« Tu es une imbécile complète, déclara-t-elle à voix basse, de te figurer que cela a le moindre rapport avec toi. Tu ne peux pas m'en vouloir de souhaiter faire preuve d'égoïsme pour *une seule chose*. Tu auras beau déformer cela dans tous les sens, cela n'a rien à voir avec toi ni avec tes sentiments. Car la vérité est que j'ai tout fait pour toi, pour les dieux, pour ma famille. Pour une fois, j'ai besoin de faire quelque chose pour moi-même. »

Sur ce, Skadi sortit de la grotte en trombe, laissant la porte claquer dans son sillage et Angrboda debout, hébétée, au milieu de la caverne.

La louve leva la tête de son os et assena : *Tu es* vraiment *une imbécile, tu sais ?*

C'était effectivement incontestable.

Une fois Skadi partie, Angrboda n'eut rien d'autre à faire que s'exercer à son sort. Certains jours, elle pouvait se pencher sur le feu sans qu'un seul de ses cheveux ne roussît ; d'autres fois, alors qu'elle n'arrivait pas à se concentrer assez pour protéger ne fût-ce que le bout de ses doigts, elle se sentait glisser imperceptiblement vers le néant.

Elle ne pouvait s'en empêcher. Se tourner vers l'intérieur, *s'emparer* de l'intérieur finissait toujours par la conduire à cet endroit – cette étendue de pouvoir qui déferlait devant elle comme si elle observait un puits d'une profondeur insondable, sous la surface duquel des éternités d'énergie primordiale vrombissaient.

En l'attendant.

C'était dans ce même pouvoir dangereux qu'elle avait puisé pour avoir connaissance du Ragnarök, mais elle ne l'avait jamais choisi, elle ne maîtrisait rien. Accéder à ce pouvoir de son plein gré – l'accepter, *l'embrasser* – la terrorisait. Un profond sentiment d'angoisse la portait cependant à croire que, au bout du compte, elle n'aurait pas le choix.

Lorsqu'elle aurait sauté le pas, elle savait qu'elle ne pourrait plus refaire surface.

Elle continuait de s'exercer malgré tout. Supposer que puiser dans le pouvoir du néant serait la réponse ne suffisait pas : si elle s'en remettait à cela et que ça ne fonctionnait pas, tout serait perdu. Elle préférait donc compter sur elle-même et s'en remettre au néant en ultime recours.

Son sort s'améliorait de jour en jour, tant et si bien qu'elle parvint à se convaincre qu'elle pourrait préserver son corps entier des brûlures.

Et voilà comment, quelques semaines après que Skadi eut claqué la porte, elle se retrouva debout sur son fauteuil, pieds nus, vêtue de sa plus fine robe de lin, à considérer l'âtre central. Elle avait retiré le chaudron pour se ménager plus d'espace, mais contempler les flammes entamait sa détermination.

Je dois le faire. D'une manière ou d'une autre, je devrai y passer un jour.

Elle inspira un grand coup, rassembla toute son énergie dans son sort, et s'avança dans le brasier.

Les flammes léchèrent l'ourlet de sa robe, aussi inoffensives que des vaguelettes sur la rive. Sa peau demeura intacte, même si les tisons lui gênaient la plante des pieds. Pendant tout ce temps, l'endroit obscur l'appelait – il serait tellement facile de choisir d'y plonger. Elle résista toutefois à la tentation et resta concentrée sur le maintien de la barrière protectrice autour d'elle.

Elle ignorait depuis combien de temps elle se tenait là quand elle ouvrit les yeux et aperçut Skadi sur le seuil, muette d'admiration.

Angrboda laissa échapper un hoquet de surprise et bascula de côté, hors du feu – et en une fraction de seconde, la Chasseresse fut là pour la rattraper dans sa chute. Elles se dévisagèrent un long moment avant que Skadi la remette droite et s'écarte, gênée.

Un ange passa.

« Je n'ai pas entendu la porte s'ouvrir, déclara Angrboda en secouant gauchement sa robe pour en faire tomber les cendres.

— J'ai frappé. Désolée. J'avais besoin de m'éclaircir les idées, expliqua Skadi en s'asseyant face au feu sur un banc. J'avais peur de mettre un terme définitif à notre amitié en revenant ici trop tôt.

— Je comprends. » Angrboda alla s'installer sur le lit pour l'observer.

« Ce que tu viens de réaliser était incroyable. Est-ce... là-dessus que tu travaillais depuis tout ce temps ? Ton sort pour sauver Hel ?

— Oui. » Angrboda ne tenait pas en place. « Je... Je suis contente que tu sois rentrée. Je tenais à te dire que j'ai eu tort. La dernière fois. Je suis navrée. »

Skadi tourna brusquement la tête vers elle, les sourcils dressés au-dessus de ses yeux bleu pâle. Elle sembla chercher ses mots un instant, puis soupira pour venir s'installer près d'Angrboda. « Au moins, tu le reconnais. Même si, tu sais, il m'arrive parfois de regretter de t'avoir rencontrée. Tellement tu m'exaspères. »

La sorcière resta muette. Un nouveau silence s'écoula, celui-ci moins tendu.

« Il y a moi aussi une chose que je voulais te dire », finit par reprendre Skadi. Quand elle lui adressa un regard interrogateur, Angrboda découvrit la mine déterminée de son amie. « C'est moi qui ai placé le serpent au-dessus de la tête de ton mari quand ils l'ont attaché. »

Angrboda ne prit même pas la peine de démentir le « mari », car les images de la torture de Loki lui revinrent aussitôt à l'esprit. Ses yeux s'écarquillèrent. Elle n'avait pas vu qui avait accroché le serpent, seulement qu'il était là. « Pourquoi faire une chose pareille ? »

Skadi se retourna vers le feu. « Je voulais le voir souffrir. Pas seulement parce qu'il cause toujours des ennuis. Pas seulement parce qu'il a tué Baldur. Pas seulement pour qu'il souffre trop pour trouver le moyen d'échapper à son châtiment. Je voulais le voir souffrir parce que je t'ai tant vue souffrir à cause de lui. »

Angrboda ne trouva rien à répondre, et se contenta de contempler les flammes elle aussi.

« Je lui ai dit : “C’est pour Angrboda et les enfants”, poursuivit Skadi. Il a alors parlé, pour la première fois depuis sa capture. Il a chuchoté, afin que moi seule puisse l’entendre, que ça ne pouvait pas être pour toi, car tu n’ajouterais jamais à ses souffrances de la sorte. J’ai répliqué que c’était pour cela que je devais m’en charger. »

Un long silence s’ensuivit, au cours duquel Angrboda comprit que, même si elle réfléchissait trop aux liens qui l’unissaient à Skadi, elle ne s’était pas méprise en interprétant les signaux. L’aveu de Skadi venait de le lui confirmer.

« Merci, souffla-t-elle alors avant de se tourner vers la Chasseresse.

— Hein ? » Skadi la dévisagea en cillant. « D’avoir fait torturer ton ancien mari en ton nom sans t’avoir consultée ? »

Angrboda lui saisit les mains. « De tout. D’avoir failli m’atteindre avec cette flèche il y a des éternités, d’avoir partagé ton dîner, d’avoir fabriqué mes meubles. Tu m’as rendue utile en négociant mes potions. J’étais complètement désespérée à notre rencontre, mais tu as pris soin de moi.

— Et je tiens toujours à toi, répondit Skadi d’une voix très douce.

— Je le sais.

— Vraiment ? » s’étonna Skadi, qui peinait à déchiffrer l’expression de la sorcière. Ce qu’elle lut sur son visage dut l’enhardir, car elle se rapprocha pour ajouter : « Loki t’aimait peut-être, si toutefois il en était capable, mais il ne t’a apporté que de la souffrance. Tu le sais. Nous le savons toutes les deux. J’aimerais t’apporter plus que cela, Angrboda. Tellement plus. Je t’ai aimée alors, je t’aime encore aujourd’hui. Je t’aimerai jusqu’à ma mort. Et après ça, quoi qu’il advienne, je t’aimerai toujours, même si tu n’es qu’une imbécile qui s’est servie de moi comme Loki s'est servi de toi. D'ailleurs, j'imagine que ça fait aussi de moi une imbécile.

— Nous sommes deux imbéciles, confirma Angrboda en sentant son cœur gonfler dans sa poitrine. Les choses auraient pu être si différentes...

— Elles le peuvent encore, affirma farouchement Skadi en lui pressant les mains.

— Mais la fin est immuable, murmura Angrboda.

— Peu importe la fin. Tout ce qui compte, c'est la manière dont nous l'atteindrons. Affrontons l'avenir avec autant de dignité que possible et profitons au mieux du temps qu'il nous reste. » Sur ce, Skadi prit le visage de la sorcière entre ses mains et l'embrassa avec la fougue liée à des années d'attente. Angrboda étreignit alors les épaules de la Chasseresse et lui rendit son baiser.

« Accorde à une condamnée son ultime volonté, chuchota Skadi quand elles se séparèrent enfin, et laisse-moi partager ta couche, la partager *vraiment*, pour cette nuit et toutes les nuits jusqu'à la fin des temps. »

Et Angrboda y consentit.

Les mois suivants s'écoulèrent tel un rêve éveillé, mais toutes deux avaient bien conscience qu'il s'agissait du calme avant la tempête, de la corde d'arc que l'on bande avant de tirer. Bien vite, une deuxième année fut passée, et la troisième défila plus rapidement que n'importe quel autre instant de la vie d'Angrboda, car elle s'ignorait capable de connaître un tel bonheur. Skadi allait et venait pour troquer ses potions, mais elle s'éloignait de moins en moins souvent. Angrboda en était ravie : elle ne voulait pas gaspiller un seul instant, car ceux-ci étaient désormais comptés. La louve était si lasse de leurs démonstrations d'affection qu'elle passait l'essentiel de son temps à l'extérieur, sauf quand le climat se révélait vraiment trop mauvais.

Ainsi, dans le creux de l'hiver, lovées l'une contre l'autre sous la laine et les fourrures, les membres entremêlés, les géantes évoquaient toutes les choses du passé dans l'espoir d'oublier celles qui étaient à venir.

« Ils me manquent », chuchota un soir Angrboda en faisant tourner entre ses mains la figurine de loup, ainsi qu'Hel l'avait si souvent fait, petite. Elle avait tenté à plusieurs reprises de contacter ses fils, sans résultat. Et chaque fois qu'elle avait voulu rendre une nouvelle visite à sa fille, Módgud l'en avait empêchée. Hel avait même enchaîné Garm, son chien de garde, juste devant la porte, afin de chasser sa mère.

Angrboda devait se faire une raison : Hel ne l'écouterait pas et ne viendrait pas la rejoindre au commencement du Ragnarök. Et si elle ne retrouvait pas Hel, le sort sur lequel elle travaillait depuis tant d'années ne servirait à rien.

Skadi perçut sa détresse et repoussa une mèche de cheveux derrière l'oreille de la sorcière, effleurant délicatement la cicatrice sur sa tempe ; la voir avait toujours assombri son humeur, mais c'était moins le cas à présent qu'elle pouvait y apposer les lèvres comme bon lui semblait, comme si un simple baiser pouvait suffire à tout effacer.

Oh, comme Angrboda aurait souhaité que ce fût vrai.

« Moi aussi, alors que je ne pensais pas aimer les enfants avant de rencontrer les tiens. Parfois, je regrette de ne pas en avoir eu moi-même. Parfois, j'ai peur d'imaginer que je vais quitter ces mondes sans rien laisser derrière moi. Que je finirai oubliée de tous, comme si je n'avais jamais existé. »

Angrboda avait déjà entendu pareille inquiétude de la part de Loki, mais, curieusement, ces mots suscitèrent une autre réaction dans la bouche de Skadi.

« Oubliée ? » Angrboda s'assit dans le lit – faisant fi de la soudaine bourrasque d'air froid qui frappa sa poitrine nue – et la considéra, hagarde. « Toi ? La femme qui s'est présentée à

Asgard vêtue d'une cotte de mailles et armée jusqu'aux dents afin de réclamer justice pour son père ? *Oubliée ?* »

Skadi ne sembla pas convaincue ; Angrboda lui souleva alors le menton. Elle était si belle, avec ses cheveux d'un blond presque blanc, qui, libérés de leurs tresses habituelles, se déployaient sur les oreillers telle la soie qu'elle avait autrefois apportée à Angrboda. La chevelure de la Chasseresse était épaisse, mais bien plus douce qu'il n'y paraissait.

« Les gens meurent, avait un jour fait remarquer Loki, *les histoires leur survivent, par le biais des poèmes et des chansons. Des histoires racontant leurs exploits, ou leurs dieux. »*

« L'on se souviendra de toi pour qui tu étais et tout ce que tu as fait », chuchota Angrboda en caressant de son nez celui de son amante. Elle repoussa alors une mèche argentée tombée sur son visage. « Pour ton courage. Ta fierté. Ta conviction. Je ne vois pas comment quiconque pourrait t'oublier.

— Si je ne survis que par le biais des histoires après ma disparition, répondit Skadi sur le même ton, qu'adviendra-t-il de moi lorsque plus personne ne se les rappellera ? Il me semble bien que nous finirons tous oubliés, au bout du compte. »

Angrboda se redressa au-dessus d'elle. « D'une manière ou d'une autre, Baldur survivra au Ragnarök. Penses-tu qu'il oubliera que tu voulais l'épouser ? J'aurais payé mon poids en argent pour assister à *cet* échange.

— Tu viens de tout gâcher, gémit Skadi. De toute façon, il était trop jeune pour moi. C'était juste le plus beau des Ases et, selon moi, le moins horrible d'entre tous. Voilà pourquoi mon choix s'est d'abord porté sur lui quand ils m'ont offert un mari. » Elle empoigna le coussin le plus proche et s'en servit pour frapper Angrboda en levant la voix. « Et n'oublie pas que c'est durant ce même incident que *ton* ancien mari s'est attaché les testicules à une chèvre pour me faire rire et sceller l'accord des dieux avec moi.

— Tu détournes la conversation, riposta Angrboda en lui arrachant l'oreiller des mains. Et dois-je te rappeler qu'il t'a *effectivement* fait rire ? »

Skadi eut un sourire en coin. « Eh bien, tu as conscience que, puisqu'il reconstituait une scène qui s'était déjà produite, cela signifie...

— Qu'il a attaché ses testicules à plus d'une chèvre, oui. Je savais dans quoi je m'engageais quand j'ai accepté de devenir sa femme, ne t'en fais pas.

— C'était l'époque où il était prêt à tout pour rire. Bien avant que... » Skadi arbora subitement un air coupable. « Bien avant que tu meures. »

Ce rappel doucha l'enthousiasme d'Angrboda, qui se laissa retomber sur les oreillers en étreignant la figurine de loup. Skadi se lova près d'elle et posa la main sur la sienne pour l'immobiliser.

« Tu es inquiète », déclara-t-elle. Ce n'était pas une question.

« Hel me déteste. Je lui ai demandé de venir me retrouver au commencement du Ragnarök, mais je doute qu'elle m'écoute. Je *peux* la protéger ; je le sais. Mon bouclier est plus puissant que jamais. Mais...

— Y a-t-il quelqu'un qu'elle serait susceptible d'écouter ?

— Personne qui puisse la contacter, en tout cas. Il faudrait mourir pour ça, ou... » Angrboda s'assit d'un bond quand une idée lui vint. « Loki. »

Skadi haussa un sourcil et se redressa sur un coude, la joue dans la paume, pour considérer sa partenaire avec mécontentement. « Es-tu vraiment obligée de parler de lui au lit ?

— Loki va trouver Hel, développa Angrboda avec excitation. Dans ma vision, il se rend là-bas pour réunir les morts et les mener au combat sur un bateau d'ongles. Elle refuse de m'écouter, mais peut-être que *lui* saura la convaincre. Après tout, il sait s'y prendre avec les mots.

— Mmmh, sauf qu'il t'a trahie, t'a fait assassiner et a fait capturer vos enfants, tout ça parce...

— Mais il reste son père. Elle l'a toujours préféré à moi, admit-elle à contrecœur. Et lui l'a toujours préférée à ses frères. Je suis prête à parier qu'elle l'écouterait.

— Prête à parier le déclenchement de l'apocalypse. Tu devras d'abord le libérer avant de l'envoyer là-bas, et tu sais ce qu'il provoque quand on le laisse en liberté.

— Mais ça vaut la peine d'essayer, non ? »

Skadi la considéra dans un scepticisme silencieux.

« Je ne sais pas comment il recouvrera sa liberté, mais ça finira par arriver, et les trois hivers vont toucher à leur fin. De toute façon, il s'échappera tôt ou tard. Autant que ce soit de ma main, pour servir mes propres fins. Pour notre enfant.

— Ta décision est donc prise ? Tu vas le faire ?

— Il me semble que c'est la seule solution.

— C'est juste que... » Skadi ferma les yeux et reposa la tête sur l'oreiller. Elle finit par laisser éclater un sanglot discret, et des larmes se mirent à ruisseler sur son visage tandis que son expression se décomposait sous l'effet du désespoir.

Angrboda ne l'avait plus vue pleurer depuis le jour où elle avait appris la mort de son père, et elle s'empressa de hisser la tête de Skadi dans son giron pour lui caresser les cheveux.

« J'aimerais avoir plus de temps, chuchota Skadi. Juste un peu plus de temps...

— Moi aussi. » Angrboda retourna sous les couvertures pour l'étreindre, sentant les larmes de l'autre femme humecter la cicatrice sur sa poitrine. Bientôt, la sorcière pleurait elle aussi.

« Nous aurons au moins pu en profiter jusqu'à présent, murmura-t-elle contre le crâne de Skadi. Ce furent les plus beaux jours de ma vie, et je suis désolée qu'ils prennent fin. Je n'aurais voulu affronter cet hiver avec personne d'autre. »

Skadi prit plusieurs grandes inspirations pour se calmer, puis serra la sorcière dans ses bras. Quand elle eut suffisamment repris contenance, elle déclara : « Tu devrais partir bientôt. Dès ce soir, si tu le peux. Pour en finir. Les trois années sont presque écoulées, et mieux vaut que personne ne le libère avant toi. »

Angrboda comprit que Skadi venait ainsi de lui signifier son acceptation. « Où l'ont-ils emmené ? »

Cette nuit-là, quand Skadi fut profondément endormie, Angrboda s'esquiva sans quitter la sécurité de l'étreinte de son amante.

Si elle n'avait su exactement où aller, elle serait totalement passée à côté de l'entrée de la caverne, à peine visible à flanc de falaise, à l'exception de la légère saillie au-dessus de l'embouchure et du sentier perfidement étroit qui y menait.

Elle suivit cependant ce chemin à travers les rochers, remonta la pente et entra, muette comme une tombe, ses cheveux détachés et l'ample chemise de nuit qu'elle avait revêtue flottant sans bruit autour d'elle. Elle descendit alors, toujours plus bas dans les ténèbres, sans sentir ni le froid ni l'humidité autrement que sous ses pieds nus ; elle savait cependant que les occupants des lieux devaient subir les deux et éprouva un élan de compassion.

Néanmoins, Angrboda avait un plan. Elle commencerait par négocier avec Loki, lui proposerait de le libérer s'il acceptait d'aller raisonner Hel. S'il déclinait, elle le laisserait croupir là jusqu'à ce que… eh bien, il était voué à être libéré tôt ou tard, et Skadi avait raison : autant qu'Angrboda s'en charge pour obtenir ce qu'elle voulait.

Toutefois, quand elle atteignit le cœur de la grotte, la scène qui l'attendait était encore pire que celle de sa vision – et elle ne s'y était pas préparée.

Dans la pâle lueur d'une poignée de braseros à huile presque vides répartis çà et là, elle avisa Loki, à genoux en plein centre, d'une maigreur affligeante, s'écorchant les rotules sur la pierre, les bras entravés dans des fers scellés aux parois. Des liens identiques reliaient ses épaules et son torse au sol. Il était inconscient, seulement vêtu de chausses sales déchirées à mi-cuisses ; sa poitrine se soulevait à peine, faisant saillir ses côtes à chaque inspiration.

Mais ce n'était pas le pire.

Son *visage*. Angrboda ne put réprimer un mouvement de recul quand elle remarqua le sang frais et les cloques couvrant des couches et des couches de cicatrices anciennes partant de l'arête de son nez et se prolongeant sur ses joues, jusqu'à ses oreilles. Elle pouvait presque distinguer chaque endroit où le venin était tombé avant de ruisseler, pareil à des larmes, creusant des sillons rouges dans les chairs. Quelques gouttes étaient tombées jusqu'à son torse. Elle ne l'avait encore jamais vu barbu, car il veillait à se métamorphoser pour rester glabre ; à présent qu'il n'en avait plus l'énergie, elle pouvait constater que le poison avait arraché des touffes entières de poils, en même temps que la peau en dessous.

Elle finit par braquer ses yeux blancs sur le serpent au-dessus de lui. L'animal la toisa de son regard d'ambre chargé de haine, et ouvrit grand la gueule, deux énormes gouttes de venin prêtes à tomber de ses crochets exposés.

La sorcière le défia de toute la puissance de sa rage ; elle lui tordit brusquement le cou en se servant de sa seule volonté, et l'animal tomba, mort.

Le bruit sourd qui résulta de sa chute ne suffit pas à ramener Loki à lui – mais quelqu'un s'agita dans les ombres à droite d'Angrboda, qui se retourna pour voir Sigyn ramper dans le halo de l'un des braseros. Le visage ravagé par l'épuisement et le chagrin, elle tâtonna dans les ténèbres à la recherche de son bol – celui qu'elle maintenait au-dessus de la tête de son époux pour rattraper le venin, afin de lui accorder un peu de répit.

Elle a passé le Fimbulvetr à faire ça, songea Angrboda. *Presque trois longues années.*

« Je ne me suis assoupie qu'un instant », plaida-t-elle d'une voix enrouée qu'elle semblait n'avoir plus employée depuis longtemps. Serrant le bol contre elle, elle entreprit de se lever – mais se figea en reconnaissant la visiteuse.

Angrboda se rapprocha de Loki en la considérant avec méfiance. N'ayant connu qu'une seule autre rencontre avec Sigyn, la sorcière s'attendait à une pluie de cris, de sanglots et d'accusations.

Elle n'obtint toutefois qu'une froide résignation.

Sigyn se mit debout péniblement, sans jamais quitter Angrboda des yeux. Quand elle eut trouvé une certaine forme de stabilité, elle redressa l'échine et se racla la gorge ; la sorcière découvrit alors avec stupeur qu'elle mesurait près de trois pouces de plus que son ancienne rivale ; celle-ci ne lui avait pas paru si petite depuis l'autre berge de la rivière, une éternité et demie plus tôt.

« Tu avais raison, finit par concéder Sigyn. Ce que tu m'as montré ce soir-là. Mes fils... J'ai essayé de les cacher à la disparition de Loki, mais les dieux les ont malgré tout retrouvés et... et...

— Je sais », l'interrompit Angrboda en coulant un regard vers les entraves de Loki. En dépit de leur apparence ferreuse, la sorcière savait que la magie les avait fait naître d'un matériau bien plus sinistre.

« Je n'aurais jamais dû te révéler tout ça, admit Angrboda en reportant son attention sur Sigyn. J'ai eu tort de te faire porter ce fardeau, et j'en suis sincèrement navrée.

— Je t'ai provoquée, répondit Sigyn en observant le bol entre ses mains. J'étais tellement en colère.

— Mais j'aurais dû faire montre de jugeote. J'ai perdu mon sang-froid. J'ai envisagé la pire manière possible de me venger de toi pour ce que tu... ce que tu avais dit au sujet de mes enfants, et je suis allée jusqu'au bout alors que j'aurais dû prendre du recul et revoir ma position.

— Nous n'aurions jamais dû nous rencontrer dans ces circonstances-là. » Sigyn ferma les paupières. « Nous avons toutes deux perdu nos enfants, en fin de compte. La différence étant que tu as perdu les tiens à cause de moi. Je pensais faire ce qui s'imposait. Je suis désolée.

— Non, la détrompa Angrboda. Ce n'était pas ta faute. En définitive, les Ases sont les seuls responsables des crimes commis contre nos familles. »

Elle perçut la véracité de ces propos dès qu'elle les eut prononcés. Elle avait accusé Loki d'être celui qui leur avait causé du tort, à leurs enfants et elle, et il avait indubitablement pris d'abominables décisions – mais en fin de compte, il n'était pas plus responsable du sort d'Angrboda que Sigyn ou Gerd.

D'une façon ou d'une autre, elle aurait perdu ses enfants.

D'une façon ou d'une autre, Odin aurait obtenu ce qu'il désirait.

Et Loki avait assez payé pour ses méfaits. Comme toute la famille d'Angrboda.

Un son entre le rire et le sanglot s'échappa de la gorge de Sigyn, qui chuchota alors : « *"Désespère, Sigyn, car tes dieux finiront par renoncer à toi..."* J'aurais dû te croire sur parole. Prendre ton avertissement plus au sérieux.

— Ce n'était pas un avertissement, la détrompa tristement Angrboda. C'était une vengeance. Tu n'avais aucune raison de croire ce que je t'ai forcée à voir.

— Mais quand même, si j'avais pu éviter...

— C'était inévitable. Ne te reproche rien. »

Sigyn considéra une fois encore son bol. Puis le serpent gisant sur le sol. Et soudain, elle jeta violemment le récipient contre le mur de la grotte, où il se fracassa en un million de tessons.

Loki ne se réveilla toujours pas.

« Il refuse même de me parler, expliqua Sigyn dans un cri étouffé. Il n'a pas prononcé un mot depuis qu'ils nous ont abandonnés ici. Imagines-tu ce que je traverse ? Je l'aimais tant. Je l'aime encore. Je suis dévouée. Je n'ai pas quitté son côté depuis cet instant.

— Et tu n'as reçu que du chagrin en contrepartie, conclut Angrboda. Je compatis. Je ne peux imaginer ce que tu as subi. Mais il n'y a plus rien pour toi dans cette grotte.

— Tant qu'il y restera prisonnier, il subsistera quelque chose, affirma Sigyn d'une voix ferme.

— Cela ne durera plus très longtemps. »

Sigyn la dévisagea. « Tu comptes le libérer ?

— Oui », confirma Angrboda. Elle savait au fond d'elle-même qu'il n'était pas en état de conclure un marché avec elle ; elle devrait d'abord le délivrer et s'en soucier plus tard. C'était un risque qu'elle était prête à courir.

« J'ai déjà essayé, ça n'a abouti nulle part. Mais si tu y parviens, j'ignore ce que cela signifiera pour moi. » Sigyn désigna les tessons de bol. « Était-ce ma seule utilité ? Que vais-je bien pouvoir faire, maintenant ?

— Je l'ignore, répondit Angrboda. Mais vous pourriez peut-être décider de cela ensemble. »

Sigyn mit un instant à comprendre où elle voulait en venir – qu'elle annonçait ainsi la fin définitive de leur querelle –, mais lorsqu'elle saisit enfin, elle hocha la tête et lui tendit la main. Après une brève hésitation, la sorcière en fit autant, et les deux femmes s'étreignirent fermement les avant-bras.

« J'ai une dernière chose à faire, signala Angrboda. Je ne pense pas que nous nous reverrons.

— Alors, fais-la, répondit Sigyn, et séparons-nous bonnes amies. »

Elles se lâchèrent alors, et Sigyn recula de quelques pas tandis qu'Angrboda allait s'agenouiller près de Loki ; elle apposa une main spectrale contre sa joue. Ce contact glacial le fit enfin revenir à lui. Ses paupières papillotèrent un instant avant de s'ouvrir, et le cœur d'Angrboda se serra quand elle se rendit compte que le venin l'avait éborgné.

Il la contempla, abasourdi.

« Te demandes-tu encore parfois si tu as commis une erreur en me rendant mon cœur ? » chuchota-t-elle.

Le temps de reprendre ses esprits, il répondit d'une voix râpeuse : « Jamais. »

Angrboda claqua des doigts et ses entraves se brisèrent dans un vacarme si puissant – en dépit du calme de la grotte – qu'il sembla résonner dans tous les mondes.

Car ce fut le cas.

Le chaos allait faire rage hors des confins de cette caverne, elle en avait la certitude. Mais en attendant, elle rattrapa Loki dans sa chute et le serra sur ses genoux tel un enfant tandis qu'il haletait et se convulsait, son corps ne sachant plus comment se comporter maintenant qu'il n'était plus immobilisé dans une même position douloureuse.

« Qu'est-ce... Qu'est-ce que tu fais ici ? demanda-t-il entre deux inspirations profondes.

— Eh bien, je suis venue te demander de transmettre un message à Hel de ma part en échange de ta liberté, mais quand j'ai vu dans quel état tu te trouvais... » Le chagrin lui déforma les traits. « Ils t'ont infligé une sentence terrible. Bien pire que je ne l'imaginais. »

Lorsque Loki eut recouvré une respiration régulière, il trouva la force d'ironiser. « Comme c'est aimable de ta part. Moi qui étais convaincu de passer le reste de l'éternité à me tordre de douleur. »

Angrboda plissa les paupières. « Tu ne sais toujours pas ce qui se trame ? »

Loki secoua la tête et referma les yeux. « Je n'en ai pas la moindre idée. Et je trouve ça beaucoup mieux ainsi.

— Dans ce cas, où vas-tu aller ? Que vas-tu faire ? »

Loki rouvrit son œil valide pour la dévisager. « Pourquoi me poser la question si tu connais déjà la réponse ? »

Angrboda se fendit d'un léger sourire. « Parce que tu suis ta propre voie et choisis ta propre destinée. Je ne peux pas te priver de ça. Je ne le dois pas. »

Ses traits se chiffonnèrent sous le coup de l'émotion quand il entendit ces mots, mais il masqua bien sûr sa réaction en se raclant la gorge. « Mmmh. Très bien, ne me dis rien. Je ne veux pas savoir.

— Comme tu voudras », répondit-elle en passant sous son bras pour l'aider à se relever. Loki fut surpris par ce geste. « Attends. Tu n'es même pas vraiment ici. Comment peux-tu me toucher sous cette forme ?

— Parce que je l'ai décidé, expliqua Angrboda. La voyante est peut-être une manifestation de mon âme, mais, pour l'heure, je dois être capable de te toucher. Alors je le suis.

— Oh, commenta Loki après une hésitation en lui adressant un sourire douloureux. Je me demande si tu cesseras un jour de me surprendre, Angrboda Sorcière-de-Fer. »

Alors qu'ils titubaient vers l'entrée de la grotte, Loki se reposant lourdement sur elle, Sigyn émergea des ombres sans un mot et passa le bras libre de son mari autour de ses épaules pour soulager Angrboda d'une partie de son poids.

Loki s'arrêta pour la considérer fixement. Quand il eut recouvré ses esprits, il parvint à articuler : « Sigyn ? Tu es... Tu es encore là ?

— Pour le meilleur et pour le pire, répliqua-t-elle.

— Et nous avons effectivement connu le pire », murmura Loki en secouant la tête. Toutefois, ses lèvres esquissaient son sourire en coin caractéristique quand ils reprirent courageusement leur progression.

Ils atteignirent la sortie de la grotte et s'arrêtèrent sur la saillie, car il leur faudrait un moment pour redescendre l'étroit sentier accidenté qui les mènerait à la rive. D'autant que l'océan rugissait aussi férocement que lors des pires tempêtes, même s'il n'y avait pas un nuage dans le ciel – et alors que le soleil venait de se lever, la pleine lune brillait encore.

Toutefois, les deux astres disparaissaient peu à peu. *S'éclipsaient.* Une ombre identique se déployait lentement et régulièrement sur l'un et l'autre, les éteignant progressivement. Il faudrait des heures – peut-être même une journée entière – pour que tous deux s'effacent complètement, mais lorsqu'ils auraient disparu, les mondes se retrouveraient plongés dans les ténèbres absolues.

« Une *double* éclipse ? s'étonna Loki d'un air terne. C'est impossible...

— Il ne s'agit pas d'une éclipse », murmura Sigyn.

Angrboda retira le bras de Loki de ses épaules et s'avança, ses yeux blancs grands ouverts. « Ça a commencé. »

Ça a commencé à l'instant où je t'ai libéré.

Le bris de tes liens a engendré le bris de tous les liens.

Y compris ceux de nos fils.

« Ce rêve que tu as fait, souffla derrière elle Loki, en s'appuyant de tout son poids sur Sigyn pour se maintenir debout. C'est cela, n'est-ce pas ? Ce qu'Odin voulait savoir depuis le début. Ça arrive finalement. »

Angrboda acquiesça. *J'ai vu le soleil et la lune s'éteindre quand les loups qui les pourchassaient ont fini par les rattraper.*

J'ai vu...

Le vent froid qui soufflait depuis trois ans avait enfin cessé, mais le tumulte de l'océan atteignait son paroxysme.

Puis il s'arrêta, très soudainement.

« Que se passe-t-il ? demanda Sigyn d'une voix tremblante, mais Angrboda et Loki échangèrent un regard et comprirent.

— Cours, lança Loki à Sigyn. Descends le sentier *maintenant*. Je te rejoindrai plus tard. Je te le jure.

— Mais...

— *Vite*. Fais-moi confiance. S'il te plaît. »

Elle lui adressa un ultime regard avant de s'élancer. Elle avait à peine atteint les arbres en bas de la pente que la créature jaillit des vagues, si imposante que - même debout sur une saillie à plusieurs centaines de pieds au-dessus du niveau de la mer - Loki et Angrboda durent lever les yeux avant même que sa tête fût entièrement sortie de l'eau. Elle les considéra de ses yeux verts et lumineux si familiers, puis ouvrit sa gueule pleine de dents acérées.

Leur fils n'était qu'un serpent minuscule quand Angrboda lui avait donné naissance ; à présent, il ressemblait davantage à un dragon.

« Pas possible, souffla Loki. Jörmungand ? »

En entendant ce nom, la créature se cabra en arrière, faisant ainsi émerger un peu plus de son corps gigantesque. Puis elle s'inclina vers eux, les narines dilatées.

Angrboda fut à ce point submergée par les émotions qu'elle se retrouva incapable de parler. Mais l'une de ces émotions était la peur, après sa dernière confrontation avec Hel - car si son dernier-né lui en voulait autant que son aînée, elle risquait fort de se faire engloutir tout entière.

Or, il lui restait tant à accomplir...

Jörmungand les dévisagea un long moment avant de se redresser et de pousser un cri guttural, si puissant qu'il ébranla les fondations de roche sous leurs pieds ; Angrboda et Loki s'accrochèrent l'un à l'autre pour rester droits tandis que des pierres se détachaient de la paroi autour d'eux et dégringolaient dans la mer.

Le rugissement du Serpent de Midgard cessa abruptement.

Alors qu'ils se tapissaient sur la corniche, Loki souffla à Angrboda : « Nous allons avoir droit soit à une réunion de famille réconfortante, soit à un équarrissage dans les règles de l'art. S'il te plaît, dis-moi que tu avais prédit cela et que tu as un plan.

— J'en avais un, mais je n'avais pas anticipé que cela se déroulerait ainsi », admit Angrboda.

Le Serpent semblait avoir perdu tout intérêt pour ses parents ; il tendit le cou vers la gauche, comme dans l'espoir d'obtenir une réponse à son rugissement. Quand il pivota de la sorte, Angrboda fut surprise de constater que le crâne de Jörmungand portait une cicatrice en cratère très semblable à la sienne. Elle se rappela l'histoire d'Hymir, qui racontait que Thor était « allé pêcher » le Serpent en se servant d'une tête de bœuf pour appât et avait assené à la créature un coup si puissant à l'aide de Mjolnir qu'il aurait dû lui être fatal ; un peu comme celui que Thor avait porté à la sorcière, le jour où les enfants de celle-ci lui avaient été enlevés.

Un mélange de fierté et de fureur enfla dans la poitrine d'Angrboda, repoussant momentanément la peur.

Il en faudra bien plus que ça pour nous éliminer pour de bon, n'est-ce pas, mon fils ?

Personne ne parla. Jörmungand ne bougea pas. Puis il reçut une réponse à son appel – et à l'autre bout de la rive, une énorme forme hirsute apparut et se précipita vers eux, faisant trembler la terre à chaque foulée.

Angrboda s'écarta de Loki pour observer, bouche bée, l'arrivée de son cadet. Fenrir était cent fois plus gros que la dernière fois qu'elle l'avait vu ; sa fourrure semblait plus sombre, son museau plus allongé, et ses *crocs*...

Quand elle s'approcha du bord de la falaise, la tête du serpent se pencha vers elle, s'arrêtant à quelques pieds à peine, leurs yeux presque à la même hauteur. Une voix enfantine déclara dans l'esprit d'Angrboda : *Frère.*

Des larmes jaillirent des yeux de la sorcière. Elle tendit une main tremblante pour caresser les écailles lisses et humides sur le nez de son fils ; les imposantes paupières de celui-ci se fermèrent, comme pour mieux savourer le contact d'un autre être vivant, après tant de temps passé au fond de l'océan.

Tout seul.

« Tu sais parler », murmura Angrboda.

Il s'y efforce, répondit Fenrir d'une voix bien plus grave que celle qu'il avait lors de leur dernière conversation, une éternité plus tôt. Même s'il se trouvait encore à quelque distance, elle l'entendait haut et clair. *Heureusement que nous sommes assez étranges pour pouvoir communiquer dans nos têtes, car nous serions sans doute devenus fous à rester confinés chacun dans son coin.*

Fous, confirma Jörmungand. *Tous les deux.*

« Je vous ai appelés. M'avez-vous jamais entendue ? demanda Angrboda d'une voix faible. Vous n'avez pas répondu. J'ai pourtant essayé si souvent... »

Nous avions été placés hors de ta portée. Hors de la portée de qui que ce soit, précisa Fenrir. *Les dieux ont dû s'en assurer grâce à l'un ou l'autre sort, ou nous étions tout simplement trop loin.*

Le loup les avait désormais rejoints. Il était assez grand pour s'asseoir sur la berge rocheuse tout en ayant la tête à hauteur du perchoir précaire de ses parents.

Ça faisait si longtemps, maman, dit-il en clignant ses grands yeux verts.

Maman, répéta Jörmungand.

« Je suis désolée », se lamenta Angrboda, des larmes plein les yeux. *Ça y est – il va se passer exactement la même chose qu'avec Hel.* « Désolée de n'avoir pu les arrêter. »

Une imposante forme rose s'approcha soudain d'elle, et Angrboda se retrouva subitement *léchée* par son fils loup colossal ; un simple coup de langue suffit à la recouvrir de bave des pieds jusqu'à la tête. Dans la foulée, Jörmungand vint apposer délicatement son énorme tête contre elle, comme quand il voulait s'enrouler autour de son cou, sauf qu'il manqua cette fois de la faire basculer.

Tu n'aurais rien pu faire, la rassura Fenrir.

Angrboda se plaça devant Loki, pour le dissimuler à leur vue. « Croyez-moi, mes fils. Votre père a beaucoup souffert dernièrement. Je ne vous demande pas de lui pardonner, mais épargnez-lui au moins votre courroux. » *Quoique vous laisser le tuer lui permettrait de rejoindre Hel…*

Nous veillerons à ce que sa mort soit rapide, ricana Fenrir en retroussant les babines sur ses crocs menaçants. *Nous n'avons pas de temps à perdre avec lui.*

« Fenrir, écoute-moi, dit Angrboda avec toute son autorité de maman. Ton père n'est pas sans faille, loin de là…

— Ne me défends pas, marmonna Loki du coin de ses lèvres balafrées.

— … mais il n'est pas responsable de tout cela, conclut-elle. Ce sont les Ases qui méritent réellement ton ire. Pas lui. »

Angrboda entendit Loki pousser un long soupir de soulagement derrière elle.

Fenrir et Jörmungand la contemplèrent tous deux. Puis ils échangèrent un regard, et Fenrir déclara : *Tu as raison, mère.*

« Je ne sais pas vous, mais je viens de passer trois ans à me faire torturer par des Ases. J'ai presque envie de partir vers le nord pour rejoindre l'armée du Jötunheim à Utgard quand je partirai d'ici », ajouta obligeamment Loki. Il leur indiqua son visage défiguré. « Une affaire de vengeance et tout ça. Qu'en dites-vous ? Je suis sûr qu'ils seraient heureux de vous voir, à la citadelle.

— Comment... sais-tu qu'il y a une armée à Utgard ? demanda Angrboda en se rappelant ce que Skadi lui avait dit.

— J'étais peut-être coincé dans une grotte, mais je sais où vont les géants quand ils ont faim. Et à l'heure actuelle, ils ne doivent pas seulement être affamés, mais aussi furieux. Suffisamment pour prendre les armes contre les Ases, qui ont sans doute affronté ce long hiver bien au chaud dans leurs palais. »

Angrboda le lorgna d'un air suspicieux. « Es-tu *certain* de ne pas avoir entendu ma prophétie ? »

Fenrir interrogea sa mère. *Utgard ? Est-ce la vérité ?*

« Oui », confirma la sorcière.

Dans ce cas, partons vers le nord et allons les rejoindre, répondit Fenrir. *Et si nous devons nous battre aux côtés de personnes comme* lui *pour assouvir notre vengeance contre les Ases, qu'il en soit ainsi.*

« Voilà qui fait plaisir à entendre ! » s'exprima Loki d'un ton encourageant. Toutefois, son vernis enjoué commençait à s'écailler. Angrboda voyait bien d'un simple coup d'œil qu'il souffrait encore atrocement.

Fenrir se tourna une nouvelle fois vers sa mère. *Je suis désolé que nous n'ayons pas plus de temps, maman. Mais il y a si longtemps que je rêve de vengeance que je ne veux pas perdre un instant de plus.*

Vengeance, siffla Jörmungand en étrécissant les yeux.

Angrboda frotta son nez contre leurs museaux pour leur dire au revoir, puis elle leur chuchota : « Allez-y, mes garçons. Et montrez-leur à qui ils ont affaire. »

Sur ce, Fenrir poussa un dernier hurlement et s'éloigna en bondissant le long de la plage, tandis que Jörmungand disparaissait entre les vagues. L'eau tourbillonna quand il plongea, puis s'immobilisa de nouveau, la lune faiblissante n'ayant plus aucun effet sur les marées.

L'océan paraissait sinistrement immobile en l'absence du Serpent.

« Ce n'est pas passé loin. » Loki poussa un long soupir et s'affaissa contre la pierre.

Angrboda resta plantée là, dévastée. Son cœur maudit la faisait souffrir, et elle avait beau sécher les larmes silencieuses qui ruisselaient le long de ses joues, le flot ne semblait jamais devoir se tarir.

« Pensais-tu ce que tu as dit ? s'enquit Loki. Qu'il ne faut pas... *tout* me reprocher ?

— Oui », confirma-t-elle sans quitter du regard l'endroit où ses fils avaient disparu.

Loki ouvrit la bouche, la referma, puis déclara enfin : « Eh bien, puisque tu viens de mettre fin à trois longues années de torture... tu disais vouloir m'envoyer voir Hel ? Je croyais que tu lui avais déjà parlé ? »

Angrboda avait failli oublier cette demande à cause de ses retrouvailles inattendues avec Fenrir et Jörmungand. Elle se retourna brusquement pour lui faire face.

« Oui, j'y suis allée, et elle refuse que j'y retourne. J'ai essayé, ajouta-t-elle avec une insistance retrouvée. Mais tu... Je pense qu'elle te laisserait entrer, si tu parvenais là-bas. Il faudrait que tu lui transmettes un message.

— Si je parvenais là-bas, répéta Loki, perplexe. D'accord, bien sûr. Que veux-tu que je lui dise ? »

Angrboda posa les mains sur ses frêles épaules et planta son regard dans le sien. « Dis-lui de venir à moi. Dis-lui que je peux la sauver. Fais en sorte qu'elle te croie. Sa vie en dépend. Jure-moi que tu trouveras le moyen d'arriver jusqu'à elle pour lui transmettre cette requête.

— Je te le jure.

— Jure-le sur ta vie… Et sur la sienne.

— Je le jure. Je le jure. » Il inclina la tête de côté à la manière d'un chat. « Angrboda… tu es en train de disparaître. »

La sorcière regarda ses mains – elles s'effaçaient, même si telle n'était pas sa volonté. « Je dois y aller, lança-t-elle entre ses dents serrées. Ou je risque de ne jamais pouvoir rentrer. Mon moyen de transport rencontre quelques turbulences. » Ses mains commencèrent à passer à travers ses épaules, et elle les retira. « Yggdrasil tremble. L'alignement des mondes a été bouleversé. Les lignes qui séparent un royaume du suivant commencent à se troubler, et je crains que, bientôt, plus rien ne sépare même les morts des vivants. Cela facilitera peut-être ta visite à Hel. »

Loki acquiesça, sans se départir de son air nerveux. « Boda… »

Angrboda sentit le sol basculer sous elle. La dernière chose qu'elle vit fut les mains de Loki tenter de la retenir dans sa chute, puis elle ferma les yeux en se préparant à l'impact.

Lorsqu'elle les rouvrit, dans son lit, des larmes inondaient son visage. Elle était éreintée, paniquée, tremblante, gelée… et seule. Le soulagement la gagna lorsqu'elle aperçut Skadi debout dans l'embrasure de la porte, à observer le ciel. Plus loin, la louve était assise dans la clairière, son imposante tête hirsute également orientée vers le firmament.

Angrboda alla rejoindre son amante, qui sursauta avant de lui passer un bras autour des épaules. Les femmes ne quittèrent pas des yeux le soleil et la lune mourants.

La voix de Skadi tremblait quand elle chuchota : « Tu as réussi. Il est l'heure.

— Je le sais, murmura Angrboda en se penchant contre elle. Je le sais. »

Skadi consacra les quelques heures suivantes à empaqueter les maigres réserves qu'elle emporterait à Utgard. Cependant, Angrboda s'efforçait de confectionner autant de potions coupe-faim que possible, étant donné le faible nombre d'ingrédients qu'il lui restait. Elle remisa tous ses bocaux de terre cuite dans une grosse caisse en bois qu'elle bourra de laine, et Skadi empila ce qu'elle put sur son traîneau.

« Cette fois, j'ai fait tout mon possible pour Jötunheim, déclara Angrboda, dont les épaules s'affaissèrent.

— Tu en as accompli plus qu'assez, la rassura Skadi en attachant la dernière sangle. Et notre peuple t'en saura gré. » Elle sortit quelque chose de sa poche : le couteau en andouiller d'Angrboda, qu'elle portait généralement à la ceinture. « Tu as laissé ça sur la table en t'habillant, alors je l'ai affûté pour toi, en même temps que mon épée.

— Merci », répondit la sorcière en passant la sangle de cuir dans la boucle du fourreau. Elle posa alors les yeux sur l'épée à la taille de Skadi et demanda : « C'est celle de ton père ? »

La Chasseresse acquiesça solennellement. « Elle-même. »

La neige et le vent qui les avaient assaillies trois années durant avaient cessé, et l'air se réchauffait. Il régnait toujours un froid mordant, mais elles pouvaient rester dehors plus qu'un court instant avant de ressentir une gêne extrême. Toutefois, à l'instar de la falaise en bord de mer, les mondes se retrouvaient plongés dans un calme et un silence troublants, dans l'expectative.

Comme la corde tendue d'un arc…

D'un instant à l'autre, la flèche serait libérée.

« Où est parti ton loup ? » s'enquit Skadi en regardant autour d'elle. À cet instant précis, la créature en question se matérialisa hors de la forêt – et elle n'était pas seule.

Quelqu'un cheminait au côté de l'imposante bête, une silhouette semblant clignoter comme l'avait fait Angrboda quand elle avait laissé Loki sur la falaise. Elle reconnut aussitôt Baldur, dont les cheveux blancs demeuraient lumineux malgré la faible lueur du soleil mourant.

En l'avisant, Angrboda se hérissa, mais elle remarqua alors la femme au visage dissimulé par une cascade d'épaisses mèches noires qui chevauchait la louve.

Je les ai entendus errer dans les bois, expliqua cette dernière.

Baldur considéra d'abord Skadi, qui demeurait bouche bée, avant de s'intéresser à Angrboda. Il fit un pas vers elle, écartant les bras d'un air implorant, et déclara : « Nous te trouvons enfin ! »

La femme sur le dos de la louve émit un grognement gêné. Baldur fronça des sourcils inquiets, observant tour à tour la sorcière et elle. Puis il leva les paumes en signe d'apaisement et lança à la sorcière : « Pitié, tu dois l'aider.

— Quoi ? » s'exclama Angrboda en même temps que la femme levait la tête en gémissant : « Mère ? »

La sorcière se figea. « Hel ? »

Skadi se précipitait déjà vers la louve pour aider Hel à en descendre. Incapable de se tenir debout seule, elle devait s'appuyer sur la Chasseresse pour ne pas perdre l'équilibre.

Angrboda en aurait pleuré de soulagement. *Loki a réussi à la convaincre.*

« Quel plaisir de te revoir, ma petite, déclara Skadi, des larmes plein les yeux.

— J'aimerais pouvoir en dire autant », répliqua Hel d'une voix faible.

Skadi se tourna alors brusquement vers Baldur. « Qu'est-ce que tu lui as fait ?

— J'ai juste essayé de l'aider. Je suis là puis... je disparais, expliqua-t-il en tendant les mains. Parfois, j'arrivais à la soutenir pour avancer. D'autres fois, elle tombait et... » Il serra les poings. « Et je ne pouvais rien y faire. Nous serions toujours coincés dans la neige si votre loup ne nous avait pas trouvés.

— Tu ne peux plus marcher ? demanda Angrboda à sa fille.

— Mes jambes ont fini par m'abandonner, marmonna Hel en se dérobant à son regard.

— Mais la dernière fois que je t'ai vue, tu avais l'air d'aller...

— C'était avant, répliqua Hel platement. Quand j'étais la souveraine d'un royaume. Là-bas, les jambes mortes d'une fillette fonctionnaient sans les baumes guérisseurs de sa mère. Mais maintenant qu'elles se sont décomposées jusqu'à l'os...

— Tu n'es... plus la souveraine de ton royaume ? » s'étonna Skadi. Angrboda connaissait déjà la réponse.

Hel accepta finalement de braquer ses yeux verts sur sa mère. « Mon royaume est désert ; j'ai abandonné les morts à mon père. Ils voguent tous pour rejoindre mes frères et les géants dans leur guerre contre les dieux. Je n'exerce plus le moindre pouvoir sur personne.

— Ce qui explique cela, intervint Baldur en montrant de nouveau les mains. Je... deviens de plus en plus tangible. *Vivant*. Et les autres morts aussi... » Il déglutit. « Mon frère Hod est parti se joindre au combat. Et je... Je ne sais même pas quel camp il a rallié. Comment les morts peuvent-ils revenir à la vie ? Ça n'a aucun sens...

— Bien sûr que si », le détrompa Angrboda. Elle leur rapporta ce qu'elle avait déjà dit à Loki. « Depuis qu'Yggdrasil est désaxé, plus rien ne sépare le royaume des morts de celui des vivants. Voilà comment les morts ont pu voguer hors du royaume d'Hel. »

Skadi n'eut aucun mal à comprendre. « Ainsi, les Neuf Royaumes se mêlent les uns aux autres, car le chaos est venu bouleverser l'ordre naturel de l'univers, et tous les défunts qui n'ont pas connu une mort glorieuse se battent désormais du côté des géants ? Magnifique. »

Hel repoussa les cheveux qui lui tombaient devant les yeux, et Angrboda fut surprise de lui trouver une mine si maladive : traits hâves, yeux caves et cernés, souffle court et saccadé.

« Elle a besoin de repos, annonça Baldur nerveusement, et Angrboda remarqua pour la première fois que son épouse, Nanna – tellement contrariée par son trépas qu'elle était morte de chagrin et avait été placée sur le bûcher avec lui –, ne faisait étrangement pas partie de l'escorte de non-morts asgardiens qui accompagnait Hel.

— Et elle en aura, affirma Angrboda. Je vais m'occuper d'elle. »

Hel marmonna quelques paroles inintelligibles, mais laissa Skadi la transporter à l'intérieur de la grotte, pour la déposer sur le grabat. Baldur entra à son tour pour aller aussitôt se planter au chevet d'Hel.

« Angrboda, dit Skadi en attirant la sorcière dehors, il est temps pour moi de partir. »

La sorcière savait qu'elle avait raison. Elle posa la main sur la joue de la Chasseresse, mais s'interrompit en avisant la louve par-dessus son épaule, assise près du traîneau.

Tes rennes semblent s'être enfuis, déclara la créature. *J'espère que tu accepteras un vieux chien grisonnant à leur place.*

« Tu comptes partir avec Skadi ? » demanda Angrboda sans grande surprise. Même si son bouclier était assez puissant pour protéger aussi la louve, celle-ci était âgée et lasse.

Ça me semble être la meilleure chose à faire, répliqua-t-elle. *Ce n'est pas une si mauvaise façon de mourir. En tout cas, c'est toujours mieux qu'être brûlée vive.*

Angrboda ne pouvait qu'en convenir.

« Dans ce cas, c'est donc un adieu, ma vieille amie », chuchota-t-elle. La louve lui lécha alors la figure, avant de laisser Skadi l'attacher au traîneau à l'aide du vieux harnais qu'Angrboda avait confectionné pour sa carriole, enfouie dans la neige depuis un certain temps.

Skadi se tourna alors vers la sorcière.

Des larmes s'étaient formées dans les yeux de celle-ci avant que la Chasseresse la prenne dans ses bras ; elles s'étreignirent longuement, refusant de lâcher prise.

« S'il te plaît, ne pars pas, plaida Angrboda dans un gémissement, tout en inondant de larmes l'épaule de son amante. Je peux te protéger. Je *vais* te protéger. Reste.

— Impossible, répondit Skadi d'une voix chargée d'émotion. Les morts unissent leurs forces avec les géants. Ne comprends-tu pas ce que cela signifie ? Je vais retrouver mon père sur le champ de bataille, et je pourrai le rendre fier.

— Il est déjà fier de toi, affirma Angrboda. Qui ne le serait pas ? »

Skadi lui prit le visage en coupe. « Même si tu pouvais me protéger, cela serait à tes dépens, n'est-ce pas ? »

Inconsciemment, Angrboda avait fini par admettre le fait qu'elle brûlerait une fois de plus. Elle n'avait jamais songé à se préserver elle-même : son bouclier n'existait que pour Hel.

« Dans ce cas, reprit Skadi, si je devais rester ici avec Hel, sous ta protection, penses-tu que je supporterais de te voir te sacrifier pour moi également ? » Elle secoua la tête. « Non. Jamais.

— C'est un bon argument », admit Angrboda.

Skadi se pencha vers elle et murmura : « Je sais. Alors, s'il existe une vie après la mort, c'est là que nous nous reverrons.

— Et dans le cas contraire ? » parvint à articuler la sorcière d'une voix étranglée. *Ou si je ne parviens pas à mourir...*

« Alors ce sera terminé », chuchota Skadi en l'embrassant pour la dernière fois. Angrboda s'accrocha à elle jusqu'à ce que la Chasseresse tournât les talons, sa main échappant à celle de son amante. Elle ne jeta pas un coup d'œil en arrière.

Lorsque Skadi et son traîneau eurent disparu de la clairière et dans les bois, Angrboda se laissa tomber à genoux pour pleurer.

Je voulais juste... plus de temps...

Quand elle dressa finalement le visage vers le ciel, elle constata que le soleil et la lune étaient presque consumés. Cela lui remit aussitôt les idées en place, et, le souffle court, elle se releva péniblement. Elle sécha ses larmes d'un revers de manche et contempla l'entrée de sa caverne.

Elle avait du pain sur la planche.

En rentrant dans la grotte, Angrboda constata que Baldur avait déplacé son fauteuil près du lit d'Hel ; il paraissait de plus en plus tangible, et ne quittait jamais des yeux la fille de la sorcière.

Angrboda déclara : « Si tu voulais bien m'accorder quelques minutes d'intimité avec ma fille, j'aimerais la mettre à l'aise et la débarrasser de sa robe boueuse. Pourrais-tu aller chercher de l'eau au ruisseau ? Nous avons creusé un trou dans la glace – tu le repéreras facilement. »

Baldur se leva et hocha la tête. « J'en profiterai pour rapporter du bois. » Quand il se pencha pour ramasser un seau, mais que sa main passa au travers, il ajouta d'un ton penaud : « Enfin, je vais faire au mieux. » La seconde tentative fut plus fructueuse, et il sortit de la caverne avec son récipient.

Il referma la porte derrière lui, plongeant l'intérieur dans le silence.

Angrboda soupira en ôtant les mitaines qu'Hel lui avait confectionnées en *nalebinding* si longtemps auparavant. Une petite quantité d'eau, dont elle s'était servie pour préparer ses potions, reposait dans le chaudron suspendu au-dessus de l'âtre. Elle l'abaissa plus près du feu pour la réchauffer, et lorsque le liquide eut atteint la température désirée, elle sortit quelques torchons propres, dépouilla Hel de sa robe crasseuse et la lava – la partie supérieure de son corps, en tout cas.

Hel demeura soigneusement inexpressive durant tout ce processus, et elle ne pipa mot.

« Tu étais pareille quand tu étais petite, tu sais ? » demanda Angrboda en lui enfilant une robe propre par la tête. Elle enfila ses bras dans les manches, puis tira sur le bas pour recouvrir le reste de son corps.

« Pareille que quoi ? finit par répondre Hel.

— Furieuse quand tu ne parvenais pas à faire les choses toute seule, répondit la sorcière en mettant de l'ordre dans les fourrures et couvertures autour de sa fille. Tu détestais éprouver le moindre sentiment d'impuissance. »

Hel mit les yeux sur les mitaines posées sur la table et fit la grimace. « Tu portes encore ces horribles vieilleries ?

— Je ne les ai presque jamais retirées depuis le soir où tu me les as offertes. Elles sont aussi résistantes que la ceinture que Gerd m'a confectionnée. » Mais Hel s'était détournée, si bien que la sorcière ne pût distinguer son expression.

Quand Angrboda alla fouiller parmi ses provisions pour trouver de quoi manger, Hel lui lança d'une voix faible depuis le lit : « Je vous en ai voulu à tous les deux. Surtout à papa. J'avais prévu de le jeter dans une rivière de glace éternelle ou dans une crevasse sans fond quand il viendrait enfin me rendre visite dans mon royaume. Mais quand il est arrivé, il avait l'air si terrifié que l'abandonner dans une fosse insondable l'aurait sans doute arrangé, ce qui aurait gâché tout mon plaisir. »

Angrboda lui adressa un pâle sourire, ayant enfin déniché le sac de viande séchée qu'elle cherchait. Elle alla le déposer sur la table en disant : « Il aurait réussi à négocier sa libération d'une manière ou d'une autre. C'est sa spécialité.

— Il m'a convaincue de venir ici. De t'accorder une deuxième chance. Heureusement qu'il a fait ça dans l'intimité, pour que Baldur ne me voie pas pleurer. C'était tellement gênant, répondit-elle en contemplant le plafond de la grotte. Papa m'a dit que je ressemblais à sa mère, Laufey. C'est d'elle que je tiendrais mes cheveux si foncés, alors que les vôtres sont blonds. »

Angrboda alla s'asseoir près d'elle. « Il m'a affirmé, il y a bien longtemps, ne pas se souvenir de sa mère.

— Il m'a dit que le fait de me voir avait fait remonter des souvenirs », murmura Hel. Elle s'autorisa enfin à croiser le regard de sa mère. « J'imagine que vous avez fait la paix, s'il est venu me trouver ?

— D'une certaine manière », répondit Angrboda en posant la main sur le front de sa fille. La peau de celle-ci était glaciale. « J'ai éprouvé énormément de haine à son égard après ce qu'il nous a fait subir. Mais avec le temps, j'ai fini par comprendre que nous avions tous été victimes du destin. »

Hel détourna les yeux sans bouger la tête. « J'en suis venue à la même conclusion après la visite de papa. Merci de ne pas lui avoir répété toutes les choses horribles que je t'ai dites. Je ne comprends même pas que tu veuilles encore me sauver, après que je t'ai traitée de la sorte. »

Angrboda lissa ses cheveux en arrière. « C'est parce que je suis ta mère. »

Quand Hel ferma les paupières, quelques larmes s'échappèrent entre ses cils. Angrboda les sécha de sa manche. Trop faible pour la repousser, Hel déclara d'un ton plein de souffrance : « Ce n'est pas juste. J'ai perdu ma vie entière là-bas, et quand nous aurions enfin pu nous revoir, je t'ai empêchée de revenir… Et maintenant, nous sommes tous condamnés.

— J'ai un plan, chuchota Angrboda. Je vais te protéger, Hel.

— C'est ce que papa m'a dit. Baldur ne sait rien, cependant. Ça ne l'a pas empêché de m'accompagner. Pour s'assurer que j'arriverais jusqu'à toi sans encombre, au cas où… » Elle ferma de nouveau les yeux, et sa voix n'était plus qu'un filet. « Navrée de te décevoir, mère, mais je ne crois pas que je vivrai assez longtemps pour assister au Ragnarök… et encore moins… y survivre… »

Angrboda réprima un sanglot en entendant ces paroles. Hel s'était évanouie, et sa poitrine ne se soulevait plus qu'à peine sous la montagne de couvertures. Lorsque Baldur revint avec un seau plein d'eau et du bois d'allumage, Angrboda était au chevet de sa fille inconsciente ; elle l'étudiait fixement, tentant de déterminer ce qui n'allait pas.

Est-elle malade, ou serait-ce pire que ça ?

« Comment va-t-elle ? » s'enquit Baldur en venant s'accroupir près du lit. Il observa Hel, lèvres pincées, puis interrogea la sorcière du regard. Quelque chose dans son expression, dans ses prunelles – du bleu chaleureux d'un ciel d'été, à l'exact opposé de celles d'Odin –, surprit Angrboda. Et un détail commença à la tracasser.

Et ce *détail* était la présence ici de Baldur, alors qu'elle s'était attendue à ne recevoir qu'Hel. À ne pouvoir *sauver* qu'Hel.

« Elle dort, expliqua Angrboda sans quitter sa fille des yeux. Que fais-tu ici ?

— Eh bien, comme tu le disais, Yggdrasil a basculé sur son axe, autorisant les morts à revenir…

— Non, précisa la sorcière en se tournant vers lui, que fais-tu *ici* ?

— Elle n'aurait pu faire la route seule.

— Et en quoi cela t'importe-t-il ? » Elle plissa les paupières. « Et où est ta femme ? N'est-elle pas morte en même temps que toi ?

— Si, admit Baldur.

— Alors ? »

Il inspira un grand coup, semblant s'armer de courage. « Si tu cherches à dénicher quelque motif sournois pour justifier ma présence auprès de ta fille, tu risques d'être déçue. »

Angrboda aurait pu avancer maints arguments pour réfuter cette allégation, mais elle se contenta de soupirer. « Eh bien, puisque tu la connais si bien, saurais-tu m'expliquer de quoi elle souffre ?

— Du cœur. Il bat à un rythme irrégulier, et moyennant de gros efforts. » Son assurance arracha un hoquet de surprise à Angrboda. Il releva alors le front et haussa les épaules. « Hel est une sorcière comme toi, et comme ma mère, Freyja. A-t-elle jamais fait démonstration de son pouvoir étant enfant ?

— Jamais », répondit Angrboda. Elle se rembrunit. *Ce n'est pas vrai* – elle avait été assaillie d'une vision, lorsqu'elle s'était retrouvée attachée à cet arbre après que ses enfants lui eurent été enlevés : la vision d'Odin en train de déposer Hel à Niflheim. Hel avait fait la démonstration de son pouvoir devant les créatures et les morts venus à sa rencontre dans la nuit.

Elle avait dressé le menton et les avait forcés à baisser les yeux.

Puis elle les avait tous rassemblés pour faire d'eux ses sujets.

« Son pouvoir est lié à son royaume, chuchota Angrboda. Or, son royaume déserté n'existe plus. Et à présent… »

Toutefois, son souvenir de cette vision fut soudain remplacé par la scène qui l'avait précédée : celle du dernier-né d'Odin jetant à sa fille une pomme d'or en lui décochant un sourire étincelant.

« Enchanté de faire ta connaissance, petite Hel. Bienvenue à Asgard. »

« Son état n'a cessé de se dégrader durant tout le Fimbulvetr, quand je suis arrivé dans son royaume, affirma Baldur d'une voix tendue. Et j'ai dû la surveiller. Je pense qu'elle en souffre depuis la naissance, mais que sa magie a permis de le dissimuler. Jusqu'à maintenant. »

Le souffle d'Angrboda se bloqua dans sa gorge. *La petite Hel, courant dans la clairière à en perdre haleine. Le bout de ses doigts tout bleu.*

« Avant. C'était déjà comme ça avant sa naissance. » Angrboda se leva soudain, et vacilla sur ses jambes instables. « J'ai besoin d'air. S'il te plaît, continue de veiller sur elle.

— Toujours », promit Baldur. Il la laissa partir avant de s'asseoir dans son fauteuil.

Angrboda leur jeta un dernier coup d'œil avant de sortir - Baldur avançant la main pour caresser le visage d'Hel, celle-ci remuant à ce contact. La sorcière s'immobilisa et tendit l'oreille.

« C'était ridicule de me traîner jusqu'ici alors que rien ne t'y obligeait, lança Hel d'une voix râpeuse.

— Qui dit que rien ne m'y obligeait ? la réprimanda-t-il.

— Moi. *Je* dis que tu n'étais pas obligé.

— Eh bien, tu te trompes.

— Ne me contredis pas. Tu es encore plus ou moins mort, ce qui signifie que je suis toujours ta souveraine.

— Tu es toujours *plus ou moins* ma souveraine. Maintenant, arrête de parler et économise tes forces.

— Tu n'as pas le droit de me donner des ordres.

— Nous ne sommes plus dans ton royaume ; techniquement, je peux donc faire ce qu'il me plaît. »

Angrboda n'en pouvait supporter davantage. Dès qu'elle eut claqué la porte de la grotte derrière elle, elle se laissa tomber à genoux dans la neige à moitié fondue de la clairière.

Plusieurs prises de conscience l'assaillirent subitement.

La première était qu'il y avait une raison si Hel avait failli mourir dans son utérus, et ses jambes n'étaient que la manifestation cruelle du destin témoignant de la folie d'Angrboda. Il y avait une *véritable* raison pour laquelle Angrboda avait dû rappeler l'âme de sa fille d'entre les morts avant même sa naissance, une raison si Hel était alors en train de mourir. Peut-être Baldur voyait-il juste : son cœur ne s'était pas formé ainsi qu'il aurait dû le faire – et à présent qu'Hel avait grandi et ne possédait plus la magie nécessaire pour compenser ce manque, cela finirait par la tuer.

La seconde prise de conscience fut que Baldur s'était suffisamment rapproché d'Hel pour entendre les battements de son cœur. Pour savoir que quelque chose clochait.

Et Angrboda comprit alors, comme seule une mère peut le comprendre, qu'il serait vain d'essayer de sauver Hel si elle ne pouvait sauver Baldur en même temps. Un Baldur bien plus jeune avait conquis le cœur de la petite Hel à l'aide de son sourire éblouissant des éternités plus tôt. Angrboda l'avait vu elle-même dans sa vision.

Et Loki également, lui qui se trouvait sur place.

« Dans ce cas, pourquoi l'as-tu fait ? Pourquoi as-tu tué le fils de ton frère ?

— Les dieux nous ont tout pris, Boda. J'estimais qu'il était plus que temps de leur prendre quelque chose à mon tour. »

Il l'avait donc fait. Loki avait enlevé Baldur aux Ases – pour le remettre à une femme solitaire assise sur un trône sombre. Une pointe de chaleur pour l'être frigide qui régnait sur le royaume le plus froid des mondes.

Angrboda n'arrivait plus à respirer.

Loki savait précisément ce qu'il faisait depuis le début – non ? Odin l'avait-il impliqué dans son stratagème dès l'origine ? Il avait prétendu ne pas savoir ce qu'elle avait vu, ce qu'elle avait raconté à Odin, mais... *mais*... était-ce la vérité ? *Loki et ses nombreux visages*... Lui et Odin s'étaient-ils une nouvelle fois joués d'elle ?

C'était ça. Voilà pourquoi Odin n'avait pas essayé d'empêcher la mort de Baldur.

Angrboda continua d'y réfléchir, à genoux dans la boue, tandis que les derniers éclats du soleil et de la lune mourants étaient lentement engloutis par les loups affamés.

Car Baldur ne sera nulle part plus en sécurité qu'auprès d'Hel.

C'était donc ainsi qu'il allait survivre au Ragnarök.

Laissons Hel garder ce qu'elle a.

« Ton père t'a fait un grand cadeau, ma fille, murmura Angrboda en considérant ses mains pâles et calleuses dans la lumière déclinante. Mais il n'aura aucun intérêt si tu ne vis pas pour en profiter. Si vous ne survivez pas *tous les deux* pour en profiter. Ainsi donc… »

Angrboda plaqua le menton contre sa poitrine pour observer la cicatrice entre ses seins. La robe bleu pâle qu'elle portait avait été modifiée quand elle allaitait Hel et Fenrir ; le col en trou de serrure descendait plus bas vers son sternum. Elle ne l'avait pas emportée pour ses pérégrinations, c'était donc l'une de ses rares tenues à ne pas être élimées jusqu'à la trame ; il lui fallait deux délicates fibules pénannulaires pour la maintenir fermée.

Ce qui lui serait d'une grande utilité ce jour-là. Sans l'ombre d'une hésitation, elle dégaina le couteau parfaitement affûté à sa ceinture.

Je vais donc faire ce qui s'impose.

Alors que la dernière lueur s'éteignait dans les Neuf Royaumes, Angrboda Sorcière-de-Fer retint son souffle.

Le couteau trancha.

Et la corde de l'arc claqua.

Yggdrasil se convulsionna, et elle put tout voir à partir de là.

Des armées marchant sur la plaine de Vígríd, où tout s'achèvera. D'abord viennent les dieux, avec l'Asgard lumineux en arrière-plan : les Ases, les Vanes, les elfes et quelques nains ; les Valkyries ; les guerriers d'Odin ainsi que ses Einherjar, *les légions abattues du Valhalla ; et puis les hommes de Freyja, constituant le reste des soldats tombés au champ d'honneur.*

L'armée des dieux est uniforme. Entre leur cotte de mailles rutilante et leur ombon, ils semblent irradier.

Leurs adversaires ressemblent à un salmigondis de porteurs de torches, par comparaison ; ils arrivent de la direction opposée. Des créatures de toutes formes et de toutes tailles. Des géants des glaces, des trolls des collines, des ogres… certains ont la taille humaine, d'autres non. Des êtres issus d'autres royaumes les ont ralliés ; des elfes noirs et d'autres nains progressent aussi à leurs côtés.

Elle ne distingue ni Skadi ni la louve parmi eux. Elle ne veut pas les chercher. Peut-être sont-elles arrivées trop tard à Utgard ; après tout, elles viennent de quitter la Forêt-de-Fer. Leur manque d'empressement les épargnera peut-être. La sorcière ne peut que l'espérer.

Surt apparaît avec son épée flamboyante ; le pont Bifröst se brise au passage de son armée de géants du feu ; ils vont rejoindre Jötunheim et ses alliés.

Et puis, il y a Loki, qui s'approche à bord d'un navire d'ongles empli à ras bord d'âmes mortes, qui en déferlent dès qu'il s'échoue sur la côte – et de l'eau qu'il vient de quitter émerge alors le Serpent de Midgard ; dans un rugissement à faire trembler tous les mondes, son frère, Fenrir, apparaît près de lui de derrière les montagnes, et le sol tremble à chacune de ses foulées bondissantes.

Épaulé par ses fils, Loki se pavane, provocant, à la tête de son armée – il a fait disparaître la barbe de son visage, mais pas les cicatrices ni les cloques, qu'il arbore avec fierté. Il empoigne l'avant-bras du souverain de la citadelle d'Utgard, Skrymir, et tous deux se tournent vers l'ouest et l'ennemi à l'autre bout du champ de bataille.

« C'est un bon jour pour mourir, lance Skrymir d'une voix tonitruante.

— En effet », répond Loki avec un sourire mauvais.

De l'autre côté, Heimdall souffle dans Gjallarhorn, et la bataille commence.

Un feu rageur dans les yeux, Fenrir fonce droit sur Odin et l'engloutit tout entier – en même temps que son cheval, Sleipnir, le propre demi-frère du Loup –, mais Vidar, le fils d'Odin, lui décoche un coup de chaussure magique dans la mâchoire inférieure.

Vidar attrape alors la mâchoire supérieure de Fenrir et tire ; le Grand Loup tombe avec un hurlement qui déchire l'âme de la sorcière, et il meurt aussitôt.

Jörmungand se précipite vers Thor en crachant du venin, et après une lutte acharnée il reçoit un coup mortel de la part du grand dieu à la barbe rouge – un coup porté au même endroit que le précédent, achevant de lui enfoncer le crâne. Thor parvient à effectuer neuf pas avant que le venin ne l'achève, et le Serpent de Midgard tombe au sol près de lui, écrasant des membres des deux armées sous son corps colossal.

Elle a déjà vu tout cela.

Elle finit par repérer Skadi sur le dos de la louve, au moment où la Chasseresse arrive à court de flèches. D'une manière ou d'une autre, elles ont finalement trouvé le moyen de rejoindre le combat.

Skadi se débarrasse de son arc et dégaine l'épée de son père Thjazi. Celui-ci se trouve avec elle sur le champ de bataille ; il croise son regard lorsqu'un éperon le transperce et qu'il meurt – encore. Folle de rage, Skadi se déchaîne sur les Valkyries qui l'entourent et en abat plusieurs avant de recevoir un coup de trop ; elle glisse à bas de sa monture lorsqu'un javelot vient transpercer le cœur de la louve.

Skadi s'écroule et se vide de son sang pendant plusieurs minutes avant de succomber, juste à côté de son père. Elle contemple le ciel noir et sans étoiles de ses yeux bleu pâle devenus vitreux.

Enfin, la sorcière voit Loki affronter Heimdall, le gardien du pont Bifröst désormais en morceaux. Loki est rapide et fuyant – pas assez pour esquiver tous les assauts, mais presque. Il est fatigué ; il souffre ; il n'a pas eu le temps de se remettre de son long châtiment.

Toutefois, il est tellement furieux que cela lui est égal. Il porte à Heimdall un coup qui lui paralyse le bras droit ; du sang jaillit d'une plaie profonde et fatale entre son cou et son épaule.

Heimdall s'effondre à genoux, laissant échapper son épée. Loki marque une pause et se fend d'un sourire triomphant – mais cet instant de déconcentration suffit à Heimdall, qui dégaine de sa main valide l'épée courte à son côté et pourfend la gorge de Loki.

Celui-ci s'écroule et sombre au milieu du chaos qui fait rage autour de lui.

Enfin, à l'autre bout de la plaine, Surt triomphe de Frey – qui a perdu son épée dorée une éternité plus tôt et se battait avec un simple andouiller de cerf. Son adversaire gisant à ses pieds, Surt brandit son épée flamboyante vers les cieux avec un cri formidable. L'épée brûle plus fort que jamais ; le feu qui en jaillit engloutit tous les combattants du champ de bataille.

Ils hurlent en s'embrasant.

Les flammes se répandent dans toutes les directions depuis la plaine de Vígríd, consumant tout sur leur passage.

Et tandis qu'Yggdrasil brûlait, la sorcière retourna dans son corps en chancelant, étreignant contre son sein son cœur battant encore.

Quand Angrboda rentra, Baldur eut un mouvement de recul en avisant ses mains ensanglantées et la tache rouge qui s'étalait lentement entre ses seins, souillant sa robe bleu pâle d'un cramoisi criard.

Il bondit sur ses pieds. Son regard ne trahissait que de l'inquiétude – pas de peur – quand il remarqua les palpitations du ballot qu'elle serrait contre sa poitrine, emmitouflé dans une bande de tissu arrachée à l'ourlet de son vêtement.

« Est-ce arrivé ? s'enquit-il à voix basse.

— C'est fait, mais pas terminé, répondit la sorcière d'un air vague. Tes pères sont terrassés, et à présent le feu de Surt se dirige vers nous. Nous n'avons plus beaucoup de temps. Nous serons les derniers à brûler, ici, à la lisière des mondes.

— Nous allons donc tous mourir, finalement ? » Les épaules de Baldur s'affaissèrent.

Angrboda le dévisagea avec surprise. *Il est venu sans savoir qu'il avait une chance d'être sauvé ?* Puis elle se rappela ce qu'Hel lui avait dit : *« Baldur ne sait rien… Ça ne l'a pas empêché de m'accompagner. Pour s'assurer que j'arriverais jusqu'à toi sans encombre… »*

L'expression soucieuse de Baldur n'évolua pas. Soit il était particulièrement doué pour la tromperie, soit il avait *réellement* escorté Hel jusque-là sans la moindre ambition de survivre au Ragnarök.

Il l'aime vraiment.

« Pas si je peux l'éviter, finit par déclarer Angrboda. S'il te plaît, écarte-toi, pour que je puisse lui faire mes adieux. Cela ne prendra qu'un instant. »

Baldur obtempéra sans poser de questions.

Angrboda s'assit près de sa fille endormie. La sorcière dénoua sa ceinture ornée de galons, puis la sangle de cuir à laquelle était attaché son couteau en andouiller ensanglanté, et déposa l'ensemble sur la table, près des mitaines fabriquées par Hel. Après un instant d'hésitation, elle ôta aussi le collier d'ambre que Loki lui avait rapporté une éternité plus tôt, et le plaça auprès des autres présents chéris qu'elle avait reçus au fil des années.

Elle n'avait plus besoin de pareils objets.

Hel avait roulé de côté, grelottant sous ses couches de couvertures ; ses lèvres et ses doigts avaient adopté une teinte bleue inquiétante. Elle ne bougeait pas, mais Angrboda sentit son souffle léger sur sa paume quand elle repoussa les cheveux qui lui tombaient sur la figure.

« Mon enfant, dit la sorcière d'une voix si basse que seule Hel pouvait l'entendre, je suis navrée de ce qui t'est arrivé. Mais lorsque tu te réveilleras, ce sera dans un monde meilleur que celui-ci. Je l'ai vu. »

La sorcière souleva les couvertures et glissa son cœur palpitant sous la robe d'Hel. Le souffle de celle-ci sortait en saccades légères ; sa poitrine remuait à peine.

Après avoir considéré son visage endormi un instant de plus, Angrboda glissa la vieille figurine de loup sous l'oreiller de sa fille. Le jouet, lustré par ses petites mains agitées, avait souffert de nombreuses morsures, mais portait désormais de nouvelles marques : des runes teintées de cuivre à cause du sang qui imprégnait la lame d'Angrboda quand elle les avait gravées dans la clairière, quelques minutes auparavant.

Elle ne serait plus là pour assister à la réalisation de son ultime sort, et avait donc chargé la figurine de tout le pouvoir qu'elle pouvait contenir. La sorcière aurait pu graver ces runes sur n'importe quoi – un andouiller ou un bâton –, mais le jouet était tellement empreint de l'amour de Loki lorsqu'il l'avait taillé pour Hel, des lustres plus tôt, que cela le rendait plus puissant que n'importe quel support qu'Angrboda aurait pu employer.

Elle ne caressait pas l'espoir que sa magie tiendrait après son départ : elle en avait la conviction. Il le fallait.

Sur ce, Angrboda embrassa la tempe d'Hel et recouvrit sa fille, bordant au plus près son corps frêle.

La sorcière se tourna alors vers Baldur et lui empoigna les épaules en lui décochant un regard dur.

« Ne la touche pas, lui intima-t-elle. Ne la déplace pas. Elle se réveillera quand la magie aura accompli son œuvre, pas un instant plus tôt. Si tu la tires du sommeil avant ce moment-là, le sort échouera et elle mourra. » Elle enfonça ses doigts maculés dans ses biceps, écaillant sur ses manches un peu de sang séché. « Tu m'as comprise ?

— J'ai compris. Je ne la toucherai pas. » Baldur hésita. « Mais qu'as-tu fait ? »

Angrboda se fendit d'un sourire pincé. « Tu le verras peut-être un jour. »

Il cligna des yeux, perplexe. « Mais...

— Je ne reviendrai pas, l'informa-t-elle avant de le relâcher. Vous ne vous aventurerez hors de cette grotte sous aucun prétexte. Pas avant que la chaleur décroisse et que tu perçoives l'éclat du levant par les fissures de la porte. »

Baldur sembla comprendre ce qu'elle avait l'intention de faire et parut bouleversé quand elle tourna les talons pour partir.

« Merci », parvint-il à articuler d'une voix étranglée par l'émotion.

Angrboda ne répondit rien et ne jeta pas un regard en arrière.

Quand elle eut refermé la porte en sortant, Angrboda se tourna vers l'ouest, où le brasier de Surt avait déjà atteint la lisière de la Forêt-de-Fer. Une muraille de feu avait franchi la rivière et consumait les arbres gris noueux de ses bois ancestraux. À en juger par les épais nuages de fumée qui se déversaient dans le ciel et les flammes orange visibles au loin, Angrboda estimait qu'il ne lui restait que quelques minutes.

Soudain, elle était redevenue Gullveig sur le bûcher : la gorge envahie de fumée, le visage brûlant, une douleur fulgurante à la poitrine, là où son cœur s'était trouvé.

L'espace d'un instant, elle ne parvint plus à respirer, et les souvenirs menacèrent de la submerger. Ses genoux commencèrent à ployer et la vieille blessure à sa tempe se mit à palpiter douloureusement.

Cependant, elle inspira un grand coup et s'arma de courage, sans détourner les yeux de l'incendie.

Cette fois-ci, c'est différent.

Mon cœur est tellement plus puissant qu'avant, même s'il bat désormais hors de ma poitrine.

Et je me consumerai non pas au gré des dieux, mais selon mon bon vouloir.

Le mur de flammes se rapprochait. Au cœur des nuages de fumée qui s'élevaient en tournoyant dans les ténèbres infinies, elle aperçut des traces de *quelque chose* : de minuscules taches scintillantes s'élevant au firmament jusqu'à être arrachées à la fumée pour se désintégrer dans la voûte céleste noire.

Ce fut alors qu'elle vit les ombres marcher vers elle parmi les flammes, des silhouettes spectrales qui se dissolvaient à mesure qu'elles approchaient. Les dieux, les géants, et tous les êtres des Neuf Royaumes. Même à cette distance, elle constatait le soulagement sur leur visage. Ils étaient enfin libres.

Seules trois âmes parvinrent jusqu'à Angrboda. La première était celle de la louve, qui fit mine de frotter le museau contre elle, sauf que son nez passa au travers du corps de son amie. *J'ai essayé, Mère-Sorcière. J'ai essayé de la protéger.*

« Tu as été magnifique, mon amie, répliqua Angrboda, des larmes plein les yeux. Sois en paix. »

Tu sais, je pense que ce sera le cas. La femme aurait juré que la louve souriait en disparaissant.

La prochaine à la rejoindre fut Skadi, dont la main traversa sa joue quand elle voulut la caresser. Angrboda se pencha aussi près que possible du fantôme.

« Je t'avais dit que je resterais à tes côtés quoi qu'il advienne, lui chuchota Skadi, bouche contre bouche. Alors, me voici.

— Je dois m'en charger seule, murmura Angrboda en retour. Ne m'attends pas.

— C'est pourtant ce que j'ai toujours fait. »

Un sanglot éclata dans la gorge de la sorcière, qui se plaqua la main sur la bouche pour le ravaler. Elle aurait besoin de toute sa concentration pour surmonter l'épreuve à venir et ne pouvait pas se laisser distraire. Ni s'autoriser à se sentir coupable. Pas maintenant.

« C'est vrai, parvint-elle tout de même à articuler. Mais pas cette fois. »

Skadi commença à se dissiper, des pieds vers la tête, mais elle aussi souriait. « Je te reverrai bientôt.

— Bientôt », répéta Angrboda en écho. Elle tendit la main lorsque les derniers souffles de l'âme de Skadi se dissipèrent en poussière d'étoiles. « Au revoir. »

Puis la Chasseresse disparut, et Angrboda sécha ses larmes – mais trop tôt, car le dernier spectre, bien sûr, n'était autre que Loki.

Le mur de flammes était sur le point d'engloutir la clairière quand il lui apparut. Il n'avait pas changé depuis ce jour où il lui avait rendu son cœur près de la rivière ; ce jour à l'origine de l'époque où tout avait changé.

« Angrboda Sorcière-de-Fer, déclara-t-il avec un sourire malicieux. Tu comptes résister à *ça* ? » Il désigna d'un geste du pouce par-dessus son épaule le brasier en approche.

« Oui, répondit Angrboda avec un calme qui l'étonna elle-même.

— N'as-tu pas peur ? » Désormais, la main de Loki flottait à quelques centimètres de sa joue, comme s'il regrettait de ne pouvoir la toucher.

Angrboda lui retourna un sourire pincé. « J'ai connu pire. Ne devrais-tu pas partir ?

— Ne préfères-tu pas que je reste ? s'enquit Loki en inclinant la tête de côté avec curiosité.

—. Tu n'es jamais resté avec moi, lui rappela Angrboda sans amertume. J'affronterai ce sinistre comme toutes les autres épreuves dans ma vie. Peut-être te reverrai-je dans la prochaine.

— Et s'il n'y avait rien après celle-ci ? » La voix de Loki disparaissait presque sous le ronflement du brasier.

Angrboda pensa aux fantômes qui souriaient en fuyant ce monde en flammes ; elle pensa à Odin, à Thor, à Freyja et aux géants, qui se désintégraient pour devenir une part de ce qui les entourait.

Elle avait vu un nouveau monde émerger des cendres des neuf précédents, et même si les anciens dieux étaient partis, ils subsisteraient dans chaque arbre, chaque pierre, chaque goutte d'eau, chaque flocon de neige. De même que les géants, les Valkyries et tout ce qui avait jamais vécu.

Y compris elle.

« Qu'est-ce qui attend ensuite les êtres comme nous ? » s'interrogea Loki.

Angrboda arracha son regard du brasier pour soutenir celui de Loki. Elle se sentit subitement habitée d'une paix intérieure qu'elle n'avait jamais éprouvée jusqu'alors.

« L'éternité », répondit-elle, et alors qu'il se penchait pour l'embrasser, il disparut, emporté par la brise vers le ciel.

Elle se retrouva seule.

Le feu progressait de plus en plus vite, rugissant sa fureur. Tous les os de la sorcière la suppliaient de déployer son bouclier *maintenant – Sauve-toi tant que tu le peux encore –*, mais si son entraînement lui avait enseigné quelque chose, c'était que ses soudains accès de puissance se révélaient toujours temporaires. À moins d'attendre l'ultime seconde – que les premières flammes l'atteignissent –, elle ne parviendrait pas à maintenir ses protections assez longtemps pour préserver la grotte des flammes.

Son visage se mit à rougir, à se couvrir de cloques. Sa robe claqua autour d'elle en s'embrasant, et, lorsque le bout de sa tresse prit feu à son tour, celle-ci se déroula, laissant sa chevelure se déployer derrière elle.

L'instant était venu. Elle ne pouvait plus attendre.

Alors que la muraille de feu s'abattait sur elle, elle déploya son bouclier, lui enjoignant d'entourer sa maison et ses occupants – mais quelques instants lui suffirent à comprendre qu'elle n'était pas en mesure de rivaliser avec cet incendie. Elle s'était seulement entraînée sur son âtre, ce qui revenait à tenir sa main au-dessus d'une chandelle minuscule comparativement à ce brasier.

Non, songea-t-elle, en panique, alors que les flammes commençaient à lécher la porte en bois derrière elle. Sa robe, sa peau et ses cheveux se consumaient, *noircissaient* ; son corps hurlait de douleur, ainsi qu'il l'avait fait sur le bûcher. *Non, non, non, non… Je ne peux pas échouer… Je ne peux pas…*

Il n'y avait plus d'échappatoire possible.

Repoussant ses souffrances, elle s'étendit frénétiquement vers cet insondable puits de puissance, celui qui l'avait toujours appelée, celui auquel elle avait toujours résisté ; à présent, elle devait y recourir. En dépit de tous ses efforts, elle avait fini par échouer seule.

Ce pouvoir dans lequel elle avait si longtemps redouté de puiser constituait la dernière chance de sauver sa fille.

Je ne peux pas y arriver seule, songea-t-elle en s'étirant pour saisir les ténèbres au-delà de sa conscience. *Je ne suis pas assez forte.*

Bien sûr que si, répliqua la voix familière de la présence. Elle résonnait depuis les profondeurs du puits primordial, depuis l'origine des temps, et Angrboda comprit enfin – *enfin* – que cette voix était la sienne. *Ce pouvoir est le tien, Mère-Sorcière. Il a* toujours *été le tien. Tu n'as qu'à te servir.*

Angrboda céda.

Et le bouclier brûla farouchement quand les flammes la consumèrent.

Troisième partie

Hel se réveilla d'un sommeil pareil à la mort.

Elle s'assit avec raideur et gémit quand un rayon de soleil lui frappa le visage à travers une fissure dans la porte. Son corps paraissait lourd, raide comme du bois ; ses muscles grinçaient par manque d'usage. Elle bascula les jambes par-dessus le rebord du lit et...

Ses jambes. Ses *jambes.*

Elle faillit hurler en se voyant poser les pieds sur le sol de la caverne – des pieds avec de la *chair* et des *muscles*, pas seulement de l'os. Pareil pour ses jambes, ses *deux* jambes, jusqu'aux hanches. Elle retroussa sa robe et se pinça la cuisse, ébahie. *Est-ce bien réel ? Est-ce... ?*

Un rire hystérique s'échappa de sa gorge. Puis un autre, et un autre, au point de ne plus pouvoir s'arrêter.

Elle ne se rappelait pas la dernière fois qu'elle avait ri.

Elle tournoya dans la caverne sur ses jambes toutes neuves, ses rires se muant en gloussements lorsqu'elle se laissa retomber sur la couche. Quand sa tête heurta l'oreiller, elle sentit quelque chose de dur en dessous, qui ne l'avait pas dérangée durant son profond sommeil. Ses doigts effleurèrent du bois lisse, une forme familière.

Son humeur s'assombrit aussitôt qu'elle sortit le petit loup de bois. Elle le tourna et le retourna entre ses mains, ainsi qu'elle le faisait, enfant, mais il n'était plus le même – la *texture* avait changé, car quelqu'un avait gravé des runes dans sa figurine adorée. Elle l'abattit sur la table dans un bruit sourd, qui résonna dans toute la grotte déserte.

La grotte déserte.

Elle se figea, puis chercha autour d'elle. « Mère ? »

Rien. Chaque chose présente dans la caverne – y compris les couvertures, sa figure ou ses cheveux – était couverte d'une couche de cendres et de poussière. Hel s'épousseta. Des empreintes de pas menaient vers la porte, mais elles paraissaient anciennes.

Hel alla ouvrir, et s'abrita aussitôt les yeux pour se protéger du soleil aveuglant et du vert étincelant des bois.

Du vert. Hel n'avait encore jamais vu la Forêt-de-Fer aussi colorée – la Forêt tout entière, en tout cas. Quand elle était enfant, la clairière et les arbres environnants verdissaient un peu plus chaque printemps, mais toute la forêt semblait désormais en plein essor.

Les mondes n'ont-ils pas tous brûlé ? Ou s'agit-il d'une conséquence de ce gigantesque incendie ?

Combien de temps suis-je restée endormie ?

« Mère ? » appela-t-elle encore en sortant. La sensation de l'herbe sous ses pieds manqua de la faire pleurer de joie. « Mère, où es-tu ? Baldur ? »

Nul ne lui répondit. Comme quand elle avait été abandonnée à Niflheim à l'âge de 5 ans, Hel se retrouvait complètement seule.

Hel établit donc sa demeure dans la Forêt-de-Fer, ainsi que l'avait fait sa mère une ère plus tôt.

Elle n'avait d'autres habits que ceux qu'Angrboda avait laissés, et fut donc contrainte de porter les vêtements de la sorcière : des bleus tristes, des laines grises non teintées, du lin uniforme. Elle ceignit aussi les vieilles ceintures maternelles, ainsi que le couteau en andouiller au fourreau couvert de sang séché, qui demeurait affûté et s'avéra fort utile après un bon nettoyage. Elle mit autour du cou les perles d'ambre qu'elle dégotta – car elle adorait les choses brillantes et n'avait jamais vu sa mère les porter –, mais remisa les mitaines sur une paillasse dans un coin afin de ne plus avoir à y penser. Pour une raison ou pour une autre, ces biens constituaient ses plus beaux souvenirs d'Angrboda et rendaient l'absence de sa mère encore plus flagrante, si bien que le simple fait de les regarder lui provoquait un profond chagrin.

Elle nettoya la poussière et les cendres qui imprégnaient la caverne et entreprit de ramasser du bois pour le feu, des baies et des champignons dans la forêt. Hel avait toujours éprouvé davantage de sympathie pour les animaux que pour les dieux, les géants ou les âmes perdues, mais si elle voulait manger, elle n'aurait d'autre choix que de poser des collets, ainsi que le lui avait enseigné Skadi autrefois – du moins tant que l'ancien potager n'aurait pas repris vie ; à cet effet, elle avait déniché les réserves de graines et les outils rouillés de sa mère, et tenté quelques plantations.

L'été venu, le jardin florissait plus qu'Hel n'aurait osé l'espérer, et elle sortit un matin de sa grotte pour l'observer avec satisfaction.

« Dire que je régnais jadis sur le royaume des morts », songea-t-elle à voix haute en examinant un navet particulièrement réussi.

Elle avisa alors quelque chose tournoyant haut dans le ciel ; elle reconnut aussitôt la forme familière de Nidhögg le dragon, l'une des toutes premières créatures qu'elle avait affrontées à Niflheim. Devenu ensuite l'un de ses sujets, il n'était désormais plus que l'ombre de ce qu'il avait été.

Comme Hel.

Dire que j'étais autrefois une puissante sorcière qui faisait des choses intéressantes. Son humeur s'assombrit considérablement à la vue du dragon. *Et je me retrouve aujourd'hui à sourire à un navet. C'est grotesque.*

Les saisons s'écoulèrent sans le moindre signe de Baldur. Les empreintes de pas qu'elle avait découvertes dans la grotte à son réveil témoignaient qu'il avait survécu – mais où était-il passé ? Son inquiétude céda le pas à la colère, puis à l'apathie, comme l'automne glacial disparaissait au profit d'un hiver doux et d'un printemps agréable.

Où qu'il soit, songeait-elle sombrement alors que le temps passait, *il ne doit pas tenir à moi autant que je tenais à lui.* Elle refusait d'envisager la possibilité que les empreintes pussent être celles de sa mère. *Elle ne m'aurait jamais abandonnée.*

Hel se baignait un jour dans le ruisseau, ses cheveux tressés rejetés par-dessus une épaule, quand il lui sembla apercevoir Angrboda ; son cœur s'emballa alors – jusqu'à ce qu'elle se rende compte qu'elle avait simplement perçu son reflet dans l'eau. Elle soupira, déçue, et reprit le chemin de la grotte. *Où est-elle allée ?*

Elle n'eut guère le temps de se poser d'autres questions, car avant d'atteindre la caverne, elle vit quelqu'un l'attendre dans la clairière.

Son souffle se bloqua. Elle l'aurait reconnu entre mille, même avant qu'il se fût retourné face à elle : ses cheveux blonds brillant comme le soleil, ses prunelles d'un bleu aussi magnifique que le ciel, les pattes-d'oie au coin de ses yeux quand il souriait.

Et il était justement en train de sourire. De *lui* sourire.

Elle avala sa salive, mais ne pipa mot et veilla à demeurer stoïque. Ainsi donc, elle n'était pas la seule à avoir survécu au Ragnarök. Un millier de questions se bousculèrent dans son esprit : *Où étais-tu passé ? Combien de temps ai-je dormi ? Où est ma mère ?*

« Il paraît qu'une sorcière vivait dans ces bois il y a fort longtemps, déclara Baldur sur le ton de la conversation.

— Tu l'as sous les yeux », répondit Hel. Elle le dépassa pour aller s'asseoir sur le tabouret qu'elle avait installé à l'entrée de la grotte, puis ramassa les mitaines qu'elle confectionnait en *nalebinding,* ainsi que Gerd le lui avait enseigné dans une vie précédente. Elle reprit son ouvrage en veillant à ne jamais regarder Baldur, puis ajouta : « Même s'il me semble que la magie n'existe plus dans ces mondes. Où étais-tu ?

— Tu es en colère contre moi, remarqua-t-il. Je ne t'en veux pas. Mais il s'avère qu'il n'y a plus qu'un monde aujourd'hui, et que nous ne sommes pas les seuls à avoir survécu.

— Ah, vraiment ? s'étonna Hel en faisant passer pour du dédain le chagrin qu'elle éprouvait. J'imagine que tu as trouvé compagnie plus agréable que la mienne, à présent. J'aurais dû m'en douter.

— Ce n'est pas du tout ce que tu crois. » Baldur fit passer son manteau par-dessus son épaule. Débarrassé des atours dans lesquels il était mort, il ne portait plus désormais que de simples vêtements de voyage. « Nous avons rebâti Asgard – ou plutôt, nous avons construit Idavöll, à l'endroit où se dressait Asgard. » Son geste de la main manquait volontairement d'enthousiasme. « Un endroit magnifique avec un toit en chaume d'or. Nous avons récupéré toutes sortes de babioles dans les cendres. Les fils de Thor ont même retrouvé son marteau. Et deux de mes frères aînés ont survécu en se jetant dans la mer

– même Hod est encore là. Nous sommes plus nombreux que prévu à avoir réchappé au Ragnarök. Et il y a cette cascade…

— Formidable, l'interrompit Hel d'un ton morne, les yeux toujours rivés sur les mitaines qu'elle confectionnait. Et donc, quel bon vent t'amène, après si longtemps ? Je me demande ce qui a bien pu t'arracher à ton palais doré ?

— Écoute, répondit Baldur en venant s'accroupir face à elle, afin que leurs yeux se retrouvent à la même hauteur. J'ai été obligé de te quitter.

— Pourquoi ? demanda Hel avec humeur.

— Parce que ta mère me l'a ordonné.

— C'est très crédible. »

Hel fit mine de retourner à son *nalebinding*, mais il lui arracha la laine et l'aiguille de la main. Quand elle lui décocha un regard furieux, il se contenta de secouer la tête. « Ta mère nous a sauvé la vie à tous les deux et m'a ordonné de ne pas te déplacer. Elle m'a bien fait comprendre que si je te touchais, je briserais le sort qu'elle avait lancé pour guérir ton cœur. Sans quoi, je t'aurais emmenée. Tu le sais, ajouta-t-il sincèrement.

— Mon… cœur ? » demanda-t-elle en portant la main à la poitrine. Elle avait remarqué la zone de peau rose et tendre entre ses seins lorsqu'elle s'était éveillée de son long sommeil, mais la trace s'était estompée peu après et elle n'y avait plus repensé. Elle s'était dit que la douleur était partie grâce à la fraîcheur de l'air ou à la longue sieste dont elle était sortie, comme quand elle était enfant… Elle n'avait jamais imaginé que…

« Hel ? s'inquiéta Baldur en voyant son visage se chiffonner.

— Mes jambes aussi, chuchota-t-elle en se remettant debout. Elle a guéri mes jambes. Elle a gravé des runes dans mon loup… Elle est morte, n'est-ce pas ?

— Oui, confirma Baldur en se relevant à son tour. Elle est morte pour te sauver. Pour nous sauver *tous les deux*. »

Hel laissa échapper un faible gémissement ; des sanglots sans larme naquirent dans sa poitrine. Elle le repoussa lorsqu'il essaya de l'enlacer. « Mais comment a-t-elle pu me pardonner toutes ces choses horribles que je lui ai dites ? Je ne comprends pas...

— Elle t'a pardonné, tout comme tu lui as pardonné, expliqua Baldur doucement. Elle nous a protégés tous deux, n'est-ce pas une preuve suffisante ? Quels étaient les derniers mots qu'elle t'a adressés ? Elle te les a chuchotés à l'oreille avant de sortir de la grotte.

— Comment le saurais-je ? J'étais à peine consciente.

— *Réfléchis* », l'encouragea Baldur, et il sembla à Hel qu'il avait besoin de savoir, plus qu'elle n'avait envie de s'en souvenir. Elle se demanda vaguement s'il avait lui-même surpris ces paroles et avait besoin d'une confirmation.

Elle ferma les yeux, se replongea en arrière pour se rappeler. « Elle m'a dit : “Mon enfant, je suis navrée de ce qui t'est arrivé. Mais lorsque tu te réveilleras, ce sera dans un monde meilleur que celui-ci. Je l'ai vu.” »

Baldur soutint son regard sans ciller, puis chuchota : « Ce sont les mêmes mots que mon père m'a soufflés quand ils ont allumé mon bûcher.

— C'est impossible, répliqua Hel.

— Et pourtant, nous y voici. » Baldur souriait de nouveau en se rapprochant.

Une bouffée d'espoir envahit le cœur guéri d'Hel, mais elle se détourna. L'espoir ne lui avait jusqu'alors jamais réussi. *L'espoir est réservé aux imbéciles.*

« Retourne à Asgard, ou quel que soit son nom d'aujourd'hui, lança-t-elle d'une voix pâteuse. Laisse-moi tranquille. Je n'ai pas besoin de vous autres, les dieux, ni de vos absurdités.

— Il n'y a plus de dieux, Hel. Nous ne sommes que des hommes. Et, ajouta-t-il en lui saisissant les mains, j'espérais que tu accepterais de repartir avec moi. »

Elle lui lança un regard furibond, mais il ne recula pas. « C'est fort hardi de ta part, Baldur Odinsson. N'oublie pas que j'ai jadis été ta reine.

— Et tu peux le redevenir, Hel Lokadottir, si tu m'accompagnes à Idavöll.

— Angrbodudottir », le corrigea Hel en considérant leurs mains jointes. Face à son regard interrogateur, elle expliqua : « Mon père se faisait appeler Loki Laufeyjarson – il se servait du nom de sa mère et pas de celui de son père. Je vais donc en faire autant. »

Après un instant d'hésitation, elle ajouta : « Tout le monde sait que je suis la fille de mon père. C'est ma mère qu'ils semblent toujours oublier. »

Baldur lui retourna un sourire triste. « Je crois qu'elle serait fière de te l'entendre dire.

— Je n'irai pas à Idavöll avec toi, décréta Hel en arrachant finalement son regard à leurs mains pour le planter dans le sien. Et ne me dérange plus avec tes œillades furtives. C'est uniquement parce que je suis la dernière femme sur terre et parce que mes jambes mortes sont guéries. »

Il ne la lâcha cependant toujours pas.

« Au contraire, cela fait des années que je te destine ces œillades furtives, et je compte continuer encore bien longtemps, rétorqua-t-il sans se laisser démonter. Et j'aimerais beaucoup voir ces jambes, pour m'assurer que tu me dis bien la vérité.

— Oh, je n'en doute pas, mais cela n'arrivera pas. Disparais.

— En outre, ajouta-t-il en faisant fi de son ordre, tu n'es pas la dernière femme sur terre. Seulement la seule dont je désire la compagnie. Je crains de trouver la vie bien morne sans nos querelles incessantes. Cela nous aidait bien à passer le temps, quand j'étais mort, n'est-ce pas ?

— Est-ce une façon détournée d'Asgardien de me dire que je t'ai manqué ? s'enquit Hel en dressant un sourcil circonspect.

— Possible », admit-il.

Hel secoua la tête, réprimant à contrecœur les agréables sentiments qui bouillonnaient dans sa poitrine. Ses mains semblèrent agir de leur propre initiative quand elles lâchèrent celles de Baldur pour se porter sur ses joues et lisser sa courte barbe. « Ta place est auprès de ton peuple.

— Ma place, répondit-il en se penchant vers elle et en lui étreignant la taille, est auprès de toi. Et si la tienne est ici, alors la mienne aussi. Tu ne te débarrasseras pas de moi si facilement.

— Tu es ridicule », souffla-t-elle. Les lèvres de Baldur se posèrent alors sur les siennes, et elle s'abandonna tout entière à cet instant dont elle rêvait depuis toute petite.

Si l'espoir est réservé aux imbéciles, alors tant pis.

Après tout, je suis la digne fille de ma mère.

Ainsi, Hel et Baldur élevèrent-ils leurs enfants dans le calme de la forêt en lisière du monde où elle avait vu le jour. La famille de Baldur venait souvent leur rendre visite depuis Idavöll, et ils riaient tous ensemble en s'émerveillant de la beauté et des merveilles de ce nouveau monde, ou en se souvenant de leurs parents, les dieux de l'ancien temps. Leurs enfants – et les enfants d'Idavöll – finirent par s'éparpiller dans le monde entier, se mélangeant avec les êtres humains pendant des générations, jusqu'à ce que leurs tout premiers ancêtres ne fussent plus qu'un lointain souvenir culturel.

Et la vie se poursuivit.

Tous les soirs, jusqu'à leur mort, Hel et Baldur rassemblèrent leurs enfants, petits-enfants et arrière-petits-enfants autour de l'âtre pour leur conter les histoires de l'époque où les dieux et les géants arpentaient la terre.

Ils parlaient d'Odin le Borgne et de sa quête de connaissance, du formidable Thor et de son marteau, de la belle et féroce

Freyja, et de son collier si précieux. Ils racontèrent comment Tyr avait perdu sa main, évoquèrent le vol des pommes d'or d'Idunn, les Nornes et la tête de Mímir, le fabuleux hydromel et les talents des nains, les héros mortels déjà disparus dans la légende bien avant le Ragnarök. Ils parlèrent des noces de Frey et Gerd, du jour où le premier avait perdu son épée, des mariages que Freyja avait failli connaître avec l'un ou l'autre géant, de l'érection du mur d'Asgard.

Ils mentionnèrent un loup si immense que ses mâchoires pouvaient toucher à la fois le sol et le ciel, un serpent si énorme qu'il entourait la terre. Les anciennes géantes qui peuplaient jadis ces mêmes bois.

Ils n'oublièrent pas la courageuse Skadi, effrontée au point de revêtir une armure et de s'équiper d'armes pour aller frapper à la porte des dieux afin de venger son père.

Ils pensèrent aussi au beau et rusé Loki, à ses singeries, son esprit acéré et son charme.

Et de temps à autre, l'un ou l'autre enfant rentrait à la maison après avoir aperçu des silhouettes mouvantes dans la forêt : une femme en tunique d'homme guidant les animaux vers des pièges ou aidant à leur chasse ; un homme agile aux yeux verts comme de l'herbe qui leur souriait en gambadant entre les arbres, comme s'il marchait sur l'air et les défiait de le poursuivre ; un autre au chapeau à large bord qui inclinait fièrement la tête sur leur passage ; une femme au manteau de voyage en lambeaux qui leur adressait un sourire serein sous son capuchon, avant de s'évaporer dans la brume du matin.

Une fois, l'arrière-petite-fille d'Hel trébucha dans la clairière et s'accrocha aux genoux noueux de son aïeule, qui se redressait de son travail au potager. Baldur était mort quelques années plus tôt, abandonnant une fois de plus Hel dans la grotte, mais leurs fils et leurs filles ne se trouvaient jamais bien loin – ils avaient fondé un petit village dans la clairière qu'occupaient jadis les Jarnvidjur. Ils lui portaient quotidiennement des galettes d'avoine dans un ballot de lin, que la fillette serrait contre elle, terrifiée.

« N'aie pas peur d'eux, ma petite, lui dit Hel en se penchant difficilement pour se placer à sa hauteur. Ils ne te veulent aucun mal. Ils veillent simplement sur toi.

— Mais tu as dit que les dieux et les géants étaient morts, protesta l'enfant.

— Morts, oui, mais pas partis, répliqua Hel. Rien ne meurt jamais totalement.

— Qui était la femme ? Celle à la capuche ? » La fillette était toute jeune ; elle n'avait pas encore mémorisé chaque histoire.

Hel lui sourit.

« Il paraît qu'une sorcière vivait dans ces bois il y a fort longtemps », commença-t-elle.

Et voici ce que la fillette raconterait à ses enfants, et ce qu'eux-mêmes raconteraient aux leurs, bien après la mort de leurs aînés :

L'on raconte qu'une vieille sorcière vivait à l'est, dans la Forêt-de-Fer, où elle donna naissance aux loups qui pourchassent le soleil et la lune.

L'on raconte qu'elle se rendit à Asgard et y fut brûlée trois fois sur le bûcher, mais que trois fois elle renaquit avant de s'enfuir.

L'on raconte qu'elle aima un homme aux lèvres couturées et à la langue bien pendue, un homme qui lui rendit son cœur et plus encore.

L'on raconte qu'elle aima aussi une femme, l'épouse d'un dieu, armée d'une épée, aussi intrépide que n'importe quel homme et plus féroce encore.

L'on raconte qu'elle erra de par le monde, venant en aide à ceux qui en avaient le plus besoin, les soignant à l'aide de ses sorts et de ses potions.

L'on raconte qu'elle affronta les feux du Ragnarök jusqu'à la fin, jusqu'à ce qu'elle fût consumée une dernière fois, une dernière fois réduite en cendres à l'exception de son cœur.

Mais d'aucuns prétendent qu'elle vit encore.

REMERCIEMENTS

Écrire un roman peut être une entreprise solitaire, mais ce qui vient après ne l'est pas, bien au contraire. J'aimerais adresser ma sincère gratitude aux personnes suivantes :

Mon agente, Rhea Lyons : merci d'avoir pris fait et cause pour ce livre, d'être ma plus grande supportrice et de te montrer si patiente avec moi, si généreuse en conseils. Jamais de la vie je n'aurais pu rêver d'une agente aussi passionnée par mon travail ; sans toi, je me sentirais totalement perdue.

Mon éditrice, Jessica Wade, qui m'a sans cesse poussée à améliorer ce roman. Merci pour tes retours fantastiques, tes corrections méticuleuses et ton intime conviction que je pouvais trouver une meilleure fin pour Angrboda, sans pour autant compromettre ma vision de cette histoire. La vieille sorcière et moi te serons éternellement reconnaissantes de tes conseils ; jamais n'aurions-nous pu voguer sur le Ragnarök sans ton aide.

Toute l'équipe de Penguin Random House, et en particulier Miranda Hill, Alexis Nixon, Brittanie Black, Jessica Mangicaro, Elisha Katz et tous ceux qui ont contribué à donner vie à

Cœur de Sorcière. Et Adam Auerbach, pour sa couverture à tomber par terre.

Kristin Ell, Angela Rodriguez, Emily DeTar Birt et Kirsten Linsenmeyer : vous étiez les toutes premières à poser les yeux sur cet ouvrage. Merci pour vos encouragements, vos critiques et vos retours : vous n'imaginez pas combien il est important pour moi que vous soyez tombées amoureuses de l'histoire d'Angrboda, et cela m'a aidée à franchir les écueils les plus difficiles.

Shannon Mullally, Mirria Martin-Tesone, Emma Tanskanen, Marisa Schamerhorn, Mel Campbell, Sarah Gunnoe, Jessica Lundi, Allen Chamberlin, Candyce Beal, Ryann Burke et Terryl Bandy : merci de m'avoir soutenue et d'avoir veillé sur moi quand j'en avais le plus besoin.

Ma bande d'autrices locales : Andi Lawrencovna, Marj Ivancic et Darlene Kuncytes, pour les heures de rires, de recommandations avisées, voire de compassion littéraire.

Ma famille de Vikings, qui m'a toujours permis de garder le moral quand la vie semblait bien sombre : « Reste la même. Perfectionne-toi. »

Ma famille de twittos littéraires, pour leur soutien indéfectible. Un merci particulier à Kati Felix, Joshua Gillingham, Villimey Sigurbjörnsdóttir, Katie Masters, Siobhán Clark, S. Qiouyi Lu, Lizy, Miranda, Allie et tant d'autres.

M. J. Kuhn, Hannah M. Long et les autres membres de *#2021debuts* : je n'aurais pas voulu entreprendre nos périples simultanés avec d'autres. On a réussi !

Merrill Kaplan, pour m'avoir inculqué l'amour des mythes et des sagas nordiques, et pour avoir répondu au pied levé à toutes mes questions très spécifiques sur le vieux norrois, à l'époque comme aujourd'hui. J'ai écrit le premier jet de ce livre en trois semaines à peine, alors que j'étais censée travailler sur ma dissertation de fin de semestre pour vos cours de mythologie nordique. Inutile de préciser que je n'étais pas la même avant de mettre le pied dans votre classe. *Takk fyrir.*

Daina Faulhaber : je suis peut-être écrivaine, mais il m'est difficile de trouver les mots pour décrire l'importance de notre amitié. Merci d'être non seulement l'inébranlable pilier de cette grotte de sorcière (et d'Angrboda), mais aussi d'être prête à hurler avec moi ta passion pour la mythologie nordique, de toujours me dire ce que j'ai besoin d'entendre même quand ça craint et d'être descendue dans cette caverne pour tirer mon portrait d'autrice. Tout le monde mérite d'avoir une amie comme toi.

Ma sœur, Bridget, ma mère, Lisa, mon père, Ron, mon oncle, Rory, Grama Jo et le reste de ma (très vaste) famille, de m'avoir accordé une vie entière de soutien inconditionnel.

Mon grand-père, à qui je dédie ce livre, et que j'aurais tant aimé voir le lire. Suédois de naissance, Américain de cœur, il m'a expliqué un jour, sur le ton de la confidence, qu'il savait que les anciens dieux étaient encore présents. Je ne saurai jamais ce qu'il aurait pensé de mon interprétation, mais j'espère qu'il en aurait été fier.

Et enfin vous, chers lecteurs : merci d'avoir accordé une chance à Angrboda.

APPENDICE

Dans chaque catégorie, les personnages, races et lieux sont présentés par ordre d'apparition.

J'ai choisi d'angliciser les noms propres issus du vieux norrois dans ce roman, il se peut donc qu'ils apparaissent sous d'autres formes dans certaines réécritures ou traductions de textes de la mythologie nordique (par exemple, Freyr au lieu de Frey, Oðinn au lieu d'Odin, Àsgarðr au lieu d'Asgard). L'équivalent en vieux norrois (VN) est indiqué entre parenthèses lorsqu'il était pertinent de le faire.

L'Edda en prose (*Edda de Snorri*) et *L'Edda poétique*, les deux sources principales pour ce que nous savons de la mythologie nordique, m'ont naturellement servi de sources pour ce texte. Toutes les traductions des *Edda* sont légèrement différentes ; celles sur lesquelles je me suis basée sont listées ci-dessous. Tous les poèmes mentionnés sont rassemblés dans *L'Edda poétique*.

Personnages

Angrboda – une géante, dont le nom est mentionné à une reprise dans chacune des *Edda*, les deux fois en lien avec Loki et leurs enfants. Certains l'associent à « la Vieille », qui habite la Forêt-de-Fer et a donné vie aux loups qui pourchassent le soleil et la lune : « parente de Fenrir » (parfois traduit par « portée » ou « progéniture »), comme attesté dans *L'Edda en prose*. Il existe également des raisons de l'associer à la voyante qu'Odin, sous son habit de Vegtam, fait se lever de la tombe dans le poème « Les rêves de Baldr » et appelle « la mère de trois [géants/trolls/ogres] ».

Hyndla – géante à laquelle Freyja rend visite dans le poème « Le chant d'Hyndla », afin de lui demander des informations sur la lignée de son amant. La géante accède à contrecœur à sa demande, et se met soudain à réciter une mini-prophétie du Ragnarök. Freyja charge Hyndla d'aller sortir l'un de ses loups de l'étable et de gagner le Valhalla avec elle pour une raison quelconque.

Hyrrokkin – géante chevauchant un loup dont les rênes sont en serpents. Elle est convoquée par les dieux pour mettre à l'eau le bûcher funéraire de Baldur, car personne n'y parvient (dans *L'Edda en prose*).

Gullveig/Heid – mystérieuse sorcière mentionnée dans les strophes du poème « La prophétie de la voyante » (VN : *Völuspá*), dans laquelle Gullveig se présente à Asgard durant les premiers jours du royaume, est brûlée à trois reprises par les dieux, et renaît chaque fois avant de voyager sous le nom d'Heid pour distribuer ses sorts et pratiquer sa magie (VN : *seiðr*). On ne sait presque rien d'elle, mais elle est souvent associée à Freyja.

La voyante – mystérieuse narratrice du poème « La prophétie de la voyante », écrit tantôt à la première personne, tantôt à la troisième. Elle prétend avoir été présente à l'origine des mondes et décrit dans le détail le Ragnarök, la ruine des dieux.

Loki – dieu métamorphe de la mythologie nordique, dont le père serait un géant et la mère, Laufey, peut-être une déesse. Frère de sang d'Odin, Loki est d'une beauté canonique, rusé et imprévisible, selon *L'Edda en prose*. Il est surtout connu pour sa faculté à tirer les dieux des ennuis dans lesquels il les a lui-même plongés. Il finit par orchestrer la mort de Baldur, le fils d'Odin, et est peu après condamné à être torturé ; il se bat contre les dieux lors du Ragnarök. Il aurait aussi mangé le cœur à moitié carbonisé d'une femme et engendré la race des trolls, selon le poème « Le chant d'Hyndla ».

Skadi – géante surtout connue pour s'être armée d'une épée et d'un bouclier avant de marcher sur Asgard pour exiger réparation après que son père eut été tué par les dieux. Au lieu de quoi, elle se voit octroyer le droit de prendre un époux parmi les dieux, et accorder une « pleine ventrée de rire ». Elle est aussi citée comme étant celle qui a suspendu un serpent venimeux au-dessus de la tête de Loki quand celui-ci s'est retrouvé attaché. Comptée parmi les déesses après son mariage, Skadi est surtout représentée comme étant celle de la chasse à l'arc.

Gerd – géante contrainte à épouser le dieu Frey, comme l'atteste le poème « Voyage de Skírnir ».

Hel – déesse des morts dans la mythologie nordique, fille de Loki et d'Angrboda ; décrite comme étant une demi-morte, elle est souvent représentée comme ayant une moitié de son corps bien vivante et l'autre en putréfaction. Hel est célèbre pour avoir décrété que Baldur pourrait repartir de son royaume si tous les mondes acceptaient de pleurer pour lui, afin de prouver combien il était regretté.

Fenrir – le loup géant, fils de Loki et d'Angrboda. Les dieux ont tenté en vain de l'entraver à plusieurs reprises, et ce n'est que grâce à la ruse qu'ils y sont parvenus enfin – à grands frais (il a arraché la main de Tyr dans le processus). Fenrir est voué à dévorer Odin durant le Ragnarök.

Jörmungand – le Serpent de Midgard, fils de Loki et d'Angrboda, si grand qu'il peut encercler le royaume de Midgard et mordre sa propre queue. Voué à être libéré au Ragnarök, en même temps que son père et son frère, et à abattre Thor.

Odin – le plus grand des dieux nordiques. Il aime voyager déguisé, vêtu d'une cape et d'un chapeau à large bord ; il adopte différents noms, dont Grimnir et Vegtam. Ses Valkyries choisissent qui doit mourir au combat et les escortent au Valhalla, le palais d'Odin réservé aux morts honorables, où ils sont censés festoyer et combattre quotidiennement jusqu'au Ragnarök. Odin possède deux corbeaux, Hugin et Munin, qui volent autour des mondes pour lui rapporter ce qu'ils ont vu.

Thor – fils d'Odin et de la géante Jord/Fjorgyn. Peut-être le plus célèbre des dieux nordiques, à cause de son caractère tonitruant et de son marteau, Mjolnir.

Freyja (ou Freya) – prêtresse des Vanes et du *seid* (VN : *seiðr*). Freyja est le plus fréquemment associée au sexe et à la guerre, et accueille la moitié des trépassés dans son palais tandis que les autres se rendent au Valhalla d'Odin. Ses attributs les plus célèbres sont son collier en or, Brisingamen, et sa cape en plumes, qui transforme celui qui la porte en faucon.

Tyr – possible fils d'Odin, Tyr est un dieu associé à la guerre et la justice ; il se fait arracher la main par Fenrir.

Frey – Vane et frère de Freyja, qui s'installe sur Hlidskjálf, le siège d'Odin, alors qu'il n'en a pas le droit pour observer tous les mondes. Il aperçoit ainsi la géante Gerd et tombe amoureux d'elle ; il offre sa célèbre épée à son domestique, Skírnir, si celui-ci parvient à convaincre Gerd de l'épouser. En conséquence, Frey est voué à être massacré par le géant du feu Surt durant le Ragnarök. Également associé à la fertilité.

Sigyn – épouse de Loki, célèbre pour avoir récolté dans un bol le venin qui dégouline de la gueule du serpent au-dessus de la tête de son époux lorsque celui-ci est torturé.

Frigg – épouse d'Odin, mère de Baldur ; connaîtrait le sort de tous les hommes.

Baldur (ou Baldr, Balder) – fils d'Odin, abattu par son frère aveugle, Hod (dont la main était guidée par Loki). Le plus jeune, le plus beau et le plus adoré des dieux.
Njord – Vane, dieu de la mer, père de Frey et de Freyja, mari de Skadi.
Les Nornes – si une norne est un esprit féminin associé au façonnage du destin, *les* Nornes sont trois divinités femelles assez semblables aux Moires de la mythologie grecque, qui vivent dans un palais près du puits d'Urd, à l'une des trois racines de l'Arbre-Monde, Yggdrasil.
Mímir – dieu échangé comme otage avec les Vanes, qui lui tranchent la tête et la renvoient à Odin ; celui-ci parvient, à l'aide de la magie, à la préserver en même temps que sa sagesse. La tête de Mímir repose au puits de Mímir, près de l'une des trois racines d'Yggdrasil, où Odin a sacrifié son œil en échange de la sagesse.
Heimdall – gardien du Bifröst, le pont arc-en-ciel.
Skrymir – souverain d'Utgard, la citadelle des géants, à Jötunheim. Célèbre pour avoir piégé Thor et Loki en les chargeant de tâches impossibles à réaliser pendant l'une de leurs aventures.
Surt – chef des géants du feu de Muspelheim, le royaume du feu.
Idunn – déesse gardienne des pommes dorées garantes de l'immortalité des dieux.
Thjazi – père de Skadi, qui a organisé l'enlèvement d'Idunn pour lui voler ses pommes, avant d'être terrassé par les dieux.

Races

Ases (VN : *Æsir* ; féminin : *Ásynjur*) – panthéon nordique des dieux, dont le plus grand est Odin. Ils habitent Asgard.
Vanes – autre race de dieux, associés à la fertilité et à la sagesse, dont les membres les plus éminents (Njord, Frey et

Freyja) sont souvent intégrés aux Ases après la guerre entre les deux races. Les Vanes habitent Vanaheim.
Géants – les ennemis jurés des dieux. « Géants » est à l'origine une traduction erronée de *jötun* (pluriel : *jötnar*). Les géants habitent le monde Jötunheim. Ils peuvent être grands ou petits, beaux ou monstrueux, en fonction des histoires. Fait intéressant : le premier géant était l'être primitif Ymir, duquel descendent les dieux. Les **géants des glaces**, les **géants du feu** et de nombreuses espèces de **trolls**, d'**ogres** ou d'autres créatures sont souvent classés parmi les géants.
Jarnvidjur – géantes résidant à Jarnvid.

Lieux

Si la cosmologie de la mythologie nordique est parfois difficile à définir précisément, l'existence des Neuf Royaumes est communément admise.

Asgard – le monde des dieux nordiques (les Ases).
Valhalla – le palais des défunts d'Odin.
Yggdrasil – l'Arbre-Monde, qui relie tous les mondes.
Gladsheim – le palais d'Odin, où les dieux tiennent conseil.
Valaskjalf – le palais d'Odin où se trouve Hlidskjálf, le siège d'où il peut voir tous les mondes.
Bifröst – le pont arc-en-ciel reliant Asgard et Midgard.
Jötunheim – la terre des géants (VN : *jötnar*).
Jarnvid – « Forêt-de-Fer », une forêt située dans l'est de Jötunheim.
Utgard – citadelle des géants.
Thrymheim – demeure de Skadi, dans les montagnes.
Midgard – la « terre du milieu », le royaume des mortels. Sur certaines cartes, Jötunheim se trouve en Midgard.
Niflheim – le royaume des glaces, dans lequel se situe le domaine d'Hel, bien que certaines sources indiquent qu'Hel/Helheim constitue un royaume à part entière.

Vanaheim – royaume des Vanes.
Alfheim – royaume des elfes, dirigé par Frey.
Muspelheim – royaume du feu, dirigé par Surt.
Nidavellir – terre des nains.
Svartalfheim – terre des elfes noirs. Parfois groupée avec Nidavellir.

Pour aller plus loin

L'Edda poétique :

The Poetic Edda. Traduit en anglais par Carolyne Larrington. Oxford, 1996.
The Poetic Edda. Traduit en anglais par Lee M. Hollander. University of Texas Press, 1962.
The Poetic Edda: Mythological Poems, Volume II. Traduit en anglais et commenté par Ursula Dronke. Oxford, 1997.

L'Edda en prose, de Snorri Sturluson :

L'Edda en prose. Traduit en anglais par Anthony Faulkes. Everyman, 1987.
L'Edda en prose. Traduit en anglais par Jesse Byock. Penguin, 2006.

Réécritures :

The Norse Myths de Kevin Crossley-Holland.
Gods of Asgard d'Erik Evensen.
Norse Mythology de Neil Gaiman.
Norse Mythology: A Guide to the Gods, Heroes, Rituals, and Beliefs de John Lindow (pas une réécriture, mais un glossaire exhaustif).